KB041503

수호지 지도

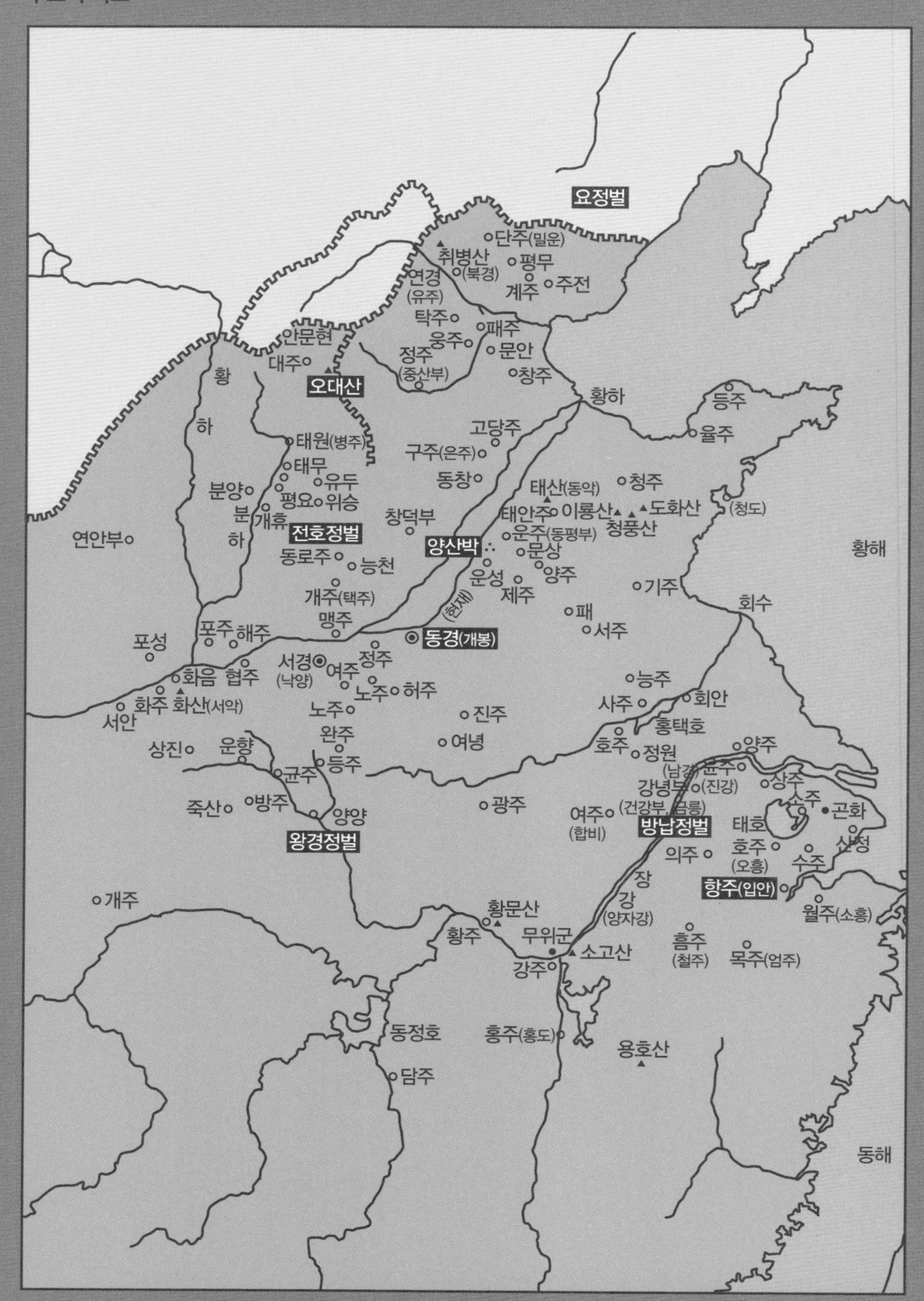

요정벌
단주(밀운)
취병산
평무
연경
(유주)
(북경)
계주
주전
탁주
패주
안문현
웅주
대주
정주
(중산부)
문안
오대산
창주
황
하
황하
등주
고당주
율주
태원(병주)
구주(은주)
태무
유두
동창
태산(동악)
청주
분양
평요
위승
태안주
이룡산
도화산
청풍산
(청도)
분
하
개휴
창덕부
연안부
전호정벌
양산박
운주(동평부)
황해
동로주
능천
문상
양주
운성
제주
개주(택주)
기주
회수
(현재)
맹주
패
서주
풍주
해주
포성
동경(개봉)
정주
서경
(낙양)
여주
화음
협주
능주
노주
허주
화주
화산(서악)
회안
사주
서안
노주
진주
홍택호
완주
상진
운향
여녕
호주
정원
양주
등주
균주
(남경)
윤주
강녕부
(진강)
상주
소주
곤화
죽산
방주
양양
광주
여주
(합비)
(건강부, 금릉)
태호
방납정벌
왕경정벌
의주
호주
(오흥)
산정
수주
장
강
(양자강)
항주(입안)
개주
월주(소흥)
황문산
황주
무위군
소고산
흡주
(철주)
목주(엄주)
강주
동정호
홍주(홍도)
용호산
담주
동해

수호지 10

적막강산 편

수호지 10
적막강산 편

초판 1쇄 발행 2021년 10월 15일

지은이 시내암
평역 김팔봉
펴낸이 한승수
펴낸곳 문예춘추사

편집 이상실
디자인 이유진, 심지유
마케팅 박건원, 김지윤

등록번호 제300-1994-16
등록일자 1994년 1월 24일
주소 서울시 마포구 동교로27길 53 지남빌딩 309호
전화 02-338-0084
팩스 02-338-0087
블로그 moonchusa.blog.me
E-mail moonchusa@naver.com

ISBN 978-89-7604-486-0 04820
978-89-7604-476-1 (세트)

※책값은 뒤표지에 있습니다.
※잘못된 책은 구입처에서 교환해 드립니다.

水滸誌
김팔봉
수호지 10
시내암 지음 | 김팔봉 평역
적막강산
문예춘추사

수호지
제10권 | 차례

제1권 **호걸집결**

건달이 출세하다 | 꾀 많은 도둑과 의인 | 주먹 세 대로 살인한 노달 | 불문에 들어선 노지심 | 절간 도적을 쳐 죽이다 | 불량배를 땅바닥에 꿇어앉히다 | 고태위의 간계 | 기사회생하는 임충 | 양산박의 도둑들 | 목숨을 건 무술 시합 | 동계촌에 모이는 7인의 호걸들 | 술장수와 대추장수

제2권 **호색변란**

양산박의 변란 | 여자에게 시달리는 송강 | 호랑이를 때려잡은 무송 | 요부 반금련 | 무송의 복수 | 귀양길 | 간계에 빠진 무송 | 성주탕 요리 | 일도양단 | 싸움과 화해의 인연

제3권 **천우신조**

서강월사 | 송강의 구사일생 | 보복하는 송강 | 천서 3권 | 흑선풍 | 공손승을 찾아 음마천으로 | 중과 놀아난 음녀 | 축가장의 무사들 | 옥에 갇힌 사냥꾼 형제 | 몰살당한 축가장 일족 | 주동과 뇌횡 | 대아보검

제4권 **도술대결**

진인의 치일신장 | 공손승의 신공도덕 | 관군의 연환갑마 | 구겸창의 비법 | 호연작과 노지심 | 풍비박산되는 화주성 | 조천왕의 죽음 | 옥기린 노준의 | 낭자 연청 | 북경성 진격 | 사경을 헤매는 송강 | 북경성 함락 | 대도 관승 | 번견복와지계

제5권 **백팔영웅**

장청의 투석술 | 108인의 대집회 | 원소절, 동경성 참사 | 부형청죄하는 흑선풍 | 주객전도의 현장 | 혼비백산 쫓겨난 칙사 | 10만 관군이 양산박으로 | 십면매복 | 고태위의 출정 | 화공에 전멸하는 관군 | 사로잡힌 고태위 | 대사령 이면공작 | 진실한 초안

제6권 **설욕복수**

요국 출정 | 귀순의 이면 | 청석욕의 혈전 | 송강을 돕는 구천현녀 | 요왕 항복 | 전호의 반란 | 개주성 공략 | 동교일몽 | 오룡산의 도술대결 | 여장군 경영의 흑심

제7권 **용호상박**

반란군을 굴복시키는 송강군 | 풍운아 왕경 | 쫓기는 왕경 | 왕경의 반란 | 격전 | 왕경은 사로잡히고 | 방납의 반란 | 윤주성 싸움 | 비릉군 공략 | 소주성 탈환 | 장순의 죽음

제8권 **금의환향**

죽어가는 용장들 | 오룡령 혼백 | 신의 가호 | 방납의 마지막 길 | 금의환향 | 송강의 죽음 | 원소칠의 분노 | 양산박 여당의 쾌거 | 죽음을 부른 여색 | 음마천 중흥 | 큰 공 세우는 조양사

제9권 **대망웅비**

정절을 지키는 두 과부 | 북태호 사건의 희비 | 탐관을 응징하는 이준 | 웅지를 품고 신천지로 | 섬라국을 굴복시키고 | 고려국을 다녀온 안도전 | 모략에 걸려든 안도전 | 요국을 협공하는 송·금 연합군 | 유당만에서 원수를 갚고 | 쌍봉묘에서 위기를 넘기고 | 위인모이불충 | 호연옥과 서성 | 금군의 침략 | 창주로 | 간적의 최후 | 서울 함락

제10권 **적막강산**

연청의 충절 | 관승의 재생지덕 | 음마천 전투의 승리 | 황하를 건너라 | 운성점에서 | 구출 대작전 | 금오도를 찾아서 | 섬라국의 내환 | 공도의 반란 | 금오도를 지켜라 | 반란 평정 | 왜병의 침략 | 3도를 평정하다 | 중원을 구원하라 | 왕위에 오른 이준 | 미결양인 | 태평연월

일러두기

1. 이 책은 팔봉 김기진 선생이 『성군(星群)』이라는 제목으로 1955년 12월부터 〈동아일보〉에 연재한 작품으로, 1984년 어문각에서 『수호지(水滸誌)』라는 제목으로 바꿔 출간한 초판본을 38년 만에 재출간한 작품이다.

2. 이 책은 수호지의 판본 중 가장 편수가 많은, 164회(전편 124회, 후편 40회)짜리 『수상 오재자 전후합각 수호전서(繡像 五才子 前後合刻 水滸全書)』라는 작품을 판본으로 했다.

3. 가능한 한 원본에 맞게 편집했으나 최신 표준어 맞춤법에 맞게 고쳤고, 지명이나 인명은 일부 수정하여 독자들이 읽기 편하게 했다.

4. 한자 표기는 정오正誤에 상관없이 원본을 따랐으나 동일 인물이나 지명의 상반된 표기가 있는 경우에는 올바른 한자를 찾아 표기했다.

5. 이 책의 지도는 내용에 맞게 새로 제작한 것이다.

연청의 충절

양림은 아무 말 하지 않고 연청을 따라서 일어났다. 문밖으로 나와서 북쪽으로 길을 걷기 시오 리가량 가니까, 맞은편 산 밑에 평탄한 언덕이 있고, 그곳에 금국 군대가 주둔하고 있는 진영이 보인다.

"이거 적군의 진영인데, 어째서 이런 곳엘 왔소?"

"쉿! 암말 말고 나만 따라와요!"

연청은 이렇게 말하고 영문 앞으로 가까이 가는데, 양림이 바라보니 창과 방패가 빽빽이 둘러서 있어서 나는 새도 감히 영내에 들어갈 수 없을 만큼 경계가 삼엄하다. 양림은 몸에 소름이 끼칠 만큼 섬뜩한 긴장감을 느꼈다. 그러나 연청은 태연한 얼굴빛으로 간수한테 가더니 무어라고 사정을 이야기한다. 그러니까 영문을 지키는 장교가 영내에 들어가는 영전(令箭)을 주면서 두 사람을 문안으로 들여놓는다.

연청과 양림이 영전을 받아쥐고 안으로 들어가 몇 개의 큰 숙사를 지나놓고 깊숙이 가니까 중앙에 큰 막사가 있는데, 그곳엔 수백 명의 금병이 칼과 창을 들고 서서 으리으리하게 지키고 있다. 그리고 그 막사 안에는 태상교주(太上敎主) 도군 황제가 머리에 새까만 흑사(黑砂)로 만든 당건(唐巾)을 쓰고, 구룡포(九龍袍)를 입고서 단정하게 앉아 있는데, 얼굴에는 수심이 가득해 보이는 게 아닌가.

이때 연청은 그 방문 앞으로 급히 걸어가 단정하게 세 번 절한 후,

"초야에 묻힌 연청이 일찍이 중죄를 사면해주신 은혜를 입사왔는데, 그 후로 세상에 떠돌아다니다가 지금 폐하께서 이 같은 처지에 계신다 하옵기에 죽음을 무릅쓰고 한번 용안을 뵈오려고 왔습니다."

도군 황제는 이 사람이 누군지 기억이 나지 아니했다.

"경이 무슨 직에 있던 사람인가?"

"신은 본시 야인에 불과합니다. 그때 양산박의 송강의 부하로, 원소절날 밤에 폐하께서 이사사 집에 행차하옵셨을 때 잠시 모시고서 일신상 사정을 진정하였더니, 폐하께서 친필로 신의 죄를 용서하신다고 적어주셨습니다. 그 어필(御筆)을 신이 지금까지 가지고 있습니다."

그가 이렇게 말하고서 품속에 있는 비단 주머니에서 먹 냄새가 아직도 향긋한 친필 조서 한 장을 꺼내어 두 손으로 올리니, 도군 황제는 그것을 받아 들여다보더니 문득 생각이 났다.

"오라! 경이 본래 송강의 부하였지. 짐이 일시 불명해서 아깝게도 송강 같은 충의지사를 간신들 때문에 한을 품고서 죽게 했단 말일세! 애석한 일이야! 짐이 환궁하는 날이면 지금 황제한테 얘기해서 송강의 묘를 세우게 하고, 그 자손에게 대대로 작을 내리도록 하겠소."

연청은 또 일어나서 절을 드린 후에, 양림이 들고 섰는 등(藤)상자를 받아가지고 와서, 그것을 두 손으로 도군 황제에게 드리었다.

"신이 무엇으로 충심을 표할 길 없사옵기에 청자(靑子) 백 개와 황감(黃柑) 열 개를 헌상(獻上)하려고 가지고 왔습니다. 고진감래하는 풍미오니 조금 맛보시기 바라옵니다."

이때 태상황 도군 황제의 신변에는 늙은 내감(內監) 한 사람밖에 없었으므로, 황제는 그 내감을 시켜 상자 뚜껑을 열어가지고 오게 한 후 그 중에서 청자 한 개를 집어 입속에 넣고 잠깐 맛을 보더니,

"짐이 연일 심기가 불안하고 입속이 몹시 썼는데, 이것은 참 좋다. 입

속이 시원하고나! 조정의 문무백관이 국은을 대대로 받아온 사람이건만, 일조에 변란이 생기니까 제각기 제 목숨만 아끼면서 짐을 돌보아주는 사람이 없었는데… 어찌 경 같은 사람이 충성을 할 줄 알았으리오! 원래 어진 선비와 영웅이란 가까운 신하 가운데 있는 것이 아니야! 짐이 인물을 잘못 써 오늘날 이 모양을 당했는데, 경이 이같이 찾아와 위안을 주니 실로 감격하노라!"

황제는 말하기를 마치고 내감을 불러 붓과 벼루를 가져오게 한 후 백환선(白紈扇) 부채 한 자루를 꺼내들고 그 위에 시를 한 수 적는다.

세상이 넓다 해도
충신은 하나로다.
마음이 허전하고
입맛은 쓰디쓴데
청자와 황감 받으니
봄이 다시 왔구나.

황제는 이같이 써놓고 '교주 도군 황제 어서(教主 道君皇帝 御書)'라고 서명한 후 낙관까지 하여 그것을 연청에게 주면서,

"이것을 경에게 주노라."

이같이 말하는 것이었다. 연청은 너무도 감격해서 땅바닥에 엎드렸다.

황제는 다시 내감을 부르더니,

"상자 속에 있는 청자, 황감을 절반씩 꺼내다가 지금 황제한테 갖다 주고서 일개 초야 충신 연청이란 사람이 헌상했다고 말해라."

이같이 부탁하는 것이었다. 내감이 분부대로 과일을 들고 나갈 때 연청은 좀 더 그곳에 있으려 했건만, 영문에서부터 따라들어왔던 장교가

그만 나가라고 재촉하는 까닭에 그는 눈물을 흘리면서 일어섰다. 그럴 때 태상황제도 한 손으로 얼굴을 가리면서 울음 섞인 음성으로,

"화의(和議)가 성립되었으니 금조(金朝)의 대원수가 우리 부자를 돌아가게 할 거다. 돌아간 후에 경에게 청직(淸職)을 주겠노라."

이같이 말한다. 연청은 다시 사배(四拜)를 드린 후 장교를 따라 물러 나왔다. 그가 영문 앞으로 나오니까 수영관(守營官)이 그의 손에 있는 부채에 글자가 적혀 있는 것을 보더니 이것이 혹시 비밀을 누설시키는 글발이 아닌가 의심하여 꼬치꼬치 캐묻는 고로, 연청은 그 뜻을 자세히 설명하고 간신히 영문 밖으로 나왔다.

두 사람이 한참 동안 걸어서 금영으로부터 멀리 떨어진 다음에야 비로소 양림은 마음을 놓은 듯이 혓바닥을 내밀고 휘휘 젓는다.

"에참! 그놈들 흉악하게 생겼더라! 이런 델 오는 줄 알았더라면 자네하고 같이 안 왔을 건데… 자넨 참 대담도 하데!"

"무얼 그런 걸 보고 놀라실 거야 있소. 내가 맘에 걸린다던 일은 이제 끝났습니다. 당초에 송공명 선생님이 조정의 초안을 받으시려고 하셨을 때, 내가 이사사의 집에 갔다가 폐하께서 그곳으로 행차하신 것을 기회로 한 곡조 노래를 부른 다음에 조서를 써주십사고 청했었단 말예요. 그때 폐하께선 어렵지 않게 선뜻 써주셨거든! 난 그때의 성덕을 못내 잊을 수가 없어서, 그래서 오늘 모험을 해가며 적진에 들어가 폐하를 뵙고 조금이나마 충심을 표하고 왔을 뿐입니다. 만일 잘못되어서 폐하께서 다시 조정에 못 돌아오신다면, 영원히 만나뵙지 못하는 거니까!"

"잘했어! 그런데 세상 사람들이 도군 황제를 혼군(昏君)이라더니, 오늘 황제를 보니까 총명해 보이던데! 그런데 어쩌다가 금수강산을 오늘날 요렇게 망쳐버렸노!"

"옛날부터 나라를 망쳐먹은 임금이란 대개가 영리한 인물이었다오.

다만 구중궁궐 속에서 아침이나 저녁이나 행락을 즐겨했기 때문에 백성들의 괴로운 사정을 모르는 데다가, 간신들이 만날 거짓말로 사해(四海)가 정온하고 만방(萬方)이 평온하다 하면서 흉년이 들었거나 도둑놈이 창궐하거나 그런 건 절대로 알리지 않고 있다가, 혹시 충신이 나라를 걱정해서 그런 사실을 여쭙기만 하면 간신들이 이것을 도리어 조정을 헐뜯는 모략이라고 몰아붙여 귀양을 보냅니다그려! 이래서 충신이 다시는 우국충정을 입 밖에 내지 못하게 만들어온 까닭에 오늘날 우리 나라 꼴이 이 모양이 된 거 아녜요? 어쩔 도리가 없죠!"

연청이 이같이 말하는 것을 듣고 양림은 길게 한숨을 쉬었다.

"그거 참! 난 그전 날 산채에 있을 때 황제를 무도한 놈이라고 늘 욕만 했었는데… 오늘 그 정경을 보고는 나도 모르게 눈물이 핑 돌더군!"

두 사람이 이런 말을 해가면서 5리가량 왔을 때 뜻밖에 울음소리가 들리더니 한 떼의 군사가 2백여 명이나 되는 피난민 남녀노소를 끌고 오는데, 피난민 가운데 걸음을 잘 못 걷는 사람이 보이면 채찍으로 마구 후려갈겨 얻어맞은 사람이 울음을 터뜨리는 것이었다.

연청과 양림은 한쪽 구석으로 길을 피해서 그들이 모두 지나가기만 기다렸다. 그랬더니 피난민 떼가 얼마쯤 지나갔을 때, 그 중에서 어떤 중년 부인이 젊은 여자 하나를 데리고 오다가, 연청이 길 밖에 서 있는 것을 보고는 목 메인 소리로 부르짖는다.

"나으리! 우리 모녀를 제발 구해줍쇼!"

그러자 병정 녀석이 회초리로 그 부인을 후려갈긴다.

"어서 가아!"

그러니까 부인은 애걸한다.

"돈을 바치자니까 친한 양반한테 부탁하는 거란 말에요!"

그러고서 연청을 향해 또 말한다.

"나으리! 바깥양반은 돌아가셨고 가산은 탕진했는데, 나 같은 게 어디서 돈을 구합니까? 그래도 개봉부에서는 8백 냥 돈을 못 바친다고 우리 모녀를 대명부로 압송했다가 사흘 안에 완납하면 좋고, 만일 완납하지 못하면 나는 종년으로 살고, 이 애는 기생으로 팔아버린다는군요! 나으리! 제발 우리 모녀 두 사람의 목숨을 구해줍쇼!"

연청은 이 부인이 자기가 주인님으로 모셔오던 노준의의 따님인지라 서슴지 않고 쾌히 승낙했다.

"부인! 안심하십쇼! 이렇게 만나뵐 줄은 참 몰랐습니다. 노이 나으리가 돌아가셨다는 줄은 알고서도, 서울이 포위됐었기 때문에 찾아가 뵙지 못했습니다. 부인께서, 그리고 작은아씨가… 이렇게 되실 줄은 전혀 몰랐습니다. 걱정 맙쇼. 내일 돈을 만들어갖고 반드시 구해드리겠습니다."

"고맙습니다! 고맙습니다!"

부인은 눈물을 떨어뜨리면서 병정들한테 끌려갔다.

연청은 근심이 가득한 얼굴로 양림과 함께 집으로 돌아와서 대종에게 오늘 도군 황제를 찾아뵙고 황감과 청자를 헌상했더니, 황제폐하가 백환선에 시 한 수를 적어주시더라고 이야기했다. 그랬더니 대종은 어디 보자고, 그 부채를 받아 한참 들여다보더니,

"그거 참! 이렇게 글씨를 잘 쓰는 사람이 몸도 망치고 나라도 망친담! 그거 참, 기막히군!"

그럴 때 양림이 곁에서 한마디 한다.

"대원장! 대원장은 금국군 병영을 못 봤지? 난 오늘 처음 봤는데, 어찌나 위세가 등등한지 몸에 소름이 끼칩디다. 그런데 이 친구는 조금도 아무렇지도 않더라니까!"

연청은 그 말을 받으면서 딴 이야기를 꺼낸다.

"그거야 맘먹고 갔었으니까 그럴밖에! 그러고저러고 간에 노준의 선생님의 따님과 아가씨가 8백 냥 돈 때문에 금영으로 끌려가게 됐으니,

내가 이러고 있을 수 없군요. 양형은 아까 그 참상을 목도하셨죠? 철석인간(鐵石人間)이 아닌 다음에야 가만히 있을 수 있겠습니까! 내가 전에 전공을 세웠대서 상으로 탔던 재물을 그동안 가난한 사람을 구제하느라 써버렸기 때문에 지금 남은 게 얼마 없을 거예요. 하여간 수전노가 아닌 바에야 과부댁과 아가씨를 구해드려야죠. 어디 얼마나 남았는지 찾아봐야지… 8백 냥만 된다면 참 좋겠다!"

그는 뒷방으로 들어가 주머니를 털고, 상자 속을 긁어내다시피 은이란 은을 모조리 쏟아놓고 달아보니, 꼭 8백 냥어치가 된다.

"됐다! 부족할까봐 걱정했더니 꼭 들어맞는구나! 하늘이 도우시는 징조야!"

그는 너무도 좋아서 이렇게 혼잣말하고 일어나서 활과 화살을 가지고 대종·양림과 함께 뒷산 밑으로 갔다.

"그전에 말예요. 노준의 선생님을 구해내려고 양산박에 청병(請兵)하러 갔을 때, 노자는 한 푼도 없고, 화살도 한 개밖에 안 남았는데 까치가 날아가는 것을 보고, 난 그때 속으로 점을 쳤죠. 내가 만일 저 까치를 쏘아 떨어뜨리면 노원외는 살아나는 거라고…. 이렇게 맘먹고서 쏘았더니 화살이 까치의 꽁무니를 꿰뚫어 떨어뜨렸죠. 오늘은 배상할 은자도 마련됐으니까, 내일은 가서 과부댁과 아가씨를 구해올 텐데… 지금 저 고목나무 위 까마귀 떼 중에서 어미 한 마리만을 쏘아 맞히기만 하면, 내일 점괘는 아주 상괘입니다. 자아, 보십쇼!"

연청은 이렇게 말하고 나서 한 눈을 지그시 감고 겨냥을 대더니 탕 쏘았다. 그러자 그다음 순간 큰 까마귀와 어린 까마귀 두 마리가 한 화살에 맞아 땅바닥에 떨어지는 게 아닌가.

연청은 너무도 기뻤다.

"한 마리만 쏘았는데 이렇게 두 마리가 떨어지다니! 모녀 두 사람이 한꺼번에 구원된다는 뜻이구나!"

양림과 대종은 연청의 수완에 새삼 탄복했다.

이튿날 아침 일찍이 연청은 자루 두 개에 은덩어리를 넣어 양림과 함께 짊어지고서 타모강에 있는 금영으로 가 간수들 가운데 이런 것을 받아들이는 두목을 만나 설명을 했다.

"어저께 서울서 붙들려온 노씨 모녀의 배상금 부담액 8백 냥을 납입하려고 왔습니다. 이걸 받으시고 모녀를 석방해주십시오."

연청이 이렇게 말하니까 두목은 두꺼운 장부책을 펼쳐놓고 한참 뒤적거리더니, 과연 모녀 두 사람이 8백 냥을 부족하게 냈대서 잡혀와 있는 것을 알고 그 모녀를 불러내다가 확인해본 다음에, 연청이 가져온 두 개의 은부대를 천평(天平) 저울 위에 올려놓고 달아보고 나서 영수증을 떼어주는 것이었다.

이때 과부댁과 아가씨는 배상금 부족액을 연청이 대납해주고 영수증까지 받는 것을 보고 너무도 기뻐서 연청에게로 달려나가려 했다. 그러니까 두목이 소리를 꽥 지른다.

"어딜 나가? 안 돼! 서울서 완납한다면 이 금액으로 되는 거지만, 영문(營門)까지 끌려와 낸다면 3백 냥을 더 내는 것이 상례란 말야! 만일 대명부까지 끌려갔었다면 6백 냥을 더 내야 하는 법이다!"

이 소리를 듣고 연청은 눈을 크게 뜨고 입을 딱 벌린 채 기가 막힌 듯 말을 못 하는 것이었다.

'죄다 털어가지고 8백 냥을 간신히 가져왔는데, 또 어디 가서 돈을 구하나?'

연청이 이같이 걱정하면서 앞을 바라보니까 과부댁이 눈물로 얼굴을 적시고 있는 게 아닌가. 그 순간 그는 용기를 내어 장담을 했다.

"할 수 없죠! 앞으로 닷새 안에 부족액을 갖다 바치겠습니다."

그가 이렇게 말하니까 두목 놈은 아주 퉁명스럽게,

"여기서 우리가 이동하지 않는다면 열흘도 좋지만, 만일 오늘이라도 이동한다면 일각의 유예도 없단 말이야! 6백 냥을 대명부로 가져와야만 석방될 거요!"

이렇게 말하는 두목의 말씨가 서울말이 틀림없는데, 복장만 금국군의 모양을 차렸는지라, 연청은 사정을 해봤다.

"여보시오, 3백 냥이란 돈은 뭐 대단한 금액도 아닌데… 잠시 수중에 없어서 이렇게 됐으니 사정을 좀 봐주시구려. 우리가 같은 서울 사람 아니오? 동정을 좀 하시오!"

"천만에! 전량에 들어선 털끝만큼도 통사정 못 하오! 부족액을 못 해오면 8백 냥도 날아가고, 저 두 여자는 대명부에 가서 고생을 좀 해야 할걸!"

이때 곁에서 이 소리를 듣던 양림의 가슴속에서는 분통이 터지고 두 눈으로 불길이 철철 흘렀다. 그는 곧 한 칼로 두목을 찔러 죽이고 싶은 모양이었다. 그러나 연청은 부드러운 말씨로 과부댁을 위로하는 것이다.

"너무 걱정 마십쇼. 여기 영수증이 있고, 부족액 3백 냥은 앞으로 닷새 안에 해올 테고, 만일 대명부로 떠나신 뒤라면 3백 냥을 더 만들어가지고 가서 석방되시도록 할 테니까 안심하십시오!"

그는 말을 멈추고 품속으로부터 닷 냥을 꺼내더니 그것을 부인한테 주면서 당부한다.

"이건 따로 가지고 계시면서 용돈으로 쓰십쇼. 무얼 좀 사잡숩쇼."

부인은 그 돈을 받으면서 눈물을 흘리며 감사하는 것이었다.

연청과 양림은 결국 과부댁과 그 따님을 구해내지 못하고 돌아섰는데, 두 사람이 금국군의 영문을 나서자 양림이 먼저 한마디 내뱉는다.

"그 자식이 본시 서울 놈인데도 그따위로 사정을 모른담! 그 자식을 당장 죽여버렸으면 시원하겠네!"

이 말에 연청이 한숨을 길게 쉬며 탄식하는 것이다.

"그따위 무명소인(無名小人)이야 말해 무엇하오! 조정대신이라는 것들도 한번 자리를 옮기면 심장이 변해버렸는데! 그래서 인심이 나빠졌기 때문에 하늘이 이번에 화란(禍亂)을 내리고, 살육전을 하도록 만든 거란 말이죠… 그까짓 얘긴 그만두고, 대관절 이제 어디 가서 3백 냥을 구한다는 거죠?"

"어려울 거 없어! 대원장더러 신행법을 써가지고 산채에 가서 가져오라면 돼!"

"글쎄, 나도 그런 생각을 했지만… 앞으로 닷새 기한을 했으니, 그 안에 다녀올 수 있을지 그게 염려거든요."

양림도 이에 대해서는 자신이 없어 대답을 못 한다. 두 사람은 그담부터 이야기할 기운도 없어서 입을 다물고 터벅터벅 걸었다.

이렇게 풀이 죽어 돌아온 연청과 양림은 기다리고 있던 대종을 보고 이야기했다.

"그래 이런 놈들이 있소? 서울이 함락되고, 두 분 황제하고 비빈(妃嬪)이 금영에 가서 있는데, 백성들한테 피를 빨아내고, 골을 빨아내는 놈들이 있을 수 있소? 개인이 부담하는 배상금이라는 게 있을 수 없는데, 이건 한 번 자리를 옮길 적마다 금액이 늘어나는구먼! 폐일언하고, 대원장이 산채에 가서 옛날 우리 주인댁의 과부 따님과 아가씨를 구해내도록 3백 냥만 만들어가지고 닷새 안에 돌아와주겠소?"

그 말을 듣고 대종이,

"글쎄… 빈손으로 갔다 온대도 왕복 닷새는 더 걸릴 텐데, 은자를 3백 냥이나 갖고서는 신행법을 일으킬 수 있어야지? 도저히 닷새 동안엔 다녀올 수 없소."

이렇게 대답하는 고로 연청이,

"그러시다면 저것들이 타모강에나 대명부로 이동한 뒤가 될 테니까, 3백 냥을 더 만들어 모두 6백 냥을 갖고서 대명부로 오시구려. 나하고 양형하고 둘이 성문 밖에서 기다리고 있을 테니까."

이같이 부탁했다. 대종은 승낙하고 이튿날 새벽에 음마천을 향해 떠났는데, 그날 오후에 연청과 양림이 타모강엘 가보니 금군의 진영은 밤사이에 걷어치워 없어지고 빈 터만 남았다.

그들은 이미 도군 황제·흠종 황제·육궁비빈(六宮妃嬪)·문무관료뿐 아니라 납치해온 부녀자들과 금백(金帛)을 몽땅 가지고 가버렸기 때문에 진영을 차렸던 빈 터 위에는 사람의 시체와 우마의 분뇨가 흩어져서 더러운 냄새만 코를 찌르는 것이었다.

"자아, 이놈들이 벌써 떠나버렸으니 어떡한다? 하는 수 없지! 나하고 함께 성내에나 들어가 봅시다. 대명부엔 내일 떠나가도 늦지 않으니까."

연청이 이렇게 말하니까 양림도,

"그럽시다. 난리를 치른 뒤의 서울의 꼴이 어떻게 됐는가 보아둘 필요도 있지!"

하고 찬성한다. 그래서 두 사람은 타모강으로부터 떠났다.

선화문(宣和門)으로 해서 성내에 들어와 보니까 만호장안이 적막하고, 거리엔 행인이 겨우 하나둘 보일 뿐이요, 상점 문이라곤 모두 척척 닫혀 있어 쓸쓸하기 짝이 없는데 다락같이 높이 솟은 궁궐만은 여전히 남아 있건만, 지금 저 대궐 안에서 신하들의 조례를 받는 사람은 조씨(趙氏)가 아닌 다른 성의 황제다. 연청은 마음이 상했다.

큰 거리를 두어 개 지나서 노준의 선생의 데릴사위 노이가 살던 집 문 앞에 이르러 보니 가옥은 불에 타서 없어지고 기왓장만 흩어져 있다. 그 집 하나뿐만 아니라, 이웃집들도 태반 불에 타고 허물어졌으므로 이것을 본 연청은 마음이 더욱 아팠다.

"그런데 이거 벌써 배가 고픈데… 뭐 사먹을 만한 곳도 없으니, 해가 넘어가기 전에 성 밖으로 나갑시다!"

이때 양림이 이렇게 말하는 고로, 연청도 그를 따라서 걸음을 뒤로 돌렸는데, 불과 백 발자국도 더 가지 못해서 어떤 사람이 쌀을 서너 되쯤 보자기에 싸가지고 달려오는 것을 보았다.

그런데 연청이 이 사람을 보니까, 이 사람이 바로 노이원외의 집에 살림꾼 모양으로 있던 노성(盧成)이 아닌가. 그래 연청이 대뜸 말을 걸었다.

"집이 언제 불에 탔어?"

이때, 노성은 연청을 알아보고 눈물을 흘리면서 말한다.

"나으리! 원외님이 돌아가셨죠! 미망인과 아가씨는 금영으로 끌려가셨죠! 제가 찾아갔더니 영문지기가 들여나줍니까? 소식을 몰랐는데, 오늘 들으니 저것들이 어젯밤에 대명부로 이동했다는군요… 이거 죽을 운수죠! 이 집은 서울이 함락당할 때 불에 탔답니다. 저는 그때 저 뒷골목 셋방 속에 있었으니까요. 그런데 수중에 돈이 한 푼이나 있습니까? 지금 의복을 몇 가지 갖고 나와서 쌀 석 되하고 바꿔오는 길이랍니다."

그가 이런 말을 하고 있을 때, 별안간 마른하늘에서 번갯불이 번쩍번쩍하더니, 소나기가 억수같이 쏟아지는 것이 아닌가.

"이거 안 되겠습니다! 어서 제 집으로 들어가 비를 피하셔야 하겠습니다."

연청과 양림은 노성을 따라서 급히 뒷골목으로 달음질쳤다.

노성이 문을 열면서 두 사람을 안내하는데, 들어가 보니까 형편없이 낡은 방 안에 널판때기로 만든 기다란 걸상이 하나밖에 없다. 연청은 거기 앉으면서 말했다.

"부인과 작은아씨가 금영으로 끌려가시는 것을 보았기 때문에 내가 벌써 8백 냥 돈은 갖다줬고, 그 영수증까지 여기 갖고 있는데, 그런데 이제는 또 6백 냥을 만들어가지고 대명부로 가서 부족액을 완납해야 석방시킨다네. 내가 내일 대명부로 갈 작정일세."

"나으리는 참 장하십니다! 저 같은 것은 마음만 아프다뿐이지, 단돈 한 냥인들 어디서 가져올 곳이 있어야죠!"

노성은 이같이 탄식한다.

비는 주룩주룩 내리고 어둠의 장막은 점점 두껍게 덮이는 것을 보고, 연청은 주머니에서 은 두 돈을 꺼내어 노성에게 주면서,

"먹을 것을 좀 사다주게. 오늘밤은 아무래도 여기서 지내야겠는데, 그리고 내일은 일찍 떠나야겠네. 그런데 자네 여기서 어렵게 지낼 거 없이 나를 따라서 대명부엘 가서 부인과 작은아씨를 마중하지 않겠나?"

이런 말을 하니까 노성은 펄쩍 뛰다시피 좋아한다.

"저야 물론 소원이죠! 나으리를 따라서 가고말고요!"

노성은 이렇게 말하고 이웃집에 가서 술병 한 개를 빌려 밖으로 나가더니 조금 있다가 술과 고기를 사가지고 돌아와 술을 데우고 밥을 지었다. 그런 후에 그들은 술을 마시고 반찬 없는 밥을 조금씩 먹은 후, 걸상에 앉아서 꾸벅꾸벅 졸다가 날이 샐 무렵에 세 사람이 함께 밖으로 나왔다.

연청과 양림은 노성을 데리고 자기 집으로 돌아와서 가벼운 의복가지만 두 개의 보퉁이에 쌌다. 그리고 하인 한 사람만 짐을 지고 따라오게 하고 나이 어린 하인은 본시 이 동리에 사는 소년인 고로 그의 부모를 이 집으로 모셔오게 하여 집안을 돌보게 하라고 일렀다.

이렇게 한 후에 양림은 박도를 들고, 연청은 요도를 차고 또 궁전을 둘러메고, 노성은 크고 작은 보퉁이를 한데 묶어가지고 둘러멘 후 모두 길을 떠났다.

이렇게 길을 걷기를 며칠 동안 하는데, 비는 그치지 않고 날마다 쏟아져서 길바닥은 온통 진 구렁텅이가 되어 걷기가 퍽 어려웠다.

연청은 자꾸 신바닥에 달라붙는 진흙을 털면서 혼자 씨부렁거렸다.

"이거 어디 길이라고 말할 수 있나? 논바닥 한가지로군! 남자도 걷기가 이렇게 어려운데, 저 과부댁과 아가씨가 얼마나 고생할까? 세상 사

람들의 인심이 나빠지면 하늘도 심술 사나워지는 모양이지? 사람들더러 '이놈들! 고생 좀 해봐라!' 이러는 모양이야!"

이렇게 고생해가면서 길을 걷다가 하루는 날이 활짝 갰는데, 이때는 5월이라 날씨가 매우 더웠다.

연청과 양림은 빈 몸이니까 길을 걷기가 편하지만, 노성은 짐을 지고 있는 터라 2리가량 뒤떨어졌었다. 그런 까닭에 앞서서 오던 연청과 양림은 언덕 위 소나무 밑에 앉아 땀을 닦고 다리를 쉬면서 노성이 오기를 기다렸다. 그런데 이렇게 반나절이나 앉아서 기다렸건만 노성이 오지 아니하는 고로 두 사람은 괴상히 생각하고 언덕에서 내려왔다.

그런데 노성이, 짐은 어디다 내버렸는지 빈 몸으로 헐레벌떡 달려오다가 연청을 보더니 숨이 턱에 닿아가지고서 고한다.

"하마터면 저까지 큰일 날 뻔했어요! 짐을 내버렸기에 망정이지… 그러지 아니했더라면 도망해오지 못했을 거예요!"

연청은 놀랐다.

"아니, 어디서 변을 당했나?"

"저기 동수묘(東首廟) 근처서… 별안간 두 놈이 뛰어나오더니 곤봉으로 때리는군요! 전 엉겁결에 짐을 팽개쳐버리고 그냥 뛰어왔습니다. 그래서 살았어요!"

연청과 양림이 노성을 데리고 동수묘에 가보니, 과연 짐을 지고 따라오던 연청의 집 하인이 머리가 터져 땅바닥에 뻗어 있는 게 아닌가.

"아이고! 이 사람이 이렇게 죽다니! 내 집에 와서 여러 해 동안 고생만 하다가 개죽음을 당했구나!"

연청은 노성을 보고 사당 뒤에 깊게 구덩이를 파고 시체를 매장하라고 일렀다.

양림과 노성은 시체를 들어다가 사당 뒤 평탄한 언덕 위에 옮겨놓았다.

"괭이가 있어야 땅을 파지!"

노성이 걱정을 하니까 양림이 박도를 가지고 칼끝으로 땅을 파기 시작하더니 잠깐 동안에 3, 4척이나 파헤친 후 시체를 그 속에 뉘고 진흙으로 덮은 다음에 그 위에 커다란 돌멩이를 들어다놓는다. 혹시 짐승이 시체를 뜯어먹을까 하여 예방하는 것이었다.

이같이 시체를 매장하고 난 다음에 연청은,

"옷 보따리를 송두리째 도둑맞았으니… 이제 어떡한다?"

하고 탄식했다. 그러니까 양림이,

"그런 걱정 해야 소용없지! 내게 가진 게 몇 냥 있으니 어서 갑시다."

이렇게 말한다.

"그럽시다. 빨리 가서 객주나 정합시다."

연청도 더 말하지 않고 노성을 데리고 세 사람이 함께 큰길로 나와서 한참 걸어가는데, 뜻밖에 북소리가 요란하게 들리더니 객상 한 떼가 도망쳐오면서 그들을 보고,

"여보시오, 어딜 가시오? 금병이 지금 이 길로 쏟아져오면서 마구 죽이는데 어딜 가시오? 얼른 피해요!"

이렇게 가르쳐주고 지나가버린다.

연청과 양림은 급히 돌아서서 수목이 울창한 숲속으로 피신했다. 그랬더니 과연 금국군의 기병과 보병이 연락부절 잇대어 온다.

"이거 큰일인데… 금국군 10만이 지나가려면 내일까지도 끝이 안 나겠군! 여기 이러고 있다가 저것들한테 들키는 날이면 죽는 날이야! 어디 샛길로 해서 대명부로 빨리 가는 게 좋겠는데."

연청은 이렇게 말하고 앞장서서 샛길로 걷기 시작했다.

이렇게 오솔길을 4, 5리가량 가다 보니까 조그만 마을이 있고, 술집의 깃발이 보인다.

"저기 술파는 집이 있구려. 한잔 사먹고, 길이나 좀 물어봅시다."

양림이 이렇게 말하고 술집으로 들어가 주보더러 술을 한 사발 달래,

"무어 요기할 만한 안주는 없는가?"

하고 물으니까,

"난리통이라 소를 못 잡았습니다. 콩 볶은 것밖에 없죠."

주보가 이렇게 말하고 접시에 콩을 담아다 갖다놓는다. 세 사람은 그것을 먹었다.

"그런데 여기서 대명부로 가는 샛길이 없소?"

연청이 이렇게 물으니까 주보가 가르쳐준다.

"산길이 하나 있기는 한데, 큰길보다 백 리가량 가까운 길입니다. 그렇지만 길이 너무 험해서 걷기가 힘들죠. 여기서 5리가량 가면 금계령(金鷄嶺)이고, 고개 밑이 바로 야호포(野狐鋪)라는 곳인데… 거기서 대명부까지가 꼭 하룻길입죠."

"됐어… 빨리 갑시다. 오늘 해 전으로 야호포에 가서 거기서 쉽시다."

연청이 이렇게 말하자 양림이 술값을 치르고, 세 사람은 술집에서 나왔다.

걸음을 재촉해서 그들이 금계령 밑에 당도하니까 산꼭대기에서 떨어져내리는 폭포 소리가 마치 천둥 치는 소리 같다. 연청과 양림이 폭포수의 경치를 바라보며 잠시 그곳에 섰노라니, 어디서 사람이 지껄이는 소리가 들린다. 사방을 둘러보니까, 언덕 아래 움푹 파인 곳에 어떤 사나이 둘이 앉아서 지껄이는 소리다.

관승의 재생지덕

"넌 사람이 아니고 짐승이냐? 어째서 내가 먼저 상관한 계집을 네가 덮치는 거냐? 그리고 오늘 뺏은 보따리 두 개를 혼자서 차지하겠다는 게 말이 되느냐 말이다!"

한 놈이 이렇게 욕을 하니까, 욕먹은 놈이 마주 대든다.

"개소리 마라! 그게 네 계집이야? 같이 뺏었으니까 그 계집은 공유물이란 말이야. 그리고 보따리로 말하면 내가 혼자서 그놈을 때려죽였으니까, 내 것이지! 무슨 잔소리야!"

두 놈이 이같이 떠드는 소리를 듣고 양림은 노성을 불러 저놈들의 화상을 좀 보라고 부탁했다.

노성이 바위틈에 숨어서 가만히 엿보더니 양림에게로 와서 말한다.

"저놈 말예요, 눈썹 위에 칼자국이 있는 저놈이 바로 아까 동수묘 사당 앞에서 짐 지고 오던 하인을 때려죽인 놈예요!"

양림은 이 말을 듣고, 즉시 칼을 빼들고 그놈들 앞으로 가 호령했다.

"도둑놈들아! 내 집 하인을 죽이고서 뺏은 물건을 지금 나눠먹자는 거냐? 이 죽일 놈들아!"

두 놈은 깜짝 놀라더니 한 놈이 먼저 내빼다가 그만 거꾸러져버리고, 한 놈은 양림의 발길에 채어 대가리가 터져 자빠진다. 그런데 먼저 내빼던 놈은 연청이 쏜 화살에 가슴 복판을 맞고 입으로 피를 토하고서 거꾸러진다.

양림이 도둑놈을 이같이 처치해버린 다음에 전면을 바라보니 바로 자기가 밟고 섰는 곳이 뉘 집의 분영(墳塋)이요, 그 앞에 사당이 있는지라, 그는 사당문을 열어젖히고서 그 안으로 들어가 봤다.

그랬더니 방 안에는 연청의 집 하인이 지고 오던 보따리 두 개가 놓여 있고, 한쪽 구석엔 촌부인네 하나가 벽에 붙어 서서 부들부들 떨고 있는 게 아닌가.

양림이 그 부인을 와락 잡아당기니까, 부인이 무릎을 꿇고 앉아서 싹싹 빈다.

"쇤네는 저 도둑놈의 계집년이 아니올시다. 성내에 사는 양반의 댁 묘지깁니다. 제 사내 이름은 정대(井大)구요…."

"아까 그놈들은 어떻게 된 놈들이냐?"

양림이 소리를 버럭 지르면서 이렇게 물으니까, 여자가 또 싹싹 빌면서 말한다.

"쇤네 내외가 외딴 데 와서 살고 있었기 때문에 아무도 잘 모릅죠. 저것들이 형제간인데, 하나는 낭부(郎富)고, 또 하나는 낭귀(郎貴)라는 이름인뎁쇼. 어느 날 밤에 제 집에 와서 제 남편을 죽이고 저를 겁탈했답니다. 낭귀란 녀석이 그랬습죠. 오늘도 보따리 두 개를 강탈해갖고 돌아와서 낭귀란 놈이 제가 더 가지려고 다퉜답니다."

이때 연청이 물어봤다.

"촌에 사는 부인네가 절개를 지킬 줄 모르고 그게 뭐야! 그래, 언제부터 그렇게 됐다는 건가? 그리고 일가집이 있나, 없나?"

"예, 도둑놈들한테 일을 당한 것이 아마 한 달쯤 됐나 봐요. 쇤네의 일가집은 성안에 있긴 있습니다만, 난리통에 어떻게 됐는지 알 수 없사와요."

연청은 이때 벌써 해도 서쪽으로 기울어진 모양이므로,

"여기서 금계령을 넘어 야호포까지 몇 리나 되나?"

하고 물었다.

"7, 80리밖에 안 됩죠. 그렇지만 재 위엔 호랑이가 득시글거려서… 날이 저물면 못 다닙니다."

이 말을 듣고 연청이 양림을 바라봤다.

"오늘은 벌써 늦었지? 재 넘어가기는 어려울 테니, 어디 주막에 가서 하룻밤 쉬고… 내일 넘어갑시다."

그러자 그 부인이 한마디 한다.

"나으리들께서 그 도둑놈들을 죽여주셔서… 제 남편의 원수를 갚아 주셔서… 참 고맙습니다. 쇤네도 내일은 여기서 떠나는뎁쇼, 나으리님들이 오늘밤은 여기서 쉬십쇼. 저 도둑놈들이 사냥꾼 출신이기 때문에 고기를 절여놓은 것이 있사와요. 밥반찬으로 괜찮으니까 제가 밥을 해 드릴 테니 그냥 여기 계십쇼. 어떻게 또 주막까지 찾아가시겠습니까?"

"허어, 우리가 아주 나쁜 사람인 줄 모르고서 저러는군!"

연청이 웃으면서 이런 말을 하니까, 여자는 고개를 내젓는다.

"천만의 말씀이죠. 나으리님들은 보아하니 아주 사문군자(斯文君子)십니다! 아까 뒈진 도둑놈들하고는 하늘과 땅같이 판이하게 다르신 어른들이신뎁쇼."

"아까 죽여버린 그 두 놈이 우리 집 하인을 때려죽이고서 보따리를 뺏어갔던 놈들인데, 우리가 금병을 피해서 큰길로 안 오고 오솔길로 왔었으니까 다행히 여기서 그 두 놈을 만나고 원수를 갚은 거란 말이오. 하늘이 돌아가는 이치가 이렇게 뚜렷하다니까!"

연청은 이렇게 말하고서 노성을 불러 그 두 놈의 시체를 처치해버리라 이른 후, 양림과 함께 폭포 아래로 가서 경치를 더 구경했다.

두 사람이 한참 만에 돌아와 보니까 부인은 벌써 소주 두 병을 데워놓고, 노루 고기·토끼 고기·꿩고기 말린 것, 절인 것을 상 위에 벌여놓고서 기다리고 있다.

그들은 배부르게 먹은 뒤에 밖으로 나가서 거닐다가 마른 풀을 한 아름씩 안고 들어와 그것을 밑바닥에 깔고서 그 위에 쓰러져 잤다. 그러고서 이튿날 아침에도 그 부인이 지어주는 밥을 먹고서 일찌감치 길을 떠났다.

"오늘부터 보따리는 내가 짊어져야겠군!"

양림은 도로 찾은 보따리를 짊어지면서 이런 말을 했다.

부인도 그들에게 사례하고서 그곳을 떠나는 것이었다.

얼마 후에 연청의 일행 세 사람이 금계령 산마루 위에 올라와서 멀리 바라보니, 노상에는 아직도 금병의 이동이 끝나지 아니했다. 그들은 급히 재를 넘어서 아랫마을 야호포로 내려왔는데, 시각은 아직 황혼 전이었다.

양림이 이때 사방을 둘러보더니,

"전날 내가 올 때는 여기가 제법 번화한 거리더니, 이젠 아주 쑥밭이 됐군. 점방이라곤 하나도 없으니 오늘밤엔 어디서 잔다?"

이렇게 중얼거린다. 사실 그의 말대로 거리는 온통 불티 자리뿐이요, 다만 한쪽으로 군사들의 영채(營寨)가 하나 보일 뿐인데, 군사는 기껏해야 5, 6백 명 있을까 말까 한 영채였다.

그런데 이때 그곳에서 파수 보던 군사들이 양림과 연청이가 금국 백성의 복색을 입은 것을 보더니 비호같이 뛰어와서 세 사람을 붙잡아가려 한다. 그럴 때 양림은 그들을 뿌리치고 대항하려 했는데, 연청이 고개를 저으면서 양림을 보고 말린다.

"대항하지 마셔요! 장관을 만나보면 자연 도리가 있을 겝니다."

양림도 이 말을 듣고 연청과 함께 그냥 군사들한테 끌려서 영채 안으로 들어갔다.

세 사람이 중군에 이르렀을 때 바라보니까 정면에 초록빛 전투복을 입고, 머리에 남빛 포건을 쓴 늙은 장군 한 분이 허연 수염을 쓰다듬으면서 점잖게 앉아 있는데, 좌우로는 도부수가 호위하고 있다.

그때 장교 한 사람이 노장군 앞에 가서,

"간첩을 세 놈 잡았습니다. 처분을 내리시기 바랍니다."

이같이 고하니까, 노장군이 세 사람을 내려다보며 호령을 추상같이 한다.

"네 이놈들! 어찌 감히 대담하게 간첩 노릇을 했느냐!"

이 소리를 듣고 연청이 씩씩하게 대답했다.

"저희들은 간첩이 아니올시다. 피난 나온 양민이올시다!"

노장군은 얼굴에 노기를 띠고 안상을 주먹으로 탕 치더니, 호령한다.

"네가 이놈 금국의 백성이라면 용서하겠다마는, 피난 나온 이 나라 국민인 고로 용서할 수 없다! 원문(轅門) 밖에 내다가 베어버려라!"

호령이 떨어지자 도부수가 달려들어 그들 세 사람을 끌어내는데, 연청은 조금도 겁내지 아니하고 말한다.

"우린 죽는 것이 조금도 아깝지 않습니다. 죽이려거든 죽이십시오! 그렇지만 이 나라 백성이니까 용서할 수 없다는 것이 무슨 이유입니까? 말이 안 됩니다! 이유나 밝히고 죽이십쇼!"

연청이 이렇게 말하니까 노장군이 약간 미소를 지으면서 설명해 준다.

"너희들이 금국 사람이라면 이번에 본국 군사가 쳐들어왔으니까 금국 복색을 하는 것도 당연한 인정이겠다만, 너희들이 대송(大宋) 나라의 백성으로서, 역대 성상 폐하의 은혜를 받아왔음에도 불구하고 금국 놈을 보기가 무섭게 서로 앞을 다투어 그놈들한테 귀순하여 의복까지 그놈들의 복색을 차리고서 민정을 염탐해 그놈들한테 고자질했으니… 그래 이따위 놈들을 안 죽이고 어떤 놈들을 죽여야겠느냐?"

연청은 이 말을 듣고 픽 웃었다.

"장군께서는 꼭 하나만 아시고, 둘은 모르시는 말씀이십니다. 나라에서 군사를 양성하는 것은 백성을 보호하자는 까닭입니다. 만일 적국이 침범하는 경우이면 충량한 장사가 마땅히 적을 방어해서 백성들을 편안케 하는 것이 도리인데도 불구하고, 평소엔 으쓱대기만 하고 게으름만 피우면서 국가의 녹만 처먹던 것들이, 적군이 침범하니까 그저 호랑이나 만난 것처럼 별로 싸우지도 않고서 수도를 함락당하고 두 분 황제님을 몽진케 하고서는 소위 장군님이라는 것들이 적에게 나가서 무릎을 꿇고 귀순해버리지 않았습니까? 지금 노장군님은 나라에 충심을 가지시고 송조기호(宋朝旗號)를 세우고 계시기는 합니다만, 겨우 이런 곳에서 바람만 쐬고 황제의 몽진을 앉아서 구경만 하시니 적에게 귀순한 장군들과 비교해서 불과 '오십보백보'입니다. 그런데 노장군께서는 피난민을 보시고 불쌍히 여기실 줄은 모르시고 도리어 간첩이라고 형벌을 내리시려 하시니, 어찌 이렇게도 남을 죄 주는 데는 총명하고, 자기 잘못을 아는 데는 어둡습니까?"

노장군은 연청이가 이같이 말하는 것을 듣고 일언반구 무어라 할 말이 없어졌다. 그래 이렇게 물어보는 것이었다.

"거기 좀 섰거라! 내가 너한테 묻겠다. 너 어디 사는 사람이냐? 어디로 가는 길이냐? 성명은 무어라 하느냐?"

이에 연청이 공손히 대답했다.

"예, 본관이 서울이온데, 저의 친척이 대명부로 붙들려갔기 때문에 죗값을 치르러 가는 길입니다. 저의 성명을 숨기지 않고 이실직고하오면 '양산박 낭자 연청'이가 바로 저올시다. 조정의 초안을 받고서 나라를 위해 방납이를 토벌한 공훈도 세웠더랬습니다."

노장군이 눈을 크게 뜨고 또 묻는다.

"그렇다면 양산박에 사진이란 사람이 있었던가, 그것도 알겠구나?"

"예! 구문룡 사진이는 천강성(天罡星)의 운수를 타고났던 사람으로 저와 함께 일하다가 방납이를 토벌하던 때 목숨을 국가에 바치고 말았습니다."

노장군은 더 묻지 않고 소교 한 명을 부르더니,

"능장군한테 가서, 이리 나오셔서 잠깐 보아주십사고 그래라!"

이렇게 부탁한다.

소교가 달음질해가더니 미구에 장군 하나가 급히 나오다가 연청을 바라보고 깜짝 놀란다.

"아니 이거 아우님이 웬일이오? 어떻게 여길 오셨소?"

이 말을 듣고서 노장군은 황망히 뜰아래로 내려와서 연청에게 예를 하며 사죄를 한다.

"존함을 들은 지는 오래됩니다. 너무 실례를 했으니 그 죄를 용서하시오!"

"천만의 말씀입니다."

연청도 답례를 하고서 새로 나타난 장군과도 인사를 했다. 그런데 새로 나타난 장군은 다른 사람 아니라 굉천뢰(轟天雷) 능진이었다. 능진은 양림과도 오랫동안 적조했던 인사를 나누는데, 노장군이 능진더러 묻는다.

"이분은 누구십니까?"

"결의형제한 금표자 양림입니다."

능진이 이렇게 소개하자 노장군은 양림과 연청을 마루 위로 인도한 후 상좌에 좌정시킨다. 그럴 때 능진은 궁금해 못 견디겠다는 듯이 그동안의 내력을 묻는 고로, 연청은 오랫동안 세상과 인연을 끊고서 살아오다가 일전에 타모강으로 가서 도군 황제를 찾아뵙고 황감·청자를 진상했더니 황제께서는 백환선을 하사하시더라는 이야기와 오늘은 노이의 미망인을 석방시키려고 대명부로 찾아가는 길이라는 이야기를 한

다음에, 노장군을 바라보며,

"참, 아까는 장군님께 너무도 무례한 말씀을 드렸습니다. 그 죄를 용서하십쇼."

이같이 사과하는 것이었다. 그러자 노장군은 껄껄 웃으면서 말한다.

"천만에! 노형의 재주와 구변은 과연 명불허전이오! 또 그 충성과 의리엔 내가 진심으로 존경하겠소! 나는 구문룡 사진의 사부(師父) 되는 동경 팔십만 금군교두의 왕진이오. 고구란 놈이 제 아비의 원한을 품고서 내게 원수를 갚는 고로, 하는 수 없이 노충 경략상공한테로 도망가 있었는데, 몇 번 전공을 세웠더니 병마지휘사가 되었소그려. 그래서 이번에 근왕군(勤王軍)을 이끌고 서울에 갔었더니 성상폐하께서 양방평으로 하여금 2만 명의 군사를 거느리고 열 사람의 지휘사와 함께 황하의 중요한 곳을 방어하라 하셨는데, 뜻밖에 왕표란 놈이 요긴한 곳을 적에게 내줬기 때문에, 적군이 강을 건너와 마구 치는 바람에 모두 참패를 당했다오. 나는 겨우 5, 6백 명의 군사를 남겨 지금 진퇴양난해서 우선 이곳에 주둔하고 있는 터이외다. 그리고 능장군으로 말하면 양방평의 중군에서 화약국(火藥局)을 관리하고 계시다가 양태감이 참패해 내빼버린 까닭에 이곳에 나와 함께 계시는 터이외다."

"그러시겠습니다. 그런데 이곳은 험준한 산악이 없어서 사방으로부터 적이 쳐들어오기가 쉬운 곳입니다. 그리고 적군이 불일간 이곳엘 또 올 것 같으니, 장군께서는 속히 다른 곳으로 옮기시는 것이 좋을 줄로 압니다."

노장군의 이야기를 듣고서 연청이 자기의 소견을 이같이 말하니까, 노장군 왕진은 조금도 불쾌해하는 빛이 없이,

"고마운 말씀… 그리하오리다."

이같이 대답하는 것이었다. 그러고서 왕진은 연회를 베풀어 두 사람을 대접했다.

연회가 끝난 뒤에 연청과 양림은 능진의 막사에 가 세 사람이 한 방에서 자면서 각기 심정을 털어놓고 이야기했다. 그리고 이튿날 아침에 연청과 양림이 왕진에게 하직을 고하니까, 왕진은 차마 떠나보내고 싶지는 아니하나 붙잡는대도 머물러 있지 아니할 사람들임을 알고서 작별을 하는 것이었다.

노성이 짐을 지고, 세 사람이 대명부에 도착한 것은 저녁때였는데, 벌써 대종이 먼저 와서 객줏집 앞에서 그들을 기다리고 있다가 반가이 맞는다.

"이응 형님이 돈을 보내주셨단 말이오. 내가 안 가지고 오고, 장정들한테 지워서 보내주셨어. 여기서 일을 끝내고 속히 산채로 모두들 오랍디다."

대종으로부터 음마천의 소식을 듣고 연청은 기뻐했다. 그날 밤 객주에서 자고, 이튿날 연청이 대종더러,

"우리 세 사람이 성내에 가서 형편을 좀 염탐해보고 온 다음에 돈을 가지고 갑시다."

하니까, 대종은 고개를 저으면서,

"나는 연일 줄달음질쳤기 때문에 몹시 피곤한데! 좀 쉬어야겠어."

하고 드러눕는 고로 연청은 노성더러 대종과 함께 있으라 하고, 양림과 둘이서만 성내로 들어갔다.

그런데 이번에 간리불은 자기가 직접 군사를 이끌고서 대명부엘 쳐들어오지 않고, 부하 달란(撻懶)과 징족(徵足) 두 사람의 대장으로 하여금 3만 명의 군사를 거느리고 들어가서 점령케 했었는데, 이곳 대명부의 태수 유예는 본시 교활한 인간이어서, 송나라의 운(運)은 이미 기울었고 이제는 금(金)나라가 흥왕할 운수라 생각하고는 재빠르게 적군의 진영을 찾아가서 귀순해버렸던 것이다. 그리하여 금국에서는 그를 신통하게 생각하고서 하북 지방을 떼어 제(齊)나라를 만들게 하는 동시

에, 그를 제나라의 임금에 봉했다. 금국이 이같이 송나라를 침범한 후 장방창에게 하남 지방을 떼어주고서 그를 초제(楚帝)에 봉하고, 유예를 제제(齊帝)에 봉한 까닭은 송태조 이래 벌써 2백 년 동안이나 송조(宋朝)가 백성들한테 선정(善政)을 해왔으므로 인심이 갑자기 금국에 따라오지 아니할 것을 아는 까닭이었다. 그뿐 아니라, 강왕(康王)이 남경에서 즉위한 까닭에 하북·하남의 호걸들이 강왕에게 향응하는 일이 있을 것이므로 이것을 막기 위해 장방창과 유예에게 제왕이라는 허명(虛名)을 주고서, 두 사람으로 하여금 그 지방의 반란을 예방하고 동족끼리 서로 공격케 하자는 간교한 계책이 있는 것이다. 그러나 장(張)이나 유(劉)는 금국의 이 같은 계책을 전혀 알지 못하고 우롱당했던 것이다.

이때, 유예는 자기가 임금이 되었대서 망자존대(妄自尊大)하여 궁궐을 짓고 백관(百官)을 임명하고, 황후를 세우고, 태자(太子)를 봉하는 등… 그 꼴이 사나웠던 까닭에 그때까지 대명부의 병마총관(兵馬總管)으로 있던 대도(大刀) 관승은 분한 마음을 참지 못해 벼슬을 내놓고 시골로 돌아가겠다는 뜻을 고했다. 그랬더니 유예는 아주 뜻밖이라는 듯이 그를 만류하는 것이었다.

"그게 어쩐 말씀이오? 내가 하늘의 뜻을 받들어 하북 땅의 임금이 되었으므로 장군을 정남대원수(征南大元帥)에 봉하여 송나라의 뿌리를 아주 뽑아버릴 작정인데, 무슨 까닭으로 시골구석으로 돌아가겠다는 거요?"

이 말을 듣고 관승은 단호한 태도로 대답을 했다.

"저의 선조께서 한실(漢室)의 뒤를 받들었기 때문에 청사(靑史)에 길이 방명(芳名)을 전하시는 터인데, 제가 비록 용렬합니다마는, 일신(一身)을 더럽히고 싶지는 않습니다. 어찌 두 성(姓)을 섬기겠습니까!"

이때 유예의 얼굴빛이 싹 변하면서,

"그래, 그렇게 충심이 대단했다면 어째서 전엔 양산박에 들어가 도둑놈이 됐었노?"

이같이 꾸짖는다.

"그거야 일시 착각으로 그랬었지만, 결국 조정의 초안을 받고서 나라를 위해 공훈을 세우지 아니했습니까? 대감께서는 조정의 은총으로 이곳을 다스리고 계셨으니 마땅히 자기의 신분을 지키고 의를 세워야 할 것이 아닙니까! 망자존대하여 후세에 욕을 남길 필요가 뭡니까? 맹태후(孟太后)께서 조서를 내리시고, 강왕이 승통(承統)하여 제주(濟州)에서 즉위하시고, 하남과 하북이 모두 그 휘하에 들어가 지금은 병세(兵勢)가 대단히 커졌습니다. 장방창이 금국의 명으로 초제(楚帝)가 되었지만, 종류(宗留)가 군사를 이끌고 들어가 회복했기 때문에 장방창은 벌써 주륙을 당했습니다. 이 같은 본보기가 있으니, 제발 대감은 마음을 돌리십시오!"

조금도 굽히지 않고 관승이 이같이 말하자, 유예는 소리를 버럭 질렀다.

"이놈! 대역부도(大逆不道)한 놈!"

그러고서 유예는 무사를 불러 관승을 끌고 나가 목을 베라고 호령한 후,

"어떤 놈이든 간에 조령(朝令)을 위반하는 자는 모두 이같이 베어버린다!"

이 같은 명령을 내리는 것이었다.

그러나 관승은 조금도 겁냄이 없이 태연히 유예를 바라보면서,

"나는 달게 죽는다! 그렇지만 나는 죽어도 구천에 가서 태조열종의 영혼과 만나보지만, 너 같은 역적 놈은 천년만년 더러운 이름을 남길 뿐이다!"

이렇게 호령하는 것을 무사들이 달려들어 단단히 결박지어 조문(朝門) 밖으로 끌고 나갔다.

유예는 대단히 노해 어쩔 줄을 몰라 했다.

이때, 괴뢰정권의 승상·추밀들은 관승을 위해서 장계(狀啓)를 올렸다.

"관승은 비록 천하가 돌아가는 시운(時運)을 모르고서 망령된 말을 입 밖에 내었으되 어제까지 하북의 상장(上將)으로 만부부당의 용맹이 있는 사람입니다. 이제 인물을 많이 구해야 할 이때에 이 사람을 죽이는 것은 가석한 일입니다. 주상께서는 잠시 노여우신 마음을 진정하시고 저 사람을 감금해두시오면, 신 등이 권고하여 저로 하여금 주상의 위덕(威德)에 감복하도록 인도하겠습니다. 이리하여 후일 그를 다시 유용하게 씀이 좋겠사오니, 이는 한고조가 일찍이 옹치(雍齒)를 대우한 전례가 있지 않습니까? 주상께서는 다시 한 번 고려해주시옵소서."

유예는 이 같은 장계를 받아보고서 한참 생각하다가,

"경 등이 그같이 아뢰는 터이니까 잠시 동사(東司)에 가두어둔 후 다시 처분을 내리겠소."

이같이 분부를 내렸다. 전봉관(傳奉官)은 이 분부를 받아 급히 형장(刑場)으로 달려갔다.

한편, 대종을 객주에 남겨두고 성내에 들어온 연청과 양림은 금국군의 병영(兵營)이 어디 있는지 몰라서 길을 물어보려 했는데, 별안간 큰길 네거리에서 징 치는 소리가 나더니, 도부수 7, 8명이 사람 하나를 묶어 한길 복판에 가설된 법장(法場) 위로 올라가는 고로, 연청과 양림은 급히 그곳으로 달려가서 구경꾼들의 등 너머로 넘어다보고는 소스라치게 놀랐다.

"관승 형님 아닌가! 아니, 대명부의 병마총관이신데… 저게 웬일인가?"

연청과 양림은 병정들이 둘러서서 경비하고 있으므로 누구더러 물어보지도 못하고 마음만 급했다.

이때, 감참관이 붉은 기를 높이 쳐들고 휘저으니까 사형을 집행하는 회자수(劊子手)가 관승에게 달려들어 그를 꿇어앉히고서 칼로 치려고 한다. 그럴 때 관승은 성난 목소리로 호령을 한다.

"이놈아! 역적 놈이 나를 죽인다마는, 내가 죽어 귀신이 돼서라도 그 놈을 없애버리겠다! 내가 당당히 남쪽을 보면서 칼을 받을 테니까, 북쪽을 향해서 나를 꿇어앉힐 생각은 하지도 말아라!"

이때 감참관과 회자수는 평소에 관승을 충신으로 알고 존경하던 터이라, 감히 아무 말도 못 한다. 이 모양을 바라보던 구경꾼들도 모두 눈물을 떨어뜨린다.

이러고 있을 때 별안간 대궐로부터 전봉관이 말을 달려와,

"칼을 멈춰라! 전하의 영지(令旨)시다! 동사에 감금하라신다!"

이같이 소리 높이 외치는 것이었다. 그러자 형장에 있던 감참관의 지휘로 병정들이 관승을 호송하여 가버린다.

연청과 양림은 멀찍이 그 뒤를 밟아서 동사로 갔다. 병정들이 감옥문을 열고 들어가더니 문을 쾅 닫아버리는 고로, 연청은 문밖에 서서 간수를 보고 촌놈처럼 시골 말씨로 물어봤다.

"지금 잡아온 사람이 뭐하는 사람입니까?"

그러자 간수는 연청을 아래위로 한 번 훑어보더니,

"그분이 누구신지 몰라? 하북의 백성들이 모두 숭배하는 병마총관이신데!"

이렇게 말하고는 한층 목소리를 낮춰 일러준다.

"유태수가 금국에 귀순하여 제나라의 임금이 됐단 말이야. 그래 관총관(關總管)이 바른 말로 간했더니, 유태수가 노해 관총관을 죽이려 했는데, 다행히 여러 사람이 좋게 아뢰어서 죽이진 않고 여기다 가둬두게 된 거란 말이야!"

"아, 그렇게 됐습니까? 잘됐군요."

연청은 돌아서서 천천히 양림에게로 왔다.

"아까 사형을 집행했더라면 큰일 날 뻔했지? 이제는 꾀를 내어 구원해내오기만 하면 되겠소."

연청이 가만히 이렇게 말하니 양림이 얼른 자기의 의견을 내놓는다.

"빨리 음마천으로 가서 군사를 끌고 와야겠군!"

"쉿! 쓸데없는 소리 말아요! 달란이가 삼만 대병을 거느리고서 이곳을 지키고 있는 걸 알아야지요. 여기를 들이치려고? 어림도 없지! 기회를 좀 두고 봐야 해요."

연청은 더 말하지 않고 앞장서서 금영을 향해 걸어오다가 길거리에 방문이 붙어 있는 것을 보았다.

> 알림.
>
> 유치된 사람의 미납금액을 2일 이내에 완납하는 자는 석방함. 3일이 지나면 취급치 아니함.

금영에서 일반 주민에게 알리는 내용이었다.

"3일 내에 완납하면 된다니까 금영에 가서 알아볼 것도 없지. 내일 돈을 가지고 가면 그만이니까, 어디 가서 술이나 한잔 합시다."

연청은 양림을 보고 이렇게 말한 후 큰길 건너편에 있는 큰 술집으로 들어갔다.

두 사람이 위층으로 올라가니까 상좌 되는 좌석에 금영에 있는 듯싶은 관리 한 사람이 보좌관들을 데리고 앉아서 술을 마시다가 저희들끼리 무어라고 귓속말로 이야기를 하더니, 그 관리가 허리춤에 차고 있던 요대 속에서 길이가 한 자쯤 되어 보이는 목협(木夾) 한 개를 꺼내 구경시키는데, 보니까 나무 조각 위에 무슨 글자가 하나 가득 쓰여 있다. 보좌관 두 명이 그것을 보고 나니 그 관리는 목협을 다시 요대 속에 집어

넣은 다음에 또 술을 큰 잔에 하나 가득 따라 마신다.

이때 연청과 양림은 그들과 마주 보이는 자리에 앉아서 주보가 갖다 놓는 술과 안주를 들고 있었는데, 건너편에서 두 사람을 바라보던 보좌관 중에서 얼굴이 깨끗하게 생기고 몸은 약간 야윈 듯싶은 나이 30이 될까 말까 한 청년이 이쪽에 앉아 있는 연청의 얼굴을 유심히 바라보면서,

"실례올시다마는, 형장이 혹시 서울 옹구문 밖에서 모직물 장사하시는 미선생(米先生) 아니십니까?"

이렇게 묻는다.

연청은 본래 눈치가 빠른 사람이라 근사하게 꾸며서 대답하는 것이었다.

"예, 그분은 우리 형님이시죠. 그런데 노형의 안면은 익은데… 얼른 생각이 안 나니… 누구신가요?"

"나요? 나는 전수부 앞에서 동쪽으로 가다가 우피항(牛皮巷)에 들어서면서 세 번째 되는 집에 살고 있는 유가(柳哥)올시다. 개봉부의 구실을 먹고 있죠."

"그런데 여길 어찌 오셨습니까?"

"예, 막역한 친구 하나가 사소한 일로 이곳에 잡혀와 있기 때문에 그 사람을 구하려고 무한 애를 쓰다가 간신히 목협을 얻어 지금 이 어른께 청을 드리고 있는 중입니다."

"목협이라는 게 무엇에 쓰는 겁니까?"

"금국의 법도가 문서를 사용하지 않고 전량(錢量)·병마(兵馬)·범인(犯人) 등 온갖 사건에 전부 목협만 가지고 얘기하면 모든 걸 그 사람 말대로 시행한답니다. 그러니까 틀림이 없다는군요."

"그거 간편하군요! 번번이 종이를 없애지 않고 글씨 쓰기 귀찮지도 않고… 좋겠군요."

연청이 그 사람과 이런 말을 하고 있을 때, 가운데 앉았던 관리가 술에 취해 몸을 가누지 못하면서 억지로 일어나더니, 그냥 아래층으로 내려가버리는 고로 보호자처럼 모시고 앉았던 두 사람이 급히 일어나서 그를 부축하여 내려간다. 이렇게 그들이 내려간 다음에 보니까, 아까 그 관리가 보여주던 목협이 의자 밑에 떨어져 있는 게 아닌가. 연청은 그것을 얼른 집어 품속에 감췄다. 아까 그 관리가 목협을 요대 속에 도로 집어넣는다는 것이 취중이라 뻿뻿한 가죽으로 만든 요대 속으로 집어넣지 못하고 그냥 마룻바닥에 떨어뜨렸건만 그 소리를 듣지 못했던 모양이다.

연청은 목협을 감춰 양림의 손을 이끌면서 아래층으로 내려와서는 은덩어리 하나를 주인한테 주고서,

"계산은 내일 와서 하리다!"

한마디를 남겨놓고, 총총히 오솔길로 달음질하다시피 성 밖으로 나와버렸다. 양림은 연청이가 하는 대로 따라왔지만, 도무지 영문을 몰랐다.

"아니, 이거 어떻게 된 일이여? 그건 무엇에 쓸려고? 왜 이렇게 황당하게 구는 거여?"

양림이 따라오면서 이같이 묻건만,

"쓰는 데가 있죠! 내일 보시구려!"

연청은 이렇게만 말하는 것이었다.

부리나케 객줏집으로 돌아온 연청은 대종을 보고서 이야기했다.

"유예가 제왕이 됐는데, 관승이 그 밑에 병마총관으로 있으면서 바른 말로 간했던 모양예요. 그 때문에 관승이 법장에 끌려와서 참형을 당하게 된 현장을 우리가 구경했습니다그려. 그런데 이걸 보면서도 구해낼 방법이 없었는데, 다행히 동료들이 상소를 잘 했기 때문에 관승은 참형을 면하고 지금 동사에 구금됐답니다."

"그래요? 난 전혀 모르고 있었군그래! 그렇다면 동사까지 한번 가서

몰래 보고 와야지… 우리가 그전 지내던 정리를 생각해서도 가만있을 수 있나!"

대종이 일어서려고 하는 것을 연청이 붙들었다.

"가본댔자 소용없는 일예요! 자연 기회가 올 거니까 그만두고… 우선 노이의 미망인 모녀나 돈을 갖다주고서 빼내옵시다."

이 말을 듣고 대종도 주저앉았다.

이튿날 연청은 노성에게 은 보따리를 지워 양림과 함께 금영으로 가서 전일 타모강에서 만났던 간수 두목을 찾아보고, 배상금 부족액 6백 냥과 전일에 납입한 8백 냥의 영수증을 내놓았다.

두목 놈이 은 덩어리와 영수증을 받아보고 연청의 이야기를 듣더니 말한다.

"이만하면 되기는 됐는데, 제왕부(齊王府)에 가서 통과시킬 목협이 있어야 한단 말이야. 그리고 그 목협을 얻어내려면 운동비가 2백 냥은 더 있어야 하겠는데, 이거 없이는 영문 밖으로 못 나가니까!"

"목협이라는 게 사람을 끌어내는 데도 쓰이는 건가요?"

연청이 일부러 모르는 체하고 물으니까 두목 놈이 말한다.

"아무렴! 금조(金朝)에선 목협이 제일이니까. 법장(法場)에서 참형당하는 죄인이라도, 목협이면 그냥 석방시키니까!"

연청은 이 말을 듣고 속으로 기뻤다. 그러고서 그는 목협을 구하는 운동비로 달라는 2백 냥 돈을 더 주고서, 노이의 미망인과 그 딸을 데려내오게 했다. 모녀 두 사람은 연청을 보더니 감격해서 눈물을 흘리는 것을 연청과 양림은 두 사람을 교자에 태워 객주로 돌아왔다.

객줏집 주인은 연청의 부탁으로 모녀 두 사람에게 목욕을 시키고 새 옷으로 갈아입게 했다. 그랬더니 미망인은 바깥으로 나와서 연청을 보고 정중하게 고마운 인사를 다시 하고, 자기의 딸을 바칠 터이니 배필로 삼아주면 평생을 의지하겠다고 혼담까지 하는 것을 연청은 좋은 말로 사양했다. 그러고서 연청은 또 대종이, 볼일을 끝냈으니 내일로 이곳을 떠나자고 주장하는 것을 하루만 더 묵어 관승을 구해 같이 가자고 말한 후에 자기의 계책을 설명했다.

다음날,

연청은 금영에 출사하는 관리처럼 복색을 차리고, 대종과 양림은 그의 보좌관 모양으로 차리고 성내로 들어갔다. 그런데 성내에 들어와서 알아보니, 유예가 제나라의 임금이라고는 하지만, 모든 일을 달란한테 품해 그의 결재를 얻은 다음에 거행하는 터이라 실권은 새로 설치된 통사부(通事府)가 장악하고 있는 셈이었다. 그래, 연청은 대종과 양림을 데리고 통사부로 직접 들어가서 유창한 금국말로 격식에 맞게 용건을 이야기하고 목협을 꺼내 보였다.

통사부의 관리는 황송해서 즉각 유예에게 품달하는 공문을 올렸다.

"달란 원수가 관승의 효용(驍勇)함과, 그가 관직을 사퇴하고 지금 동사에 감금되어 있음을 아시고서, 관승을 끌어내어 막하에 두시고 중용하시겠다 하옵니다. 만일에 그래도 그가 듣지 않는다면 극형에 처하시겠다 하옵니다. 방금 달란 원수로부터 한 분 관원이 보좌관 두 사람을 데리고 목협을 가지고 와서 기다리고 있사오니 곧 처분을 내리시옵소서."

이 같은 공문을 받아본 유예가 어찌 감히 달란 원수의 명을 어길 수 있으랴. 그는 곧 동사에 전령을 내려 관승을 끌어내다 통사부로 넘기라고 분부했다.

미구에 관승이 통사부로 끌려 들어왔다.

통사관이 관승을 보고,

"달란 원수께서 장군을 막하에 두시고 중용하시겠답니다. 이분들이 장군을 데려가려고 오신 분들이니, 어서 따라가시오."

이렇게 말하니, 관승은 단호히 거절하는 것이었다.

"나는 두 성을 섬기지 않소! 내가 감투를 탐내는 사람이라면 유예한테 미운 소리도 안 했을 거요. 나를 데려간대도… 내겐 죽음밖에 없소!"

이 소리를 듣고 통사관이 달래듯이 나무란다.

"사람이란 융통성이 있어야 합네다! 왜 그렇게 옹졸하게 외고집만 쓰십니까?"

이럴 때, 연청은 성낸 얼굴로 빨리 가자고 관승을 독촉하므로, 하는 수 없이 그는 끌려가면서 속으로 한탄했다.

'이 사람들이 분명히 대종·양림·연청인데… 이것들이 언제 모두 금국에 귀순했단 말인고? 전일에 이 사람들은 벼슬을 않겠다고 모두들 숨어버리더니… 결국 이 모양으로 적국 놈에게 붙어서 벼슬을 하고 있으니… 기가 막히는구나! 세상에 이럴 수가 있담!'

이렇게 한탄하면서 따라가자니까, 달란 원수가 있는 금영으로 가지 않고, 뜻밖에도 성문 밖으로 나가더니 객줏집으로 들어가는 게 아닌가. 관승이 그들을 따라서 들어가니까, 그때까지 아무 말 않고서 오던 대종·양림·연청이 별안간 땅바닥에 넙죽 엎드려 절을 하는 고로, 관승은 너무 당황해서 맞절을 하면서도 이 사람들의 심중을 몰라 의심이 생겼다. 그럴 때 먼저 대종이 입을 열었다.

"관장군! 만일 연청 아우님이 묘책을 강구하지 아니했더라면, 장군이 그놈들의 호구(虎口)에서 벗어나지 못했을 거요!"

관승은 아직도 의심스러운 표정으로 대꾸한다.

"내야 의를 위해서 죽으면 그만 아니오! 그런데 세 분은 무슨 일로 이곳에 와서 계시오? 그러고 나를 왜 구해냈다는 거요?"

음마천 전투의 승리

그제야 연청이 자기가 타모강으로 도군 황제를 찾아가 뵈온 일과, 길거리에서 노이의 미망인을 만난 일과, 배상금을 대신 지불해준 일을 대강 이야기한 후,

"글쎄 요전 날 양림 형과 함께 성내에 들어가다가 형님이 법장에 끌려나와서 참형을 당하게 되는 광경을 목도했습니다만, 뭐 어쩌는 도리가 있어야죠? 나중에 형님이 동사로 끌려가시기에 뒤를 따라가 보고는 돌아서서 오다가 술집에 들어갔더니, 어떤 군관이 술에 대취해 목협을 마룻바닥에 떨어뜨리고 가기에 그것을 주워가지고 달란이의 차관(差官)으로 가장하여 형님을 감쪽같이 구해내는 연극을 꾸민 것이랍니다. 이번 일은 천행으로 잘됐습니다."

이렇게 설명하는 것이었다.

관승은 이야기를 듣고서 진심으로 감사했다.

"정말 고맙소! 재생지덕(再生之德)을 영원히 잊을 수 없소! 난 아우님이 그렇게 가장한 줄을 모르고 심중으로 몹시 불쾌하게 생각했단 말이오."

"정말 아우님은 충의가 양전(兩全)한 고금에 희한한 인물이오! 그런데 앞으로 난 몸을 어떻게 처신해야 좋소?"

이때 양림이 대답한다.

"걱정하실 것 없어요! 이응 형이 음마천에서 동지들과 함께 의병을 모아놓고 있으니까, 내일 우리와 함께 그리로 갑시다. 그런데 댁의 가족들이 성중에 계시죠?"

"자식은 하나도 없고, 마누라만 있을 뿐인데, 내가 잡혀 갇힌 뒤에 소식을 들으니, 자결해버리고 싶다 하더라는데… 나는 다행히 살아났지만 마누라가 어떻게 됐는지 모르겠고, 또 내가 살아 있다는 것을 알린대도 거짓말로 알고 믿어주지 않을 거요."

"그런 걱정 하실 거 없어요. 형님이 여기 계시다는 편지를 자세히 한 장 써주십시오. 내가 그걸 가지고 내일 성내에 들어가 모시고 올게요."

연청이 이렇게 말하니까 관승은 금시에 얼굴빛이 환해지는 것이었다.

"그러면 되겠군! 그렇지만 성문에서 부녀자들을 못 나가게 하는데… 더군다나 내 집 식구라면 안 내보낼 거니까 탄로되지 않도록 해야 할 거요."

연청은 목협을 보이면서 장담했다.

"이게 있잖아요? 염려 없어요!"

관승은 고개를 끄덕이면서 만족하게 웃었다.

이튿날, 연청은 대종·양림을 데리고 통사부로 가 목협을 꺼내 보이고 이야기했더니, 통사관이 또 유예에게 아뢰었다.

"관승이 금영으로 가서 순종하기 때문에 달란 원수가 만족히 생각하고 그를 정남장군에 임명하고 군사 3천 명을 주어 창덕부(彰德府)를 지키게 하였답니다. 작일 왔던 관원이 목협을 갖고 와서, 관승으로 하여금 가족을 데리고 부임하도록 하겠다 하오니 허락해주시옵소서."

유예는 즉시 허락했다.

"그러리라고 내가 예상했었다. 관승이 대담하지만, 자연 순종할 거야. 관승의 가족을 성 밖에 나가도록 해라!"

이렇게 되어서 통사관이 성문을 통과할 때 보이는 괘호패(掛號牌)를 받아 연청은 고나승의 집을 찾아갔다.

이때, 관승의 부인은 관장군이 금영으로 붙들려간 다음 생사를 알지 못해 번민하고 있던 참인데, 문간에서 하인이 들어와,

"지금 어떤 관원이 보좌관 둘을 데리고 와서 잠깐 부인을 뵙겠다고 합니다."

이같이 알린다. 부인은 대문간으로 급히 달려나가서 물어봤다.

"어디서 오셨습니까?"

연청이 대답을 안 하고 있으니까 이때 양림이 말했다.

"이 어른이 달란 원수가 보내셔서 나오신 어른이십니다. 관장군께서 금조(金朝)에 귀순하셔 정남장군의 직책으로 창덕부를 수비하시게 되어 지금 군사를 거느리시고 성 밖에 주둔하고 계씨는 터인데, 부인께서는 빨리 가재를 수습하여 나오시라 하십니다. 부인과 같이 창덕부로 부임하시겠다 해서 저희가 모시러 왔습니다."

관승의 부인은 양산박에 오래 있었지만, 내외를 하고 있었기 때문에 이 사람들의 얼굴을 모르는 터이라, 이 말을 듣고 속으로 생각하기를,

'남편이 금조에 귀순했을 이치는 없는데 이게 무슨 말인가? 그렇지만 그렇다고 이 사람들의 말을 안 믿을 수도 없지 않은가?'

이렇게 생각하고서 안으로 들어가 가재를 수습하고, 양딸 두 사람과 하인 네 사람을 데리고, 마구간에서 말을 끌어내 타고 이 사람들과 함께 성문까지 나오니, 양림이 수문관(守門官)에게 괘호패를 보이고 연청이 또 설명을 하고 하니까 수문관은 그대로 통과시켜준다. 그리하여 일동이 무사히 객주에 돌아오니 관승이 대단히 기뻐하는 것이었다.

이때 연청은 관승을 보고 말한다.

"형님! 지금까지는 일이 다행히 잘됐습니다마는, 여기 오래 있을 수는 없으니까 오늘밤으로 대원장하고 같이 신행법을 사용해서 산채로

가십시오. 형님은 이곳에서 오랫동안 관직에 계셨기 때문에 사람들이 모두 형님의 외양을 알고 있는 까닭에 몰래 행동하시기가 어려우니까 말씀입니다. 우리는 내일 수레를 타고 떠나가겠습니다."

관승은 연청의 말을 듣더니 고개를 끄덕이면서 부인을 바라보고,

"여보! 난 오늘밤에 먼저 떠날 테니 당신은 노씨 부인과 함께 내일 떠나와. 이게 모두 아우님들의 덕택이오!"

이렇게 말하고 나서 여러 사람과 작별한 뒤 대종과 함께 떠났다.

연청은 이튿날 아침에 수레를 몇 채 구하여 관승의 부인과 노씨 부인과 그 따님과 양딸들을 태운 후, 말 한 필은 양림과 둘이 서로 번갈아가며 타기로 한 뒤 객줏집 주인에게 후히 사례를 하고 길을 떠났다.

하루 동안 쉬지 않고 걸어서 야호포에 이르러 보니, 그전 날 여기 있었던 왕진의 영채는 보이지 않고, 땅바닥에 깔린 것이 군인의 시체뿐이었다.

"허어… 왕진의 진영이 아주 망가진 모양이로구나!"

연청과 양림은 탄식했다.

그런데 해는 벌써 서산에 넘어가고 날은 어두워지는데, 사람이 살고 있는 집이라곤 하나도 안 보인다. 이 밤을 어디 가서 지내면 좋을지 몰라 초조하게 생각하고 있을 때 공교롭게 천둥치는 소리가 나더니 소나기가 퍼붓듯이 쏟아지는 게 아닌가. 일이 매우 난처해서 사방을 둘러보니 맞은편 송림 속에 조그만 불빛이 하나 보인다.

연청은 일행을 이끌고 그리로 가보았다. 가서 보니까 그곳은 사원인고로 불전(佛殿) 앞 넓은 마당에 들어가서 부인네들을 수레로부터 내리게 하고, 말은 뒤곁에다 매놓게 한 다음에, 양림이 선당(禪堂)엘 들어가 보니까 조그만 호롱불이 벽 위에 한 개 걸려 있을 뿐이다.

그가 이것을 보고 벽 밑으로 가서 등불을 떼어들고 나가려 하니까, 한쪽 구석에서 웬 사람이 투덜거린다.

"노승이 병으로 여기 누웠는데… 누가 그 불을 가져가노?"

그러나 양림은 못 들은 체하고 등불을 갖고 그냥 법당으로 나와서 노승을 불러 관승의 하인들과 함께 불을 피우고 물을 끓이라고 일렀다.

미구에 물이 끓었는지라, 양림과 연청은 가지고 온 떡과 고기만두와 건량(乾糧)을 꺼내놓고서 모두들 요기하게 했다. 그러고 나서 연청은 부인네들과 여자들을 동쪽 낭하(廊下)에서 쉬게 하고 하인들과 수레를 끌고 온 차부들을 서쪽 낭하에 드러눕게 하였더니 하루 종일 땀 흘리고 시달린 그들은 이내 잠들어버렸다. 그리고 연청과 양림은 법당에 앉아서 한담을 하고 있었다.

얼마 후에 비가 그치고 하늘에서 구름이 걷히더니 둥근 달이 밝은 빛을 비친다. 연청과 양림은 황량한 전장터에 비치는 달구경을 한참 동안 하다가 심신이 피곤해져서 꾸벅꾸벅 졸기 시작했는데, 별안간 법당 밖에서 사람의 발자국 소리가 나더니 벌써 낭하로 들어온 모양이라, 두 사람은 정신을 차려 일어나 무기를 집어들고 창밖을 가만히 엿보았다.

그랬더니, 두 사람의 군관과 장정 여남은 명이 모두 허리엔 칼을 차고, 어깨에 활을 메고 법당으로 올라서는 층계 위에 이르러, 그중 한 사람이 달빛을 바라보면서 탄식하는 소리가 들린다.

"무슨 면목으로 노충 경략상공을 가뵙는단 말인고! 연청이가 날더러 이곳이 사면팔방에서 공격받기 쉬운 곳이니 다른 데로 이동하라고 권고했었는데, 내가 그 말을 듣지 않고 있다가 결국 이 모양이 되지 아니했나! 내겐 딸린 식구도 없고… 가로거치는 게 없으니, 차라리 내가 목숨을 끊어 조정에 사죄나 해야겠다!"

그러니까 다른 목소리가 이를 말리는 것이다.

"천군만마 중에서도 생명을 부지해온 우리들이 그래 명색 없이 이런 데서 목숨을 끊다니 말이 됩니까! 너무 피곤해서 그러신 모양이니, 오늘밤을 쉬고 내일 다시 조처하십시다."

이때 연청과 양림은 그리로 뛰어나가면서 외쳤다.

"장군! 장군은 맘을 돌리십쇼! 연청이가 왔습니다."

왕진은 깜짝 놀라면서 무한히 기뻐한다.

"오오 다시 만났구려! 참으로 족하는 과연 선견지명이 있소. 내가 진영을 이동하려고 생각하고 있을 때 유예란 놈이 고계박(高溪泊)에 있는 항적 괴수(降賊魁首) 장신이란 놈과 필풍이란 놈을 데리고 와서, 5천 명의 병력으로 내 진영을 겹겹으로 포위했기 때문에, 나하고 능장군이 간신히 살아나왔소그려. 이제는 내가 갈 곳이 없구려!"

연청은 노장군의 얼굴을 바라보고 간곡하게 말했다.

"과히 비관하시지 마십시오. 강왕께서 남경에서 즉위하신 후 사방의 호걸들을 모으시고 종택이 동경에 유수(留守)로 있으면서 양하(兩河) 지방을 회복했고, 그리고 전일 양산박에 있던 우리 형제들이 지금 음마천에 주둔하고 있습니다. 어디서 며칠 지내시다가 남쪽으로 가시어 동경의 종유수와 함께 송조중흥(宋朝中興)에 힘을 기울이시는 게 좋지 않습니까?"

이렇게 말한 후에 그는 또 능진을 보고 말했다.

"우리가 관승 형님을 구해내어 먼저 대종 형님과 함께 산채로 보냈습니다."

능진은 탄복했다.

"참! 아우님의 수단은 실로 비상하오!"

이때 양림은 떡과 고기만두를 내놓고 두 사람에게 권했다. 이렇게 되어 그들은 날이 훤히 밝을 때까지 이야기하다가 하인과 차부들을 깨워 내행을 모시고 길을 떠났다. 말 한 필은 왕진이 타고서 갔다.

일행이 야호포를 떠나서 반나절이나 왔건만 도중에 음식을 파는 집이라고는 하나도 없었기 때문에 모두들 배가 고파 못 견딜 판인데, 갑자기 후방에서 한 떼의 군사가 달려오는데 보니까, 3백 명가량의 유예의 군사인데, 모두 경궁단전(輕弓短箭)으로 무장한 유격대였다.

연청은 급히 차부들로 하여금 수레를 끌고 수풀 속으로 들어가 대피시키도록 했지만, 앞서 오던 군인 놈이 벌써 이 모양을 보고서 소리를 지른다.

"야, 이놈아! 그 수레 위에 앉아 있는 여자들을 이리 바쳐라! 데리고 술이나 한잔 마셔야겠다!"

왕진과 양림 등은 이 소리에 분통이 터져 칼을 빼들고서 달려들었다. 그러자 이것들의 두목인 듯싶은 놈이 말 위에서 껄껄 웃으면서,

"네까짓 것들 4, 5명이 무슨 수로 우릴 당해낼 테냐?"

이렇게 흰소리를 하는데, 그때 벌써 연청이가 쏜 화살이 번개같이 그자의 얼굴을 맞히자 그자는 말 위에서 굴러떨어졌다. 이때 왕진이 한칼로 그자의 몸을 두 동강 냈다.

그러자 3백 명의 군사가 일제히 고함을 지르면서 달려들므로 형세는 대단히 위급하게 되었는데, 이때 뜻밖에도 한 떼의 군사가 바람같이 몰려오더니, 그 중의 한 장군이 쌍편을 휘두르며 유격대 3백 명을 짓밟아버리니까 이놈들이 추풍낙엽같이 죽어 자빠지면서 풍비박산해버리는 것이었다. 연청이 바라다보니, 이 사람들이 다른 사람이 아니라 호연작·번서·대종이므로 그는 기뻐서 어쩔 줄을 몰랐다.

대종이 먼저 연청을 보고 말한다.

"이응 형님이 혹시 노상에서 무슨 일이 있을지 모르니까 우리들더러 3백 명을 거느리고 나가 영접하라 하시기에 그래 마중 나온 거요. 그런데 손상된 거나 없소?"

연청이 이 말에 대답도 하기 전에 호연작은 왕진을 보고 깜짝 놀라 묻는다.

"아니 이거 왕장군 아니십니까? 어떻게 여기 계십니까?"

왕진은 호연작의 손을 잡고 대답한다.

"호연 장군! 우리가 왕표와 함께 양유촌을 지키고 있다가 그놈이 금병을 건너오게 했기 때문에 우리가 모두 패하지 않았소? 나는 패잔병을 거느리고 야호포에 있다가 또 유예란 놈한테 격파되어 어젯밤에 무인지경에 있는 절간에 들어갔다가 우연히 연청 형을 만나 여기까지 동행한 거요."

"아, 그러신가요? 나는 왕표란 놈 때문에 하마터면 목숨을 잃어버릴 뻔했습니다만, 지금 여러 형제들과 함께 음마천에 있습니다."

왕진과 호연작이 이같이 이야기를 주고받은 뒤에 연청과 능진도 각각 호연작과 번서와 함께 오랜만에 만나보는 정회를 풀었다. 그런 다음에 그들은 유격대 전사자의 말이 십여 마리 있어 그것을 잡아타고 산채로 갔더니, 이응 이하 모든 두령들이 그들을 취의청으로 영접해 들인 후 왕진을 상좌에 좌정시키고는 각각 오랫동안 앙모하던 인사를 드렸다. 그리고 연청은 데리고 왔던 차부들을 돌려보냈고 관승의 부인과 노이의 미망인과 소저를 취의청 뒤에 있는 후채로 인도하여 이응의 따님으로 하여금 접대하도록 했다.

이응은 왕진·관승·연청을 환영하는 의미에서 곧 연회를 베풀었다. 그랬더니 관승은 술을 마시면서 연청의 비상한 꾀와 놀라운 수단에 감복했던 이야기를 해가면서 칭찬하기를 마지아니하고 호연작도,

"글쎄 그전에도 연형이 영리해서 임기응변을 잘하는 줄은 알았지만, 누가 그렇게 충간의담(忠肝義膽)이 있고 묘계입신(妙計入神)한 줄이야 알았나! 정말 우리 같은 것은 도저히 못 따라간단 말이야!"

이렇게 감탄하고, 그 밖의 모든 사람이 모두 칭찬하기를 마지아니했다.

이렇게 그들은 연 사흘 동안 자축연을 계속했는데, 이들한테 쫓겨갔던 유격대원 30여 명이 대명부에 돌아가 음마천에 있는 도적들 때문에 저희들이 전멸당한 사실을 유예에게 보고했던 것이다.

그런데 지난번 서울에 산다는 유가(柳哥)와 함께 술집에 왔던 금영(金營)의 관리는 목협을 잃어버린 것을 나중에 알고 술집으로 그것을 찾으러 왔었으나 이미 연청이 그것을 주워 내뺀 뒤라, 그 관리는 돌아가서 가죽띠로 1백 번 얻어맞고, 두 사람의 보좌관은 군인으로 징용당하고 제왕의 통사부에서는 목협의 번호를 대조해보니 이것을 이용해 관승이 탈출한 사실이 드러나고, 또 그가 그길로 음마천으로 간 것이 확실하므로 유예는 군사를 이끌고 나가 음마천을 토벌할 작정이었는데, 또 유격대원의 이 같은 보고를 받았는지라, 그는 즉시 달란 원수에게 청병을 했다. 그랬더니 달란 원수는,

"내 들으니까 양산박 잔당들 가운덴 지혜 있고 용맹 있는 인물이 많다 하니, 그들을 초빙해서 쓸까 하오."

이렇게 말하고서 부하 대장 독로(禿魯)로 하여금 기병 1천 명을 거느리고 가서, 먼저 무마해보다가 안 듣거든 무찔러버리라고 이르는 것이었다. 유예는 달란 원수의 명령대로 시행하기로 했다.

그랬더니 필풍이 곁에서 의견을 말한다.

"제가 전일 용각강(龍角岡)에서 음마천 도적놈들한테 참패당했고, 담화 스님도 그놈들한테 결딴났고, 만경사도 그래서 아주 소실되고 빈터만 남았습니다. 한이 골수에 박혔으니, 저와 장신을 선봉으로 임명하시어 5천 명의 군사를 거느리고 나가서 저놈들을 무찔러버리도록 해주시기 바라옵니다."

유예는 이 말을 듣고 허락했다.

"그리하오. 두 사람이 먼저 출동한 뒤에 나는 독로와 함께 뒤따라서 갈 테요. 다만 정세를 잘 살펴가면서 싸워야 할 거요. 달란 원수가 저놈들을 달래서 데려와 쓰고 싶어 하시니까 그런단 말이오."

"네, 알았습니다."

필풍은 대답하고 즉시 장신과 함께 군사를 거느리고 음마천으로

왔다.

이때 음마천 산채에서는 술을 마시고 있었는데, 졸개가 달려오더니 급한 소식을 알리는 것이었다.

"필풍이 담화의 원수를 갚겠다고, 고계박(高溪泊)의 장신과 함께 5천 명의 군사를 거느리고 왔습니다. 추후로 또 유예와 독로가 응원군을 거느리고 나온다 하오니, 두령님께선 속히 준비를 하십시오!"

이응은 즉시 모든 두령들과 일을 의논했다. 그러자 주무가 먼저 말한다.

"저 고계박이란 곳은 수당(隋唐) 때 이밀(李密)과 정교금(程咬金)이 주둔하던 곳이죠. 장신이가 대단히 용맹스런 장수고, 또 금병이 협력하는 터이니까, 경솔히 대적할 순 없습니다. 그러니까 우리는 먼저 산 가장자리에 채책을 세워놓고, 사대(四隊)의 유격병을 시켜 서로 왕래 접응하도록 해야겠습니다. 왕진·관승·호연작·이응 이렇게 네 분께서는 정면에서 대전하시고, 주무·번서·호연옥·서성 이렇게 네 사람은 유격병이 되고, 대종·연청 두 사람은 중간에서 왕래하면서 연락을 시키도록 하십시다."

"그리합시다."

이응이 찬성하고서 2대로 병력을 나누어 각각 행동을 개시했다.

이때 벌써 장신과 필풍이 싸움을 돋우러 나와 소리를 지른다.

"도둑놈들아! 빨리 나와 모가지를 바쳐라!"

이 소리를 듣고서 이응·호연작·왕진·관승이 일제히 말을 몰아 앞으로 나오니, 필풍이 또 욕을 퍼붓는다.

"양산박의 미친 개새끼들아! 네놈들이 내 형님을 죽인 놈들 아니냐. 천병이 왔으니 속히 내려 결박을 받아라!"

이 소리를 듣고 이응이 호령을 했다.

"무식한 놈이 개소리 치는구나! 독로란 놈은 죽고 싶어 일부러 왔느냐? 그리고 너는 이놈아, 나한테 패하여 밤중에 담을 뛰어넘어 도망하던 놈이, 또 죽고 싶어서 찾아왔냐?"

필풍이 이 소리를 듣더니 분해서 칼을 치켜들고 쫓아나오는 고로, 이응은 창을 휘두르며 달려들어 20여 합을 싸우는데 승패가 나지 않는다.

장신이 보다 못해 삼첨양인도를 휘저으며 응원하러 뛰어나오는 고로, 관승은 청룡도를 휘저으며 뛰어나가 마침내 네 명의 장수는 백열전을 벌였다.

그러자 이응이 창으로 한 번 허공을 찌르고서 그만 못 견디는 것처럼 내빼버리니, 필풍은 놓치지 않으려고 말을 달려 쫓아온다.

이응은 창을 옆구리에 끼고 날쌔게 비도(飛刀)를 던져 필풍의 왼쪽 어깨를 맞혔다. 필풍은 말머리를 돌이키더니 어깨가 아픈 것을 참으면서 도로 내빼버리는 고로, 이응은 즉시 그를 추격했다. 이때 장신은 필풍이 패전하는 것을 보고 저도 달아나려 했지만, 관승이 단단히 에워싸고 있어 빠져나갈 수가 없다.

이때 능진이 산마루 위에서 이 모양을 보고 호포를 터뜨리자, 호연옥·서성·주무·번서 등이 사방에서 뛰어나와 들이치는 바람에 장신과 필풍은 서로 응원할 수도 없게 되어 부득이 퇴각하는데, 혼란이 막심해서 죽고 상한 병정이 천 명이나 되었다.

그들이 만경사 빈터로 퇴각해오니 벌써 그곳에 유예와 독로가 도착했으므로, 필풍은 패전한 전말을 보고했다. 그랬더니 유예가 보고를 듣고 나서 필풍을 나무라는 것이었다.

"내가 뭐라고 이르던가? 조심해서 임기응변하라 했는데도 괜스레 경솔하게 진격해 군사의 예기만 손상시켰단 말이야. 달란 원수님의 부탁이, 먼저 무마해보고 듣지 않거든 무찌르라 하지 않던가? 그러니 장수 한 사람을 보내서 저것들에게 먼저 항복하라고 권고를 해야겠네."

한편, 이응 등은 싸움에 이기고 산채로 돌아온 후 장차 금병의 대군

이 오면 어떻게 할 것인가, 이에 대한 대책을 의논하고 있는 중인데, 이때 연락병이 들어와,

"지금 제태자(齊太子)의 차관이 뵙겠다고 찾아왔습니다."

이같이 고한다.

"어째 왔을꼬?"

이응이 의심쩍어 물어보니까 주무가,

"아마 우리들더러 귀순하라고 권하러 왔을 겝니다. 눈치를 보아가면서 말이나 듣고 꾀 있게 대답하여 돌려보내십시오. 저놈을 성나게 해서는 못 씁니다."

이응이 이 말을 알아듣고 즉시 차관을 불러들이게 했다. 유예한테서 심부름 온 차관이란 그전에 계주의 병영에서 졸병으로 있던 장보였다. 이자가 시국이 혼란해지니 도당을 모아 금병에 귀순했다가 유예한테 붙어 그의 부관 노릇을 하고 있는 모양인데, 지금은 유예의 세객(說客)이 되어 제법 기세가 등등하게 걸어 들어오는 게 아닌가.

이응은 그와 인사를 나눈 후 대뜸 물어봤다.

"노형이 우리한테 무슨 할 말이 있기에 찾아온 거요?"

그러니까 장보가 서슴지 않고 말한다.

"네, 제가 제(齊)태자님의 분부로 장군께 청을 드리려고 왔습니다. 장군께서 제국에 오시면 고관대작을 주시겠다 합니다."

"우리는 송조의 신하들로서 지금 잠시 음마천에 머물러 있는 형편이고, 제국과는 아무런 관계가 없는 터인데, 무슨 까닭으로 작위를 받겠소?"

이응이 이렇게 대답하니까 장보가 또 말한다.

"그렇지 않습니다. 대금(大金)이 지금 응천순인(膺天順人)해서 제국을 건립하고 하북 지방을 관할하는 터로 이곳 음마천도 제국의 경내에 드는 곳입니다. 장군 같으신 영웅이 어찌 시세에 좇아서 공명을 세우시지

않으시겠습니까? 지금은 어느 쪽으로든지 유리한 곳으로 붙는 것이 상책이니까요."

이 말을 듣고서 이응은,

"그러면 잠시 저 위로 가서 기다려주시오. 내가 여러 형제들과 의논한 다음 올라가서 회답하리다."

이렇게 말하고 졸개를 시켜 장보를 안내하도록 한 후에, 모든 두령들을 모아놓고서 의논을 했다. 그랬더니 왕진·관승·호연작·주동이 모두 반대한다.

"우리가 모두 조정으로부터 관직을 받았던 사람이 아닙니까? 불행히 금국의 침략에 패하긴 했지만, 우리들이 여기서 일치단결해 먼저 대명부를 탈환하고, 유예를 잡아 죽이고, 하북 지방을 수복시켜야 합니다. 우리가 모두 죽는 한이 있더라도 꼭 그렇게 해야 합니다!"

여러 사람이 이렇게 주장하는 것을 듣고 있던 주무가 입을 열었다.

"여러분 장군들의 충심은 알겠습니다. 그렇지만 유예의 병력이 강대한 데다가 더구나 달란이 3만 대병을 거느리고 앉아서 대명부를 지키고 있으니 이것을 무슨 힘으로 격파합니까? 그러니까 우선 지금은 유예(劉豫)의 아들 유예(劉猊)·필풍·장신 이 세 놈을 때려잡고 나서 이곳 산채를 지키고만 있다가, 종유수(宗留守)의 소식을 기다려보고서 그런 후에 군사를 이동하는 게 좋겠습니다."

그러자 연청이 또 말한다.

"강적을 공격한다는 것은 지극히 어렵습니다. 우리의 병졸이란 불과 3천 명밖에 안 되는 터인데, 이것을 끌고 나가서 종일 싸우다가는 피로해서 못 견딥니다. 그러니 달란이가 제 발로 군사를 이끌고 이리로 오도록 해야겠는데, 그러자면 심부름 온 장보를 여기서 돌려보내지 말아야 하겠습니다. 그래야만 유예가 군사를 이끌고 올 거니까, 그땐 여러분들이 이렇게 이렇게…하십시오. 그러면 절대로 이깁니다! 그런 다음에 이곳을 떠나 남쪽으로 가서 종유수와 합세해 다시 중흥의 대업을 보좌하는 것이 상책입니다."

이 말을 듣고 모든 두령들이,

"그 말이 옳소!"

하고 찬성했다.

한편, 만경사 빈터에 주둔하고 있는 유예는 장보를 이응의 산채에 보내놓고서 사흘을 기다려도 그가 돌아오지 아니하므로 초조했다.

"정말 이놈들이 가증하기 짝이 없는 놈들이로구나!"

그는 이렇게 분개하면서 필풍과 장신을 불러 선봉에 서라 하고, 자기는 독로와 함께 중군이 되어 군사를 풍우같이 몰아 음마천에 달려왔다. 그런데 이곳에 와서 보니, 채문은 굳게 닫혔고, 아무리 고함을 지르고 욕을 퍼부어도 사람의 새끼 하나도 그림자를 보이지 않는다. 이렇게 이틀이 지났다.

사흘째 되는 날, 날이 채 밝기도 전에 포성이 진동하더니 음마천 군사들의 진세가 이루어지면서 여러 명의 장수가 진문 앞에 비로소 나타난다. 이것을 보고 유예가 머리에 금관을 쓰고 몸에 황금쇄자(黃金鎖子) 갑옷을 입고, 손에 방천화극을 들고서 말 위에 앉아 큰소리로 호령을 했다.

"못생긴 좀도둑 놈들아! 내가 달란 원수의 명령을 받들고 와서 너희들더러 귀순하라고 사람을 보내어 권고했는데도 아직도 깨닫지 못하느냐?"

이렇게 호령한 뒤에 그는 다시 관승을 바라다보면서 더욱 큰 목소리로 꾸짖는 것이었다.

"이 못생긴 놈아! 네가 가장 충의지심(忠義之心)이나 있는 듯이 가장하고 목협을 훔쳐다가 몰래 도망하지 않았느냐!"

관승이 이 소리를 듣고 마구 꾸짖었다.

"더벅머리 아이야! 네가 무슨 큰소리냐! 너희 부자가 조정의 은혜를 입고서도 국은에 보답할 생각은 않고, 도리어 반역을 하고서 칭존(稱尊)을 하다니! 찢어 죽여 가루를 만들어도 시원찮을 놈아!"

관승이 이렇게 호령하고서 청룡도를 높이 들어 내리치니까 유예는 방천화극으로 이를 받아넘겨 싸우기를 불과 3합 하고는 기운이 모자라서 달아나버렸다.

그럴 때 장신과 필풍이 한꺼번에 뛰어나와 응원하는 고로, 이쪽에서는 이응·호연작이 뛰어나가 마주 싸우기를 30여 합 하는데, 필풍은 요전에 왼쪽 어깨를 상한 것이 낫지 못해 필경 호연작의 일편(一鞭)에 몸을 가누지 못하고 말 아래 떨어졌다. 이때 장신이가 이응을 버리고 달려와서 필풍을 구하는 것을, 연청이 진문(陣門) 뒤에서 바라보고 있다가 화살을 한 개 쏘았다. 그 순간 장신도 말 아래 떨어졌다. 이때 관승과 주동이 칼을 쳐들고 달려갔으나 장신과 필풍은 본진으로 달아나버리고 말았다. 그러나 이같이 형세가 유리하게 되자, 서성과 호연옥의 한 떼 군사가 함성을 올리면서 들이치니까, 독로는 저희 편이 형세가 불리하게 된 것을 보고 앞서서 달아나므로 산채의 두령들은 일제히 추격하는데, 유예는 갑옷도 벗어 내던진 채 달아나고, 시체는 들판에 깔렸고, 피는 흘러서 도랑을 이루었다.

결국 유예와 독로는 2천 명 이상의 군사를 잃고 만경사로 돌아갔다. 유예는 숨을 헐떡거리면서 이를 갈았다.

"내가 이놈들을 모조리 죽여버리지 않고서는 맹세코 안 돌아가겠다!"

이렇게 맹세하고서 그는 장병들로 하여금 혹시 음마천의 군사들이 습격하러 올는지도 모르니 엄중히 경비를 하는 동시에 구원병을 청해 오라는 명령까지 내렸다.

한편, 음마천의 두령들은 황혼 때 모두들 단단히 몸을 장속하고서 일전에 심부름 왔던 장보를 끌어내다 놓고 이응이 꾸짖었다.

"네가 이놈 대담하게도 세객 노릇을 하려고 우리한테 왔던 거 아니냐? 오늘밤에 네 모가지를 베어가지고 제기(祭旗)를 올릴 테니 그런 줄 알아라!"

이렇게 꾸짖고서 이응은 곧 군사를 시켜 장보의 모가지를 베어 나뭇가지에 높이 걸어놓고, 저녁밥을 먹은 후에 일제히 행동을 개시했다.

두령들이 만경사에 이르렀을 때는 밤도 깊은 3경 때여서, 천지만물이 깊이 잠든 것같이 소리가 없는데, 달빛만 처량하게 밝다. 그런데 만경사는 전에 불에 타버리기는 했으나 본래 견고하게 쌓은 담장은 무너지지 아니했기 때문에 사방을 삥 둘러 쌓아올린 성벽과 같았다.

그리고 왼편에는 조금 높은 언덕이 있고, 오른편으로는 큰길이 있는 터인데, 유예는 음마천에서 혹시 야습이라도 할까 봐서 오른편으로는 목책을 높이 세웠고, 기병들의 장막을 담장 안에 설치시키고는 그 복판에 자기 처소를 정하고 있었다. 그리고 부하 장병들은 모두 갑옷을 입은 채 쭈그리고 앉아서 밤을 지내도록 하고, 시각마다 북을 쳐서 시각을 알리는 것은 물론이려니와, 진영을 돌아보는 순초병들도 방울을 흔들면서 순시하는 일을 엄중히 실행하도록 하고 있는 터였다.

만경사에 있는 유예의 진영이 이러한데, 이응과 호연작과 왕진은 뒷문을 지키고, 주동·서성·호연옥은 오른편을 지키고, 관승과 번서는 전면을 각각 지키면서 지금 공손승이 법술을 행하기만 기다리고 있는 것이었다.

그들이 이같이 기다리고 있노라니까 별안간 미친바람이 일더니 모래와 돌멩이가 날리면서 호포 소리가 쾅 들린다. 마치 천군만마가 휘몰아오는 것 같다.

유예·장신·필풍은 이 소리에 깜짝 놀라 벌떡 일어났으나, 앞을 보아도 횃불 천지요, 뒤를 보아도 횃불 천지여서 정신을 차릴 수 없는데 워낙 하루 종일 싸우느라 피곤했던 몸이라, 평소에 준비는 있었지만 어리둥절해 어쩔 줄을 몰랐다.

그러나 그들보다 먼저 독로가 저의 수하 기병을 이끌고 도망하려고 나오다가, 앞뒤에서 지키고 있던 음마천 군사의 화살에 맞아 죽는 판국인데 별안간 만경사의 땅바닥이 쪼개지는 듯, 하늘이 무너지는 듯한 소리가 나더니, 땅속으로부터 불기둥이 무수히 치솟으면서 사람이고 마필이고 모두 다 가루를 만들어버렸다.

이 통에 장신은 돌담 밑에 나가자빠졌다가 정신을 차리고 일어나서 유예를 모시고 뒷문으로 빠져나오려다가 그곳을 지키고 있던 호연작의 일편에 골통이 터져 말 아래 떨어져서 말굽에 짓밟혀 죽어버렸다.

필풍은 독로와 함께 앞문으로 나오다가 관승이 내리치는 칼에 독로는 피했는데 필풍은 몸을 돌이키려다가 이응의 창에 찔려 말 아래 떨어지는 것을 번서가 달려들어 모가지를 끊어버렸다. 결국 이렇게 되어서 군사는 전멸당하고, 독로와 유예만이 살아 머리가 불에 그을린 4, 50명의 패잔병을 거느리고서 도망했다.

이번에 장보를 구류시키고, 유예로 하여금 분을 참지 못하고서 산채로 공격해오도록 하고, 일부러 사흘 동안을 상대를 아니 하는 동안, 양림·채경·두흥·능진 등으로 하여금 만경사 땅속에 지뢰를 파묻게 하고, 공손승으로 하여금 산마루에서 바람을 일으키도록 법술을 행하게 하여, 바람이 일어나는 때에 능진으로 하여금 지뢰를 터뜨리게 한 모든 계책이 다 연청의 계책이었다.

이렇게 되어 이응은 완전 승리를 거둔 후 산채로 돌아왔는데, 그들이 한자리에 모였을 때 연청이 입을 열었다.

"오늘 싸움에서 비록 전승했지만, 저 유예란 놈이 달란의 대군을 거느리고서 또 우리를 치러 올 테니, 이렇게 되면 중과부적입니다. 차라리 지금 승리한 끝에 여기서 떠나 종유수한테로 가 공훈을 세우는 것이 우리들의 소원이 아니겠습니까? 여러분 형제들은 어떻게 생각하시는지요?"

이 말을 듣고서 모두들 그 말이 옳다고 찬성했다.

그래서 그들은 즉시 호연작·양림·번서·호연옥·서성 등을 전대(前隊)로 하고, 이응·공손승·주무·시진·연청·두홍 등은 중군(中軍)이 되어 가족들과 병기와 군량을 책임지고, 관승·왕진·주동·배선·채경·능진 등은 후대, 그리고 대종은 서신을 가지고 왕복하는 연락 책임자로 정했는데, 병력의 총계가 2천 명이요, 말은 5백 필이요, 사람이 타고 군량을 실은 수레가 2백 채였다. 그리하여 그들은 산채에 불을 질러 채책을 전부 태워버리고 그날로 음마천을 떠났는데, 도중에 나루터나 세관에서 관병이 그들을 보았으나, 너무나 그들의 위용이 장엄하기 때문인지 감히 탄하지를 못했다.

이렇게 일행이 남쪽으로 오다가 황하 강변에 이르니까, 눈앞에 크나큰 진영이 보이고, 칼과 창이 빽빽하게 세워 있다. 이곳이 바로 금과 송의 경계선이었던 까닭에 금국에서는 황하의 북쪽 언덕에 대장 오록(烏祿)과 전일 금병으로 하여금 황하를 건너오게 한 반신(叛臣) 왕표에게 군사를 주어 이곳을 엄중히 경계하는 터였다.

황하를 건너라

이응은 우선 진영을 벌이고 군사를 안정시킨 다음 여러 형제들과 의논했다.

"오록이하고 왕표가 군사 5천 명을 거느리고 여기를 지키고 있는 데다가 배가 한 척도 없으니 어떻게 하겠소? 아무래도 저놈들을 쳐부순 다음에야 건너갈 수 있겠는데…."

그가 이렇게 말하니까 호연작과 왕진이 분개해서 말한다.

"왕표란 놈, 그놈이 우리나라를 팔아먹고서, 상감님을 몽진까지 하시게 하고, 서울을 함락시키게 만든 역적인데, 이놈을 여기서 만났으니 씹어먹어도 시원치 않겠소! 우리 둘이서 당장 지금 들이치겠소!"

이응은 흥분하는 두 사람을 진정시켰다.

"너무 흥분하지 마십쇼. 왕표는 문제가 안 됩니다만, 오록이란 놈은 그렇게 가볍게 보아선 안 됩니다. 우리가 다 같이 협력해야 할 테니까, 두 분이 앞장을 서시죠."

호연작과 왕진은 그 말에 좇아서 5백 명을 거느리고 먼저 나아갔다.

이때, 오록은 영내에 앉아서 왕표와 의논하고 있었다.

"저놈들, 음마천의 도둑놈들이 소굴을 내버리고 남쪽으로 달아나는 모양인데, 이럴 때 우리가 이놈들을 잡아 달란 원수께 공을 세워놓지 않고서 언제 세우겠소!"

오록이 이렇게 말하자 왕표는 반대했다.

"옛날부터 '달아나는 군사는 막지 말고, 막다른 길로 내빼는 도둑은 쫓아가지 말라.' 하지 않습니까? 저것들이 남쪽으로 돌아가는 궁해빠진 것들이니까, 저것들로서는 속히 결전하는 편이 유리합니다. 그러니 우리는 그와 반대로 굳게 수비만 하면서 싸우진 말고 가만히 있읍시다. 그러면 저것들이 양식은 궁해지고 기운도 떨어질 겝니다. 그리고 지금 속히 달란 원수께 구원병을 보내주십사고 공문을 내두면, 결국 저것들이 앞뒤로 협공을 당하게 되어 그때엔 쉽게 사로잡을 수 있습니다. 그러니 내 말씀대로 하십시오."

"과연 그렇겠소."

오록은 왕표의 말대로 채문(寨門)을 굳게 닫고 수비만 하면서 적과 싸우지는 말라는 영을 내렸다. 그러고서 영내에서 걸음을 빨리 걷는 야불수(夜不收) 두 명을 뽑아 구원병을 청하는 공문을 달란 원수에게 보냈다.

그런데 왕진과 호연작이 앞장서서 먼저 오록의 진영 앞에 와서 보니까 채문은 모두 굳게 잠기었고, 주위에는 녹각(鹿角)과 가시덤불을 가득히 쌓아놓았기 때문에 공격하기가 매우 어렵게 되어 있었다. 하는 수 없어 이응 등 여러 사람의 두령들이 오기를 기다려 여러 가지 방법으로 싸움을 걸어봤건만, 도무지 응대를 아니 하는 까닭에 어찌하는 수가 없어서 그들은 다시 진영으로 돌아오고 말았다.

진영에 돌아와서 연청이 한 가지 안을 제출했다.

"저것들이 5천 명이나 병력을 갖고 있으면서 뛰어나와 싸우지 않는 것을 보니, 아무래도 저것들이 우리를 겁내서 그러는 것은 아닐 게고, 반드시 무슨 계교가 있는 겁니다. 우리 군사가 양식이 떨어지기를 기다려 구원병을 청해다가 앞뒤에서 협공한다면 우리는 구원병도 없으니 어떻게 하죠? 그러니 우리는 사방으로 염탐꾼을 내보내뒀다가 만일 구원병을 청하러 보내는 놈을 잡기만 한다면, 그땐 좋은 꾀가 있습니다."

이 말을 듣고 이응은 즉시 찬성하고서 채경과 두홍 두 사람으로 하여금 졸개들을 데리고 나가서 염탐을 하도록 지시했다. 그랬더니 반나절도 지나지 아니해서 그들은 야불수 두 명을 잡아가지고 왔는데, 아닌게 아니라 그것들의 품속에 구원병을 청하는 문서가 들어 있다. 이응은 그 문서를 빼앗고 두 놈을 곧 죽여버리라고 호령했다.

이때 호연작이 들어오다가 잡혀온 두 사람의 얼굴을 보더니,

"어디서 잡아온 사람들이오?"

하고 이응을 보고 묻는다.

그러자 그 야불수가 큰소리로 호연작을 부르는 게 아닌가.

"호연 장군님! 소인이 바로 장군님 부하에 있던 놈입니다. 왕표가 양유촌 나루터를 내놓고서 적을 건너오게 했던 까닭에 소인이 어떻게 할 수 없어서 귀순했었습니다. 살려줍쇼!"

호연작이 고개를 끄덕이고서 물었다.

"그런데 오록이란 놈이 문을 굳게 닫고, 나와서 우리와 싸우지 않는 건 무슨 곡절이냐?"

"오록이는 나가서 싸우자 했답니다. 그런 것을 왕표가 말리고서, 구원병을 청해다가 협공하자고 주장했답니다!"

이때, 이응의 곁에서 연청이 부드럽게 한마디 던졌다.

"여봐라! 너희 둘이 다시 우리한테 귀순하지 않겠니? 그렇다면 죽이기는커녕 되레 중상(重賞)을 줄 테다!"

이 말을 듣더니 야불수는 눈물을 흘리면서 감격한 목소리로 말한다.

"소인들은 본시 서울 사람입니다. 집에는 부모처자가 있는뎁쇼… 왕표한테 붙잡혀 있기 때문에 못 떠났답니다. 장군님께서 저희들을 살려주시기만 하신다면 소인들은 무슨 일이든지 하겠습니다."

"그래, 염려 마라!"

연청은 그들을 달래고서 술과 음식을 주고 영내에 있도록 지시했다.

그런 다음에 연청은 이응을 보고 말했다.

"여기서 대명부까지 갔다가 돌아오려면 왕복 닷새는 걸리니까, 엿새째 되는 날엔 내가 오록이를 전멸시킬 계책이 됐습니다. 그러니까 그때까지 우리는 저것들이 야습하는 것만 막을 수 있도록 경비하면 족합니다."

이렇게 말하고서 연청은 이응의 귀에 입을 대고 소곤소곤했다.

그러고서 엿새째 되는 날 연청은 그 목협을 꺼내들고서,

"자아, 이 물건이 오늘 또 중요하게 쓰인단 말이야!"

하고는 금영에 있는 장관(將官)의 복색으로 바꾸어 입고, 양림·번서·두흥·채경 네 사람은 자기가 데리고 다니는 하인처럼 변장시킨 후에 귀순한 야불수에게 오록에게 가서 할 말을 일러주고 나서, 이응을 보고 말하는 것이었다.

"자, 그럼 난 먼저 갑니다. 곧 군사를 보내십시오. 저것들이 자연 쫓아나가서 싸울 테니까, 그러면 그때 내가 불을 지를 테니 들이치란 말예요!"

연청은 이렇게 한마디 남겨놓고서 야불수를 데리고 오록의 진영으로 갔다.

이때, 야불수는 연청보다 한 걸음 앞서서 오록 장군 앞으로 나가더니,

"지금 돌아왔습니다. 그런데 달란 원수께선 구원병을 안 보내시겠다면서 회답문도 안 주시고… 저하고 함께 장관님이 오셨습니다."

이같이 아뢰는 것이었다. 그러자 연청은 서슴지 않고 마루 위로 올라가서 오록과 인사를 나누더니, 즉시 목협을 꺼내 보이면서 말하는 것이다.

"원수께서 말씀하시기를, 여기 있는 병력이 5천이나 되는데 그까짓 좀도둑떼를 무어가 무서워서 구원병까지 보내달라는 거냐고… 이렇게 말씀하시더군요."

연청의 이 말에 오록은 무안한 듯이,

"나는 나가서 싸우자 했지만, 왕표가 반대해서 그만…."

이렇게 말하는 게 아닌가.

연청은 또 말했다.

"원수께선 또 이렇게 말씀하시더군요. '왕표는 송조(宋朝)를 섬기던 사람이니까 출전하기를 싫어할 거고… 맘속에 이심(二心)을 품고 있을 거라고… 그러니까 만일 또 출전하는 것을 반대하거든 군법으로 다스려 목을 베어버리라'고요!"

왕표는 이때 오록의 곁에서 두 사람의 이 같은 대화를 듣고 있다가 눈이 둥그레졌지만, 무어라고 말참견할 경우도 아닌 것 같아서 입을 벌리지도 못했다.

그럴 때 별안간 장교 하나가 헐레벌떡 뛰어오더니,

"지금 적의 대장 네 명이 군사를 끌고 와서 마구 욕을 퍼붓습니다!"

이같이 보고한다.

그러니까 오록은 급히 일어나서 갑옷을 주워입고 투구를 쓰고 창을 들고 말 위에 올라타려 하는 고로, 왕표가 그 모양을 보다 못해 조심스럽게 간했다.

"아직 구원병이 안 왔는데… 나가서 싸우지 않는 것이 좋겠습니다."

그러자 오록은 발끈 노해서는 소리를 꽥 지른다.

"무능하기 짝이 없는 소인이 무슨 잔소리야! 네 말을 듣다가 내가 일을 잡쳤다! 네가 나가서 싸우기 싫다면, 내가 네 모가지를 먼저 베어버리겠다!"

오록이 이렇게 무지하게 욕을 하는 까닭에 왕표는 아무 소리 못 하고, 하는 수 없이 칼을 들고 오록의 뒤를 따라서 나갔다.

진문 앞에 나와서 양편의 대장이 마주 서자, 호연작은 왕표를 바라보고 분통이 터져서 쌍편을 휘두르며 쫓아나왔다. 왕표도 칼을 휘두르며 마주나가 두 사람이 10합가량 싸울 때, 오록은 왕표가 조금 기운이 부족해 보이는 고로 창을 꼬나쥐고서 쫓아나갔다. 그러자 관승이 뛰어나와 그를 가로막고서 30합을 싸우는데, 능진은 이때 호포를 한 방 터뜨리고, 연청과 번서는 오록의 진영 안에서 불을 질러버렸고, 양림과 두홍은 칼을 휘두르며 마구 쳐들어갔다.

오록은 이때 자기 진영 내부에서 화광이 충천하는 것을 보고 말을 돌이키어 진영으로 가까이 갔으나, 그때 양림·두홍·채경·번서·연청이 한꺼번에 뛰어나오며 죽이려 드는 바람에 그는 기급초풍해 도망해버렸다. 왕표도 이때 도망가는 게 상책이라고 생각하고서 달아나는데, 호연작이 그 뒤를 바싹 쫓아가 일편(一鞭)으로 그를 때려 말 아래 떨어뜨리자, 졸개들이 달려들어 왕표를 꽉꽉 묶어버렸다. 이렇게 되어서 오록의 군사는 죽는 놈은 죽고, 달아날 놈은 달아나고, 모두 흩어져버린 까닭에 이제는 강을 건너가는 것을 아무도 막을 사람이 없게 되었다.

"이제 황하의 흙탕물이 굽이쳐 흐를 뿐인데, 대관절 배가 없으니 어떻게 하나?"

이응의 말에 야불수가 고한다.

"저기 저 수풀 속에 큰 배 3백 척을 감춰둔 게 있습니다."

이응은 이 말을 듣고서 군사들로 하여금 배를 끌어내다 물 위에 띄우게 하고, 가족들과 군수품을 모조리 싣고 난 다음에 병마를 모두 태워 강을 건넜다.

황하를 건너 남쪽 언덕에 닿으니, 이곳은 여양 지방이라 송나라 군사가 주둔하고 있는 곳인데, 전일 왕진의 부하에 있던 사람들이었다.

왕진은 그들의 영접을 받아 성안에 들어가서, 약 한 달 전에 노충 경략상공이 작고했다는 말을 듣고 마음이 아팠다.

이응은 야불수에게 3백 냥을 상금으로 주고서 돌려보냈다.

연청은 목협을 꺼내놓고 자랑했다.

"우연히 이놈을 얻어, 세 번이나 아주 요긴하게 써먹었단 말이야!"

그러자 호연작이,

"그것도 그거지만, 연형처럼 담력이 크지 못하다면 다른 사람은 흉내도 못 낼 일을 했지!"

이렇게 칭찬하고는, 졸개를 시켜 왕표를 끌어내 꿇어앉히고는 호령을 추상같이 내렸다.

"이 역적 놈아! 조정에서 우리들 열 명의 장군을 시켜서 황하를 지키라 했는데, 네놈이 조국을 배반하고 양유촌으로 적병을 끌어들였기 때문에 우리나라는 2백 년의 역사를 가진 사직을 잃고, 두 분 폐하께서는 사막으로 몽진하시고, 수백만의 백성은 목숨을 잃었다! 오늘은 내가 국가 민족을 대신해서 네놈한테 원한을 풀겠다!"

그는 이렇게 호령을 한 다음 기다란 장대 끝에 왕표를 붙들어매고 백 보 바깥에 그 장대를 세우게 한 후 군사들로 하여금 모두들 화살을 쏘아 왕표를 죽이게 했다. 그러고서 호연작은 그 아래에 술자리를 벌이고 축하연을 열었다. 이렇게 되어 두령들이 모여앉아 술을 몇 잔씩 마시는 동안에 왕표의 몸에는 화살이 빈틈없이 꽂혀 마치 송충이 벌레같이 된 것을 끌어내려 사지를 찢고 칼로 썰어서 개밥으로 주어버렸다.

다음날, 이응은 군사를 삼대로 나누어 출발하면서 대종을 보고 부탁했다.

"대원장이 수고롭겠지만, 먼저 서울로 가서 우리가 종유수한테로 들어갈 수 있을지, 소식을 좀 알아오시오. 우린 중모현(中牟縣)에서 기다리고 있을 테니."

대종은 승낙하고서 떠났다.

이응 등 일행이 며칠 만에 중모현에 도착해보니까 주민들은 모두 도망가고서 텅 빈 성만 남아 있는 게 아닌가.

"어찌됐거나 성내에 들어가서 대원장이 돌아올 때까지 기다릴 수밖에!"

이응은 이렇게 말하고 성내로 들어가 진영을 설치하고 군사를 주둔시켰다.

사흘이 지났다. 그러나 대종이 돌아오지 않으므로, 연청·양림·호연옥·서성 등 네 명은 십여 명의 졸병을 데리고 교외로 새사냥을 나갔다.

그들이 하루 종일 새를 잡아가지고 석양 때나 되어 성내로 돌아오다 보니까, 맞은편에서 두 개의 커다란 마차가 오는데, 그 마차엔 방건(方巾) 쓰고 편복(便服) 입은 양반 네 사람이 타고 앉았고, 마차 뒤에는 칙명의 기호를 표시한 군관(軍官) 한 명이 말을 타고서 따라오는데, 또 그 뒤로는 부담상자 세 뭉치를 세 명의 인부가 한 개씩 둘러메고서 따라오고 있다. 연청은 그들 일행을 바라보고서 속으로 중얼거렸다.

'마차에 앉아 있는 두 사람의 얼굴은 어디서 보던 얼굴인데… 생각이 얼른 안 나는구나… 마상의 군관은 칙명으로 움직이는 표시를 가졌으니, 아마도 이것이 귀양 가는 양반들인가 보다….'

연청이 궁금하게 생각하면서 한참 가노라니까, 뒤에서 열 명가량의 무장한 군인이 다가오다가 그 중에서 두목인 듯싶은 군인이 연청에게 말을 붙인다.

"아저씨! 아저씨는 이 근처 사십니까?"

연청이 자세히 바라다보니, 이 사람은 서울서 노이와 이웃해 살고 있던 섭무(葉茂)라는 위인으로 개봉부의 마두군(馬頭軍)이었다.

"오래간만일세. 그런데 지금 어딜 가는 길인가?"

연청이 그를 보고 이렇게 물으니,

"말씀 맙쇼! 지금 8천 리를 가는 길이랍니다!"

그는 고개를 흔들면서 대견한 듯이 이같이 대답한다.

"어째서 그렇게 멀리 간단 말인가? 무슨 잘못된 일이라도 생겼나?"

그러니까 섭무가 앞서 가는 마차를 손가락으로 가리킨다.

"모두가 저기 저걸 타고 가는 해충들 때문이죠! 저 마차에 타고 앉은 네 사람이 누구들인지 아시겠습니까? 만일 아시기만 하면 깜짝 놀라실 겁니다!"

"괜스레 사람을 놀리지 말라구! 그 사람들을 아까 내가 잠깐 바라다 봤는데, 모두 풀이 죽었더군! 그런데 대관절 그것들이 뭣하던 사람들인가!"

"흥! 말하자면 우리나라 송조천하(宋朝天下)를 꼭꼭 싸서 금국에 바친 대신(大臣) 양반들이죠!"

뜻밖의 소리를 듣고서 연청은 놀랐다.

"뭐라구? 그럼 채경·고구·동관이란 말이야? 그렇다면 그 나이 젊은 녀석은 뭐라는 놈인가? 그리고 채경이란 놈들은 서울이 함락되기 전에 벌써 귀양을 보냈다는데, 어째서 이제야 여길 왔단 말인가?"

"그 나이 젊은 애는 채경의 아들 채유란 자식인데, 그걸 모르셨군. 서울이 함락되기 전에 태학생(太學生) 진동이가 저놈들 육적(六賊)이 나라를 망치는 놈이라고 상주했기 때문에 저놈들이 귀양 가게 됐는데, 여섯 놈을 두 패로 나눠 왕보·양전·양사성 세 놈은 옹구역에서 원한 진 사람의 손에 벌써 고태골로 갔고, 채경이란 놈은 이놈이 음흉해서 금병이 서울로 진격하는 줄 알고는 압차관(押差官)을 매수해 향촌(鄕村)에 숨어 있으면서 기회를 보아 금국에 귀순하려 했더랍니다. 그랬지만 강왕께서 즉위하시고, 이강이 재상이 되어 잘못된 일을 엄중히 사찰하는 바람에, 담주에선 아직도 채경이가 안 왔다고 보고했지 뭐예요? 그러니까 먼저 왔던 압차관은 소환당해 죄를 받게 되었고, 다시 압송관이 새로 나왔기 때문에 우리도 따라 나와서 호송하는 중이랍니다. 그런데 기현

(杞縣) 지방엔 토적(土賊)들이 많기 때문에 그리로 지나갈 수 없어서 이리로 길을 잡아가지고 가는 길이죠."

섭무의 장황한 설명을 듣고서 연청이 또 물었다.

"그런데… 이 길로 간다면 오늘은 어디서 쉬게 된다는 건가?"

"글쎄, 중모현 성내에 들어가서 쉴까 했더니, 소문을 들으니까 성내에 병마가 주둔하고 있다니… 할 수 없이 더 가봐야겠는데요."

"아니, 괜찮아! 성내에 주둔하고 있는 병마가 우리 형제들 군사야. 들어가서 편히 쉬어도 아무 상관 없어. 그리고 우리 오래간만에 만났으니 술이나 한 잔씩 나누면서 지나간 얘기나 하자구."

"그럼 그래볼까…."

섭무는 연청의 말에 찬성하고서 압차관한테로 달음박질해가더니 고한다.

"여기서 더 간대도 객줏집이 없답니다. 중모현 성내에 군사들이 주둔해 있다지만, 그 사람들하고는 친하게 아는 사이입니다. 그러니 성내로 들어가는 게 되레 편하실 겝니다."

압차관도 몸이 피곤하던 참이라, 섭무의 말대로 일행을 끌고 성내로 들어가 빈집을 하나 찾아가지고 들었다.

이때 양림·호연옥·서성은 멀찍이 떨어진 곳에서 연청과 섭무가 이야기하는 모양은 봤지만, 두 사람이 무슨 이야기를 했는지는 몰랐다.

그랬는데, 연청은 세 사람과 함께 급히 성내로 돌아와서 형제들을 보고 이야기했다.

"내가 오늘 나갔다가 우연히도 대귀인(大貴人)을 네 분이나 만나뵈었소. 우리가 그냥 있을 수 없으니, 성대하게 연석을 차려야겠소이다."

그러니까 이응이 궁금해서 묻는다.

"대귀인이라니, 어떤 사람인데 그러오?"

연청이 싱글벙글 웃으면서,

"그 네 분이 우리한테 참 은혜를 많이 베푸신 어른들인데, 글쎄 오늘 오솔길에서 딱 마주쳤지 뭐예요! 죄송해서 그냥 있을 수 있어야지…."

이렇게 말을 시작해서는, 채경 부자(父子)와 고구와 동관이 담주로 귀양 가는 이야기를 죄다 했다.

"그래서 저것들이 벌써 지금 성내에 들어와 있단 말예요."

여러 사람이 이 이야기를 듣더니,

"그거 참 신기하게 잘 만났다! 한 놈 앞에 칼 한 대씩 상을 줘야겠는 걸! 연석을 차리다니…그깟 놈들한테 무슨 술이 있어서 술을 줘!"

모두들 이렇게 떠든다.

"그러지 말아요! 한 칼로 썩 베어버린다면 그게 무슨 재미가 있어요? 천천히 놀려먹으면서 심심풀이하다가 요정을 내야지. 자아 이렇게 합시다."

연청은 이렇게 말하고서 자기 의견을 말했다. 모두들 찬성이었다.

이같이 의논을 끝낸 뒤에 연청은 양림·번서·채경·두흥 등을 동반하여 압차관의 숙소로 찾아가, 채경 등 네 사람 앞에 양수거지하고 서서 공손히 아뢰었다.

"채태사님과 학사님, 그리고 고태위님, 동추밀님이 여기 와 계신다는 말씀을 저희 이장군님이 들으시고, 객지에 나오셔서 얼마나 쓸쓸하시겠느냐… 별것은 없으나 한잔 대접해올리고 싶다 하시면서, 저희들더러 모시고 오라 해서 왔습니다."

채경은 뜻밖에 이장군이라는 사람의 초대를 받고서 놀랐다.

"아니, 그 이장군이 무얼 그다지 걱정해주신다는 거요? 우리야 나그네 길을 떠난 사람들이니까 불편한 것쯤 아무렇지도 않소. 사양하는 터이니, 그리 알고 돌아가시오."

이때 섭무가 있다가, 모시러 온 사람이 다른 사람 아니고 연청인 고로, 연청의 낯을 세우느라고 압차관을 보고 한마디 했다.

“이분은 저하고 어려서부터 이웃해서 살아온 분입니다. 이장군님이 아마 서로 잘 아시는 분인가 봅니다.”

그러자 연청이 얼른 또 말했다.

“참 인정세태에 밝으신 분이죠. 그렇기 때문에 하루저녁 위로해드리겠다는 생각을 하고서 모셔오라는 거죠.”

그러니까 압차관이 묻는 것이었다.

“이장군이란 그분이 채태사님과 구교(舊交)가 있는 사람이오? 관직이 무어요?”

“채태사님한테 신세를 많이 졌을 뿐 아니라, 동추밀님이 천거하셔서 오늘날 장군님으로 계시는 분인데… 가보시면 당장 아실 겁니다.”

이때 채경은 속으로 생각했다.

‘아마 문하(門下)에 드나들던 사람인가 본데… 염량세태(炎凉世態)에 이렇게 의리 도덕을 아는 사람도 있나!’

이런 생각을 하고서 그는 압차관을 보고 양해를 구한 후에 일동이 함께 자리에서 일어났다.

연청은 먼저 두흥으로 하여금 빨리 가서 통지하도록 해놓았다. 이응은 통지를 받고서 군사들로 하여금 모두 칼을 뽑아들고, 활을 메고서 좌우로 엄숙하게 정렬하도록 하고, 대청 위에 등촉을 휘황하게 밝힌 다음에 성대한 연회석을 차려놓게 했다.

그러고서 여러 두령들이 새 옷을 단정하게 입고서 좌우로 벌려 섰었다.

이때 채경의 일행이 도착하니까, 군악대가 고악(鼓樂)을 울린다.

이응은 얼른 뜰아래로 내려가서 손님들을 영접해 들인 후 예를 끝낸 다음에 채경 등 네 사람과 압차관을 상좌로 모셨다. 그랬더니 채유는 자기 부친이 계시니까 사양을 하고서 동쪽 끝의 자리에 가서 앉는다. 그런 다음에 호걸들은 양쪽으로 쭉 늘어앉았다.

술이 돌기 시작하여 세 바퀴를 돌고, 안주 접시가 두 가지가 나왔을 때, 채경과 고구는 눈을 들어 이장군이라는 사람을 자세히 바라다보았으나 그가 누구인지 도무지 알 수 없다.

참다못해서 채경이 말을 꺼냈다.

"우리는 지금 세상에서 버린 사람인데, 이렇게 성대한 연회를 베풀어주시니… 그러나 평소에 잘 모르던 사이라서 마음이 대단히 불안하외다."

이 말에 대해서 이응이 웃으며 말한다.

"태사님은 일인지하(一人之下)요, 만인지상(萬人之上)이시라, 사해동포가 모두 우러러뵈옵고… 저도 은혜를 입기는 했으되 존안(尊顔)은 못 뵈었습니다. 고태위님과 동추밀님은 과거에 두세 번 뵈었습니다마는… 아마 기억에 없으시진 않으실 겝니다."

말을 마치고 나서 그는 또 술을 돌렸다.

그다음엔 이야기하는 사람이 아마도 없었다.

이응은 더 말하지 않고 술만 마시다가 어지간히 취해오는 것 같으므로 기침을 크게 한 다음에 또 입을 열었다.

"태조 황제께서 막대기 한 개로 4백여 주를 때려뭉쳐, 만리강산(萬里江山)을 열성(列聖)한테 내려주셨습니다. 그래서 도군 황제께서 즉위하시자 곧 태사님을 수상(首相)으로 봉하시고 국가의 중대 사무를 모두 관장시키셨는데, 오늘날 서울을 빼앗기고서 두 분 황제가 몽진하시고, 양하(兩河) 지방을 점령당했기 때문에 백성들이 모두 비참하게 되었으니, 이게 모두 누구의 죄입니까?"

채경 등 네 명이 이 말을 듣고는 가슴이 울렁거리기 시작했다.

'술대접을 하겠노라고 우리를 청해놓고서 봉변을 시킬 작정 아닌가?'

그들은 서로 얼굴만 바라보고 아무 말을 못 하다가 자리에서 일어나려 했다. 얼른 작별하고서 이 자리를 뜨려는 것이었다.

그러나 이응이 붙들었다.

"잠깐 참으십쇼. 아직 말씀이 끝나지 않았습니다."

이응은 이렇게 말한 다음에 커다란 잔에 술을 가득 따라가지고 그것을 채경의 턱 밑에 갖다놓고는 자기 설명을 하는 것이었다.

"태사님! 조금도 놀라실 건 없습니다. 난 다른 사람이 아니고, 양산박 의사 송강의 부하 박천조 이응이라는 사람입니다. 태사님과 추밀님의 덕분으로 제주 옥중에 갇혀 있다가 다행히 살아나와서 음마천에 주둔하고서 금병을 때려잡아 죽이다가 지금 사졸을 이끌고 종유수한테로 가서 송조 중흥을 도우려는 길입니다. 그런데 뜻밖에 여기서 만나뵙게 된 고로 한 잔 올리는 것이니 받아주십시오."

그리고 이응은 똑같은 잔으로 고구·동관·채유 세 사람에게도 술을 한 잔씩 따라 올렸다.

채경 등 네 명은 혼비백산해가지고 자리에서 허둥지둥 일어나는 것을 이응이 또 웃는 낯으로 붙들어 앉혔다.

"편히 앉아 계십쇼! 우리들이 좀 더 따뜻하게 대접을 해야겠습니다."

이럴 때 한옆에서 왕진이 벌떡 일어서더니 뚜벅뚜벅 앞으로 나와서 흰 수염을 흩날리면서 호령한다.

"고구야! 나는 양산박에 있던 사람이 아니다. 팔십만 금군교두로 있던 왕진이다! 너 이놈, 본래 불학무식한 놈이 창봉 쓰는 법을 조금 배워서는 내 가친과 견주어보려다가 되레 한 대 얻어맞고서 네가 부족했다는 걸 반성은 않고, 도리어 원수로 치부해뒀다가 나를 해치려 하지 아니했니? 너를 피해 나는 노충 경략상공한테 가서 병마지휘사로 있었다. 네가 지금 나를 알아보겠느냐?"

고구는 입을 다문 채 고개를 들지 못한다.

그러자 이번엔 소선풍 시진이 앞으로 나오더니 호령을 한다.

"고구야! 나로 말하면 주나라 시세종(柴世宗)의 적파자손이다. 창주 횡해군에 살던 소선풍 시진이가 바로 내다. 선조에서 단서철권(丹書鐵券)을 내리셨기 때문에 편안히 살고 있었다마는 네놈의 동생뻘 되는 고렴이 지사(知事)로 오니까 처남 되는 은천석이란 놈이 저의 매부의 세력을 등대고서 우리 숙부님 시황성(柴皇城)의 화원(花園)을 빼앗고, 숙부님은 그 때문에 돌아가셨고, 이에 분개한 흑선풍 이규가 은가(殷哥)를 때려죽였는데, 고렴이란 놈은 나를 옥에 잡아 가뒀었다. 그랬는데 송공명이 나를 구해주었다. 그런 뒤에 우리가 방납을 토벌하는 공을 세웠지만, 나는 벼슬을 않고 창주에 가서 잘 있었는데, 네가 또 고원이를 창주 태수에 임명해 금과 은을 나라에 바치라는 핑계로 생트집을 잡아 우리 집안을 전멸시키려 했으니, 이런 짓을 모두 용서해줘야 옳겠느냐?"

고구는 아무 소리 못 하고 머리를 들지 못한다.

이럴 때 배선이 쌍고검(雙股劍)을 들고 한복판으로 나오더니,

"그런 말은 다 지나간 옛날 얘기니 그만두시고… 지금 군중(軍中)에 흥이 없어 보이니, 내가 한번 검무를 추어 여러분의 흥을 돋우어드리겠습니다."

이렇게 말하고서 두 개의 칼을 왼편으로 쑥 내어밀었다가 오른편으로 휘저으면서 점점 신속하게 칼춤을 추기 시작하자, 칼날이 불빛에 휘황하게 번득이면서 싸늘하고 엄숙한 기운이 방 안에 가득 찬다. 이때 좌중에서 모두들 박수갈채를 하니까, 배선은 검무를 다 추고 나서 노래를 한 곡조 부르는 게 아닌가.

하늘이 무너지고
땅이 깨지도다.
멀리 가신 상감님들
어찌나 견디실꼬.

간신의 농간에
민심은 떠났는데
이 밤에 없애버리니
가슴이 후련하도다.

채경 등 네 명은 이 노래를 듣고 얼굴빛이 흙빛이 됐다. 이때, 연청이 고구 앞으로 나오더니 말한다.

"칼춤이 씨름만은 못하지요. 고태위! 당신이 그때 군사를 이끌고 양산박을 치러 왔을 때 말이오. 싸움에 지고서 도망가다가 낭리백도한테 붙잡혀 산 위에 올라와서 송공명이 술대접을 한 후에 당신이 나하고 씨름을 해본 기억이 안 나오? 오늘밤에 밤은 길고 할 일도 없고 하니, 나하고 씨름이나 해봅시다그려."

연청의 이 말이 끝나자, 이번에는 번서가 나와서 한마디 한다.

"동관아! 네가 조양사하고 곽경이가 지껄이는 소리를 곧이듣고서 공손승을 잡으려고 이선산으로 군사를 보냈었지만, 그때 이선산에 있던 사람은 혼세마왕 번서, 바로 나였다! 지금 내가 가르쳐줄 테니까 알아둬라. 저기 오른편으로 둘째 자리에 성관(星冠)을 쓰고 앉아 있는 분이 바로 공손승 선생이시다!"

이때 채태사 등을 압송하는 압차관이 일어서더니 양해를 구한다.

"여러 어른께서 충분히 말씀하셨을 듯하고, 이미 밤도 깊었고, 술도 많이 마셨으니까 이제 그만 작별하고 일어나야겠습니다. 이 네 분으로 말씀하면 조정범관(朝廷犯官)이라 소홀히 못 하고, 보호해가지고 돌아가야겠습니다."

이 소리를 듣고 번서가 눈을 부릅뜨고서 큰소리로 꾸짖는다.

"이 자식이 건방지게 무슨 잔소리냐! 천하에 두려운 것, 무서운 것이 없는 우리들이다! 네 명의 간적이 우리 형제 1백 8명을 얼마나 못살게 달달 볶았다는 것은 얘기할 필요도 없다. 다만 금수강산을 제 놈들 맘대로 가지고 놀다가 땅바닥에 시체를 쌓아놓고서 2백 년 내려오던 대송(大宋) 나라를 얼음 녹이듯 녹여먹은 것만 봐라! 지금 이게 어떻게 된 세상이냐? 오늘 이놈들 원수 놈을 만나가지고 내가 몇 마디 말을 하려는데, 네 따위가 감히 나를 막아? 이놈! 또 한 번 입을 벌리기만 해봐라, 내가 네놈의 모가지부터 잘라버리겠다!"

호령을 들은 압차관은 모가지를 움츠리고서 다시 자리에 앉아버렸다. 감히 입을 벌리지도 못한다.

이때, 이응은 하인들을 시켜 연회석을 넓히고, 지저분한 것을 치운 다음에, 향안(香案)과 향로(香爐)를 갖다놓게 한 후 모든 형제들과 함께 남쪽을 향해 태조 황제의 영혼에 절하고, 다시 북쪽을 향해 두 분 황제를 생각하고서 절했다. 그러고 나서 일제히 축문을 외듯,

"신 이응 등 국가를 위하여 간적을 죽임으로써 위로 성조열종(聖祖列宗)께 보답하옵고, 아래로 천하백성의 울분을 풀어버리옵나이다!"

이같이 외고 나서 다섯 번 절을 하는 것이었다.

이같이 예를 마친 뒤에 탁자 하나를 내다놓고, 향안을 들어다가 그 앞에 놓고 나서 위패를 탁자 위에 모셔놓는데, 보니까 송강·노준의·이규·임충·오용·화영 여섯 사람 이름이다.

향촉을 밝힌 다음에 이응 등 일동이 사배(四拜)를 하더니 이응이 축복을 빈다.

"송공명 형님을 비롯하여 여러분 형님의 영령께 아뢰옵나이다. 오늘 밤에 채경·고구·동관·채유 네 놈의 간적을 이 자리에 앉히고서 이것들한테 생전에 형님들이 모해받은 것을 시원히 풀어버리겠사오니, 영령들이시여 굽어살피소서!"

이때 채경·고구·동관·채유는 마룻바닥에 무릎을 꿇고서 두 손으로 빈다.

"여보시오. 우리가 어찌 우리의 죄를 모르겠소. 그러기에 지금 성지를 받들고 담주로 가서 국법을 감수하기로 된 것이니까, 여러분 호걸들은 제발 우리를 용서해주시오!"

그러나 이응은 채경을 내려다보며 꾸짖는다.

"내 말을 똑똑히 들어봐라! 우리들 1백 8인이 동심협력해서 북으로 대요(大遼)를 정벌하고, 남으로 방납을 토벌해서 국가에 공을 세웠고, 형제들의 절반은 전장에서 호국영령으로 산화했기 때문에 천자님께서 우리에게 현직(顯職)을 주시려 했건만 몇 차례나 네놈이 이를 가로막았고, 나중에 지방관으로 임명한 다음엔 극약으로 만든 독주를 먹여 송강을 죽이고, 노준의를 원통하게 죽인 후, 독수(毒手)를 사방으로 뻗쳐 양산박 여당(餘黨)을 모조리 잡아서 처치하려 들지 아니했느냐? 만일 송공명과 노준의가 살아 있었더라면, 금병이 국경을 침범했을 때 우리가 나가서 적을 막았을 것이다. 강토와 사직을 뺏기진 않았을 것이란 말이다. 그런데 지금은 충신과 양장(良將)이 없어지고, 국가는 반쪽이 달아났고, 만민이 도탄 속에 빠졌으니, 이렇게 된 것이 어느 놈의 죄냐?"

이응이 여기까지 말하고 네 명의 얼굴을 하나씩 하나씩 쏘아보는데, 채경 등은 감히 고개를 들지 못한다.

이응은 또 계속했다.

"애당초 채경이 네가 양중서한테서 10만 관의 금·은·비단 등 생진강의 뇌물을 받지 않았다면 불의(不義)와 재물은 뺏어도 죄가 안 된다 생각하고서 그것을 뺏어가지고 양산박으로 들어가지 아니했을 것이고, 고구 네놈은 네 조카놈이 양가집 부녀자를 강간하려는 것을 도와주다가 임무사(林武士)를 양산박으로 들여보냈고, 동관이 너는 조양사의 말을 듣고 금국과 짜고서 요국을 협공했기 때문에 이번에 금국 놈들이 우리나라를 깔보고 쳐들어오게 했단 말이다. 그래서 오늘날 국가는 망했다! 그런데 지금 네놈들은 신하의 도리를 생각하는 빛이 조금도 없다.

두 분 황제와 비빈(妃嬪)이 사막으로 끌려가셨으니 언제 다시 천일(天日)을 우러러보겠느냐! 이번에 서울이 함락되었을 때 누가 태묘(太廟)에 들어가서 태조서비(太祖誓碑)를 보았더니, '대신 유죄 불가형륙(大臣有罪不可刑戮)'이라는 말이 제3조에 새겨 있더란다. 나도 태조의 유훈을 따라서 네놈들한테 칼을 대지 않겠다. 너희들이 항상 잘 사용하던 짐주(鴆酒)를 줄 테니 맛을 봐라!"

이응은 말을 마치고 나서 큰 사발 네 개를 가져오게 하여 거기에 짐주를 가득히 부었다. 채경·고구·동관·채유는 눈물만 줄줄 흘리면서 얼른 사발을 들어 독주를 마시려 하지 아니한다.

이응이 이 모양을 보고는 한 손을 높이 들고서 휘저으니까 이것을 신호로, 별안간 하늘이 무너지는 듯 대포 소리가 탕 탕 탕 터지면서 군사들의 고함 소리가 요란하게 일어나는데, 이때 병풍 뒤에 숨어 있던 사람들이 나오더니, 한 사람씩 네 놈의 귀를 붙들고서 고개를 젖혀놓고 아가리에 독주를 부어버리는 게 아닌가. 이렇게 된 후 반시각도 못 지나서 채경 등 네 명은 전신의 구멍으로 피를 흘리면서 뻗어버렸다.

이응과 여러 형제들은 네 명의 간신을 이렇게 죽여버리고 나서 부하를 부르더니 시체 네 개를 모두 성 밖에 내다가 들판에 팽개쳐버리라고 명령하는 것이었다. 시체를 새가 파먹고 짐승이 뜯어먹게 하라는 뜻이다.

이때까지 압차관은 어안이 벙벙해서 입을 벌린 채 멍하니 구경만 하고 있더니 간신히 한마디 한다.

"장군님들께 한 말씀 여쭙겠습니다. 제가 돌아가서 상부에 무어라 복명했으면 좋겠습니까?"

이 말을 듣고서 이응은,

"응! 양산박 호걸들이 원수를 갚았다고… 이렇게 말해도 좋다!"

이같이 대답한 다음에 돈 20냥을 가져오게 하더니, 그 돈을 압차관

한테 주면서,

"네가 만 리나 먼 길을 이제 안 가게 돼서 잘됐다!"

이렇게 말하는 것이었다. 압차관은 감사하다면서 돈을 받았다.

이럴 때 연청은 돈 10냥을 섭무한테 주면서 말한다.

"수고했네. 가다가 한잔 하게나."

섭무는 돈을 받아넣으면서 이웃집 걱정을 하는 것이었다.

"노이원외님 집이 화재로 타버렸는데, 부인과 따님은 또 금영으로 붙들려갔단 말이오! 그동안 죽었을지도 몰라!"

"아니, 내가 벌써 금영에 돈을 갖다바치고서 모셔왔네."

연청이 이렇게 말할 때 노성이 가까이 오더니 섭무에게 인사를 한다.

"아저씨! 내가 지금 부인하고 따님과 함께 여기 있기 때문에 집으로 못 갑니다. 아저씨 댁 셋방은 도로 가져갑쇼. 그리고 전날 아저씨가 빌려준 돈 삼 전은 지금 가진 게 없어서 못 갚아드리니 그런 줄 압쇼."

"많지도 않은 거 그만두게!"

섭무는 생색을 내고 압차관과 함께 나가버렸다.

그럭저럭하는 동안에 날이 밝았는데, 이때 마침 대종이 돌아왔다.

"종유수가 호걸들을 초빙하기 때문에 왕선(王善)·이성도(李成都) 같은 장수가 부하를 거느리고 귀순해서 한동안 형세가 떨쳐졌었고, 세 번이나 성상께 환도하십사고 상소를 했건만, 왕백언(汪伯彦)·황잠선(黃潛善) 두 사람이 반대를 하는 통에 종유수는 울화통이 터져서 병이 돼가지고 며칠 동안 끙끙 앓다가, '강을 건너!' 소리를 세 번 부르짖고는 피를 토하고 죽었답니다. 그래서 모두들 울었다지 뭐예요! 조정에선 두충(杜充)이를 후임으로 세웠는데 이 사람이 무능한 데다가 장사들을 대우할 줄도 몰라 쓸 만한 사람들은 모두 흩어져버리고 말았습니다그려. 그런데 올출 사태자가 10만 대병을 거느리고 건강부로 온다는 소문을 듣고서 두충이는 겁을 집어먹고 금병이 오기도 전에 하남 땅을 버리고 회서로 도망했기 때문에 백성들은 또 산지사방 흩어졌답니다. 그리고 서울은 여전히 텅 비었습니다."

모든 형제들이 이 소식을 듣고 놀랐다.

"종유수가 죽어버렸으니 우리가 어디로 가면 좋단 말인고? 더군다나 올출이가 남하하는데 어떻게 우리가 빈 성을 지킬 수 있나? 이거 정말 나가지도 물러가지도 못하게 됐구나!"

여러 사람이 이런 말을 하면서 걱정을 하니까, 대종이 다시 말한다.

"이번에 내가 목춘을 우연히 만났죠. 서울 소식을 알아보고 가는 길이라면서 이야기를 하는데, 원소칠하고 손립이가 등운산에서 의병을 일으켰는데 형세가 대단히 왕성하다고, 날더러 자꾸 그리로 같이 가자고 하더군요."

"그래, 대원장이 뭐라고 했소?"

운성점에서

이응이 이같이 물으니까 대종이 말을 계속한다.

"그래서 내가 말하기를, 지금 형제들이 모두 중모현에 앉아서 내가 종유수의 소식을 가지고 돌아오기만 기다리고 있는 터이니까, 목형이 먼저 돌아가면 며칠 후에 우리가 등운산으로 가마고 그랬지. 내 생각엔 등운산이 해변 구석에 있는 산이니까 올출의 군사가 이리로 지나가지도 않을 것 같고… 그러니까 잠시 거기서 쉬고 있다가 건강부로 가서 조정에 귀순하는 게 좋을 거란 말이오."

이 같은 대종의 이야기를 듣고 모두들 그러는 게 좋겠다고 찬성했다. 그래서 그들은 전과 같이 3대(隊)로 나눠 산동 길을 향해서 행진했다.

대종은 그들이 행진하는 연도의 정세를 정탐하는 역할을 맡았다.

그런데 하루는 날이 저물어 동창부(東昌府) 근처까지 다다랐을 때, 대종이 달려오더니,

"큰일 났소! 지금 올출의 대군이 거의 도착할 모양이니까, 중군 후대는 속히 피해요! 난 전대를 다른 곳으로 방향을 돌리도록 일러줘야겠소!"

이렇게 말하고는 다시 쏜살같이 달아나버린다. 이응은 급히 군사를 오솔길로 휘몰고 10리를 들어가서 와호강(臥虎岡) 아래에다 막사를 차

렸다.

그런데 이보다 앞서 전대를 인솔하고 나가던 호연작은 벌써 올출 장군의 선봉부대와 마주쳤는데, 대로상에 은신할 곳도 없고 해서, 다행히 캄캄한 밤중이라, 적에게 들키지 않고서 뿔뿔이 흩어져 화를 면했다. 그리하여 날이 밝은 다음에 호연작이 부하들을 소집해놓고 보니까 호연옥과 서성이 인솔하고 오던 2백 명의 군사가 보이지 아니했다. 어둠 속에서 행방불명이 된 모양이었다.

그랬는데 점심때쯤 되었을 때, 후대가 모두 도착한 고로 호연작은 말했다.

"어젯밤에 2백 명이 행방불명은 됐지만, 쌍방이 충돌하지는 아니했으니까 염려는 없쇠다. 이제 어서 출발합시다."

그러나 이응은 듣지 않고 근처를 좀 더 찾아보자고 주장하는 것을 호연작이 또 고집을 썼다.

"글쎄, 여기로 말하면 허허벌판이라 숨어 있을 곳도 없는데, 어디를 찾아본다는 거요? 그 애들이 어떻게든지 찾아올 테니까 어서 갑시다."

이리해서 마침내 그들은 막사를 거둬 다시 행군을 했다.

그런데 어젯밤에 호연옥과 서성이 어떻게 됐느냐 하면, 올출 장군의 금병이 닥쳐올 때 두 사람은 말을 달려 한쪽 옆으로 빠져나가려고 했었지만, 뜻밖에 금병의 대오 속에 끼어버려서 어떻게 몸을 빼어 달아날 수가 없이 되어버렸다. 그런데 이 선봉부대의 장수 아흑마(阿黑痲)는 올출 장군의 부하들 중에서도 제일가는 용장으로서 제가 따로이 횡충영(橫衝營)이라는 독립된 부대를 거느리고서 행군하는 길에 지방 연로(沿路)에서 20세 이하 15세 이상의 청년들을 닥치는 대로 징발해다가 훈련을 시켜가지고 전위부대로 사용하는 인물이었다. 그리고 이같이 훈련을 받은 청소년들은 용감무쌍해서 물불을 가리지 않는 싸움패들인데, 벌써 그 수효가 5백 명이나 되었건만 이때까지 두목이 없었던 참이라,

선봉대장 아흑마는 호연옥과 서성이 인물도 사내답게 잘생겼고, 또 몸에 병기를 가지고 있는 것을 보고는 가까이 불러 성명을 물어보는 것이었다.

이때 호연옥이 대답했다.

"저희들 형제의 이름은 하나가 장룡(張龍)이고, 하나는 장호(張虎)입니다. 고향은 하북입니다. 저희 가친은 장득공(張得功)이라시는 분인데, 현재 제왕전하(齊王殿下)를 모시고 병마총관으로 계십니다."

"그럼 무예를 배웠겠구나?"

"예! 죄다 배웠습니다."

호연옥이 대답하고서 쌍편을 휘저으며 한바탕 기술을 보이고 나니까, 이번에는 서성이 금창을 들고 나와서 한바탕 기술을 보이고 제자리에 돌아와 섰다.

아흑마는 대단히 만족해한다.

"어어, 과연 장문(將門)의 후손이구나!"

그러고서 아흑마는 목패(木牌) 두 개를 꺼내더니 거기에 글자를 낙인해 그것을 호연옥과 서성에게 한 개씩 주면서 일러주는 것이었다.

"이것이 횡충영 소비기(小飛騎)라는 패다. 이것을 줄 테니 하나씩 가지고서 5백 명 부하를 관할하는데, 어떤 사무가 생기든지 그때엔 이 목패를 가지고 시행하란 말이다. 진심갈력해서 일을 잘 보면 직분을 올려주고 상을 주겠지만, 만일 도망을 간다면 용서 없이 잡아다 죽여버리겠다."

"도망을 가다뇨! 제 가친이 제국(齊國)에서 벼슬을 하고 계시는데… 뭐, 한집안 식구가 아닙니까? 뭣하러 도망가겠습니까!"

호연옥은 이렇게 말하고서 목패를 받아가지고 서성과 함께 본영으로 가서 상관들한테 인사를 했다. 그런 뒤에 두 사람은 서로 놈들의 비위를 맞춰가면서 눈치를 보고 있다가 도망하자고 의논을 짰다. 그래서 상관이라는 것들이 무슨 말을 하든지 얼른얼른 공순히 시행하니까 이것들이 모두 좋아하고, 더구나 아흑마가 보는 데서는 몸을 아끼지 않고 일을 하는 고로 아흑마는 아주 자기 심복처럼 생각하고서 의복과 음식 같은 것을 상으로 주기까지 했다.

이틀이 지난 뒤에 호연옥이 서성을 보고,

"이왕 이렇게 된 바에야 우리가 관할하게 된 부하들을 한 사람씩 점검해볼 필요가 있지 않을까?"

하고 의견을 물어보는데, 서성도 이에 찬성하는 것이었다.

"그거 필요한 일이죠. 어떻게 돼서 이놈들한테 징발당했는지 알아둬야죠."

그리하여 두 사람은 공석을 차리고서 부하들을 모두 집합시킨 후, 붓과 벼루를 갖다놓고, 한 명씩 한 명씩 호명해가면서 명부책과 대조했는데, 송안평(宋安平)이라는 이름을 호명하니까, '예' 하고 청년 하나가 앞으로 나오는데 얼굴이 청초하게 생긴 서생이다.

호연옥은 그 얼굴을 바라보고 낯이 익은 것 같아서,

"네 고향이 어디지? 부모님이 계시냐? 언제 영문에 뽑혀왔느냐?"

이같이 물어봤다. 그랬더니 송안평은 금세 눈물이 글썽거리며,

"저는 운성현 관내 송가촌에 살고 있어요. 아버님 함자는 송청이고요, 어머니도 생존해 계십니다."

이같이 대답한다.

"그런데 무예를 배웠나?"

"어려서부터 시서(詩書)를 익히다가, 서울 가서 과거를 보아 제삼갑진사(第三甲進士)에 합격되었댔습니다만, 관직은 아직 못 받고 있었는데, 갑자기 서울이 함락되는 바람에 송가촌으로 돌아가다가 도중에서 대병을 만나, 데리고 오던 하인들은 모두 잃어버리고… 여기 온 지는 한 열흘 됩니다."

호연옥이 그제야 이 청년이 송공명의 조카인 것을 깨닫고 서성을 보고 눈짓을 했다. 그러고서 송안평을 보고 말했다.

"네가 말하자면 무인이 아니고 독서인(讀書人)이니, 그럼 나하고 같이 있자! 기록할 것도 있을 거니까 말이다."

"예!"

그러고 나서 조금 있다가 호연옥은 점검하는 사무를 마친 다음에 청년들을 모두 물러가게 한 후, 송안평을 가까이 불러가지고,

"그래, 우리 두 사람이 누군지 네가 알겠니?"

하고 물어본다.

"글쎄요… 얼른 생각이 안 나는데요!"

송안평이 불안스런 얼굴로 대답하는 소리를 듣고 호연옥이 말한다.

"내 이름은 호연옥이고, 내 가친은 쌍편 호연작이시란 말이야. 그리고 이 사람의 이름은 서성인데, 금창수 서녕의 자제란 말일세. 난 이번에 이 사람과 함께 아버님을 따라서 이응·관승·연청 등 여러분 아저씨들이 계신 음마천에 가 있다가 남쪽으로 가는 길이었는데, 뜻밖에 밤중에 아흑마의 대군 속에 끼어들어 그만 이렇게 붙들려 있는 걸세! 그런데 자네하고는 우리가 형제간이네. 알겠나? 아버님들끼리 모두 형제간이시니까 말이야! 우리가 이제 틈을 봐서 도망갈 테니까, 입 밖에도 내지 말고 눈치도 뵈지 말게! 알겠나?"

"그런 줄 몰랐죠! 참 반갑습니다. 그리고 저는 아무 재주도 없으니까 그저 형님들만 믿습니다!"

송안평은 무척 기뻐한다. 그리고 이날부터 그들 세 사람은 한군데서 숙식을 같이 하고 매사를 서로 의논했다.

하루는 세 사람이 함께 마방(馬坊)으로 가서 부대에서 쓰는 수백 마리의 말을 살펴보는데, 그 중에 백마 한 마리는 몸뚱어리가 크고 높은 것이 보통이 아니고, 흑마 한 마리는 네 굽에만 흰 털이 눈같이 하얀 것

이 보통이 아니다.

그런데 원래 이 백마는 단경주가 사왔던 '조야옥사자(照夜玉獅子)'라는 유명한 말로서 송공명이 지극히 사랑하던 말이요, 흑마는 호연작이 일찍이 양산박을 정벌하러 떠날 때 황제가 하사하신 '척설오추마(踢雪烏騅馬)'로서 두 마리가 다 하루에 천리 길을 달리는 용마였다. 그런 것을 오래전에 양산박 동지들이 조정에 초안되어 서울에 왔을 때 동관이 명마 두 필을 몰래 훔쳐갔던 것인데, 송강은 그런 줄을 알면서도 덮어두고 있었던 것이다. 그런데 이것이 어떻게 돼서 금조(金朝)의 소유가 되었는지는 알 수가 없다.

하여간 원래 명마라는 것은 수명이 사람의 수명이나 마찬가지여서 20세가 넘은 것이라야 정력이 강건해지는 법인데, 이 두 마리가 바로 이런 연령에 달했었다. 그리고 양마(良馬)는 군자와 같이 총명한 덕이 있는 법이라 백마와 흑마가 송안평과 호연옥을 보더니 마치 저의 옛 주인이나 만난 것처럼 일시에 반가운 울음을 터뜨리는 것이었지만, 송안평과 호연옥이 어찌 그 속이야 알 수 있으랴. 다만 잘생겼다고 칭찬만 하고서 돌아갔다.

이런 일이 있은 후 그들 군병의 올출 부대는 산동 땅 제주부에 가까이 이르렀다. 그런데 이곳을 지키고 있는 선무사 장소(張所)는 꾀가 많고 용맹무쌍한 사람이어서 올출 장군은 이 사람을 시기하기 때문에 제주를 통과하지 않고 지름길로 회서 땅으로 들어간 후, 전령을 보내서 의논할 일이 있다고 아흑마를 그곳으로 불러갔다.

아흑마가 떠난 뒤에 서성과 호연옥은 의논했다.

"자아, 이제는 아흑마가 없는 동안에 여기서 빠져나가야겠는데, 만일 다시 행군을 시작한다면 도망갈 틈이 없지 않소?"

"그렇고말고! 그런데 신변에 아무것도 가진 게 없으니 어떡하지? 전량이 있어야 할 텐데!"

"잠깐 기다려보슈! 내가 좀 구처해보리다."

서성은 이렇게 말하고서 바로 이웃에 있는 부대로 달려가 소두목(小頭目)을 찾아보고 사정을 했다.

"우리가 지금 급하게 이동을 해야겠는데 양식이 떨어져서 걱정입니다. 어떻게 여기서 지출해줄 수 없겠습니까?"

그러니까 그 두목이 어렵지 않게 대답한다.

"당신의 목패를 관량영(管糧營)에 가서 뵈어주고 청구하면 지출해줄 걸 뭐가 걱정이오!"

서성은 그 말을 듣고 관량영으로 가서 두목을 보고 말했다.

"장군님한테서 전령이 왔는데요, 내일 여기 있는 애들을 데리고 대영(大營)으로 와서 점검을 받으라십니다. 그래서 오늘 우선 급여와 상사로 지출할 양곡과 은자 1백 냥이 급히 필요합니다."

두목이 듣고서 웃는 낯으로 서성의 목패를 보고는 번호를 기록해놓더니 조금도 의심하지 않고 쌀 두 부대와 은자 1백 냥을 내준다.

서성은 그것을 받아가지고 돌아와서 대단히 기쁜 얼굴로 호연옥한테,

"노자는 넉넉히 장만했으니 걱정 없죠? 그런데 한 가지 걱정이 있군요. 이놈들이 우리가 달아난 줄 알고 썩 좋은 말을 타고 추격해온다면, 우리들 말은 시원찮아서 좀 어려운데… 더구나 저 아우님은 말을 가진 것도 없고…."

이렇게 말하면서 송안평을 바라본다.

"내가 요전 날 마방에 가서 좋은 말 두 마리를 보아둔 게 있어. 그러니까 한 마리만 더 골라보면 되지!"

호연옥은 즉시 서성과 함께 마방으로 가서 두목을 보고 말했다.

"장군님한테서 전령이 왔는데, 우리들 본영의 장부책을 대영으로 가지고 와서 검사를 받으라시는군요. 송안평이 기록을 했으니까 이 사람

을 데리고서 같이 가야겠으니 말을 세 필만 골라주시오."

마방의 두목 놈은 이 사람들이 아흑마 장군이 가장 신임하는 장룡과 장호인 고로 조금도 의심하지 아니하고 승낙하는 것이었다.

"소비(小飛)님들이 맘대로 골라가십쇼!"

이래서 호연옥과 서성은 조야옥사자와 척설오추마와 또 오화총(五花驄) 한 마리를 끌고 본영으로 돌아온 후, 안장을 지워가지고 쌀과 돈을 싣고서 올라탔다.

세 사람은 영문 밖으로 나온 뒤에 채찍질을 해서 잠깐 동안에 4, 50리를 달렸다.

"이제는 괜찮겠지! 자, 큰길로 가지 말고 작은 길로 갑시다. 여기서부터는 송조의 땅이니까, 이놈의 의복과 모자를 내버려야 해!"

호연옥이 이때서야 한숨을 돌리고, 이런 말을 지껄이면서 모자를 벗어 팽개쳐버렸다.

"그런데 요전 날, 우리들이 밤중에 길을 잃고 우리만 떨어져 이 모양이 됐으니, 원대(元隊)가 어디로 갔는지 알 수 있어야지? 결국 등운산으로 가면 되긴 되겠는데… 어느 쪽으로 가야 등운산엘 가는 건지, 길도 모르니 걱정 아니오?"

서성은 이때 호연옥을 돌아보며 걱정하는 게 아닌가.

그러니까 송안평이 말한다.

"제가 두 분 형님들을 만났기에 살아났으니, 이런 은혜가 어디 있겠습니까! 운성현 저희 집으로 가십시다. 여기서 멀지도 않은 제주 관내이니까, 며칠 집에서 쉬시다가 떠나셔도 좋을 겝니다."

이 말을 듣고서 호연옥이 찬성했다.

"그래도 좋지!"

이렇게 되어 세 사람은 또 4, 50리를 달렸는데, 한참 가다가 보니까 길가에 술집이 하나 있는 고로 먼저 서성이 말을 멈추고서,

"이거 어디 시장해서 견디겠어요? 아무거나 좀 먹고 나서 또 가십시다."

이렇게 제안한다. 호연옥과 송안평도 그를 따라 말에서 내려, 술집 문 앞에 있는 버드나무에다 말 세 필을 붙잡아 매놓고, 주점 안으로 들어가 술 세 근과 안주와 밥을 주문했다. 그랬더니 주보가 금시에 양육(羊肉) 한 쟁반과 삶은 닭 한 마리와 고기만두 30개를 갖다주는 고로, 세 사람은 목이 마르고 배가 고팠던 참이라, 순식간에 술 세 근을 훌쩍 마셔버렸다. 그러고 나서 또 주보더러 술을 가져오라고 소리쳤다.

그러니까 주보가 와서 묻는다.

"찹쌀로 만든 술이 있는뎁쇼. 썩 좋은 건데… 이런 술을 잡수시겠습니까?"

그 말을 듣고 호연옥이 대답했다.

"술맛이 좋기만 하면 먹고말고!"

주보가 안으로 들어가더니 금시에 뜨겁게 데운 술을 갖다준다. 그런데 이 술이 먹기만 하면 만사가 끝나는 술인데, 세 사람이 그런 줄이야 어떻게 알까 보냐.

그들은 한 모금씩 마시고는 그만 머리는 무거워지고, 다리는 가벼워지면서 정신을 잃었다.

그때 주보는 심부름하는 사람과 함께 나와서 문 앞에 매놓은 말의 고삐를 끄르면서,

"이 말 세 필에 적어도 2, 3백 냥은 받겠지? 괜찮구나!"

하고 서성의 허리춤에서 돈 전대를 끌러 내려놓고 세어보고는 모두 1백 냥이나 되니까 좋아서 입이 딱 벌어진다. 이때 안에서 나이 30쯤 되어 보이는 바싹 마른 사나이가 한 사람 나오더니, 술상 앞에 자빠져 있는 세 사람의 얼굴을 한번 들여다보고는 주보를 바라보고,

"야! 이 사람들을 내버려둬! 좀 알아봐야겠다. 죽이지 말란 말이야!"

이렇게 주의를 시킨다.

그런데 이 사람이 누구냐 하면, 그전 날 반금련이 서문경과 간통하는 사실을 무대의 아우 무송이한테 가르쳐주던 운가(鄆哥)라는 소년으로, 지금은 강충(江忠)이라는 사람의 부하로 있는 청년이다.

그리고 강충이라는 사람이 누구냐 하면, 지난날 양산박에서 송강의 심복으로 양곡을 관리하는 소두목으로 있다가 송강이 조정의 초안을 받고 서울로 올라올 때 저의 고향으로 돌아가서 농사를 짓고 있던 사람인데, 송강이 독살당하고 노준의가 억울하게 죽은 뒤에 도군 황제가 꿈에 양산박엘 가보고서 느낀 바 있어 칙명을 내려 송강 등의 사당을 짓게 하고 춘추로 제사를 지내게 된 후 이번에 난리가 났기 때문에 집에서 편안히 농사도 지을 수 없어서 옛날 송공명의 신세를 생각하고 운가를 데리고 이곳으로 온 사람이다.

그리고 강충은 사당에 냉수를 떠놓고 향을 피우고 하는 일방, 옛날 주귀 모양으로 술집을 하나 차려놓고 운가를 시켜 술이나 팔면서 재물을 가진 나그네가 걸려들기만 하면 몽한약으로 죽여버린 후 그 재물을 털어먹고 지내는 터였다.

어쨌거나, 운가는 해독약으로 술상 앞에 빼드러진 세 사람을 살려놓았다.

그랬더니 맨 먼저 호연옥이 기지개를 켜면서 일어난다.

"어어 잘 잤다! 하, 술 좋은데…."

그러자 미구에 서성과 송안평도 두 손으로 눈을 비비면서 일어나더니,

"그다지 많이 먹지도 않았는데… 담뿍 취했던 모양이야!"

한다. 운가는 돌아서서 웃었다.

그때 호연옥이 말했다.

"자아, 이제 셈을 치르고, 우린 빨리 가야 해!"

서성이 셈을 하려고 허리춤을 찾으니 돈 전대가 없어졌고, 호연옥이 바깥을 내다보니까 버드나무에 매놓은 말 세 필이 역시 보이지 않는다.

이때 서성은 주보의 멱살을 붙들고서,

"네 이놈, 우리 돈을 훔쳐가고… 말 세 필마저 끌어가고… 당장 못 가져오겠느냐!"

하고 밀어던지니까, 주보의 몸뚱어리는 허수아비처럼 열 칸 밖에 나가떨어진다.

그러자 운가가 앞으로 나서면서 공손하게 말한다.

"손님네들! 잠깐 진정하십쇼. 돈과 말은 죄다 저기 있습니다. 도루 가져가실 거니까 안심하시고… 그런데 죄송합니다만, 어디 사시는 누구신지 가르쳐주실 수 없으십니까? 그리고 지금 어디로 가시는 길이십니까?"

"우린 이 고을 송가촌에 사는 사람인데, 지금 집으로 돌아가는 길이오."

송안평이 성난 목소리로 이렇게 대답하니까, 운가가 또 묻는다.

"송가촌이라면 철선자(鐵扇子) 송사(宋四) 원외님이 사시는 곳이 아닙니까? 그 송씨네가 번족한 집인가요?"

"그분이 바로 내 가친이시오."

"아, 그러십니까? 그럼 잠깐 안으로 들어오십쇼."

운가가 후면으로 돌아서 수정(水亭)으로 안내하는 고로, 세 사람이 따라 들어가 보니까 뒤로는 푸른 산이 병풍처럼 둘러 있고, 앞은 탁 틔어서 경치가 매우 좋다.

"여기가 요아와(蓼兒洼)의 경치하구 비슷하군! 내가 어렸을 때 한 번 지나간 적이 있다…."

서성이 정자에 앉아서 이렇게 말할 때, 운가가 세 사람 앞에 허리를 굽히면서 사죄를 하는 것이었다.

"제가 눈깔이 있으면서도 어른들을 몰라뵈었습니다. 용서하십쇼!"

이렇게 사죄를 하고 나서 그는 곧 술상을 들여다놓고 술을 따라 올리는 게 아닌가.

"대관절 당신이 누구요?"

호연옥이 그를 바라보고 물으니까, 운가는 또 공손히 대답한다.

"죄송합니다. 제가 말씀을 여쭙겠습니다. 여기가 바로 양산박입니다. 휘종 황제께서 여기다 정충묘(靖忠廟)를 세우게 하시고 의사님들의 화상을 모셨는데, 이를 간수하는 사람이 없었습니다. 그랬는데, 그전에 송장군을 모시고 있던 소두목 강충이라는 사람이 시골 가서 농사만 짓다가 난리가 나서 농사도 지을 수 없고 해서, 요사이 이곳으로 와, 사당에 향화(香火)를 시봉(侍奉)하면서 조석으로 예배하고 있습니다. 소인은 이분을 따라 여기 와 있는 인간이온데, 전에 운성현에서 과일 장수하던 운가라고 부릅니다. 오늘 저의 집 놈이 어른들을 몰라뵙고 몽한약이 들어간 술을 드렸던 것인데, 소인이 세 분의 얼굴이 비범해 보이시기에 해독약으로 구해드린 겁니다. 돈도 저기 있고 말도 다 잘 있으니까, 세 분께서는 널리 생각하시고 제발 용서해주십쇼. 그리고 이 두 분의 함자나 가르쳐주십쇼."

설명을 듣고서 호연옥이 말했다.

"얘기를 들으니 당신이 나쁜 사람은 아닌 모양이니까 가르쳐주리다. 난 호연 장군의 아들 호연옥이고, 이 사람은 서장군의 아들 서성이라는 사람이오."

그는 이렇게 말하고 나서 지금 금영(金營)으로부터 탈출해 도망가는 길이라는 이야기까지 했다.

"과연 나이도 젊으신데… 영웅이십니다. 소인이 산상에 있는 강충 어른한테 기별을 해서 곧 모셔오게 할 터이니까, 사당에 다녀가시지 않으시렵니까?"

이 말을 듣고 세 사람은 즉시 사당엘 가보고 싶어서 일어나니까 운가가,

"술 몇 잔만 더 잡숫고 계시면, 제가 향전(響箭)을 쏘아 호수를 건너가시도록 배가 마중 나오게 할 터인데요."

하고 세 사람의 얼굴을 바라본다.

"아니, 내가 저 산 밑으로 큰길이 있는 걸 아니까… 말을 타고서 가는 것이 더 상쾌하지, 누가 배 안에 가만히 앉아서 간담!"

서성의 이 말에 운가는 즉시 일어나 말을 끌고 왔다.

세 사람은 말을 타고서 달렸다. 운가가 따라와서 먼저 강충에게 달려가 기별을 한 고로 강충이 쫓아나와 세 사람을 맞아들인 후 공손히 인사한다.

호연옥이 그를 바라보니, 육순도 넘어 보이는 머리가 흰 노인이라, 그는 감탄했다.

"요새 세상은 배은망덕이 유행하는 때인데… 노인같이 충성되고 후덕하신 분도 계시니, 참 감사하외다!"

"천만의 말씀이죠! 소인이 늙고 무능해서 전일 여러 장군님들한테 은혜를 많이 입고서도 겨우 이 모양 아침저녁으로 예배만 드릴 뿐이니 황송합니다. 그저 이놈도 어서 선반(仙班)으로 가기만 소원입니다. 뜻밖에 오늘 세 분의 위용(偉容)을 뵈오니, 과연 영웅의 뒤는 있는 게 확실합니다!"

강충은 이렇게 말하고 일어나서 향촉을 밝혀놓고, 종을 뗑 뗑 뗑 친다.

호연옥·서성·송안평 세 사람은 이때 사당 안에 모셔 있는 소상(塑像)을 향해 무릎을 꿇었다.

절을 하고 나서 사당 안을 바라보니, 정면의 윗자리에 송공명의 소상이 있고, 왼편으로 천강성(天罡星)의 장군들과 오른편으로 지살성(地煞

星)의 장군들이 위엄 있는 얼굴로 쭉 늘어앉아 있다.

송안평과 서성은 눈물이 저절로 흘러내렸다.

호연옥은 여러 분의 소상을 한참 바라보고는,

"과연 조각을 잘했는데… 모두들 생존해 계신 것 같군! 우리는 죽은 다음에 이렇게 되기 어려울걸."

이렇게 뇌까렸다. 그러고는 돈 닷 냥을 꺼내어 운가에게 주고 내일 제사를 올리도록 복물(福物)을 좀 사다달라고 부탁했다. 그러고 나서 구경한 뒤에 강충의 처소로 돌아와 저녁밥을 먹고 건넌방으로 들어가서 그날 밤을 쉬었다.

이튿날 운가가 갖가지 제물을 사다가 제상을 차려놓자, 세 사람은 제사를 올렸다.

제사를 끝낸 뒤 호연옥이 말한다.

"우리 세 사람이 원래 세의(世誼)가 있는 형제간이 아니오? 그러니 우리 오늘 신전(神前)에 생사를 같이하기로 맹약하는 것이 어떻겠소?"

"그거 좋은 말씀예요!"

송안평이 대단히 좋아했다. 그러고서 각기 나이를 비교해보니까 송안평이 맨 위요, 다음이 호연옥이요, 서성이 맨 아래다. 그들은 향불을 피우고 피를 마시는 것으로 맹세를 한 후에, 신전에 절을 올리고 나서, 세 사람이 서로 사배(四拜)를 했다. 그런 후에 운가가 제물을 내려놓고 강충을 불러다 앉히고서 기분 좋게 술을 마셨다.

"그전 날 여기에 정충묘를 건립하기 전에, 그러니까 제가 여기 오기 전에 말씀입니다. 원두령(阮頭領)이 여기 와서 제사를 올리다가 우연히 이 산을 순찰하러 나온 장통판(張通判)을 만나 그만 큰일이 생겼더라는 군요."

술을 마시다가 강충이 이야기를 막 이같이 꺼내는 판인데, 별안간 술집에서 심부름하는 놈이 헐레벌떡거리면서 뛰어오더니 고한다.

"큰일 났습니다! 저 산 밑에 불한당패가 있잖아요? 그전 날 운성현서 도두 다니던 조능아(趙能兒)의 아들 백족충(白足虫)이란 별명 가진 악한 말예요! 이놈이 이번 난리통에 세상을 만난 듯이 불량배들을 모아가지고 금병으로 가장하고서 촌락을 들이치고 부녀자를 겁탈하고, 뭐 무소불위였답니다. 그런데 이놈이 저의 애비, 저의 아재비가 모두 양산박에 붙들려와서 죽었다고… 지금 그때 원수를 갚겠다고… 그리고 여기 신상(神像)을 모조리 깨부수고 사당을 뜯어고쳐 산채로 쓴다나요… 그래, 지금 이리로 쳐들어오는 중이랍니다!"

이 소리를 듣고 강충과 운가는 눈이 휘둥그레졌으나, 호연옥은 벌떡 일어나면서 송안평을 보고 말했다.

"형님은 여기 앉아 있구려. 나하고 서형하고 둘이 나가서 그놈들을 처치해버리고 올 테니까!"

그는 칼을 빼들고 서성과 함께 큰길로 내려가기 시작하는 고로 강충이 붙들고 말렸다.

"이 양반들! 잠깐 참으시오. 형세를 봐가지고 해야지, 저쪽이 수효가 워낙 많으면 어쩌려고 이러십니까!"

그러니까 서성이 또 장담을 한다.

"염려 마시오! 우리 형제가 음마천에서 금병을 무더기로 죽이고 왔는데, 그까짓 거 불한당 몇 놈쯤 문제도 안 돼요!"

이러는 바람에 강충과 운가도 용기가 나서 죽창을 들고 따라나섰다.

이래서 그들이 부리나케 아래로 내려오니까 마침 불한당 백족충이란 놈이 기다란 자루의 도끼를 들고 술 취한 얼굴을 해가지고 말을 타고 오는데, 뒤에서는 약 백 명가량의 무뢰배들이 따라오는 게 아닌가.

호연옥과 서성이 그놈의 말 앞으로 가까이 가자, 백족충이란 놈이 제법 호령을 한다.

"네 이놈들! 네깐 놈 두 놈이 감히 어른의 앞을 가로막느냐?"

호연옥이 대꾸도 하지 않고 달려들어 그놈의 허리를 칼로 푹 찌르자 말 아래로 떨어지는 것을, 서성이 그놈의 모가지를 끊어버리고서 그다음엔 닥치는 대로 너덧 명을 죽여버리니, 그 나머지 무뢰배들은 쥐새끼들처럼 뿔뿔이 죄다 달아나버리고, 5, 6명의 부녀자들만이 그 자리에서 어쩔 줄을 모르고 갈팡질팡하다가 넘어지고 엎어지고 야단들이다.

이 모양을 보고 호연옥이 외쳤다.

"허둥대지 말고 천천히! 천천히! 그런데 보아하니 불한당 놈들한테 붙들려온 부인네들인 모양이니 모두들 당신네들 집으로 돌아가시오!"

그랬는데, 그들 중에서 땅바닥에 고꾸라졌던 노파 하나가 두 팔로 땅바닥을 짚고 일어나려 하다가 힘이 없어 일어나지 못하고 애를 쓰는데, 운가가 이 노파를 보더니,

"왕파 할머니! 할머니까지 그래 백족충이란 놈이 납치해왔단 말입니까?"

하고 손을 붙들어 일으킨다.

"이런 못된 것들이 있나! 너는 또 나를 해치려고 온 거 아니냐!"

이런 소리를 씨부렁거린다.

그럴 때, 곁에서 머리는 풀어져 엉망이 되었지만 용모는 깨끗하게 생긴 젊은 여자가 사정을 고한다.

"사실대로 말씀을 올리겠습니다. 저는 어영지휘사 여원길의 딸이올습니다. 서울이 함락될 때 아버님이 전사하시어 저는 어머니를 모시고 남쪽으로 피난 오다가 어머니는 금병한테 살해되시고 데리고 오던 하인들은 모두 달아나고 했는데, 다행히 저 마님께서 저를 구해주셨기 때문에 저 마님 댁에 있었습니다. 그랬는데 이번에 불한당들한테 붙들려왔습니다."

호연옥이 일변 놀라면서 일변 반가워했다.

"아, 그러시오? 여소저(呂小姐)시로군! 댁의 아버님과 우리 아버님이

옛날 동료 간이신데! 잘됐습니다. 그럼 저 마님하고 같이 저리로 갑시다."

호연옥은 이렇게 말하고서 다른 부녀자들은 각기 돌아가도록 하고 운가를 시켜서 송장을 치우게 한 후, 서성과 함께 정충묘 사당으로 돌아왔다.

그런데 이 늙은 마누라가 누구냐 하면, 그 전날 송강에게 염파석을 중매하던 왕파다.

왕파는 이번 난리통에 다방도 못 하게 되니까 촌구석으로 들어와 있었는데, 하루는 길에 나갔다가 우연히 여소저를 만나 사정 이야기를 듣고서 하도 사정이 딱하여 자기 집에 데리고 와서 일가친척처럼 함께 지내다가 불한당한테 끌려왔다는 것이다.

왕파의 내력을 듣고서 운가가 한마디 한다.

"왕파 할머니! 할머니는 한평생 남의 중매만 서시지 않았소? 이제는 자기 일도 좀 잘 만들어보시죠. 어떻습니까, 내가 할머니한테 중매를 설 텐데… 저 우리 강두목님허구 결혼하시면 꼭 천생배필인데?"

"뭐라구? 내가 올해 일흔네 살이지만, 신랑을 맞는다면 저렇게 늙어 빠진 사내한테는 안 갈란다!"

운가의 말에 왕파는 이같이 핀잔한다.

그러자 강충도 왕파의 얼굴을 한번 흘끗 보더니 입을 삐죽하고서,

"내겐 여편네가 소용없다. 더군다나 저따위 못생긴 할망구를 데려다가 무슨 소용 있냐!"

이렇게 대꾸한다. 모두들 까르르 웃었다.

한바탕 웃고 나서 호연옥은 왕파와 여소저를 서쪽 뜰아래 방으로 가서 쉬도록 하고, 저녁밥도 그리로 가져가게 했다. 여소저는 자기의 신발이 해지고 버선은 진흙투성이가 된 것을 보고는 갑자기 또 아버지와 어머니 생각을 하고 눈물을 흘리는 것이었지만, 왕파는 소저를 위로하면

서 밥을 권한다. 그리고 두 사람은 저녁을 치운 뒤에 일찍이 자리에 들어갔다.

그러나 호연옥·서성·송안평 세 사람은 강충·운가 두 사람과 함께 밤이 깊도록 술을 마셨다. 강충은 몇 번이나 호연옥·서성을 칭찬하는 것이었다.

이튿날 아침에 일어나서 먼저 서성이 의견을 묻는다.

"동창부에서 길을 잃고 이 모양이 된 지도 벌써 여러 날이고, 큰아버지께 너무 걱정시켜드려 안 되겠으니, 오늘은 큰형님을 송가촌으로 바래다드린 후 빨리 등운산으로 가십시다. 그런데 여소저를 어디다 맡겨두죠?"

이 말을 듣고서 호연옥이,

"글쎄, 사람을 구해줄 바엔 철저하게 구해줘야 하는 법인데, 이런 산이나 들판에서 어떻게 살아가란 말인가? 더구나 소저의 얼굴이 비범하게 생겼기 때문에 잘못되는 일이 생기기 쉽단 말이야. 송가촌까지 데려다뒀다가 나중에 친척이 나타날 때까지 기다리는 게 좋지 않을까?"

이 같은 의견을 말하니까,

"그럼 그때까지 내가 소저를 모시고 봐드리죠!"

왕파가 이렇게 말한다.

"그러면 더욱 좋겠군!"

서성이 찬성했다.

마침내 이같이 의논을 정한 뒤에 호연옥은 강충을 보고 부탁한다.

"우리는 이제 떠나겠는데, 노인한테 부탁이니 제발 술집을 벌여놓고 사람을 해치는 일일랑 그만 집어치우시우! 그 대신 운가를 우리한테 딸려 보내주면 그 사람 편에 내가 5백 냥을 보내드릴 테니, 그 돈을 가지고 여기서 향화나 드리고 여생을 지내시오."

"감사합니다!"

강충 노인이 진심으로 감사한다.

호연옥은 운가로 하여금 말을 모두 끌어오게 한 후 오화총 말에 여소저와 왕파 두 사람을 태우고, 송안평은 백족충이 타고 왔던 황마(黃馬)를 타게 하고서 강충 노인과 작별한 후, 서성과 함께 송가촌을 향해 사당 앞에서 떠났다. 운가는 앞에서 걸었다.

양산박에서 송가촌까지는 불과 백 리 길이라, 저녁때까지 가면 넉넉히 그 안에 도착할 수 있는 고로, 세 사람은 마상에 앉아서 한담을 했다.

"참, 세상일이란 알 수 없지! 내가 요행히 과거에 급제해서 진사(進士)가 되니까, 공교롭게도 난리가 터져 벼슬을 못 하게 된 것 아니오? 이제는 촌구석에 들어박혀 부모님을 모시고 시중이나 들면서 책이나 읽을 도리밖에 없소. 그렇지만 두 분 아우님은 영특한 인재라 후일 크게 입신양명할 터이니까, 그렇게 된 다음에도 나 같은 사람을 잊어버리지 말고 자주 찾아주시구려."

송안평이 이런 말을 하니까 호연옥은,

"입신양명이라뇨! 나중 일이 어떻게 될지 누가 압니까? 이제부터 등운산을 찾아가서 앞으로 기회를 봐가지고 공을 세우면 좋고, 그렇지 못하면 집안에 들어박혀 있을 수밖에 별 도리가 없죠! 오늘 댁에 가서 하룻밤만 지내고, 내일은 일찍이 떠나야겠습니다."

하고 일찍이 떠날 의사를 보이는 고로 송안평은,

"뭐 나도 오래도록 붙들지는 않을 터이니, 사흘만 묵고서 편히 쉬다가 천천히 떠나시구려."

이같이 권하는 것이었다.

구출 대작전

지금 송안평은 자기가 이번에 살아서 집에 돌아오게 된 것을 순전히 호연옥과 서성의 덕분이라고 생각하는 까닭에, 집에 돌아가서 자기 부친께 자세히 말씀을 드리기도 하려니와 될 수 있으면 두 사람을 체류시키면서 정성껏 대접하고 싶었다. 그래서 두 사람과 더불어 이런 저런 이야기를 하면서 오다가 어느덧 자기 집 동리에 다다랐는데, 이게 웬일인가? 자기 집과 이웃집 몇 채가 모두 처참하게 불타버리고 빈터만 남아 있는 게 아닌가. 대관절 이게 어찌된 일이냐고 물어볼래야 붙들고 물어볼 사람조차 없다. 송안평이 혼 나간 사람 모양으로 멍하니 서 있으니까 호연옥이 위로했다.

"난리통에 자연 화재를 당한 모양이외다. 식구들이야 어디 안전한 곳으로 피신했을 테니까 너무 근심은 마십시오. 하여간 날이 저물었으니 다음 마을로 찾아가서 우선 하룻밤 쉬고, 그러고 나서 행방을 찾아봅시다."

일행이 송가촌을 떠나서 약 3리가량 오니까 좌우에 숲이 울창한 속에 서당이 하나 보이는데, 들어가는 입구에 '현녀행궁(玄女行宮)'이라 크게 쓴 현액(懸額)이 걸려 있다. 이것을 보고 송안평은 이곳이 환도촌(還道村)인 것을 깨달았다.

그는 자기 백부 송공명이 꿈에 구천현녀(九天玄女)로부터 천서를 수교받은 곳이 이곳임을 알고 있었다. 그리고 이곳은 송강이 금의환향한 뒤에 구천현녀의 조각에 금칠을 새로 했을 뿐 아니라, 사당을 굉장히 장엄하게 수리하고서 도사(道士) 주지를 몇 사람 두게 하고, 전답을 사주고서 향화(香火)와 의량(衣糧)의 비용을 쓰게 했기 때문에 아는 사람들은 이것을 송가향화(宋家香火)라고 부르는 터였다.

송안평이 먼저 말에서 내려 궁 안으로 들어가니까, 도사가 나와서 영접해 들이고 인사를 하는 것이었다. 호연옥과 서성도 그 뒤를 따라 들어가고, 왕파와 여소저도 들어왔다. 송안평은 먼저 한 칸 방을 치우게 하고서 왕파로 하여금 여소저를 데리고 들어가게 한 후, 도사를 보고 물었다.

"우리 집 마을이 죄다 불타버렸으니, 무슨 화재가 일어났나요? 그리고 식구들은 어디로 피신했나요?"

도사는 매우 언짢은 표정으로 대답하는 것이었다.

"사흘 전이올시다. 운성현 지사하고 단련사(團練使)가 토병을 2백여 명이나 이끌고 귀댁 마을에 와서 주위를 포위하고는 모조리 불 질러버리고, 원외님과 마나님을 체포해갔답니다. 듣자니까 단련사가 댁과는 아주 원수치부하는 사람이라더군요. 춘부 영감님 내외분께서는 지금 옥중에 갇혀 계시지요."

송안평은 이 말을 듣고 눈물을 하염없이 흘렸다.

"너무 슬퍼하지 마십쇼. 내일 아침 일찍이 현청으로 가서 사실 여하를 알아본 뒤에 대책을 강구하십시다."

호연옥과 서성이 송안평을 위로하는 사이에 도사는 밖으로 나가서 약주를 가져다가 세 사람을 대접한다.

그들 세 사람은 각기 마음에 생각하는 것이 많아서 마루방 위에 누운 뒤에도 등불을 켜놓고 5고(鼓) 칠 때까지 뜬눈으로 새웠다.

날이 샐 무렵 호연옥이 운가를 불렀다.

"여보게 운가! 자넨 본래 이 고장 사람이니까 길을 잘 알겠네. 빨리 현청까지 가서 사실을 확실히 알아보고 오란 말이야."

그러고서 돈 열 냥을 그에게 주는 것이었다. 혹시 비상한 일이 생기거든 그 돈을 유효하게 쓰라는 뜻이다.

운가는 돈을 집어넣고 부리나케 떠났다. 울기만 하는 송안평을 호연옥과 서성이 극력 위로하면서 간신히 조반을 먹게 했다.

이날 해가 저물어서야 현청에 갔던 운가가 돌아와 이야기한다.

"현청에 있는 단련사는 증세웅(曾世雄)이라는 사람인데, 그 사람이 바로 증두시에 살던 증조봉(曾朝奉)의 손자이고, 증도의 아들이랍니다. 그런데 오래전에 이 댁의 노장군(老將軍)님께서 증두시를 격파하셨을 때 그 집안 전 가족이 죽고 증세웅만 도망갔었는데, 그동안 장성해 이번에 금국에 귀순했기 때문에 운성현 단련사로 임명됐다는군요. 그리고 새로 신임한 지사는 성이 곽가라는데 서울에 있던 도사 출신으로 아주 교활한 사람이랍니다. 이 두 사람이 이번에 병정들을 끌고 나와서 원외님과 마나님을 붙잡아갔는데, 증세웅이는 죽여버리자고 주장하는 것을 곽지사가 안 죽이고 그 대신 돈 3천 냥을 갖다 바치면 놔주겠다고 그래, 지금 감옥에 갇혀 계시더군요."

"그래서?"

"그래서 소인이 옥문 근처에 가서 배회하다가 돈을 좀 써서 옥 안에 들어가 원외님을 만나뵙고서 자세한 얘기를 했더니, 원외님은 어서 속히 구원해달라고 부탁하시더군요. 소인은 옥졸들과 옥리한테 돈을 좀 나눠주고서 원외님을 잘 봐달라고 부탁만 하고서 왔습니다."

"수고했네. 이제는 속히 등운산으로 가서 몇 백 명 인마(人馬)를 데리고 와서 들이치지 않고서는 구할 길이 없구나!"

호연옥은 잠깐 말을 멈추더니 넋을 잃고 앉아 있는 송안평을 보고 말하는 것이었다.

"형님! 과히 근심 마십쇼. 내가 서성 아우님과 함께 갔다 올 테니까 운가를 데리고서 여소저와 왕파 노인을 모두 돌봐주셔야겠습니다. 등운산까지 십여 일이면 왕복할 터이니까 너무 초조하게 심려하시면 안 됩니다. 그동안에 또 한 번 운가를 현청에 보내서 춘부 영감께 참고 견디시도록 말씀을 드려주십쇼."

이렇게 말한 다음에 호연옥은 돈 닷 냥을 꺼내서 도사에게 주고 부탁을 단단히 한다. 송안평은 눈물을 흘리면서 호연옥에게 애원한다.

"너무 지체하지 마시고 될 수 있는 대로 빨리 돌아와주셔야 하오!"

"글쎄, 부탁하지 않아도 빨리 온다니까요!"

호연옥은 한마디 남겨놓고 말 위에 뛰어올라 탔다. 그는 서성과 함께 등주를 향해 달렸다. 두 사람이 불과 20리쯤 갔을 때 길가 우정(郵亭)에 대종이 앉아 있는 모양이 보이므로 두 사람이 말에서 뛰어내려 인사를 하니까 대종이 말한다.

"자네들 그동안 어디 가 있었나? 자네들을 찾아다니기에 내가 고생했네! 나는 지금 양림과 함께 가족을 데리러 간 주동 형을 찾으러 나왔다가 가는 길인데 양형의 걸음이 더디기 때문에 여기서 기다리는 중일세."

호연옥은 자기들이 동창부에서 금병한테 붙잡혀 횡충영의 소비기(小飛騎)로 있다가 송안평을 구원하여 도망하던 일, 이가 도구(李家道口)에서 술 먹고 죽을 뻔하다가 운가가 살려주어서 양산박에 올라가 제사를 지내고, 백족충이란 놈이 치러 온 것을 죽여버리고 여소저를 구하여 송안평의 집으로 돌아오던 일, 증세웅이가 촌락을 불살라버리고 송청을 붙잡아갔는데, 곽지사는 3천 냥을 요구한다는 등 그간 경험한 이야기를 자세히 고했다. 그러니까 대종이 말한다.

"우리는 그간 제주에 있었네만 강왕께서 황잠선(黃潛善)·왕백언(汪伯彦)의 말을 들으시고 이강을 파면시킨 후, 제주에 있던 장선무(張宣撫)를 도주(道州)로 전임시켰기 때문에 우도감(牛都監)이 제주를 금조(金朝)에 바쳐버려서 지금 제주에는 아흑마가 와서 주둔하고 있다네. 그래서 우리는 지금 등운산으로 가는 도중일세."

"그러십니까? 여기서 등운산이 아직도 멉니까?"

"아니, 불과 하룻길이지. 그런데 자네들은 본영을 찾아가 두령님들께 말씀을 드려 송청을 구하게! 주동 형의 일도 걱정일세. 가족을 데리러 간 지가 벌써 십여 일이 지났는데도 오지 않으니, 무슨 까닭인지 모르겠단 말이야."

"아저씨도 저희들과 함께 본영으로 가시죠."

호연옥과 대종이 이렇게 이야기하고 있을 때 양림이 당도한 고로, 그들 네 사람은 함께 본영으로 돌아가서 서로들 내력을 이야기했다. 호연옥과 서성의 이야기를 듣고 두령들이 모두 칭찬하는데 호연작은 더욱 기뻐서 희색이 만면해진다.

이응이 이야기를 다 듣고 나서 말한다.

"하루 속히 송청을 구해내야겠는데, 그까짓 운성현 같은 헐어빠진 성을 치는 데 대대병력은 필요 없으니까, 전영(前營)에서 관승·연청·번서·양림·대종, 이렇게 다섯 분이 몇 십 명만 데리고 가시구려. 그리고 송청을 구해서 등운산으로 오시구려."

그러자 호연작이 한마디 청한다.

"나는 내자(內者)를 문환장한테 부탁하고 여녕 지방으로 오도록 했기 때문에 나도 같이 운성현까지 갔다가 그길로 여녕으로 가서 식구들을 데리고 왔으면 좋겠소."

아버지의 말을 듣고 아들 호연옥이 말한다.

"아버님은 등운산으로 그냥 가십쇼. 제가 송안평 형님과 약속을 했으니까 제가 가야겠습니다. 제가 안 가면 실신하는 것이니까요. 그랬다가 그길로 여녕으로 가서 어머니를 제가 모셔오는 것이 좋겠습니다!"

"그래라! 잘 생각했다. 친구 간 의리를 그렇게 지키는 건 좋다!"

호연작은 쾌히 승낙했다. 그러고서 그는 이응 등 여러 동지들과 함께 등운산을 향해 떠났다.

한편, 관승과 연청 등은 전영의 병력을 인솔하고서 동계촌에 이르렀다. 여기서 운성현까지는 불과 20리다.

"자아, 이 근처에 주둔하도록 합시다. 운성현이란 곳은 병정들도 얼마 없고, 장수도 별로 없는 곳이니, 밤이 어둔 뒤에 들이치면 힘 안 들이고 점령하게 될 겁니다."

연청이 이렇게 주장해서 그들은 조개(晁蓋)가 살고 있던 집터 위에 막사를 설치한 후 솥을 걸고 밥을 지었다.

3경 때쯤 되어 그들은 성 밑으로 가까이 가봤다. 난리를 치르는 통에 성 밖에 살고 있던 백성들은 모두 도망가고 한 사람도 없다.

연청은 졸개들을 시켜 허물어진 인가의 기둥과 서까래 따위를 모아다가 사닥다리를 대여섯 개 만든 뒤에 그것을 성벽에 붙여놓고 병정들을 올려보냈다.

양림과 번서가 사닥다리를 타고 성 위에 올라가 보니까 성 위를 지키는 놈이 한 놈도 안 보이므로 두 사람은 바로 성안으로 뛰어내려 성문으로 갔다. 그곳에는 토병 두 놈이 꾸벅꾸벅 졸고 있다. 양림과 번서는 두 놈의 모가지를 베어버리고 성문을 활짝 열어붙였다.

관승과 연청·번서·호연옥·서성 등이 일제히 현청으로 달려가 번서와 연청은 내아로 들어가고, 양림·호연옥·서성은 감옥으로 달려갔다.

그런데 운성현에 새로 부임한 지사라는 게 누구냐 하면 바로 곽경이란 자였다. 이자가 육갑병(六甲兵)을 부린다고 거짓말을 하고서 수도를 뺏긴 다음에 자기는 뻔뻔스럽게도 금조(金朝)에 귀순해 최근에 운성현 지사가 되어 내려와 있는 터였다.

이때 곽경은 침실에서 자고 있었는데, 밖에서 요란한 소리가 들리는 바람에 깜짝 놀라 잠이 깨어 창문을 열고 내다보니 문밖에 횃불이 비치고 여러 사람이 쳐들어오는 모양이라, 급히 일어나서 의복을 주워입다가 그만 번서의 손에 꽉 붙들렸다.

"이 도독 놈이 지사였구나!"

번서는 소리를 냅다 지르고서 졸개를 시켜 밧줄로 그를 꽁꽁 묶어 끌어내게 한 후, 방 안에 있는 값진 물건과 돈을 압수하고, 가족들은 없고 다만 심부름하는 청지기가 두 놈 있는 것을 한꺼번에 죽여 치웠다.

한편, 양림은 호연옥과 서성을 데리고 감옥으로 가서 옥문을 부수고 들어가 옥졸들을 모조리 죽여버린 후 죄수를 전부 석방시켰는데, 오직 송청의 부부가 안 보인다.

그들은 현청으로 돌아와 관승을 보고 말했다.

"감옥에 송청이 없습니다!"

"그럼 저 지사란 놈에게 물어봐야지!"

연청의 말이 떨어지기가 무섭게 관승이 호통을 치면서 물었다.

"이놈아! 바른대로 말해라! 송청을 어디로 보냈느냐?"

곽경이 바른대로 말한다.

"송청이가 증세웅하고 원수 간이기 때문에 옥에 가뒀었는데, 어제 제주에 있는 아흑마로부터, '횡충 영내에 운성현 사람 송안평이 있었는데, 그 부친의 이름이 송청이고, 일전에 장룡·장호 두 놈과 함께 운성 방면으로 도망했다니까, 내가 송청이란 놈을 심문해봐야겠다.' 이런 공문이 왔기 때문에, 증세웅이 제주로 압송해갔습니다."

"제주로 압송했다면, 그럼 환도촌으로 가서 송안평에게 알려줘야겠구먼."

연청이 이렇게 말하고 일어나 일동과 함께 곽경을 끌고 환도촌으로 갔다.

이때 송안평은 눈이 빠지게 기다리고 있다가 인마의 소리를 듣고 황급히 나와서 큰길을 바라보니, 호연옥이 앞장서서 오므로 너무도 기뻐

서,

"아우님! 정말 빨리 갔다 오시는구려!"

하고 소리쳤다.

호연옥은 얼른 말에서 내려 그의 곁으로 가서 귀띔했다.

"지금 백부·숙부 되시는 어른이 몇 분 오십니다."

관승은 병정들을 동구 밖에 주둔시킨 후, 연청 등과 함께 구천현녀궁으로 들어갔다. 송안평이 방에 들어와 어른들한테 인사를 올린 다음에 관승은 입을 열었다.

"운성현은 이미 깨뜨렸고, 지사란 놈도 잡아가지고 왔네마는, 춘부장과 대부인은 증세웅이가 작일 제주로 압송해갔다네. 그런데 자네가 금영에 있다가 장호와 장룡이하고 도망했는데, 명부에 고향이 운성현 사람으로 부친의 이름이 송청이라 기록된 고로, 그래서 춘부장을 제주로 데려다가 심문한다는 거라네. 그런데 장룡과 장호는 어디 사람인가?"

서성이 웃으면서 공손히 말한다.

"그 두 사람은 먼 곳에 있는 사람이 아닙니다. 아저씨 눈앞에 있는 저희들입니다."

그는 이렇게 말하고 손가락으로 호연옥을 가리키고 또 저를 가리키는 게 아닌가. 모두들 웃었다.

그러나 송안평은 눈물이 눈에 하나 가득했다. 처음에 여러 어른들과 군사들이 동구 밖에 왔을 때는 기뻤지만, 아버님과 어머님이 제주로 압송된 것을 알게 되자, 그는 별안간 저절로 맥이 탁 풀어진 것이다.

송안평의 그 모양을 보고 연청이 위로했다.

"너무 근심하지 말게. 걱정스러운 일은 없을 거니까…."

그러고 나서 연청은 동지들을 둘러보면서 말했다.

"아무래도 제주는 일개 부성(府城)이라 이름 없는 주현(州縣)과는 판이하게 다르죠. 더군다나 아흑마가 대군을 거느리고 주둔하고 있는 터이니, 먼저 대원장과 양림 형과 운가가 제주로 가서 자세한 형편을 알아가지고 오셔야겠습니다. 그래가지고 계책을 써서 구해낼 수밖에 도리가 없을 것 같습니다."

"그렇게 합시다."

이래서 대종·양림·운가는 즉시 환도촌을 떠났다.

세 사람이 이런 이야기 저런 이야기 하면서 걸어오다가 양림이 불현듯 생각나는 듯이 운가를 보고 묻는다.

"그런데 참 주동 형의 집이 이 근처라는데… 그 양반 댁이 어디 있는지 모르는가?"

운가가 양림을 바라보면서 도리어 묻는다.

"전일 도두로 계시던 양반 말입니까?"

"그래! 바로 그 양반 말이야."

"이 길이 바로 그 양반 댁이 있는 금향촌(錦香村) 앞으로 지나가는 길입지요. 여기서 5리쯤 가면 됩니다."

"그럼 금향촌으로 가서 물어보면 알겠구먼?"

"그렇습죠."

과연 5리쯤 더 가니까 길가에 정자가 하나 있다.

"여기서 이쪽으로 들어갑니다."

운가가 이렇게 알리므로 세 사람은 마을로 향해 들어갔는데, 동구 밖의 풀밭에서 소를 타고 앉아 풀을 뜯기는 목동을 보고 운가가 물어본다.

"주도두님 댁이 어느 댁이냐?"

목동이 손가락으로 가리켜주면서 말한다.

"저쪽 꾸부정한 길을 돌아가면 대나무 수풀이 있는데요, 바로 거기죠. 그렇지만 주도두님은 지금 댁에 안 계시답니다. 3, 4년 동안 벼슬살이하시다가 요새 잠깐 돌아오셨댔는데, 또 어디로 가셨는지 몰라요."

세 사람이 목동이 가리켜준 대로 대수풀 속으로 가보니까 과연 두 쪽 대문이 닫혀 있다. 문을 두들겼더니 심부름하는 계집아이가 나와서 어디서 오셨느냐고 묻는다. 세 사람은 그냥 초당(草堂) 있는 곳으로 들어가면서,

"주선생을 만나보러 온 사람들이다. 우리는 모두 형제간이란 말이다."

이렇게 대답했다.

안에서 이 소리를 듣고서 주동의 부인이 쫓아나오더니 계집아이를 보고,

"애야, 누가 오셨다니?"

하고 묻는다.

"저어, 대종과 양림 두 사람이 왔습니다."

양림이 이렇게 큰소리로 말하니까, 부인이 그들 앞으로 와서 인사를 한다.

먼저 대종이 입을 열었다.

"주형이 아주머니를 모시러 간다고 떠난 지 여러 날이 지나도록 돌아오지 아니하니까 궁금해서 알아보려고 우리들이 찾아온 겁니다."

"원로에 오시느라 수고하셨겠어요. 바깥양반이 집에 오셨다가, 전에 저의 집에 우리하고 같이 계시던 뇌횡 아주버니의 모친께서 제주에 있는 자기 조카를 데려오시겠다고 가신 뒤에 안 오시니까 이편이 궁금하시다고 제주로 가시더니 벌써 여러 날이 지났는데도 안 오시는군요. 집안에 누가 있어야지 제주로 찾아가 보기나 하겠는데… 심부름하는 계집아이하고 머슴애 하나밖에 없으니 어쩌겠습니까. 아주버니들, 원로에 잘 오셨습니다. 잠깐 앉아 계십시오. 진지를 가져올 테니 좀 잡수시기 바랍니다."

"고맙습니다. 그런데 우리가 어차피 제주로 가는데요, 제주 성내 어

디로 가서 찾으면 될까요? 그 조카라는 사람의 이름이 뭡니까? 그리고 어느 동리에 산답니까?"

대종이 이렇게 물어보는 것이었으나 부인도 잘 모르는 모양이다.

"글쎄요… 그 사람의 이름을 저도 모르는데요. 뭐라든가… 별명을 전의취라고 부른다던가요… 집은 제주 부내 영풍항(永豊巷)이라나 봐요."

이때 심부름하는 아이가 밥상을 들여왔다.

"두 분께서 가셔서 우리 집 양반을 만나보시거든 속히 돌아오도록 말씀 좀 하십쇼."

"그야 물론이죠!"

주동의 부인은 안으로 들어갔다.

세 사람은 밥을 먹은 뒤에 부인과 작별하고 제주로 향해 떠났다.

그런데 주동은 원래 의리가 무섭고 동정심이 많은 사람이어서, 뇌횡과 함께 도두로 있을 때부터 뇌횡의 집이 가난한 데다가 그 사람이 또 마음이 편협해서 지내기가 어려운 것을 알고 항상 도와주다가 같이 양산박으로 들어간 후, 나중에 방납을 토벌하던 때 뇌횡이 전사한 뒤로는 뇌횡의 모친을 친어머니처럼 자기 집에 모시고 지냈다.

물론 주동의 부인도 시어머님처럼 뇌횡의 모친을 모셨고, 나중에 주동이 보정부 도통제(都統制)가 되었을 때는 거리가 너무 떨어진 곳이라고 가족은 고향에 두어두고 주동이 혼자서 부임했던 관계로 집에는 부인과 뇌횡의 모친만 남아서 친 고부간처럼 지냈었다.

그랬는데, 뇌횡의 모친한테 양심이라곤 눈곱만큼도 없는 전의취라는 친정 조카가 하나 있어서, 이놈이 저의 이모의 수중에 돈냥이나 있는 줄 알고 이것을 빼앗아먹으려고 데리러 왔었다.

그래서 처음에는 노파가 싫다고 안 가겠다고 듣지 아니했었지만, 조카놈이 감언이설로 구워삶는 바람에 마침내 그를 따라갔었는데, 전의취란 놈의 계집이 천하에 둘도 없는 마귀 같은 계집이어서 노파를 구박하는 것이 여간 아니었다. 그래도 노파는 혼자서 도로 주동의 집으로 돌아갈 수도 없고 해서 전의취의 집에 그냥 있는 중이었다.

이런 줄 모르고서 이번에 집에 돌아왔던 주동은 뇌횡의 모친이 없는 것을 보고 물어봤더니 아내의 대답이,

"노친네 조카가 와서 모셔갔는데, 소문을 들으니까 그 집에서 구박을 받으시나 봐요."

이러했다. 주동은 이 말을 듣고 마음이 대단히 아팠다.

"내가 보정부에서 금병들한테 추격을 당해 위태하기 짝이 없었을 때, 때마침 호연작이 나타나서 나를 살려줬단 말이야. 지금 산동·하남이 금국 땅이 돼버려서 용신할 곳이 없구려. 그래, 우리 형제들이 등운산으로 가기로 했는데… 난 당신과 뇌횡 모친을 모시러 왔지. 뇌횡의 모친은 내 어머님이나 마찬가지니까… 그런데 그 조카놈이 아주 나쁜 놈인데… 내가 제주로 가서 모시고 올 테니 당신은 집을 지키고 있구려."

주동은 이렇게 말하고 즉시 집에서 나와 제주로 달려갔었다.

전의취는 저의 집에 찾아온 주동을 보고 능글맞게 반가이 맞아들이는 것이었다.

"통제님께서 저희 집엘 이렇게 찾아오시게 해서 참으로 황송하고 영광스럽습니다. 제가 진작 찾아가 뵙지 못하고서 이거 죄송한데요!"

"뇌횡 모친께서 여기 와 계시다기에 찾아왔네. 지금 집에 계신가?"

이때 노파는 안에서 목소리를 듣고 나와 주동을 보니 반갑고 기쁘기는 했지만, 전의취란 놈이 곁에 있어 아무 말도 못 하고 말았다.

노파를 보고 주동이 먼저 말했다.

"여기 계시는 게 아무래도 불편하실 거 같아서 제가 모시러 왔습니다. 저하고 같이 가시지요."

그러나 노파는 무어라 대답해야 좋을지 몰라서 주동의 얼굴만 바라보는데, 이때 곁에서 전의취가,

"이모님이 또 통제님 댁으로 가시려고요? 좋으실 대로 하시죠."

이렇게 말하고, 저의 계집을 부르더니 빨리 술상을 차리라고 큰소리로 소리친다.

"술상을 차리란 말이오. 난 빨리 가서 과일을 사가지고 돌아올 테니."

그는 이렇게 이르고 밖으로 나오면서 속으로 생각했다.

'옳지! 잘됐다. 송조(宋朝)의 벼슬아치들로서 숨어 있는 놈을 밀고하는 자에게는 상금을 1천 관이나 준다고 올출 사태자가 고시를 했겠다… 주동이가 보정부의 도통제였었으니까, 이놈을 잡아가도록 밀고하면 1천 관의 상금을 타는 거 아니냐? 횡재가 생겼다!'

그는 그길로 아흑마의 영문으로 달려가서 밀고했다.

"보정부 도통제 주동은 본래 양산박에 있다가 조정에 귀순했던 인간인데, 현재 저의 집엘 찾아와 있습니다. 속히 잡아가십사고 알려드리러 왔습니다."

아흑마는 곧 일개 소대의 군사를 전의취의 집에 파견하면서 주동을 잡아오라 했다.

이런 줄도 모르고 주동은 노파와 이야기하고 있었는데, 별안간 병정놈들이 우르르 들어와 다짜고짜 쇠사슬로 묶어버리는 고로, 그는 영문도 모르고 제주 부청까지 끌려갔다.

"네가 보정부에서 벼슬을 살다가 집에 와서 숨어 있잖았느냐?"

아흑마가 대뜸 이같이 심문하는 고로 주동은 태연하게 말했다.

"이 사람이 보정부의 도통제올시다마는, 바로 작일 고향 집에 돌아왔을 뿐인데, 숨어 있을 사이도 없습니다."

아흑마는 주동의 말을 듣고 주동의 모습을 아래위로 훑어보더니,

"음, 그래. 그럼 너는 마방(馬功)에 가서 일을 보고 있거라. 다시 명령

이 있을 때까지 거기서 기다려라."

이 같은 처분을 내린다. 그러자 병정 놈들이 그를 끌고 마방으로 데려갔다.

주동이 마방에 들어와서 보니 한 사람이 쭈그리고 앉아서 약을 만들고 있는데, 자세히 보니까 자염백(紫髥伯) 황보단이었다.

황보단도 고개를 쳐들고 주동을 보더니 깜짝 놀란다.

"형장이 어떻게 여기 오셨소?"

"황보 선생! 나도 모르죠! 난 어제 집에 돌아와 보니까 뇌횡 모친이 전의취라는 조카네 집에 가서 계시다기에 모시러 왔었는데, 전의취란 놈이 밀고해서 아흑마한테 붙들려왔다오. 장차 어쩌려는 건지 나도 모르오."

"걱정할 거 없소! 올출 사태자가 유시를 내리기를 '무릇 송나라에서 벼슬하던 사람들이라도 재주와 능력에 따라서 널리 채용하라. 만일 숨어서 나오지 않는 자는 군법으로 다스리고, 밀고하는 자에게는 상금 1천 관을 주라.' 했으니까, 상금 때문에 그렇게 된 모양이구려."

"그런데 형장은 여기서 무얼 하시오?"

"나는 서울이 함락되자 금병한테 붙잡혔는데, 그자들이 내가 마의(馬醫)인 줄 알고서 올출의 대영(大營)에 배속시켰다오. 그래서 병든 말을 치료해주고 있죠. 그런데 송공명 형님의 말 조야옥사자와 호연작이 하사받았던 척설오추마는 전일 요국 정벌할 때 도적맞았던 것이 동관한테 있었는데, 이것이 이번에 금병의 수중에 들어간 것을 송청의 아들 송안평이가 장룡·장호 두 사람과 함께 오화총 한 필까지 훔쳐 도망갔다는데, 그래서 지금 송청 내외를 붙잡아놓고, 송안평·장룡·장호 세 놈의 행방과 말을 찾으라는 명령이구려. 송청 내외분이 저쪽에 있으니, 가서 만나보지 않으시겠소?"

주동은 황보단과 함께 마방 뒤에 있는 움집 같은 조그만 집으로 갔다. 이 집이 황보단이 거처하는 집인데, 방 안에 들어가 보니까, 송청 내외가 수심이 만면해서 앉아 있는 게 아닌가.

서로 인사를 나눈 뒤에 먼저 송청이 말한다.

"여기 와서 다행히 황보 선생을 만나서 몸은 편안히 있습니다만… 바깥의 일이 어떻게 주선되는지 알 수 없어 정말 답답합니다."

주동은 방 안에 아무도 없는지라, 전일 음마천에서 의병을 일으켰던 동지들이 등운산으로 가게 돼서 자기는 뇌횡의 모친을 그리로 모셔가려고 집에 돌아왔다가 전의취란 놈이 밀고를 했기 때문에 이렇게 붙잡혀왔다고 자세히 이야기했다.

이야기를 듣고 있던 황보단이 말한다.

"돈을 쓰기만 하면 무사하게 될 텐데… 내가 운동할 길이 있으니까 하는 말이지만, 저 아흑마의 마누라가 간리불의 딸이어서 아주 세력이 대단하단 말예요. 그래서 아흑마가 저의 계집의 말이라면 뭐든지 다 들어주거든! 그런데 여기 마방의 두목이란 사람이 바로 부인이 아흑마에게 시집 올 때 데리고 온 사람이라, 부인한테 가서 말을 잘한 뒤에 돈을 쓰기만 하면… 두 분이 다 무사히 석방될 수 있습니다."

주동이 이 말을 듣고 입맛을 쩍쩍 다시면서 말한다.

"난 금병한테 쫓겨나오느라 맨몸뚱어리로 나왔고… 집에 저축해둔 돈도 없으니, 형제들한테 가서 돈을 얻어올 수밖에 없는데, 누가 여기서 그리로 통신을 해줄 수 있나?"

"좀 기다려봅시다. 내가 두목한테 얘기를 해서 어떻게 연락을 해보리다. 그러는 동안 여기서 침식은 내가 공급할 테니 안심하시오."

황보단이 이렇게 말하는 고로 주동과 송청은 우선 마음을 놓고 기다려보기로 했다.

그런데 이때 제주에 도착한 대종·양림·운가 세 사람은 먼저 전의취의 집으로 가서 주동을 찾았더니, 안에서 노파가 쫓아나오더니,

"누굴 찾아오셨소?"

하고 묻는다.

"주통제님이 이 댁에 계시죠? 잠깐 만나서 몇 마디 할 얘기가 있어서 왔습니다."

양림이 이같이 말하니까 노파는 기운 없는 목소리로 대답하는 것이었다.

"금영(金營)에 붙들려갔다우!"

"왜요? 무슨 일로 붙들려갔어요?"

노파는 대답을 못 하고 두 눈에선 눈물만 흐르는데, 이때 방 안에서 상반신을 벗어붙이고 얼굴에 분칠을 하던 젊은 여편네가 방장을 걷고서 얼굴을 내밀더니,

"주통제고 뭐고 그런 사람 우리 집엔 없어요! 저 노파가 보기 싫게 무슨 사정이야? 빨리 돌려보내요!"

이렇게 호통하는 게 아닌가.

보아하니 말을 붙일 만한 상대도 아니므로 대종은 양림과 운가의 소매를 끌고 밖으로 얼른 나와버렸다.

"그 노파는 눈물을 흘리고… 젊은 여편네는 말투가 돼먹지 않았고… 대관절 이게 어떻게 된 일이야?"

대종이 이렇게 투덜거렸다.

세 사람은 정처 없이 한 바퀴 돌아다니다가 주점에 들어가서 술을 주문해놓고 막 마시려는 참인데, 바깥을 내다보니까 황보단이 어린아이한테 약상자 하나를 들려서 지나가는 고로 대종이 큰소리로,

"황보 선생!"

하고 불렀다.

황보단이 대종과 양림을 보고 뛰어들어오더니,

"이거 참, 두 분이 마침 잘 오셨소!"

하고 두 사람의 손을 쥐고 밖으로 나와 그길로 마방으로 끌고 가는 게 아닌가.

"두 분이 꼭 만나봐야 할 사람이 있으니 어서 들어갑시다."

황보단이 이러면서 방으로 끌고 들어가는데, 들어가 보니까 주동과 송청이 앉아 있는 게 아닌가.

인사를 한 뒤에 대종이 말했다.

"형제들이 모두 맘이 안 놓인다고, 나보고 갔다 오래서 내가 온 거요."

그러자 주동은 운가를 보고 묻는다.

"자네는 어떻게 돼서 여길 왔나?"

"송안평 형님이 같이 가라 했기 때문에 두 분을 모시고 왔습니다."

운가는 다시 송청을 바라보고 말한다.

"어저께 운성현을 쳐들어가서 찾았는데 원외님이 안 계시잖아요? 나중에 들으니까 이리로 압송되셨다더군요. 그렇지만 여기 계신 줄은 몰랐습니다."

운가의 말을 들은 다음에 주동은 자기가 뇌횡의 모친을 모시러 왔다가 전의취란 놈 때문에 붙잡혀온 경과를 이야기했다. 그러니까 양림이 그 이야기를 듣고 말한다.

"옳거니! 그러니까 그 노파가 뇌횡 형의 자당님이시구먼? 눈물을 흘리는 걸 보고 내 이상하다 생각했더니… 그리고 그 암탉 우는 소리로 지절거리던 여편네가 전의취 녀석의 계집인 모양이군?"

"바로 그것이 전의취의 계집인데, 그게 글쎄 뇌횡 형의 자당을 학대하는 까닭에, 내가 모시고 가려고 왔다가 이 모양이 됐다니까!"

주동이 이렇게 말한 다음에 황보단이 말한다.

"자, 우리 급한 얘기를 먼저 끝냅시다. 내가 여기 마방의 두목에게 운동해서, 주형은 2천 냥, 송원외는 1천 5백 냥의 말 값만 물면 석방하기로 됐단 말예요. 그런데 이 사정을 형제들한테 통신할 방법이 없어서 걱정 중이던 판에 원장(院長)님과 양형이 오셨으니, 빨리 좀 수고를 해 주셔야겠소."

"돈을 바치기로 됐다면, 천천히 바쳐도 괜찮겠지?"

양림이 이렇게 말하니까 황보단이 말한다.

"아흑마가 올출한테 내일 갔다 온다니까, 빠르면 빠를수록 더욱 좋지. 더디면 안 돼요!"

이 말을 듣고 대종이 말한다.

"내가 갔다 오자면 닷새는 걸리겠는데…."

"그럼 잠깐 기다려줘요. 내가 지금 또 가서 기일을 좀 연기해달라고 부탁해보고 올 테니까."

황보단이 이렇게 말하고 나갔다 오더니 말한다.

"두목한테 부탁해서 8일간의 말미를 얻었소. 돈은 부인 마님이 친히 받으시겠고, 우도감을 시켜서 석방토록 하겠는데, 3천 5백 냥 외에 소소한 비용으로 1백 냥은 더 가져오랍니다. 왜냐하면, 증세웅이가 먼저 내일 송청 형님의 부인을 댁으로 압송해 돌려보내도록 한다나요. 부인이 하루라도 여기 더 계시기가 불편하니까, 이건 내가 청한 거랍니다."

"정말 여러분 형제들께 무어라 고마운 인사를 해야 할지… 오직 감사할 뿐이오."

송청과 주동이 이같이 말하자, 대종이 또 말한다.

"이제 일이 됐으니, 운가 자네는 나하고 같이 가세. 그리고 양형은 결말이 날 때까지 여기 남아 계시구려."

"대원장한테 청이 있소. 이번 길에 우리 집엘랑 좀 둘러봐주실라우?"

"걱정 마시우. 아주머니한텐 안부를 내가 전할 테니까."

대종은 주동에게 한마디 하고서 운가를 데리고 바깥으로 나와 신행법을 일으켜 불과 두 시각 후에 금향촌 주동의 집으로 가서 부인한테 주동의 안부를 전한 다음, 바로 환도촌으로 돌아왔다.

금오도를 찾아서

대종이 관승과 연청이 거처하는 방으로 들어가니까 두 사람은 궁금한 얼굴로 일이 어떻게 되었느냐고 묻는다. 대종은 주동이가 뇌횡의 모친을 모시러 왔다가 전의취란 놈 때문에 금영(金營)에 붙잡혀와서 마방에 감금되었는데, 우연히 황보단과 송청을 만나서 아흑마의 부인한테 줄을 대어 운동한 결과 3천 5백 냥을 바치기만 하면 석방되기로 되었는데 기한은 8일간이요, 아흑마는 내일 전선(戰船)을 제작하는 대로 떠나가고 증세웅이 송청의 부인을 이리로 압송해와서 돈을 받아가기로 되었다는 이야기를 자세히 했다.

그의 이야기를 듣고 관승이 걱정한다.

"곽경이란 놈의 내아에서 압수해온 돈이 2천 냥도 될까 말까 한데… 태반이나 부족하잖은가? 아무래도 대원장이 등운산에 가서 부족한 액수를 얻어와야겠는데, 왕복 8일간이면 넉넉할지…?"

이 말을 듣고 연청이 빙그레 웃으면서 고개를 저었다.

"그럴 거 없어요! 아흑마가 제주에서 떠나고, 증세웅이 송부인을 압송해온다면, 돈은 한 푼도 쓸 필요가 없어요. 내 말대로 합시다! 주동과 송청이 당일로 무사히 이리 오고, 또 우리가 시원스럽게 원수를 갚을 계책이 있으니까!"

그는 이렇게 장담하고서 계책을 자세히 설명했다. 관승은 그 말에 좇아서 동구 밖에 있던 병정들을 사방에 매복시켰다.

과연 오정 때가 지나서 증세웅이 50명의 금국 병정을 거느리고 송청의 부인을 압송하여 구천현녀궁으로 왔는데, 이때 관승과 연청 등 다른 사람들은 죄다 피해버리고, 오직 송안평 홀로 앉아 있었다. 이때 증세웅이 대청 위로 올라오더니 송안평을 보고 묻는다.

"네가 송안평이냐?"

"예, 그렇습니다."

"아흑마 장군께서 장룡·장호 두 놈과 말 세 필을 어쨌느냐고 너를 심문하라신다. 바른대로 말해라!"

"장룡·장호, 그리고 말 세 필도 다 잘 있습니다. 조금 있다 보여드리죠. 그렇지만 제가 먼저 어머니를 만나뵌 다음에 돈을 내놓겠습니다."

증세웅은 즉시 병정들로 하여금 송부인을 모시고 들어오게 했다.

송안평은 그의 모친을 붙들고 엉엉 울었다. 증세웅은 이때 냉정하게 돈을 속히 내놓으라고 독촉을 한다.

조금 있다가 송안평은 눈물을 씻고 하인을 불렀다. 그러자 미구에 번서·연청·호연옥·서성 등 네 사람이 은덩어리가 들어 있는 전대를 하나씩 들고 나와서 탁자 위에 쏟아놓는다.

증세웅은 탁자 위를 한번 보고 나서,

"대단히 부족한 것 같다."

이같이 말한다.

"이게 모두 2천 냥입니다. 그러니까 1천 5백 냥이 부족이죠."

그러고 나서 송안평은 호연옥과 서성을 가리키면서 말하는 것이었다.

"이 사람들 둘이 하나는 장룡이고, 하나는 장호랍니다. 이 두 사람으로 부족액을 대신하죠."

그러자 호연옥이,

"잠깐 기다리십쇼! 나 대신 또 한 사람을 데려올게!"

그러고 나서 뒷방으로 가더니 곽지사를 끌고 나온다. 증세웅이 바라보니 곽경인지라, 그는 놀라운 표정으로 묻는다.

"아니, 영감께서 먼저 와 계셨습니까?"

곽경은 이때 아무 말도 못 하고 섰는데, 별안간 구천현녀궁이 떠나갈 듯한 대포 소리가 울리더니, 관승의 군사가 포위해버리는 동시에, 호연옥과 서성이 뛰어들어 증세웅을 붙잡아 밧줄로 꽁꽁 묶어버린다. 이럴 때 번서와 연청은 곽경을 또 이같이 묶어버린다.

"여봐라! 증세웅이란 놈이 데리고 온 병정 놈들을 모두 창고 속에 가둬버리고서 자물쇠로 잠가라!"

연청은 또 군사들에게 이같이 명령했다. 이럴 때 관승이 도부수를 데리고 들어오더니 증세웅을 보고,

"이 악종아! 네가 아직도 살아가지고 또 사람을 해치는구나!"

이같이 호령하고 그를 끌어내리니까, 증세웅은 두 손을 싹싹 빈다.

"장군님! 제발 살려만 주시면 제가 가서 주동과 송청을 석방해올리겠습니다."

"네까진 놈이 석방 안 시켜도 그 사람들이 자유로 올 테니 걱정하지 말아라!"

이때 번서는 곽경을 보고 호령하는 것이었다.

"너 이놈, 곽경아! 네가 호욕채에서 요술로 조양사를 속여먹고 동관을 충동하여 이선산으로 공손승을 잡으러 가게 했지? 그때 그게 공손승이 아니고 혼세마왕 번서였다! 지금 내 얼굴을 똑똑히 봐라! 그러나 그런 일은 사소한 일이라 말할 것도 없고… 너 이놈, 대담하게도 흠종 황제를 속여 육갑신병을 부린다 해놓고 어째서 서울을 함락시키고 두 분 황제 폐하를 몽진케 했으며, 만민을 도탄 속에 빠뜨렸느냐? 그러고서도

뻔뻔스럽게 금조에 귀순해 운성현 지사가 돼가지고 와서 송청이를 붙잡아놓고는 3천 냥을 바치라고? 이 죽일 놈아, 저 탁자 위에 있는 돈이 모두 네 집에서 압수해온 돈이니 가져가고 싶거들랑 가져가거라!"

그는 이렇게 말한 다음, 곽경을 끌고 밖으로 나간다. 서성과 호연옥은 증세웅을 끌고 그 뒤를 따라 밖으로 나가서 두 놈의 모가지를 하나씩 맡아 칼로 잘라버렸다.

이때 연청이 말한다.

"자, 두 놈을 없애버렸으니 이제 대원장이 빨리 송청·주동에게 가서 통지하고 탈출하도록 하시죠. 그리고 관승 형님은 5백 명을 데리고 가셔서 제주성 밖에 매복해 있다가, 적이 추격해오거든 무찔러주셔야겠습니다."

연청의 말대로 대종이 먼저 떠나고 그다음에 관승이 군사를 거느리고 떠났다.

그런 다음에 연청은 금국 병정 놈들을 가둬둔 창고로 가서 부드러운 음성으로 말했다.

"너희들 의복과 모자를 모두 벗어놔라. 내가 잠깐 빌려 쓰고서 내일 돌려주마. 그 대신 술하고 먹을 걸 많이 줄 것이니, 그걸 먹고 가만히들 있거라!"

금국 병정 놈들이 그 말에 복종하고서, 의복을 모두 벗어놓았다.

연청은 50명의 졸개에게 그 옷을 입히고, 번서로 하여금 증세웅으로 변장하게 한 후, 운가보고는 나머지 군사를 데리고 창고에 있는 금국 병정들을 엄중히 파수 보고 있으라 부탁하고서, 호연옥과 서성을 데리고 제주를 향해 길을 떠났다.

해가 지고 사방이 어둑어둑했을 때 그들은 제주 성문 앞에 도착했었는데, 이때 마침 성문을 지키는 금국군 관병이 성문을 닫는 판이라, 연청은 큰소리로 외쳤다.

"증단련사(曾團練使)가 장군님의 명령으로 환도촌엘 가서 돈을 가지고 돌아왔으니, 문을 열어주시오!"

문을 닫고 있던 파수병이 보니까 문밖에 있는 사람들이 모두 금영의 관병인 고로, 그는 안심하고 도로 문을 활짝 열었다.

연청과 그의 일행은 일제히 마방으로 달려갔다.

이때, 주동과 송청은 이미 대종으로부터 소식을 듣고 알고 있었는지라, 일각이 삼추(三秋)같이 기다리고 있는 판인데, 연청의 일행이 우르르 들어오는 고로 주동과 송청이 먼저 마당으로 뛰어나갔다. 이때, 마방의 두목이 그들의 앞을 막고 어디로 가려는 거냐고 물어보는 것을 서성이 주먹으로 볼통을 쥐어박으니 그는 앞니 두 개가 빠지면서 피를 흘리고 쓰러져버린다.

그들이 모두 큰길에 뛰어나왔을 때, 주동은 여러 사람들을 향해서,

"형제들은 먼저 가시오. 나는 뇌횡의 모친을 모시고 가야겠소. 또 전의취란 놈을 살려두고는 못 가겠소!"

하고 영풍항을 향해 달려가는 고로, 양림이 그 뒤를 따라갔다. 주동이 그 집 문 앞에 이르렀을 때, 전의취는 계집과 함께 앉아서 술을 마시며 유쾌하게 지껄여대고 있었다.

"여보! 주동이가 지금 마방에 갇혀 있으니까 일이 잘됐단 말이야. 내가 오늘 영문에 가서 상금을 받아오거든! 돈이 없어서 궁색하던 판에 잘됐지 뭐야."

사내가 이런 소리를 하니까 계집이 말한다.

"여보! 상금을 받아오거든 난 옷을 두 벌 해입고서 대비사(大悲寺)에 가서 치성을 드릴래요. 그런데 저 노파는 괜스레 집에 두고서 밥만 없애니 어떡하면 좋아요? 당신이 데려왔으니 속히 당신이 끌고 나가 거지굴에라도 내버리고 오슈!"

문간에서 이런 소리를 듣고, 주동은 분김에 대문을 박차고 뛰어들어

가면서 고함을 쳤다.

"내가 상금을 주러 왔다!"

이때 전의취가 놀라 달아나려는 것을 주동은 날쌔게 칼로 모가지를 베어버린 다음, 병풍 뒤에 가서 숨어버린 계집의 머리채를 쥐고 끌어내어 계집의 모가지도 잘라버렸다. 그러고 난 다음에 주동은 다시 부엌에서 술을 데우고 있는 뇌횡의 모친을 끌고 밖으로 나와 부리나케 성문으로 갔다.

벌써 이때 형제들은 성문을 지키던 간수를 죽여버리고 문을 활짝 열어젖히고 성 밖으로 나가는 판이었다.

이같이 해서 그들이 제주성을 떠나 5리쯤 왔을 때, 벌써 그들이 예상한 대로 우도감의 군사는 함성을 지르면서 바싹 쫓아온다.

번서는 형제들을 보고,

"여러분은 빨리 달아나시오! 나하고 호연옥·서성 셋이 저놈들을 막을 테니까!"

이렇게 말하고 세 사람은 뒤에 떨어져 기다리고 있다가, 우도감을 보고 호령을 했다.

"어쩌자고 감히 네가 쫓아오는 거냐?"

"뭣이 어째? 도둑놈들아! 빨리 내려와서 결박을 받아라!"

우도감이 이같이 대꾸하는 것을 듣고,

"뭐라고? 네 대가리를 우리한테 바치려고 일부러 왔느냐?"

번서는 칼을 들고 우도감을 쳤다. 호연옥과 서성이 달려들었다. 이렇게 되니까 우도감은 견딜 수 없어서 말머리를 돌려 죽어라 달아난다. 이럴 때 후면에 숨었던 복병이 일제히 뛰어나오는 동시에 관승이 달려나와 청룡도로 우도감을 두 동강 냈다. 그러자 추격병들은 풍비박산해버린다. 관승과 번서는 군사를 거두어 앞에 간 형제들의 뒤를 따랐다.

날이 밝을 무렵에 일행이 금향촌에 닿자, 주동은 앞장서서 자기 집으로 갔다.

"주형! 빨리 짐을 챙겨 나오시오. 우린 환도촌으로 먼저 가서 기다릴 테니!"

연청은 이렇게 말하고 그대로 지나갔다.

미구에 일행이 환도촌에 돌아오자, 송안평은 자기 아버지와 어머니가 무사히 돌아온 것을 보고 기뻐하면서 여러 사람한테 감사했다. 관승은 대종을 보고 빨리 등운산에 가서 통지를 하고 영접하는 군사를 파견하도록 청하라고 부탁했다. 혹시 중도에 무슨 일이 생길지 모르는 까닭이다. 대종이 승낙하고 떠났다.

연청은 창고에 가둬둔 금병들한테로 가서 그들의 의복을 돌려준 후 그들을 죄다 돌려보냈다.

이때 황보단은 형제들을 둘러보면서,

"여러분들의 계책을 나는 전혀 몰랐었죠. 돈이 어떻게 되나… 언제나 저놈들한테서 벗어나나… 이렇게 걱정만 했었다니까!"

이런 말을 하다가 호연옥과 서성이 붙들고 서 있는 말을 보고는 무척 기쁜 듯 반색을 한다.

"아니, 이거 송공명 형님이 타시던 조야옥사자하고, 호연작 형님이 하사받으신 척설오추마가 아닌가! 형제들이 그전같이 한데 모이는데, 어째 말인들 옛 주인한테로 돌아오지 않겠나!"

이럴 때 연청이 수레 두 틀을 들여놓고서 송청의 부인과 여소저와 왕파를 모두 차에 태운 후 길을 떠나자고 재촉한다. 송안평은 돈 30냥을 이곳 도사에게 주면서 폐를 많이 끼쳐 미안하다고 인사했다.

일행이 구천현녀궁에서 나와 환도촌을 떠나서 금향촌에 왔을 때, 벌써 주동은 수레 위에 행장을 싣고 뇌횡의 모친과 자기 부인을 태워온 뒤 막 환도촌으로 떠나려고 하는 판이었다.

여기서부터 일행은 등운산을 향해 출발하는데, 호연옥이 돈 5백 냥

을 운가에게 주면서 작별하니까, 운가는 그 돈을 받지 않으면서,

"저는 운성 가서도, 제주 가서도… 부접할 데가 없습니다. 호연 장군님을 따라가고 싶으니 데리구 가십시오."

이렇게 청하는 고로, 이 소리를 듣고 연청이 호연옥을 보고 권했다.

"이 사람이 영리하니 데리고 가도 좋겠소."

그러니까 호연옥이 운가보고 물어본다.

"그럼, 내가 데리고 가도 좋겠네마는, 전일 주점에서 떠날 때 보니까 돈을 가진 게 한 주머니 있더니 그건 다 없어졌나?"

"예… 양산박 산상에서 조금 썼고, 나중에 제주에 갔을 때 모두 썼지요."

"그래? 그렇다면 내가 강충한테 5백 냥을 주마고 약속을 했는데, 자네가 못 가면 가지고 갈 사람도 없고… 어떡한다? 실신을 해서는 안 되겠는데!"

이 말을 듣고 연청이 말한다.

"걱정 말게! 저 곽경이란 놈한테서 압수한 돈 가운데 5백 냥을 소두목을 시켜 보내주면 그만 아닌가."

그러고서 연청은 돈주머니를 꺼내 소두목한테 주고서 부탁하는데, 운가도 강충에게 전할 말을 몇 마디 부탁한다. 소두목은 그길로 양산박을 향해서 떠났다.

일행은 등주대로(登州大路)를 며칠 동안 걸어왔는데, 이윽고 등주 못 미처 20리쯤 오니까 대종이 달려오더니,

"지금 호연작·원소칠 두 분이 군사를 거느리고 영접하러 오는 중입니다."

이렇게 알린다. 그러자 미구에 호연작과 원소칠이 달려왔다. 그들은 서로 만나 기쁨을 터뜨렸는데, 이때 호연작은 자기 아들을 보더니,

"일이 모두 잘됐다. 원래 문선생이 왕선(王善)이의 난리로 인해서 여

녕 지방으로는 못 가시고 너의 모친과 누이를 데리고 바로 등운산으로 오셨단다."

이같이 알린다. 호연옥은 부친의 말을 듣고는 대단히 기뻐했다.

일동이 산채에 당도하자 난정옥과 손립이 나와서 영접해 취의청으로 올라갔는데, 송청의 부인과 주동의 부인과 여소저는 고대수가 안내하여 이응의 낭자와 함께 여러 집 부인네들과 상면케 했다.

취의청에서는 여러 사람이 서로 인사를 마친 뒤 왕진과 문환장은 손님인지라 공손승과 함께 상좌에 좌정케 하고, 동쪽으로는 음마천 두령, 서쪽으로는 등운산 두령들이 석차에 따라서 차례로 좌정했다. 그러고서 오늘 이같이 동지들 전부가 모이게 된 것을 경축하는 잔치를 열었다.

지금 이 자리에서 왕진·문환장·난정옥·호성 등 네 사람의 신입 당원을 제하고, 그 밖에 공손승·관승·호연작·이응·시진·주동·대종·원소칠·연청·주무·황신·손립·번서·배선·안도전·소양·김대견·황보단·손신·고대수·장경·목춘·양림·추윤·채경·능진·송청·두홍 등 28명은 본래 양산박의 천강(天罡)·지살(地煞)의 군웅(群雄)들이요, 송안평·호연옥·서성으로 말하면 그들의 아들이나 조카 같은 청년으로서 모두가 35명의 호걸들이니까, 말하자면 남쪽 등운산과 북쪽 음마천의 산채 두령들의 합동 연회다.

그들은 술을 마시다가 이응이 먼저 감개무량하여,

"송공명 형님이 초안을 받아 우리가 모두 방납을 토벌하고 돌아와서 벼슬할 사람은 벼슬을 하고, 농사할 사람은 농사를 짓고, 각각 흩어졌었는데, 그동안 생각도 못 하던 파란곡절을 겪고서 또다시 우리가 이렇게 한군데로 모이게 됐으니, 이야말로 천운(天運)이 아닌가!"

하고 다시 술잔을 든다.

관승도 감개무량해서 한마디 한다.

"나는 그저 충직하게 항간(抗諫)만 하다가 유예란 놈한테 억울하게 사형을 받고 법장(法場)에서 원혼이 될 뻔했었죠. 만일 연청 아우님의 교묘한 수단이 아니었다면, 어떻게 오늘날 이렇게 한자리에서 형제들을 만나봤겠소!"

호연작도 술잔을 놓고서 동감한다.

"나는 왕표란 놈이 황하의 나루터를 적에게 내어주었기 때문에 혼자 힘으로 지탱하지 못하다가 아들놈과 조카의 구원을 받고서 간신히 화를 면했으니… 그렇지 아니했던들 어찌 오늘이 있겠소!"

그러자 송청이 한마디 한다.

"이번 내 자식이 금영에 징집됐을 때, 만일 호연 형의 자제와 서형의 자제가 같이 있지 아니했던들, 그거 문약(文弱)해빠진 내 자식은 죽었을 거예요."

그다음엔 주동이 말한다.

"나도 호연 형 덕분으로 적한테서 살아났고, 나중엔 뇌횡의 모친 때문에 화를 당했지만, 모두 여러분 덕택으로 무사하게 됐지!"

시진도 감개무량해 입을 열었다.

"나도 뜻밖에 고가(高哥) 놈들한테 붙들려 죽을 뻔했었는데 다행히 길부·당우아 두 사람이 구해주어서 살아났지. 그러지 못했다면 여러분 형제들이 나를 찾아왔어도 필연코 내 송장이나 만져봤을 거로구먼!"

그러자 공손승도 한마디 한다.

"이 사람은 속진(俗塵)에서 벗어나 수석(水石) 사이에서 놀고 있었는데, 내가 번서 아우님으로 오인받을 줄이야 상상도 못 했지요. 그래서 또다시 여러분을 따라 여기 와 있게 된 것인데, 그러고 보니 청복(淸福)이란 것도 얻기가 매우 어려운 것이란 말이야!"

"나는 당초엔 축가장의 교사로 있으면서 양산박과 싸웠었는데, 오늘날 이렇게 되고 보니 '오월(吳越)'이 일가가 된 셈이야!"

이것은 난정옥의 말이었는데, 이 말이 끝나자 안도전이 한마디 한다.

"나하고 두홍이하고는 두 사람이 다 같이 편지를 전하려다가 옭혔다니까! 문참모한테는 너무 폐를 끼쳐 미안하기 짝이 없습니다."

그러자 양림이 말한다.

"연청 아우님이 도군 황제를 찾아가 뵙고, 노이(盧二) 미망인을 구해 내고, 목협을 사용하여 세 번이나 공을 세우고, 지혜만으로 제주성을 출입하는 등… 그 계교와 담력은 그전의 오학구만 못지않단 말야!"

이번엔 원소칠이 큰소리한다.

"이게 다 뉘 덕인 줄 아슈! 내가 장간판을 죽이지 않아 사건이 벌어지지 아니했다면 여러분들이 어떻게 이렇게 모이게 됐겠수? 여러분 형제들, 모두 술 석 잔씩 마십시다!"

이 소리에 모두들 크게 웃고 유쾌하게 떠들었다. 그리고 이 같은 연회는 사흘 동안 계속됐다.

나흘째 되는 날!

난정옥과 호성은 진귀한 물건을 사오라고 소두목을 등주로 보낸 다음에 형제들을 청했다. 그랬더니 미구에 소두목이 돌아와서 놀라운 소식을 보고하는 게 아닌가.

"적의 장군 아흑마가 전선(戰船) 만드는 것을 보러 배를 타고 회양으로 갔다가 바로 전당강(錢塘江)으로 가, 거기서 임안(臨安) 지방을 수륙양면으로 공격하다가, 우리가 제주서 우도감을 죽이고 운성서 증세웅과 곽경을 죽였다는 보고를 받고 그길로 돌아와, 2만 명의 대군을 거느리고 지금 등운산을 치러 나온답니다. 불일간 당도할 모양입니다."

이 말을 듣고서 원소칠이 뽐낸다.

"그까짓 거 무서울 거 없지! 오기만 해봐! 죄다 죽여버리고 그길로 서울을 탈환하고 호령할 테니까!"

그러나 배선은 걱정을 한다.

"그거 어림도 없는 말이오! 금국이 지금 양하(兩河)와 산동을 점령해서 앉았고, 장병들이 득시글득시글한데, 우리가 이 좁은 땅에서 적은 병력으로 어떻게 지탱한단 말이오?"

손립은 한숨을 쉬고 탄식했다.

"이제는 우리가 목이 떨어질망정 한군데서 죽읍시다. 흩어지지 말고!"

그러자 주무가 말한다.

"강왕이 새로 즉위하여 나라를 중흥시킬 줄 알았더니, 조정에서는 왕백언·황잠선 등 간사한 무리를 등용해 종유수를 분사(憤死)케 했을 뿐 아니라, 이강·장소(張所)를 책망하고서 쓰지 않으니… 이래가지고야 조정에 정당한 인물을 알아보는 눈이 있다 할 수 없고, 조정의 앞길도 볼 거 다 봤단 말이오! 그런데 이곳 등운산으로 말하면 적을 막을 만한 험준한 산악이 없고, 또 등주가 가까워서 적군이 아무 때고 접근할 수 있으니까 그게 걱정이오. 장구하게 우리가 거처할 수 있는 곳을 택하여 그리로 떠나는 게 상책일 거 같소."

이때 안도전이 무릎을 탁 친다.

"옳지! 생각나는 데가 한 군데 있군! 거기야말로 지세가 험준해서 자연으로 성벽을 이루었고, 크나큰 호구(濠溝)를 파논 셈이니까, 족히 백만 명이라도 안전하게 지낼 수 있을 거요."

그러자 여러 사람이 일제히,

"대관절 어디 그렇게 훌륭한 곳이 있소?"

하고 묻는다.

"내가 퍽 오래전에 성지를 받들고서 고려에 가서 국왕의 병환을 치료해드리고 돌아오다가 태풍을 만나 해상에 표류되었었는데, 그때 이준 형이 나를 구해줘 20여 일이나 금오도에 있었단 말예요. 금오도란 섬은 주위가 5백 리나 되고, 성벽은 견고하고, 오곡(五穀)은 풍성하고, 백성들은 모두 잘살고… 이준은 악화·동위·동맹 세 사람과 함께 정동

원수(征東元師) 노릇을 잘하고 있습디다. 그리고 화영의 자제 화봉춘이가 섬라국의 부마가 돼 친척들이 왕래하고, 전량병마(錢糧兵馬)도 지원을 받고 있었습니다. 그러니 우리가 이런 데로 가기만 하면 한번 큰일을 도모할 수 있지 않겠소? 억지로 중국에만 있으려고 동분서주하는 것보다 얼마나 좋겠소?"

이 말이 끝나자 호성이 또 말한다.

"나도 전일 표류해서 일본·고려·점성(占城)·유구(琉球) 등지를 들러봤는데, 어찌 섬라국을 못 봤겠습니까? 섬라국이야말로 만 가지가 풍족한 나라고, 풍토와 음식이 중화(中華)와 다름이 없죠. 금오도란 섬라국의 땅인데, 그 나라의 이십사 도 중에서 제일 크고 풍족한 섬입니다."

이같이 두 사람의 설명이 끝나자 그들은 모두 꿈속에서 깨어난 듯이 눈을 번쩍 뜨고 기쁜 얼굴을 한다.

"그거 참 좋은 곳이구려! 그렇지만 대양(大洋)을 건너가려면 대선(大船)이 있어야만 하겠는데… 큰 배를 지금 우리가 어떻게 만들 수 있어야지?"

그때 양림이 이렇게 걱정하니까 연청이 말한다.

"아니, 지금 소두목이 하는 말을 듣지 않았소? 아흑마가 전선 건조하는 걸 감독한다니까 그동안 몇 십 척 만들어놨을 거 아니오? 그러니까 우리가 그놈들의 배를 슬쩍 가로채어 타고 가면 그만이지. 다만, 등주에 있는 적이 어떻게 경비하고 있는가 허실을 알아가지고 일을 해야 합니다."

그러자 손립이 말한다.

"등주의 허실은 난형(欒兄)하고 나하고 둘이서 대강 짐작하는데, 늙은 놈 약한 놈 합쳐서 천여 명밖에 병력이 없고, 게다가 우도감이 죽은 뒤에 새로 부임한 모건(毛乾)이란 자는 겁이 많고 무능한 자여서, 우리가 나타나면 그림자만 보고서도 뺑소니칠 놈이니까 염려할 거 없소."

"그렇다 하더라도 확실한 걸 알아가지고 착수해야죠. 대원장이 또 한 번 수고를 해주시구려."

이래서 대종이 하루 만에 갔다 오더니 이야기한다.

"과연 올출이 아흑마를 등주로 보내둔 뒤로 유몽룡(劉夢龍)·유몽교(劉夢蛟) 형제를 채용해서 대해추선(大海鰍船) 5백 척을 건조시켰는데, 그중 백 척이 완성되어 해변에 있답니다. 돛대며 닻이며 키 같은 것이 모두 구비되어 있고, 키잡이나 사공들까지 선부(船夫)들도 모두 배 위에 있답니다. 그런데 아흑마는 제주서 변이 있었대서 어제 그리로 와서 군사를 그리로 끌어갔기 때문에, 지금 등주성 안은 무경비 상태입니다."

이 말을 듣고서 이응과 난정옥은 영을 내렸다.

"우리를 따라 같이 갈 사람은 점호(點呼)를 받고, 따라가기 싫은 사람은 모두들 짐을 싸가지고 산에서 내려가거라!"

이같이 영이 내리자 산에서 내려갈 놈은 내려가고, 두령들을 따라가겠다고 남은 군사가 3천 명이다. 이럴 때 양산박에 있는 강충한테 5백 냥을 주러 갔던 소두목도 돌아왔다.

이렇게 된 뒤에 그들은 행동을 개시하는데, 관승·양림·주동·배선·호연작·손신·왕진·채경은 등주성의 사문(四門)을 포위하고, 능진은 성 밖에서 대포를 터뜨리고, 대종·연청·호연옥·서성은 연락책임을 맡고, 원소칠·장경·목춘·번서는 배를 뺏고, 이응과 난정옥은 장병들의 가족과 병기와 군량, 군사를 이끌고서 후방을 단절하는 책임을 맡았다. 3경까지 단속을 마치고 4경에 밥을 지어먹고, 5고(鼓)에 출발했다.

반나절도 못 가서 등주에 도착하자, 대포 한 방을 탕 터뜨리고서, 그들은 등주를 포위했다.

등주 태수와 모건은 급히 성문을 굳게 닫고서 간수병으로 하여금 파수 보게 할 뿐인데, 이때 관승·양림 등은 성문을 깨칠 듯이 들이치고, 또 능진은 대포를 연달아 쏘아대므로, 형세가 매우 위급하니까 태수와 모건은 겁이 나서 벌벌 떨기만 하는 게 아닌가.

이럴 때 원소칠은 군사 한 떼를 이끌고 해변으로 달려나와 큰소리로 호령했다.

"배 위에 있는 무리들은 꼼짝 말고 가만있거라! 무릎을 꿇고 엎드리는 놈은 안 죽이겠다!"

그러자 키잡이·수부·사공들이 일제히 두 손을 모으고 꿇어앉는다. 원소칠·장경·목춘·번서는 일제히 배 위로 올라가 좋은 말로 그들을 타일렀다. 그러니까 그들은 모두 순순히 복종한다.

조금 있다가 이응과 난정옥의 중군이 도착하자 그들은 병기와 군량과 가족들과 마필과 장병들과 양초(糧草)를 백 척의 큰 배에 나누어 싣고서 돛을 올리고 닻을 감은 후, 대포 세 대에서 일제히 포성을 세 방씩 천지가 진동하도록 터뜨린 다음에 군사들은 나팔을 불고 꽹과리를 치면서 배를 띄웠다. 이럴 때 등주 태수와 모건은 성 위에서 이 광경을 멍하니 바라만 보다가 그들이 떠나버린 지 반나절이 훨씬 지나서야 비로소 성문을 열었다. 그들은 그만큼 기가 질렸던 것이다.

하여간 3천 명의 군사와 5백 마리의 말과 막대한 병기와 군량과 집안 식구들과 35명의 호걸들을 실은 1백여 척의 해추선이 사면팔방 하늘 끝이 보이지 않는 큰 바다에 나온 뒤로 다행히 햇볕이 따뜻하고 파도는 잔잔했기 때문에 그들은 연일 유쾌하게 술을 마셔가며 즐겼는데, 마침 호성이 물길을 짐작하는 고로, 그가 지시하는 대로 동남방을 향해서 밤이거나 낮이거나 쉬지 않고 갔다. 그러다가 5, 6일이 지났을 때 홀연히 바람이 바뀌더니 하늘의 별빛도 숨어버리고 배는 파도를 타고 뒤흔들리면서 쏜살같이 밀려가는데, 도저히 닻을 내리고 정박할 수가 없다. 그저 바람이 밀어붙이는 방향으로 흘러갈 뿐이다.

그럭저럭 날이 밝자마자, 지남침(指南針)을 맡아보던 수부(水夫)가 놀란 목소리로 고함치는 게 아닌가.

"이거 큰일 났군! 여기는 일본국 살마주(薩摩州)야. 저기 저 해변에 있는 왜놈들이 저게 객상을 털어먹는 해적들입네다. 빨리 배를 돌이킵시다!"

이 소리를 듣고 사공들과 키잡이가 배를 돌이키려고 애를 써봤으나 갑자기 뱃머리를 돌이키지 못하는 사이, 벌써 3백여 척 왜놈의 해적선이 가까이 와서 포위하고는 기다란 갈고리와 기다란 칼을 한 자루씩 든 놈들이 덤벼들려고 서두른다.

이때 호성이가 소리를 지르면서 모든 두령들로 하여금 연장을 갖고 뱃머리로 나와서 왜놈을 막으라고 떠들었지만, 왜놈의 해적선은 점점 수효가 늘어 5백 척이나 되어 보인다. 그리고 왜놈들은 죽는 것쯤 무서워하지 않고 이쪽 배로 마구 건너오는데, 워낙 수효가 많아서 퇴치하기가 퍽 어려웠다. 연청이 능진을 보고 대포를 쏘라고 외쳤다.

능진이 포가(砲架)로 가서 탄약을 재가지고 불을 댕기니 하늘이 흔들리는 굉장한 소리를 내면서 탄환이 튀어나가 일 리 밖에 떨어진다. 연달아 몇 방을 쏘아 가까이 있는 해적선 위로 탄환이 날아가는데도, 왜놈들은 조금도 무서워하지 않고 덤벼드니 어찌하는 도리가 없어 반나절이나 서로 대치하며 으르렁거렸다.

그러다가 연청이 한 꾀를 냈다.

"대나무 통에 석 자 길이의 나무토막을 넣고, 그 속에 화약과 철사(鐵砂)를 담고, 대통을 마개로 막은 후에 불을 댕겨 저놈들한테 집어던져봐라!"

연청이 시키는 대로 군사들이 잠깐 동안에 2백 개가량 대통을 만들어 불을 댕겨 던지니 대통이 해적선에 떨어져 불을 뿜으며 터지는 바람에 왜놈들의 옷에 불이 붙어 살을 데는 놈이 많이 생겨났다.

그러나 왜놈들은 교활했다. 금방 쇠가죽을 하나씩 뒤집어쓰고 나오더니 또 덤벼드는 게 아닌가. 이 모양을 보고 이응이 탄식했다.

"육지만 같으면 문제가 없겠는데… 물 위에서는 어떻게 힘을 써볼 수가 없구나. 저것들이 저렇게 생명을 돌보지 않고 덤벼드니 어떡하면 좋은가!"

그는 이렇게 뇌까리고 나서 수부 한 사람을 불렀다.

"이거 봐라! 저놈들에게 우리가 얘기를 할 테니, 통변 설 놈을 내놓으라고 그래봐라!"

이응의 명령대로 수부가 뱃머리로 나가서 통변할 사람을 나오라 소리를 치니, 왜놈들 중에서 한 놈이 나오더니 작은 배를 타고 가까이 오면서,

"화약을 던지질랑 마시오!"

먼저 이같이 고함을 지르고는,

"내가 통변할 사람이오! 우리는 살마주의 가난한 왜놈들인데, 값진 물건으로 우리를 대접해주기만 바라는 터이니 생각해주시오. 그 밖엔 우리가 요구하는 게 없쇠다!"

이같이 말한다. 이응이 뱃머리로 나서서 수작을 했다.

"우리로 말하면 정동대원수(征東大元師)의 군사다. 지금 금오도로 가는 길이다. 그런데 너희들이 물건을 비럭질하려면 배가 한두 척만 나올 일이지, 어째서 이렇게 많이 왔느냐?"

통역이 말한다.

"왜놈은 욕심만 많고 다른 건 모릅니다. 물건만 주십쇼. 목숨도 일없습니다. 죽인대도 안 무서워합니다. 무서워하는 것은 때려맞는 것뿐입니다. 화물을 실은 배만 보면 안 빼앗고는 못 견딥니다. 그러니까 장군님이 가지신 대로 상품(賞品)만 주십쇼."

"돈을 달라는 말이냐? 포목이나 비단을 달라는 말이냐? 모두 몇 명이나 있느냐? 그리고 얼마나 달라는 거냐?"

"돈은 별로 귀하지 않게 생각합니다. 오직 비단이나 포목을 원합니

다. 여기 와 있는 왜놈이 약 1천 명 됩니다. 장군님 맘대로 주십쇼. 우리가 얼마를 달라고야 어떻게 말하겠나요!"

"알았다. 그런데 넌 어느 나라 백성인데 왜 말의 통변을 하고 있느냐?"

"예… 저는 중국의 장주 백성입니다마는, 원양(遠洋)을 나왔다가 배가 파선돼 돌아가지 못하고… 이렇게 됐습니다. 어쩌는 도리가 없죠!"

이응은 더 묻지 않고 비단 5백 필과 포목 5백 필을 내다가 왜놈들에게 주게 하고, 별도로 비단 네 필과 포목 네 필을 통역하던 사람에게 상으로 주었다. 그랬더니 통역이 고마워서 몇 번이나 예를 하고는,

"여기서부터 서북쪽으로 방향을 잡아 양일간만 가시면 금오도에 도착하시게 됩니다. 안녕히 가십시오."

하고 물러가는 것이었다.

이같이 해서 왜놈의 해적떼한테서 벗어나 북방을 향해 떠나자, 공손승이 자못 한심한 듯 탄식한다.

"인생이라는 것들이 이름을 탐하고 이익을 도모하는 데는 목숨을 내놓고서 덤비니 기막힌 노릇이야! 저 왜놈들을 보지 않았소? 불과 명주 한 필이나 포목 한 필하고 생명을 바꾼 셈 아니오! 그러기에 나는 세상을 등지고 담담하게 살아가려던 것인데… 여러분 형제들도 깊이 생각해야 할 일입니다!"

그러니까 문환장이 그 말을 받는다.

"본래 세상이라는 게 괴로운 세상 아닙니까? 하늘과 땅은 일각(一刻)을 정지하고 있지 않은데, 어떻게 인생이 안일할 수 있어야죠. 그저 임기응변해가며 낙오(落伍)하지 않으면 다행이죠."

그러자 연청이 말한다.

"저 채경이하고 고구 같은 간신을 보십쇼! 정당한 사람들을 배척해가면서 송조의 천하를 움켜쥐고 부귀영화를 몇 백 년 누릴 줄 알았지

만, 일조일석에 그 꿈이 깨어지고 우리들 손에 죽어버리지 않았습니까! 중모현에 와서야 그것들이 후회했겠지만, 때는 이미 늦었지요!"

원소칠이 또 한마디 한다.

"당신네들이니까 그놈들을 그렇게 대우했지, 만일 내가 그때 있었다면 그놈들을 토막토막 썰어가지고 발기발기 찢어 죽였을 걸… 잘못했어!"

그 말을 듣고서 안도전이 한마디 한다.

"간신 놈들을 한칼에 썩 베어죽인 것보다 실컷 놀려먹고 나서 독주를 먹여 죽인 것이 흥취가 더 있지… 그러나 만일 그때 원형이 그 자리에 있었다면 안 그랬을 거로구먼!"

이때 연청은 빙그레 웃고 아무 말도 더 하지 아니한다. 그들 형제들은 이같이 객담들을 하고 있었다.

이렇게 이틀 동안 항해하니까 과연 멀리 육지가 보인다.

"보시소! 저기 은은하게 보이는 게 있죠? 저게 바로 섬라국 땅입네다."

그때 수부가 이렇게 말하는 것이었다. 그러고 나서 두어 시각 지난 뒤에 그들의 배는 산 밑에 닿았다.

"여긴 청수오(淸水澳)로군요. 배를 세웁시다. 금오도까진 아직도 3백 리 더 가야 합네다. 여기서부터는 대양(大洋)으로 안 나가고 산각사초(山脚沙礁) 위로 가야 하는데, 날이 어두우면 불편하니까 내일 일찍이 갑시다."

이 말을 듣고 그들은 일제히 배를 정박시킨 후 모든 두령들이 한군데로 모여 앉았다. 그간 십여 일 동안 망망대해에서 파도에 까불리며 왔기 때문에 눈이 어지럽고 현기증이 나다가 이 소리를 들었는지라, 3백 리밖엔 남지 아니했다는 말에 그들은 생기가 나서 모두들 둘러앉아 술을 마셨다. 그런데 이 청수오로 말하면, 이준이 맨 처음에 와서 있던 곳이요, 나중에 그가 금오도로 옮겨간 뒤에는 적성으로 하여금 군사 3백 명을 거느리고 수비하게 하고 있는 곳이다.

술을 마시다가 이응이 문득 이런 말을 꺼냈다.

"그간에 망망대해를 오면서 한 번도 싱싱한 물고기 맛을 못 봤네. 육지에 올라가면 사람 사는 집도 있을 게니까 누가 내려가서 성주탕을 좀 구해왔으면 좋겠네마는…."

그가 이렇게 말하고서 수부를 불러 부탁하니까, 수부가 하는 말이,

"여긴 밑바닥이 얕아서 큰 배는 못 들어갑니다. 육지까진 2리도 더 가야 하니까 작은 배로 나갈 수밖에 없죠!"

그러니까 원소칠이 장담하고 나선다.

"그거 문제없죠. 내가 옷을 벗고서 물속으로 자맥질해 가서… 잉어를 몇 마리 구해올게요!"

그 소리를 듣고 이응이 말렸다.

"쓸데없는 소리! 이곳 민정(民情)·풍속도 모르고 나갔다가 만일의 일이라도 생기면 어떻게 하려고 그러오? 내일 금오도에 도착하면 자연 얻어먹게 될 걸 가지고… 아예 그런 생각 마시오. 송공명 형님이 그전 날 비파정에서 술을 마시다가 생선국이 먹고 싶다고 했기 때문에 흑선풍이 잉어를 사려고 어부들한테 가서 억지를 쓰다가 장순이한테 봉변을 당해가지고 물에 빠져서 죽을 뻔하던 일이 생각나지 않나!"

이 소리를 듣고 모두들 웃었다.

그런데 섬라국 왕 마새진은 본래 재주도 경륜도 없고 유약한 사람이었는데, 화봉춘을 부마로 삼은 뒤 이준이 금오도에서 성원하게 된 이후로는 섬라국 24도의 영토가 무사태평해져서 백성들은 안심하고 생업에 종사하며 안락하게 지내는 터이었다.

섬라국의 내환

마침 이때는 청명절(淸明節)이었다.

섬라국이 중국과는 딴 나라였지만, 언어와 의복이 다를 뿐이지, 겨울이 다 가고 봄이 돌아오는 때 자연을 즐기는 풍속만은 다름이 없었다.

하루는 국왕 마새진이 국모와 옥지 공주와 화부마를 데리고 음식을 먹고 있다가 일기가 너무 좋으니까 기분이 좋아서는 말하는 것이었다.

"과인이 조종(祖宗)의 은덕으로 섬라국의 임금이 되고 부귀를 누렸으나 국내에 충량한 신하가 적고, 24도(島)가 반복무상해서 항상 근심하던 중, 천행으로 부마를 잘 구해 옥지와 백년대사를 성취시킨 후 이장군이 금오도에 버티고 있는 까닭에, 국내 24도가 복종할 뿐만 아니라 일본 같은 나라도 감히 우리나라를 얕잡아보지 못할 만큼 되었단 말이오. 참으로 하늘이 우리나라를 도와주신 것이라 생각하는 터인데, 이즈음 들으니 도하사녀(都下士女)들이 답청소묘(踏青掃墓)하여 선조에 효성을 다한다 하니 매우 기쁜 형상이오. 과인도 금년에는 조릉(祖陵)에 제관을 보내어 치제(致祭)하지 않고, 내 친히 나아가서 치제를 올리고 겸해서 단하산(丹霞山)에 가서 잠시 놀다 올까 하오."

그러고서 화봉춘을 보고,

"경의 생각은 어떤고?"

하고 묻는 것이었다.

"예, 전묘(展墓)는 국가의 대전(大典)이옵니다. 공자도 말씀하시기를 '내가 제사드리지 못하니 제사 같지 않도다.' 하셨습니다. 그런 고로 친히 정성을 드리는 것이 좋겠습니다. 그리고 단하산도 가까운 교외이니, 관상하심이 좋겠습니다."

국왕은 부마의 말을 듣고 매우 기뻐하면서,

"그러면 경은 국모와 공주와 함께 나오라."

하고, 즉시 흠천감(欽天監)에 택일할 것을 분부했다. 흠천감에서는 3월 3일이 황도길일(黃道吉日)이니 이날로 순행(巡幸)합시사고 보고를 올렸다.

3월 3일이 되자 예부(禮部)에서는 제의(祭儀)와 축문(祝文)을 준비하고 우림군(羽林軍)에서는 난가(鑾駕)를 정비하고 병마사(兵馬司)에서는 가도(街道)를 청소하는 등… 모든 준비를 끝내고서 국왕·국모·공주·세자가 옥련(玉輦)을 타고 화부마는 자류마(紫騮馬)를 타고, 승상 공도는 문무관원들과 함께 거동행차를 모셨다. 이날 천기는 명랑하고 바람은 훈훈하고, 백화는 난만해서 눈앞에 펼쳐 있는 금수강산이 아름다웠다.

'과인의 복이 많도다. 다만 세자가 아직도 나이 어려서 앞일이 걱정인데… 다행히 화부마와 척신(戚臣)이 보좌할 것이니까 그다지 큰 염려는 없으렷다….'

국왕은 산천을 둘러보며 속으로 이런 생각을 하고 있었는데, 미구에 시신(侍臣)이 국왕 앞으로 오더니,

"벌써 만수산(萬壽山)에 도착하였습니다."

하고 아뢴다.

국왕은 눈을 들어 사방을 보면서,

"몇 해 동안을 과인이 와보지 아니했더니 그간 수목이 울창해졌구나. 과연 금수강산이로다!"

하고 찬탄한다.

그러고 나서 국왕·국모·공주·세자·부마가 향전(享殿)에 들어가 예배를 드린 다음에 예관(禮官)이 축문을 낭독하고서 폐백(幣帛)에 불을 댕겨 불사르자, 별안간 시뻘건 불덩어리가 하늘 높이 치솟더니 그 불덩어리가 부서져 사방으로 떨어지면서 그중 한 덩이가 국왕의 어깨 위에 떨어졌다.

이때 내감(內監)이 송구해서 황망히 그 불덩이를 손으로 털어버렸지만 곤룡포 어깨에 구멍이 커다랗게 뚫어진 게 아닌가.

국왕은 대단히 불쾌한 얼굴로 곤룡포를 벗어놓고, 따로 가져온 곤룡포로 바꿔 입은 후, 다시 향전에 들어가 제사를 마친 뒤 시종·위사(衛士)·내감·궁녀들을 데리고서 단하산으로 갔다.

단하산은 주위가 수십 리에 달하는 섬라국의 진산(鎭山)으로 골이 깊은 데다 동굴이 여러 개 있고, 기이한 봉우리와 맑은 샘물이 많기 때문에 절간이 여러 개나 있어서 도를 닦는 선비들이 그칠 새 없이 찾아드는 곳일 뿐 아니라, 봄·여름·가을에는 유산객(遊山客)들이 없는 날이 없었다. 그래서 국왕은,

"과인이 백성들과 함께 즐기고자 하는 터이니 구태여 사람들을 회피하지 마라."

이 같은 영을 내렸다. 그러고서 국왕과 국모는 공주와 세자와 부마를 데리고 모두 함께 도보로 시종과 위사들의 안내를 받아가며 산 위로 올라갔다. 내감이 일산(日傘)으로 햇볕을 가리어드렸다.

여러 곳에서 경치를 구경하다가 한 군데에 이르니까 높은 곳에서 한 줄기 폭포가 떨어지는데 마치 하늘 위에서 골짜기로 흰 무지개가 뻗쳐 있는 것 같다. 그리고 폭포수가 떨어지는 석담(石潭)에서는 물방울이 부서져 진주 가루를 뿌리는 것처럼 보이는데, 석담에 괸 물은 저절로 홈통같이 파인 바위틈 도랑으로 꼬불꼬불 돌아서 아래로 흘러 내려간다.

국왕은 그 석담 주변에 금악(錦幄)을 치게 하고, 보료를 깔게 한 후, 그 위에 주저앉으면서 국모·세자·공주·부마를 모두 물이 흐르는 도랑가에 늘어앉으라 했다.

그러고서 옥배(玉盃)에 술을 따라 상류에 가서 옥배를 물 위에 띄우게 했다. 그러자 옥배가 흘러서 국왕 앞으로 떠내려오니까, 궁녀가 옥배를 집어 무릎을 꿇고 국왕에게 바친다. 국왕은 그것을 받아 마신다.

이럴 때 공주는 궁녀들을 시켜 각색 꽃송이를 따다가 상류에 뿌리게 했기 때문에 흘러내리는 도랑물은 비단같이 곱다. 바위 위에는 진기한 새가 앉아 있고, 신록 사이에서 꾀꼬리가 운다. 이때 국왕은 너무도 유쾌해서 소매를 걷어올린 후 두 손으로 물을 한 움큼 쥐어 입에 물고서 양치질을 했다.

그러고 나서 국왕은 걸음을 옮겨 푸른 잔디를 밟으면서 동굴 앞으로 가까이 갔더니, 그곳에 머리엔 포관(蒲冠)을 쓰고, 몸엔 흰 도포를 입고, 얼굴은 청수하게 생긴 도사 한 사람이 널빤지를 깔고 그 위에 책상다리를 하고 앉아 있으면서 국왕과 국모가 왔건만 끄떡 않고 가만히 앉아 있는 게 아닌가.

이때 내감이 이 모양을 보고,

"상감마마께서 내림하셨는데, 빨랑 일어나지 못할꼬!"

이렇게 호령하니까, 그제야 도사가 천천히 일어나면서 한마디 한다.

"빈도(貧道)가 문안드리옵니다."

국왕이 도사의 얼굴을 바라보니, 용모가 비범하고 또 거동이 여유작작한 고로 말을 건네었다.

"어디서 오셨소? 성명이 누구요?"

그러니까 도사가 대답한다.

"하늘 밑에 걸어다니고, 땅 위에 앉으니 어디서 왔다 할 수 없고, 혼돈한 태(胎) 속에서 나왔으니 무슨 이름이 있겠습니까?"

"출가한 후 무어 좋은 것이 있던가?"

"좋은 것이 있어서 출가하는 게 아니죠. 집에 있으려면 자연히 애욕에 두루 감기고… 생로병사(生老病死)하고… 세태염량(世態炎涼)의 인정은 험악한데 그 위에 기한(飢寒)이 절박하고… 부귀가 사나옵고… 관형(官刑)은 무시무시하고… 호역(戶役)은 차별이 심하고 하니까… 그래서 출가한 것입니다."

"그래? 그렇다면 출가해 불로장생의 비결을 얻었는가? 돌멩이를 때려서 금을 만드는 묘법이라도 터득했는가?"

"생(生)이 있으면 사(死)가 있음을 삼교성인(三教聖人)도 면치 못했거늘 어찌 불로장생이 있겠습니까? 돌멩이를 가지고 금을 만든다는 것은 가난한 놈의 일개 망상입니다. 대도(大道)에서 멀리 떠난 이야기요, 신선 되는 이야기는 아닙니다."

그 말을 듣고 국왕은 다시 물어본다.

"그대의 말대로 한다면 옛날이나 지금이나 신선은 청천백일에 하늘에 올라가기도 하고, 사면팔방으로 날아다니기도 한다는데… 그게 모두 허망한 말인가?"

그러니까 도사가 아주 태연하게 대답한다.

"허망하긴 하지만 아주 허망한 이야기는 아니지요. 천하를 요리하는 금단(金丹)이 있기는 있으되 한 걸음 나아가면 또 한 걸음 앞에 있고, 한 층계를 올라가면 위에 또 한 층이 있습니다. 그러니 어찌 문외한이 쉽게 도달할 수 있겠습니까? 지금 전하로 말씀하면 왕위에 계시고, 금의옥식(錦衣玉食)에 아주 비길 데 없이 쾌락하신다고 스스로 생각하시겠지만, 어찌 시끄럽고 망망한 이 세상에 한없이 많은 고뇌가 있는 것을 아시겠습니까? 그러니 모든 걸 죄다 버리시고, 나를 따라서 출가하십시오. 그래야만 무슨 성과가 있을 겝니다."

"아니, 그대 말이 불로장생이 안 된다 하면서 출가한들 무슨 유익이 있겠는가? 그대가 말하기를 천하를 주름잡는 금단은 있다 했으니, 내가 도원(道院)을 하나 지어줄 테니 그곳에 있으면서 나를 위해서 금단을 만들어주오. 과연 금단의 효험이 있을 량이면, 그때 가서 다시 출가 이야기를 의논합시다."

"아니올시다. 수도를 하시려면 용맹심이 있어야 입도(入道)합니다. 근심 환난이 닥치는 때면 이미 그땐 늦습니다. 어떻게 천천히 의논할 겨를이 있겠습니까? 금단도 본래 잠깐 동안에 만들어지는 게 아닙니다. 더구나 저는 발 가는 대로, 마음 내키는 대로 대지 위에 다니는 사람인데, 어찌 이곳에 오래 머무를 수 있겠습니까? 당신을 보필한다는 사람이 만일 찌뿌드드하게 있는다면, 당신이 어떻게 이치를 깨치시겠습니까? 그땐 화난(禍難)이 생겨도 제가 당신을 구해드리지 못할 겁니다."

이때 공도가 곁에서 이 말을 듣다가 노해가지고 국왕께 아뢴다.

"이놈이 요망한 놈이옵니다. 상감님은 일국의 지존(至尊)이신데 어찌 이다지도 버릇없이 이놈이 기광(欺誑)하겠습니까? 위사(衛士)로 하여금 이놈을 잡아다 아문(衙門)에 보내어 문죄하도록 분부를 내리시옵소서."

그러자 도사는 픽 웃었다.

"내가 무슨 죄냐? 너는 네가 문죄받을 일이나 걱정해!"

국왕은 공도를 보고,

"저 사람은 외방(外方) 사람인데 그 말을 듣지 않으면 그만이지, 문죄할 것까진 없소."

이렇게 말하니까, 도사가 한 발자국 앞으로 나서면서,

"이 사람이 게어(偈語)를 부를 테니, 국왕은 명심해 들으시오.

강수위재(降水爲災)

장년불영(長年不永)

타일중래(他日重來)

똑똑히 들으셨습니까? 난 갑니다!"

이렇게 말하고서 그는 총총히 산 아래로 내려가더니 삽시간에 보이지 아니한다.

국왕은 의심스럽기도 하고 정신이 황홀했다.

이때 화봉춘이 국왕한테 여쭙는다.

"본래 도사라는 것들이 모두 환술장이니까 그런 걸 믿지 마십시오. 사생(死生)은 명(命)에 달린 것이요, 부귀는 하늘에 달린 것인데… 이치에 순응해서 나가면 자연히 길(吉)하게 될 겁니다. 이젠 그만 환궁하시기 바랍니다."

그러자 국모도 권한다.

"그까짓 도사의 말을 귀담아 들으실 것 없습니다. 무고히 출가할 이유가 있습니까? 오곡이 풍성하고 사방이 편안한 이때… 그런 말에 개의치 마십시오."

국왕은 즉시 분부를 내려 신하들과 궁녀들과 위사, 내감들을 거느리고 환궁했다.

국왕은 환궁한 뒤에도 이내 마음이 불쾌했다.

'폐백을 불사를 때 불덩어리가 치솟더니 그 중에서 불덩이 한 덩이가 어깨 위에 떨어져 곤룡포에 구멍이 뚫어졌단 말이야… 이게 좋지 않은 징조야. 그리고 또 동굴 앞에서 이상한 도사를 만나지 않았나. '강수위재'라니… 우리나라가 바닷가에 있으니 이건 바닷물이 국토를 쓸어간단 말인가? '장년불영'이라니… 이건 내 신상(身上)의 말일 게고… 나중에 '타일중래, 유유황총'이라는 건, 이건 내 천명이 이미 다했다는 이야길 거야!'

그가 이런 생각을 하고 있을 때, 옥지 공주는 부왕(父王)이 근심 빛을 떠고 생각하는 모양을 보다가 위로의 말씀을 올렸다.

"부왕께옵서는 그따위 도사라는 사람의 허망한 소리를 가지고 걱정하시지 마십시오. 모두 그게 사람을 속이는 수작이 아니고 무어예요? 누가 그런 소릴 믿어요?"

그리고 국모와 화부마도 국왕한테 여러 가지로 위로의 말씀을 드리고, 술과 음식을 갖다 올린 후 물러갔다.

이튿날, 국왕이 조회(朝會)에 나가 앉아 있을 때 백석도(白石島)에서 다음과 같은 공문이 올라왔다.

> 최근 괴상한 일이 생겼습니다. 형상은 호랑이 같고, 머리엔 뿔이 있는데, 몸뚱이는 새빨간 털로 뒤덮인 괴상한 짐승이 해변에 나타나 번갯불처럼 빨리 쏘다니며 사람을 잡아먹기 때문에, 포수들이 이것을 잡아 없애려고 애썼으나 도저히 잡을 도리가 없었사온데, 하루는 비가 억수같이 쏟아지고 천둥 치더니 하늘로부터 시커먼 큰 뱀이 내려와 저 괴상한 짐승과 싸움이 붙어 마침내 그 뱀이 짐승을 물어 죽이고는 하늘로 사라져버리고 짐승은 해변가에 쓰러져 있는 것을 주민들이 칼을 가지고 껍질을 벗겼더니 고기는 백옥같이 희고 그 맛은 매우 좋았습니다.

국왕은 이 같은 공문을 보고 기분이 더욱 나빴다. 나중에 국왕은 내궁에 돌아와서,

"백석도에는 또 사람을 잡아먹는 괴상한 짐승이 나타나서 백성들을 괴롭혔다오."

하고 탄식했다.

"그러하오나 하늘이 큰 뱀을 보내어 짐승을 죽여버렸으니까, 해독을 제거한 것이 아니오니까? 다만 걱정이, 외국에서 우리를 침범할까 두렵사오니 방비를 엄중히 하시면 좋겠지요."

국모가 이렇게 위로하는 고로, 국왕은 고개를 끄덕이고 즉시 각 도(島)에 방비를 엄중히 하라는 분부를 내렸다.

그런데 이때 섬라국 승상 공도는 그전부터 딴 맘을 품어오던 인물이라, 작일 국왕을 모시고 전묘(展墓)하고 돌아온 뒤에 속으로 궁리했다.

'섬라국의 임금 자리를 내가 차지하고 싶었지만 탄규가 너무 용맹해서 내가 감히 손을 쓰질 못했었지…. 탄규가 죽은 뒤에 화봉춘이를 부마로 삼을 줄 누가 알았나! 이놈이 아직 나이는 얼마 안 되지만 재간덩어리인 데다가 이준이 금오도에 버티고 앉아 있으니, 또 손을 쓰기 어렵단 말이야…. 어제 만수산에 가서 전묘할 때 국왕의 곤룡포가 불에 탔었고… 도사가 국왕더러 출가하라 하면서 화환(禍患)이 미구에 닥치리라 했었으니까, 아마 국왕의 운은 다된 모양이야. 만일 이준이하고 화봉춘이만 먼저 처치해버린다면, 국왕을 치워버리기는 용이할 거 아닌가? 그리고 옥지 공주도 내 손에 들어올 거고… 그렇다! 이렇게 하자면, 청예(青預)·백석(白石)·조어(釣魚) 세 곳 도장(島長)은 모두 내 심복이니까, 이 사람들을 시켜서 먼저 이준이를 격파시키고, 자객을 시켜서 화봉춘이를 죽여버린 다음에 일을 거행해야겠다!'

공도는 마음을 이렇게 먹은 후부터 날마다 왕위를 빼앗을 계책을 꾸미느라 바빴다.

하루는 조회를 마치고 돌아오는 길거리에서 키는 8척이나 되고 얼굴은 냄비 밑바닥같이 넓적하게 생긴 데다가 송곳니 두 개가 개의 이빨같이 삐죽이 나온 중녀석이 새빨간 가사(袈裟)를 입고 시커먼 털이 숭숭 난 앞가슴을 풀어헤치고 맨발로 걸어오면서 무어라 중얼거리는 꼴을 보았다. 가까이 들으니 염불을 외는 소리다.

"하늘이 뒤집히고, 땅이 뒤집히고, 평지에서 파란이 일어나니, 이 뜻을 아는 자는 알리라. 나무보당여래(南無寶幢如來)… 나무보승여래(南無寶勝如來)… 나무다보여래(南無多寶如來)!"

공도는 이 소리를 듣고 이상한 흥미를 느꼈다. 그런데 이 요승(妖僧)은 살두타(薩頭陀)라고 불리는 사람으로서 두 자루의 계도를 잘 쓰고, 살인 방화를 잘하고, 귀신도 부릴 줄 아는 요술쟁이인데, 며칠 전에 섬라국에 들어와 날마다 방울을 흔들며 이같이 길거리로 싸다니는 터였다.

'저 중이 이인(異人)이야… 무슨 이술(異術)이 있을 게야… 한번 시험해볼까? 만일 이준과 화봉춘만 감쪽같이 죽여준다면 내 소원대로 되는 거 아닌가!'

공도는 이렇게 생각하고서 즉시 하인을 시켜 그 중을 자기의 공관으로 청했다. 그는 먼저 공관으로 돌아와 앉아 있다가 요승이 들어온 다음에 물어봤다.

"스님은 어느 나라 사람이시고, 무슨 일로 오셨나요?"

"예, 나는 천축국(天竺國) 사람으로 세계 각국을 구경 다니는 중입니다. 서양에도 갔다 왔습니다. 이번에는 귀국에 와서 구경도 하고… 제자를 구하면 불법(佛法)을 전하고 싶어서 돌아다니는 중입니다."

"세상 사람을 모두 건질 만한 불법이 있습니까?"

"예, 이 사람은 불조로부터 심전으로 배웠고, 또 하늘의 신선으로부터 배운 바가 있어서, 귀신도 알지 못하는 재주를 깨달았습니다. 그래서 바다를 뒤집고 산을 옮겨놓고, 군사를 진 치고 싸움을 펴기도 하고, 늙은 사람을 갱소년시키기도 합니다."

공도는 이 말을 듣고 대단히 기뻤다.

"참으로 훌륭하십니다. 소찬이나마 드시고서 천천히 그 오묘한 이치를 가르쳐주십시오."

"뭐, 소찬은 싫습니다. 나는 양의 고기하고 소주를 잘 먹으니 그걸 주십시오."

중이 이렇게 말하자 공도는 즉시 양고기와 소주를 내오게 했더니, 중은 앉은자리에서 소주 열 근과 양 한 마리를 송두리째 죄다 먹어버린다.

"그럼 노사(老師)는 다른 데로 가실 것 없이 내 집 후원에 묵으십시오. 그리고 내일까지 편히 쉬신 다음에 나를 가르쳐주십시오."

공도는 그를 데리고 후원으로 왔다.

"이토록 빈도(貧道)를 후히 대접해주시니 감사합니다."

중은 이렇게 말하더니 소매 속으로부터 조그마한 봉지를 꺼내 환약 한 개를 집어들어 보이면서 말한다.

"이 약이 보통 약이 아닙니다. 하늘의 정기(精氣)를 뽑아 햇볕에 말린 다음에 수화로(水火爐)에 아홉 번을 달여서 만든 약입니다. 이것을 먹으면 양기가 샘물처럼 솟아 뇌수(腦髓) 속에까지 스며들어갑니다. 그래서 능히 옥녀소혼(玉女消魂)하고, 금동반본(金童返本)하죠. 오늘 저녁에 한 번 시험해보십쇼. 이 사람은 거짓말은 절대로 안 합니다!"

공도는 입이 딱 벌어져가지고 그 환약을 받았다.

이튿날 공도가 후원으로 와서 살두타가 있는 방 안을 들여다보니까, 살두타가 눈을 반쯤 뜨고 요 위에 앉아서 정신을 한군데로 모으는 공부를 하고 있는 모양인 고로, 그는 감히 소리를 내지 못하고 밖에서 기다렸다.

얼마 후에 살두타는 자리를 고쳐 앉아서 향불을 피워놓는다. 이때 공도는 그에게 허리를 굽히고 감사를 드렸다.

"스님은 과연 성인이십니다. 어제 주신 그 약은 참으로 효험이 비상해서, 제 내자(內者)가 아주 감탄하는 터이니 감사합니다."

살두타는 이 말을 듣고서 고개를 끄덕거린다.

"그럴 것이외다. 그보다 더 신통한 비결이 있는데, 살빛이 희고 입술이 새빨간… 아무런 병도 없는 건강한 부인들을 열 명만 골라오시오. 그러면 내가 그 비결을 실지로 가르쳐드릴 테니까…. 내가 하라는 대로만 하면 늙은이도 다시 젊어지고… 수명도 길어질 겝니다."

공도는 이 말을 듣고 마음이 쏠렸다.

그는 마침내 후원에 밀실을 차려놓고 요를 두툼하게 깔아놓은 다음에 그 방에 건강한 여자 열 명을 발가벗겨놓고는 날마다 그 중녀석한테 배워가면서 향락하기 시작했다. 이렇게 되고 보니 공도와 살두타는 이제 막역한 친구가 되고 말았다.

하루는 공도가 중더러 진을 치고 신병(神兵)을 부리는 묘법을 보여달라고 부탁했다. 그랬더니, 살두타는 그날 밤 3경 때쯤 해서 향로에 향을 피워 후원 너른 마당 복판으로 갖다놓더니, 허리에 보검을 차고서 양수로 양치를 한 번 하고는 입속으로 무슨 소리를 중얼거리는 것이었다. 그러니까 금시에 동쪽으로부터 새까만 투구에 갑옷을 입은 한 떼의 군사가 나타나더니 진을 친다. 그러자 또 서쪽으로부터 흰빛 투구에 갑옷을 입은 한 떼의 군사가 나타나 진을 치더니 양쪽 군사가 서로 고함을 지르면서 싸움을 개시한다. 이렇게 전쟁이 붙어 싸움이 절정에 달했을 때 별안간 키가 열 자나 되고 대가리가 세 개에 팔뚝이 여섯 개나 되는 신장(神將)이 칼과 창을 들고서 호랑이·사자·코끼리·독사 따위를 몰고 나와 이리 뛰고 저리 뛰는 게 아닌가.

공도는 너무도 놀라워서 소리쳤다.

"스님! 이제 그만하시오!"

그러자 살두타가 칼을 번쩍 들더니,

"쉬엿!"

한다. 그러니까 지금까지 그렇게 사납게 싸우던 군사들도, 신장도, 맹수들도 죄다 씻은 듯이 눈앞에서 사라졌다.

공도는 그만 무릎을 꿇었다.

"내가 성인 같은 스님을 만났으니 얼마나 다행한지 모르겠소이다! 여보, 스님! 내 소원이 하나 있으니 꼭 들어주셔야겠소!"

"무슨 소원이시오? 내가 도와드릴 일이라면 도와드리고말고. 어서 얘기나 하시오."

"우리 섬라국은 가히 복지(福地)라 할 만한 땅이외다. 그래서 나는 오래전부터 이 나라의 왕이 되고 싶어 해왔습니다. 현재 임금으로 있는 마새진이 원래 무능해서 실권은 모두 내가 쥐고 있는 터이라 그대로 있었다면 내 수중에 들어오는 것인데, 뜻밖에 송나라에서 정동원수(征東元帥) 이준이를 보내어 금오도를 점령하는 고로, 탄규가 토벌 나갔다가 참패당하고서 물에 빠져 죽었죠. 그러고는 이준이가 수도를 들이치는 바람에 국왕은 화봉춘을 옥지 공주의 부마로 맞아들이고서 화친을 했소그려. 공주는 정말 어여쁜 색시라, 중국 놈한테 뺏긴 게 분해요. 지금 국왕의 운(運)은 다한 것이, 일전에 만수산에 전묘 갔다가 곤룡포에 구멍이 뚫린 것으로도 증명이 되는데, 이준과 화봉춘 때문에 내가 일을 착수하지 못하는구려. 다행히 스님은 재주가 많으시니 나를 이 나라의 임금이 되도록 해주십시오. 그러면 내가 스님의 말은 무어든지 죄다 듣겠습니다."

"국왕 되는 것이 소원이라면 그것도 어렵지는 않은데… 당신의 얼굴로 봐서는 일국의 왕 노릇을 할 운수가 있으니까 말요. 그런데 당신 댁 집안 식구들의 분복(分福)이 어떤지 그걸 내가 모르겠으니 만일 댁의 식구들이 모두 그만한 복을 타고나지 못했다면, 그런 생각을 버려야지!"

"그런 줄 알았다면 진작 스님한테 식구들을 보여드릴 것을…. 하여간 잠깐 기다립시오. 내가 불러올 테니까."

공도는 즉시 상노 아이를 시켜 부인과 공자(公子)와 소저(小姐)를 모두 그리로 나와서 스님께 인사를 드리도록 하라고 명령했다.

미구에 모두들 그리로 나왔는데, 부인은 얼굴이 둥글넓적하고 몸집은 뚱뚱보요, 아들 오형제는 모두 괴상스럽게 생겼으나, 소저 하나만은 약간 어여쁜 얼굴인데, 하나씩 앞으로 나와서 스님한테 합장 배례한다.

살두타는 한 번씩 얼굴을 본 다음에 입을 열었다.

"부인은 길게 말할 거 없이 복상(福相)이라 가히 일국의 국모가 될 것이고 공자들은 그저 평범한 인물들이니까 보잘것없지만, 소저만은 귀상(貴相)이외다. 마땅히 부마를 잘 정해 사위 덕을 보아야겠소."

공도는 안식구들을 죄다 들여보낸 다음에 두타를 보고 말하는 것이었다.

"그런데 말이오. 자식들이야 다 각각 저희들의 복으로 살아가면 그만이고 나는 내 복만 받으면 될 것 아니오? 어떻게든지 옥지 공주를 귀비(貴妃)로 삼아가지고 아들을 하나 잘 낳아서 그놈을 태자(太子)로 삼으면 그만 아니겠소? 오직 필요한 일이 지금 뭐냐 하면, 이준이하고 화봉춘이를 없애버리는 일이란 말요. 그러니까 먼저 이 두 놈을 스님이 무슨 방법으로든지 처치해주시구려."

"그럭하시오. 내가 마압법(魔壓法)을 써서 처치해버리지. 우선 법단을 쌓아놓고 팔괘(八卦)를 그린 다음에 중앙의 태극권에 길이 육촌삼푼(六寸三分)의 목인(木人) 하나를 세워놓는데, 그 목인의 뱃속에 본인의 생년월일을 적어놓고, 목인의 일곱 구멍에 바늘 일곱 개를 꽂아놓고서, 날마다 새벽 일찍이 부적 한 개씩 사르고, 저녁때엔 죽 한 그릇을 올려놓고서 주문을 외운단 말요. 이렇게 하면 보통 사람이면 7일 만에 반드시 죽고, 만일 복을 많이 타고난 귀인 같으면 삼칠일(三七日)이면 영락없이 죽을 거요."

"그거 참 묘한데! 그럼 곧 그대로 합시다."

"그런데 당신이 죽여야 할 사람이 모두 몇 사람이죠?"

"첫째가 국왕 마새진, 둘째가 부마 화봉춘, 셋째가 정동원수 이준, 이렇게 세 사람이지요."

"그럼 그 세 사람의 생년월일을 아시오?"

"마새진의 생일은 해마다 천추절(千秋節)이라고 하표(賀表)를 올렸으니까 알고 있고, 화봉춘의 생일도 알 수 있는데, 이준의 생일만은 모르니, 어떡하나?"

"허허, 당신이 먼저 죽여 치워야 할 사람이 이준이란 말요. 만일 국왕과 부마가 죽은 다음에 당신이 왕위에 오른다손 치더라도, 이준이가 군사를 끌고 와서 문죄(問罪)한다면 어떡하겠소? 그러니 어서 금오도로 사람을 보내서 생년월일을 알아가지고 오도록 하시오."

"아, 과연 옳은 말이오! 내일이라도 사람은 파견하겠지만, 급히 서두를 것은 법단을 쌓고, 목인을 만드는 일이구려! 생년월일이야 다 만들어놓은 다음에 잠깐 써넣기만 하면 그만이니까. 빨리 일을 시킵시다. 인생이 짧으니까 어서어서 행락을 합시다."

"당신은 나한테서 보양(補陽)하는 비법을 배웠으니까, 오래오래 살거요!"

"아무리 그렇더라도 빨리 하는 게 좋지!"

공도의 반란

공도와 살두타는 이렇게 이야기한 후 그날부터 법단을 쌓고, 목인을 조각시키고, 필요한 물품을 사들이는 일방, 심복 부하더러 금오도로 가서 이준의 생일을 알아오라 했는데, 마침 이럴 때에 오는 단양일(端陽日)이 이준의 나이 40세가 되는 생일날인 고로, 화부마가 그 생일잔치에 축하하러 간다는 소식이 들렸다. 공도는 이 소식을 듣고 좋아서 무릎을 쳤다.

"여보, 스님! 하늘이 우리를 돕는구려. 저 세 사람이 한꺼번에 죽게 됐구려. 이준의 생일이 단양일이라니, 금오도까지 사람을 보낼 필요도 없소."

살두타도 싱그레 웃으면서,

"그거 잘되는 일이야!"

하고, 즉시 국왕과 화봉춘과 이준의 생년월일을 써가지고 목인의 배에 풀로 붙였다. 그러고서 부적을 만들어가지고 마술을 행하기 시작했다.

한편, 화봉춘은 상청·예운과 더불어 이준의 생일 축하를 의논했다.

"백부님의 생신날이 며칠 안 남았는데, 해상의 바람이 대단한 모양이니 어떡하면 좋소? 생신날 안에 도착하지 못하면 안 되겠고… 이렇게 풍파가 심해서는 떠날 수도 없고…."

화봉춘이 이렇게 걱정하니까 상청과 예운은,

"안 되지요. 꼭 가셔야 합니다. 내일이 28일 아닙니까? 내일 안으로 떠나셔야 합니다. 여기 국내의 일은 모두 편안하고, 또 장수가 두 사람이나 전하를 호위하고 있으니 염려 없습니다."

이같이 주장하는 고로, 화봉춘은 마음이 썩 내키지는 아니했지만 그들과 함께 떠나기로 했다.

그랬더니 국왕은 내감(內監)을 시켜 의복과 옥대와 그 밖의 보물과 과일 등 각종 예물을 가지고 화부마를 따라가게 한다.

화부마는 금오도에 도착해서 이준에게 들어가 절을 하고 예첩(禮帖)을 올렸다.

"국왕께옵서도 저와 함께 오셔서 백부님의 상수(上壽)를 축하하시려 했지만, 조정의 일이 바쁘셔서 못 오시고 특히 내감을 보내시어 축하를 하십니다."

이준은 이 말을 듣고서,

"내 생일이 무어기에 국왕께서 그렇게까지 생각하신단 말인가. 도리어 부끄럽네."

이렇게 대답한 후 대궐에서 보낸 내감한테 극진히 대접했다.

이틀이 지나 단양날이 바로 이준의 생일이라, 이날 대청에 비단 장막을 치고, 향화·등촉을 장식하고, 풍악을 잡히는 가운데 이준은 새 옷을 입고 나와서 향을 피운 후 천지신위(天地神位)께 배례를 했다. 그다음에 악화·비보·상청·예운·적성·동위·동맹·화봉춘·내감 등이 배하(拜賀)했는데, 이준은 그들에게 치사하고 나서 군사들한테 상을 내리고 큰 배 위에 연석을 베풀고서 바다 밖으로 나가 술을 마셨다. 그런데 이보다 먼저 바다에서는 용주(龍舟)를 열 척이나 띄워놓고 배 한 척마다 24명씩의 병정들이 오색 옷을 입고서 뛰고 놀며 노래하면서 흥을 돋우고 있다. 일기는 청명하고 바람은 한 점도 불지 않아 물결은 잔잔한데, 주민들은 남녀노소가 모두 해안에 나와 이 모양을 구경한다.

이같이 흥겹게 놀고서 날이 저문 다음에 이준 등 일동은 육지로 돌아왔다. 그러고 나서 이튿날, 또 그다음 날도 화봉춘은 금오도에 머물러 있었다. 그랬더니 사흘째 되는 날 악화가 이준에게 권고한다.

"화부마가 오래간만에 와서 며칠 동안 같이 있으니까 좋기는 합니다마는, 섬라국의 재상 공도는 간사하고 험악한 인간이어서 무슨 짓을 할는지 모릅니다. 부마와 상(上)·예(倪) 두 장군이 없는 사이 국왕이 어찌될지 누가 압니까? 속히 돌아가도록 하십시오."

이준은 그 말대로 회계(回啓)를 써 예물을 갖추어 내감에게 부탁한 후, 화부마 일행을 떠나게 했다.

한편, 이준의 생년월일을 알아가지고 공도와 살두타가 마법을 시행한 지 이틀 만에 국왕은 병으로 누워버렸다.

공도는 춤을 추고 싶을 만큼 속으로 기뻐했다. 살두타는 더욱 정신을 집중해서 마법을 계속했다.

그랬는데, 이레째 되는 날 국왕의 병은 도리어 나았고, 금년에 일곱 살 된 세자가 앓고서 갑자기 죽어버린 까닭에 국왕과 국모는 매우 슬퍼했다.

공도는 살두타의 마법이 신통하다 생각하면서도 국왕이 죽지 않고 세자가 죽은 까닭을 물어봤다.

"스님의 법술이 전반은 증명됐는데… 그런데 정작 죽어야 할 세 사람은 안 죽고 있으니 웬일이지요?"

그러니까 살두타가 설명한다.

"내가 당초에 말하지 않습디까? 보통 서인(庶人)이면 이레 만에 죽는다고. 그런데 국왕과 이준과 부마는 이게 모두 후복(厚福)한 사람이어서 반드시 삼칠일이 걸려야 하고… 어떤 경우는 칠칠이 49일이 돼야 제석

천왕(帝釋天王)이 데려가는 거라오."

이 말을 듣고서 공도는 걱정이 되었다.

"그거 참! 날짜가 오래 걸린다면 저쪽에서 우리가 이런다는 소식을 알게 되지 않을까? 그러면 걱정인데… 내가 하나 꾀를 생각했는데… 이러면 어떨까요? 지금 화봉춘이가 상청·예운 두 장수를 데리고 이준의 생일을 축하하러 금오도에 가고 없는 틈에, 내일모레 단오 날, 집에 잔치를 베풀고서 국왕을 초청해 대접하다가 짐주(酙酒)를 먹여 죽여버린 다음에 내가 보위에 들어앉아버리고, 스님은 병정들을 거느리고 성내를 수비한 후, 그 후의 일은 그때 또 의논해서 합시다. 그리고 만일 국왕이 초청에 불응하고 안 온다면, 또 다른 꾀를 꾸미기로 하면 어떨까요?"

"뭐, 국왕이 온다면야 짐주를 쓸 필요 없지! 내게 환약이 있는데, 이걸 먹기만 하면 반드시 죽으니까. 다만 이걸 줄 적에 '불로금단(不老金丹)'이라 속이고서 준단 말요. 그래, 국왕이 죽은 다음에 당신이 보위에 오르고 다른 것들이 와서 보위를 뺏으려고 날뛰는 날이면, 혁붕(革鵬)·혁조(革鵰)·혁곤(革鯤) 삼형제가 나와 의형제 간이니까 이 사람들을 데려다가 찍어누르면 그만이란 말이오! 이 사람들은 본래 점성국(占城國) 사람들인데, 지금은 모두 황모도(黃芽島)에서 수하에 5천 명의 묘병(苗兵)을 거느리고 있어요. 내가 편지를 보내 이 사람들을 불러들여 이준과 화봉춘이를 없애버리고 금오도를 회복한다면, 당신의 보위는 천년만년 가도록 매우 튼튼할 겁니다."

공도는 이 말을 듣고 대단히 만족했다. 그러고서 이튿날 조회에 들어가 국왕께 아뢰었다.

"신이 뵈옵건대 전하께옵서는 근일 매우 노곤하신 것 같사옵고, 더구나 세자가 세상을 떠난 것으로 해서 매우 상심하신 것 같사옵니다. 아무쪼록 옥체가 만안하시기를 비옵니다. 다행히 내일은 단양가절이옵기로 누추하오나 신의 집에서 연회를 베풀고서 전하를 모시고 싶사온데… 소풍삼아 거동하시면 어떠하실지… 신의 집에 서역의 고승이 한 분 와 있사온데, 이 사람이 장생불로하는 환약을 갖고 있사옵니다. 대단히 약효가 있는 것으로서 한 개를 먹으면 천년을 산다고까지 일컬으오니, 한번 시험해보시면 어떠하실는지… 신이 충심으로 아뢰는 바입니다."

국왕이 이 말을 듣고 조금도 의심 없이 승낙한다.

"그리하오. 군신일체니까 과히 풍성하게 차릴 건 없소. 명일 일찍이 가겠소."

공도는 국왕께 사은하고서 물러갔다.

조회를 끝내고서 국왕은 내궁에 들어가 왕비를 보고,

"세자가 요절한 뒤로 과인이 너무 상심한대서 명일 단양일에 승상 공도가 자기 집에 연석을 차리고 과인을 모시겠다는구려. 아마 과인을 위로하려는 충심에서 그러는 모양 같소."

이렇게 이야기했다. 그러니까 국모는 왕에게 충고를 한다.

"황공한 말씀이오나… 승상의 호의가 아닌 것 같사오니, 가시지 않는 것이 좋겠습니다. 더구나 병환이 나으신 지 얼마 되지 아니해서 대궐 밖을 납시는 것이 괴로우신 일입니다. 조촐하게 궁중에서 설연하시고서 창포절을 즐기심이 좋겠습니다."

"뭐 지척지간인데 괴롭기야 하겠소? 궁중에 있으면 자연 세자 생각이 나고… 눈 가는 곳마다 상심시키는 물체가 많은 터이니까, 잠시 바깥바람을 쐬고, 회포를 푸는 것도 몸에 좋을 거요."

이때 국모 곁에 있던 옥지 공주가 간하는 것이었다.

"제가 듣기에 승상 공도가 권세를 움켜쥐고 오랫동안 위세를 떨쳐왔고… 또 게다가 딴 마음을 품고 있답니다. 그런 사람이 무단히 자기 집으로 거동을 청한다니, 그건 좋지 않은 생각일 거예요. 그러니 승상의 집엘 가시더라도 부마가 돌아오거든 데리고서 행차하시기 바랍니다."

국왕은 이 말에 허허 웃는다.

"네가 너무 지나치게 염려를 하는구나. 승상 공도로 말하면, 대대로 국은을 입어온 사람이다. 어찌 딴 맘을 품고 있을까 보냐?"

"부왕께서는 지난번 만수산에서 곤룡포에 불똥이 떨어져 구멍이 뚫린 거나… 단하동에서 도사가 게어(偈語)를 지껄이던 걸 잊으셨습니까? 못 가시겠다고 전지를 내시옵소서."

"으응, 곤룡포가 그렇게 된 것은 벌써 세자가 죽은 것으로 때운 셈이 아니냐? 내 벌써 승상한테 가겠노라고 말을 했는데, 어떻게 하니? 자고로 이르기를 '왕의 말은 실과 같다(王言如糸)'고 했다. 어떻게 뒤집는단 말이야?"

국모와 공주가 여러 번 되풀이해가며 간하여도 국왕이 이렇게 끝내 고집하는 고로 공주는,

"그러면 부왕께서 기어이 거동하시려거든 우림군 3백 명을 비장더러 거느리고 와서 시위하게 하여 불측한 일을 예방토록 하시옵소서."

이같이 아뢰는 것이었다. 그러니까 국왕은 고개를 끄덕이면서, 그렇게 할 터이니 걱정 말라고 대답한다.

다음날 공도가 와서 청하는 고로 국왕은 난가를 타고, 장수 두 사람으로 하여금 3백 명의 우림군을 거느리고서 호위를 하게 하는 동시에, 내상 네 사람을 수행시켜가지고 승상부에 거동했다.

공도는 이때 먼저 나와서 문전에 부복하고 있다가 국왕을 영접하여 당상으로 모시는데, 연회 장소는 비단으로 사면을 에워쌌으며, 상 위에는 산해진미와 금은기명(金銀器皿)이 벌여 있고, 당하에서는 생황의 주악이 울린다.

국왕이 상좌에 좌정하자 공도는 허리를 굽혀 공손하게 두 번 절한다. 국왕은 그를 자기 옆에 있는 요리상 앞에 앉으라고 했다.

3백 명의 우림군은 공관문 밖에 있고, 두 사람의 장수는 무장을 한

채 보검을 쥐고서 국왕의 좌우에 시립했다.

요리상 위에는 1백 20가지 음식이 놓였는데, 비단 옷에 화모(花帽)를 쓴 하인들이 술과 안주가 놓인 쟁반을 두 손으로 머리 위까지 높이 쳐들고 층계 아래까지 와서 무릎을 꿇으면 내상(內相)이 그것을 받아서 상 위에 올려놓는다.

이같이 술을 세 번 올렸을 때 풍악이 흥겹게 울리면서 다수한 여자들이 뜰아래로 나오더니 노래를 부르고, 춤을 추는 여자는 춤을 추는데 그 모양이 매우 아름답다.

국왕은 이 광경을 보고 마음이 유쾌했다.

"과인의 덕이 부족하건만 승상이 조정의 일을 보좌하여 그릇됨이 없으니, 승상은 가히 사직지신(社稷之臣)이오. 금일 이같이 군신이 한자리에서 즐기니 이 또한 천추에 드문 성전(盛典)이라 하겠소."

공도는 얼른 교의에서 일어나 공손히 아뢴다.

"전하의 홍복이시옵니다. 전하의 춘추가 부강하신 터이오니, 불행하였지만 또 경사가 있을 줄로 생각되옵는데, 신의 딸이 이미 장성하여 용모와 부덕이 과히 남의 뒤에 떨어지지 아니하오니, 후궁으로 데려다 두시고서 잔심부름이나 받들도록 하시옵기 바라옵니다."

"승상의 딸을 어찌 첩으로 삼겠소? 궁중에서 별도로 수려한 여자를 뽑아 후궁으로 삼으면 그만이지."

"그러하오나 소신이 용렬한 위인으로 하해 같은 은덕을 입사와 재상에까지 승진하였사온 고로, 신의 딸이라도 전하를 침전(寢殿)에 모시게 된다면 신은 만행으로 생각하옵니다. 지금 곧 신의 딸년을 배알케 하겠사옵니다."

그러고서 공도는 상노를 불러,

"소저더러 곧 나와서 배알하라고 일러라."

이렇게 명령한다.

국왕은 그것을 말리지 못했다.

조금 있다가 시녀 하나가 소저를 부축하여 나오는데, 아리따운 궁녀의 복색을 차린 소저가 걸음을 옮길 때마다 옥으로 만든 패물은 서로 부딪쳐 쟁그랑 소리를 내며, 그 몸에서는 그윽한 향기까지 풍긴다. 이같이 소저는 국왕 앞에 걸어나와 단정하게 사배(四拜)를 올린 다음에 허리를 굽히고 섰다.

국왕은 허리를 펴라고 분부했다.

소저는 조용조용히 앞으로 나가 옥배(玉杯)에 호박주(琥珀酒)를 부어 놓은 다음에 두 번 절하고서 그것을 올린다. 그러니까 국왕은 매우 만족하고 기뻐서,

"이미 승상의 뜻을 알았는지라, 과인이 굳이 사양하지 않겠소. 명일 빙례(聘禮)를 행하고서 귀비로 맞이하겠고, 경은 태사국장(太師國丈)이 되시오."

이렇게 말한다.

공도는 소저더러 국왕께 사은하라 했다. 그러니까 소저는 꾀꼬리 같은 음성으로,

"만세, 만세, 만만세!"

이같이 만세를 부르고는 조심조심 뒷걸음질해서 물러가는 게 아닌가.

국왕은 매우 기뻤다.

이때 공도가 또 아뢰었다.

"신의 집에 고승이 한 분 와 있는데 전하께 배알하고자 하옵건만, 신이 감히 그 말씀을 아뢰지 못했사옵니다."

그러자 국왕이 생각나는 듯이 말한다.

"오오, 참 과인이 잊어버리고 있었소! 과인이 그 고승을 만나보고 불로장생하는 묘약을 구하겠다고 생각했었는데… 깜박 잊었소그려. 지금 곧 나오라고 부르시오."

이렇게 되어서 미구에 후당으로부터 살두타가 새빨간 가사를 입고, 목에 염주 꾸러미를 걸치고 나오더니, 국왕 앞에 와서 배무의 예를 올린다.

국왕도 일어나서 답례하고 그를 공도 곁에 앉게 한 후 물어보는 것이었다.

"스님은 어느 나라 사람이시고, 언제 이곳에 오셨나요?"

살두타가 공손히 두 손을 합장하고서 말씀드린다.

"소승은 서역 천축국 달마조사(達磨祖師)의 제38대 사손(嗣孫)으로서 대대로 의발을 전해왔사옵고, 봉래선장(蓬萊仙長)을 만나서 정로지술(鼎鑪之術)도 배워 능히 용호(龍虎)와 귀신을 자유자재로 부리는 사람이옵니다."

"실로 도법이 고상하시구려."

국왕이 감탄하니까, 살두타는 또 계속한다.

"뿐만 아니오라, 소승이 영취산에 들어가 구전영단(九轉靈丹)을 제조하는 데 성공했습니다. 이 환약의 이름을 '연령고본종자자금환(延齡固本種子紫金丸)'이라 지었사온데, 세상에 둘도 없는 후복자(厚福者)라야 이 약을 먹을 수 있겠기에 소승이 산 위에서 사방의 기색을 살펴봤더니, 이 나라의 땅 위에서 서기(瑞氣)가 뻗치는 고로, 소승이 곧 영취산에서 내려와 배를 타고 이리로 왔습니다. 그러나 소승이 온 지는 벌써 사흘이 지났건만 감히 전하께 배알하지 못하고 간신히 승상부에 머물러 있는 중이옵니다. 이제 다행히 용안을 우러러뵈오니 실로 요순(堯舜)과 같으신 임금이십니다. 이 자금환을 잡숫기만 하시면, 수(壽)가 천년은 더하실 것이고, 아들은 열 명을 얻으실 줄로 믿습니다."

살두타는 이렇게 말하고 허리춤에서 주머니 속에 있는 환약을 하나 꺼내는데, 크기가 용의 눈깔만 하고 금빛이 번쩍번쩍하는 환약이다. 이것을 두 손으로 바치니까 국왕은 받으면서,

"스님의 말씀을 들으니까 영험이 있을 것 같소. 과인이 단하산에 큰 절을 짓고 스님을 그리로 모시려 하오. 그런데 이 약을 어느 때 먹어야 하나요?"

이같이 묻는다.

"예, 이 약은 순전히 양기(陽氣)로써 제조된 것인 고로, 반드시 양일양시(陽日陽時)에 잡수셔야 합니다. 오늘이 단양(端陽)이 아닙니까?"

살두타는 이같이 말하다가 하늘을 한 번 쳐다보더니,

"오시(午時)에 잡숫는 것이 좋으니, 지금 곧 잡수시면 합당하겠습니다."

하고는 옥완(玉碗)에 호박주를 가득히 부어 두 손으로 바친다.

국왕 마새진은 어리석게도 오래 살고, 아들을 많이 낳는다는 거짓말에 속아, 그 환약을 입속에 넣고 깨문 다음에 호박주를 마셔가며 목구멍으로 삼켜버렸다.

그러고 나더니 국왕은 금시에 이맛살을 찌푸리면서 묻는다.

"어째 약 기운이 목구멍을 몹시 찌르는 것 같구려?"

"전하! 양약(良藥)이 고구(苦口)나 이어병(利於病)이란 말을 못 들으셨습니까?"

살두타는 천연덕스럽게 이렇게 대꾸한다.

이렇게 되고 나서 반시간도 못 지나 국왕은 배가 아파 못 견디어 하며 온몸을 뒤흔들다가 그 자리에 고꾸라져 버르적거리면서 눈·코·입·귀… 구멍이란 구멍으로 피를 쏟고 죽어버리는 게 아닌가.

그제야 국왕을 모시고 섰던 두 사람의 장수가 칼을 빼들고 살두타에게 덤볐다. 그러나 살두타는 그 순간 몸에 걸쳤던 가사를 팽개치더니 두 자루의 계도를 양손에 들고 마구 싸워 불과 1, 2합에 두 장수를 죽여버린다.

이때 국왕을 모시고 왔던 내상이 문밖에 쫓아나가 우림군을 이끌고 들어오자, 살두타는 입속으로 주문을 외운다. 그러니까 당장 하늘이 침침해지더니, 무수한 귀병(鬼兵)이 공중에서 쏟아져 내려오는 바람에 우림군은 질겁해 모두 도망해버린다.

이럴 때 내감이 궁중에 달음박질해 들어와서 국왕의 목숨이 끊어졌다는 보고를 올렸다.

국모와 공주는 이 놀라운 소식을 듣자마자 기절했다가 한참 만에 깨어나 엉엉 울었다. 화영의 미망인과 진명의 미망인도 공주와 함께 국모를 붙들고 통곡을 했다.

이윽고 화영의 미망인이 눈물을 씻고 말한다.

"역적 놈이 또 궁중에 쳐들어오면, 이 일을 어찌합니까?"

"나야 상감님 뒤를 따라 지하(地下)로 가면 그만이지!"

화부인의 말에 국모가 목 메인 소리로 이같이 탄식하자, 공주는 눈물을 거두고서 간한다.

"어머님! 속히 금오도에 기별을 보내셔서 이대장군더러 군사를 거느리고 와 원수를 갚아달라고 하세요! 어서 속히 분부하셔요!"

국모는 그제야 내감을 불러 분부를 내렸다.

한편, 공도는 국왕이 죽어버린 것을 보고 크게 만족했다.

"이제는 큰일이 끝났다!"

그는 나라의 대세가 이제는 결정된 것으로 생각하고, 국왕의 시체를 교외에 내다가 매장해버린 후, 효유문(曉諭文)을 써 각처에 방을 붙였다.

> 국왕께오서 갑자기 승하하셨는데, 국정은 유지(遺旨)를 받들어 승상이 계승하게 되었으니 문무백관은 명일 아침 일찍이 조회에 나오라. 만일 명령을 어기는 자는 그 가족들까지 사형에 처한다.

이 같은 효유문을 써붙이게 한 후, 공도는 살두타와 함께 심복 부하들을 데리고 대궐로 들어가면서 속으로 생각했다.

'일이란 속히 단행한 다음에 쉴 새 없이 계속 실행하는 거라니까! 이제는 옥지 공주를 내 것으로 만들고, 화봉춘이를 없애버려야지!'

그다음에 또 이렇게 생각했다.

'들으니 화봉춘이가 모시고 있는 젊은 미망인이 하나 있다는데, 절세 미인이라잖나? 이걸 옥지 공주하고 한 쌍으로 첩을 삼아 동서양궁(東西兩宮)에 두어두면… 평생소원이 다 이뤄진 셈이다!'

그런데 공도가 이같이 생각할 때 그와 함께 대궐로 들어가던 살두타는 또 다른 생각을 하고 가는 것이다.

'내가 공도와 같이 이번 일을 저지른 건 공도의 딸년을 내가 얻어가질 작정으로 이런 건데… 만일 공도가 내 말을 안 듣는다면? 그땐 혁가(革家) 형제들이 오는 대로 그들의 군사를 가지고 압력을 가해 내 말에 복종케 할 수밖에! 만일 그래도 깨닫지 못하고 반대한다면 그까짓 거 죽여버리고 말지!'

두 사람은 이렇게 각각 딴 생각을 하면서 갔는데, 그들이 대궐문 앞에 와서 보니까 문이 단단히 걸려 있는지라, 무사를 불러 궐문을 빨리 열라고 호령을 하려 했는데, 그럴 때 별안간 하늘이 캄캄해지고 땅이 어두워지더니 공중으로부터 한 줄기 새빨간 기운이 내리쬐면서 공도와 살두타가 그 자리에 고꾸라지는 게 아닌가.

이 광경을 본 문무관료들과 백성들은 모두 혀를 쯧쯧 차면서 욕을 하는 등… 인심은 흉흉했다.

이때 정신을 차리고 땅바닥에서 일어난 공도가 먼저 입을 열었다.

"스님의 법력으로 국왕은 죽었으나 민심이 불복하는데… 이준이와 화봉춘이가 군사를 이끌고 오면 이 일을 어찌하면 좋소?"

그러나 살두타는 조금도 염려 않는다.

"걱정 마시오. 혁가의 군사가 불일간 올 거니까, 한바탕 죽여버리면 그만입네다. 내일엘랑 대위(大位)에 오르시오! 그러고 나서 혁가 군사를 이끌고 금오도로 쳐들어가 이준이와 화봉춘이를 죽여버리면, 그다음의 나머지 것들은 문제도 안 됩니다."

공도는 안심이 됐다.

"그저 난 스님만 태산같이 믿습니다. 우리 두 사람이 함께 부귀를 오래오래 누립시다."

"부귀 따위는 내 맘에 없소! 대사가 결정된 다음엔 내가 꼭 청해야 할 소원이 하나 있을 뿐이외다."

"스님이 청하시는 소원이시라면, 무언들 내가 안 듣겠소!"

공도는 살두타를 데리고 바로 공관으로 돌아와 술을 마셔가며 즐거워했다.

다음날 5경 때 공도는 살두타와 함께 대궐에 들어가 신하들의 조회를 받으려고 보좌에 앉아 있었더니, 미관말직의 벼슬아치 5, 6명만이 뜰아래에서 문안을 드릴 뿐, 직품이 높은 관원이라곤 한 사람도 오지 않는 고로, 그는 노해 살두타를 보고, 대관절 이 같은 관원들을 어떻게 처치하면 좋겠는가 물어보고 있을 즈음, 혁가의 군사가 도착했다는 급보가 올라오는 게 아닌가.

살두타는 그만 그들을 마중하려고 대궐 밖으로 쫓아나갔다.

조금 지나서 살두타가 혁붕·혁조·혁곤 삼형제를 데리고 들어오는데, 이 사람들은 모두 키가 크고, 눈깔이 파랗고, 힘이 센 사람들이다. 지금 이들 삼형제는 묘병(苗兵) 5천 명을 전선 2백 척에 태워가지고 막 도착한 길이다. 혁붕 삼형제가 공도와 인사를 하고 난 다음에, 살두타는 묘병들을 시켜서 오늘 아침 조회에 나오지 아니한 굵직굵직한 벼슬아치 1백여 명을 잡아다가 먼저 손과 발을 잘라버리고, 그다음에 모가지를 잘라 한길 가에 매달게 했다. 이러는 바람에 백성들은 모두들 떨고서 공도한테 귀순했다.

그리고 만일 공도한테 귀순하지 아니하는 사람이라면 그의 집은 물론이거니와 외가와 처가를 합쳐 모두 아홉 집을 몰살시켜버리는 게 아닌가.

이렇게 서슬이 퍼러니까 백성들은 꼼짝 못 하고 순종한다. 그리고 바닷가 포구의 요소요소를 혁가의 군사가 파수 보면서 누구든지 두 사람만이라도 서로 귀를 대고 소곤거리는 사람이 있으면 잡아 죽이는 까닭에 아무도 입을 벌리지 못하게 됐다.

다음날 5경 때,

공도가 충천관(沖天冠)을 쓰고, 자황포(赭黃袍)를 입고, 금란전(金鑾殿) 보좌에 앉아서 조회를 받으려 하자, 또 현기증이 생겨 그는 그 자리에서 넘어졌다.

그럴 때 내시가 황망히 부축해서 앉힌 까닭에 그는 간신히 정신을 차려, 죽지 않고 남아 있는 벼슬아치들의 조회를 받았다.

조회가 끝난 다음에 공도는 살두타를 호세대국사(護世大國師)에 봉하고 승상을 겸임케 하고, 혁봉 삼형제를 모두 대장군에 봉해 병권을 맡기고, 그 밖의 관료들은 모두 구직에 복귀시켰다. 그러고서 자기 부인을 정궁에, 아들을 세자에, 딸을 공주에 봉한 다음 크게 잔치를 열었다.

일동과 함께 술을 마시다가 공도가 살두타를 보고 나직한 목소리로 물어본다.

"과인이 오늘날 국사(國師)와 대장군의 힘으로 보위에 오르고 보니 과연 마음이 흡족하오마는, 이 궁중에서 더 나아가지는 못하고 있으니, 앞으로 어찌하면 좋겠소이까?"

"일을 조급하게 생각지 마십시오. 금오도를 격파시킨 다음에 서서히 일을 해야지요."

살두타는 이런 말로 그를 위로한다.

그들은 술을 밤중까지 마시다가 살두타와 혁가네 삼형제는 노래하고 춤추던 여자들과 각각 짝을 지어 행락하러 뿔뿔이 흩어졌다.

그리고 혁가네 묘병들은 거리로 쏘다니며 아무 집에나 뛰어들어가 폭행하고 간음하니, 이 모양을 당한 백성들이야말로 통분하기 짝이 없건만, 감히 찍소리도 못 내는 형편이었다.

한편, 국모와 옥지 공주와 화영의 미망인은 궁중에 모여 앉아서, 공도가 침범해올까 두려워하며 떨고 있었는데, 내상 한 명이 들어와 바깥 소식을 알린다.

"공도와 살두타가 어제 궁문(宮門)에 가까이 왔을 때 갑자기 천지가 캄캄해지더니 공중에서 적기(赤氣)가 내리쪼여 두 놈이 그 자리에 고꾸라지고 말았습니다. 그래, 어제는 궁중에 못 들어왔습니다. 그랬는데, 황모도에서 혁붕 삼형제가 5천 명의 묘병을 데리고 들어와 백여 명의 신하들을 죽여버린 다음에, 오늘 아침에 공도가 보위에 올라갔습니다."

내상의 보고를 들은 국모는 그만 울음을 터뜨리면서,

"조종의 유업(遺業)이 일조에 적인(賊人) 수중에 떨어지다니! 아, 이렇게 분하고 원통한 일이 또 어디 있단 말인고!"

하며 통곡한다.

옥지 공주도 치가 떨렸지만, 모후의 두 손을 붙들고 간한다.

"어머님! 진정하셔요. 부마가 곧 돌아올 거예요. 아버님의 영혼을 곱게 모시고서 조석으로 배례하고 기도나 올리시기 바랍니다. 역적 놈들한테 적기가 내리쪼이더라니까 아마 천신(天神)이 보우하시는가 봅니다. 역적 놈이 쉬 뒈질 징조예요! 그러니까 어머님은 제발 자중자애하시기 바랍니다."

국모는 공주의 간언을 듣고 겨우 눈물을 거뒀다.

이날 밤 3경에 국모는 그때까지 잠 못 들고 있다가 잠깐 눈을 붙였는데, 꿈에 국왕이 도복을 입은 몸으로 나타나더니,

"내가 옳은 말을 안 듣다가 필경 독수(毒手)에 넘어졌소! 그러나 지금

단하동 스승한테 출가하여 자유롭게 소요하고 있으니 염려 마오. 국가의 일은 이대장군과 부마가 반드시 적당을 섬멸시킬 것이니 안심하고, 또 궁중에는 금갑신(金甲神)이 지키고 있기 때문에 역적 놈이 못 들어올 테니까 마음을 편히 가지시오. 나는 가오!"

하고 돌아서려 하므로, 국모가 국왕의 도포자락을 움켜잡았더니 국왕이 홱 뿌리치는 바람에 깜짝 놀라 깨었다. 그러고 나서 국모는 공주를 불러 꿈 이야기를 했다.

그랬더니 공주는,

"아버지께서 어머니의 마음을 가라앉히시려고 일부러 꿈에 나타나신 거예요! 그러니 그 뜻을 받들어 가만히 계셔야겠어요."

이렇게 여쭙는다. 국모는 그 말이 옳게 생각되어 그 후부터는 궁문을 굳게 닫아걸고 마음을 진정시켰다.

한편, 화봉춘은 이때 상청·예운 두 사람과 함께 금오도를 떠나 섬라성 못미처 30리쯤 되는 곳에 오고 있었는데, 문득 해상에 조그만 배 한 척이 쏜살같이 오는 것이 보인다.

미구에 이 배에 타고 있던 내감이 화봉춘의 배에 올라오더니 방성통곡하면서 말한다.

"단오 날 상감께서 공도의 부중으로 거동합시었다가 살두타란 놈의 손에 승하합시고, 공도란 놈이 스스로 왕이 됐습니다! 국모님과 공주님께서 절더러 부마를 모셔오라 하셔서 제가 왔습니다."

이 말을 듣고 화봉춘은 울음을 터뜨렸다. 그러자 상청이 화봉춘의 어깨를 흔들면서 말린다.

"지금 와서 일이 그렇게 된 바에야, 울어서 무슨 소용이오? 원수를 갚을 생각이나 해야죠!"

이 말에 화봉춘은 정신을 차리고서 말한다.

"그런데 국모님과 어머님과 공주는 모두 어떻게 됐소? 어서 바삐 돌아가 봐야겠다!"

그가 이렇게 말하자, 예운이 그의 주장을 막는다.

"안 되오! 지금 돌아가다니? 역적 놈이 보위를 빼앗고 그냥 가만히 있을 줄 아시오? 심복 병정 놈들이 성문을 엄중히 지키고 있을 텐데. 우리가 군사도 없이 들어가려다가 되레 독수에 걸릴 게 뻔하지! 도로 금오도로 가서 이준 형님과 상의한 다음 군사를 이끌고 가셔야 해요."

그러니까 내감이 또 말한다.

"그렇게 하셔야 합니다. 살두타가 황모도에서 혁붕의 삼형제하고 묘병 5천 명을 데려다가 성내를 철통같이 수비하고 있는데 어디로 들어가십니까? 게다가 살두타는 요술쟁이거든요! 그런데 공도란 놈이 그날 궁문엘 들어오려다가 적기가 내리쬐는 바람에 기절하고 넘어졌기 때문에 궁중은 무사했습니다. 지금 예장군 말씀대로 금오도로 가셨다가 다시 출동하시는 게 좋겠습니다."

그들의 말을 듣고 화봉춘은 우길 수도 없어서 뱃머리를 돌리라고 했다. 그랬으나 이때부터 바람이 거세게 불기 시작해서 도저히 풍랑을 헤치고 나갈 수가 없다. 화봉춘은 하는 수 없이 물이 얕은 곳에 닻을 내리고 배를 멈추게 했다. 이렇게 되어 오도 가도 못 하게 되자, 그의 마음은 더욱 초조해지고 눈물만 쏟아진다.

그가 이렇게 울고만 있으니까 상청과 예운이 위로하면서 권한다.

"부마는 너무 상심 마시오. 아무쪼록 마음을 굳게 먹고서 진심갈력하여 이 화란을 평정할 생각을 해야지, 울고만 있으면 어찌하오? 혁붕의 묘병 5천 명과 살두타의 요술을 깨뜨릴 생각만 하는 것이 우리의 임무외다!"

두 사람이 이렇게 말하니까 화봉춘이 한숨을 쉬고 나서 탄식조로 말한다.

"그전 날 만수산에 전묘하러 갔을 때 국왕의 곤룡포에 불똥이 떨어져 구멍이 뚫어지더니 기어코 불상사가 났단 말이야! 또 단하산에서 그 도사가 게어를 네 구 일러주잖았소? 그게 분명히 운(運)이 다했다는 얘기거든! 내 벌써 그때 좋잖은 예감이 들었었는데…. 악화 아저씨가 '공도란 놈이 딴 맘을 먹고 있는 놈이니까 저놈을 경계해야 한다'고 늘 말씀하시더니, 기어코 그놈이 이런 표독한 짓을 했소그려. 내가 이번에 금오도에만 오지 않고 있었더라면 그놈이 감히 이따위 변을 일으킬 생각도 못 했을 거고, 또 내가 있었더라면 국왕께서 그놈의 집에 못 가시게 했을 터인데… 후회막급이외다!"

"별수없습네다. 저놈이 지금 황모도의 묘병을 끌어들여 우익을 만들었건만, 우리는 겨우 군사 5백 명밖에 안 되니, 이걸 가지고 어떻게 대적할 거요? 다행히 우리가 금오도에 있었기 때문에 원수라도 갚고, 한을 풀 생각이나마 하는 거지… 만일, 궁중에 그냥 있었더라면 그놈들 손에 벌써 죽었을는지도 모르지요."

상청은 화봉춘을 위로시키느라고 이렇게도 말하는 것이었다.

어느덧 하늘이 어두워지더니 풍랑이 더욱 거세어진다. 화봉춘은 그날 밤 한잠도 못 잤다. 날이 밝은 다음에야 바람이 자고 배는 출발했다.

금오도의 이준과 악화는 화봉춘이 다시 오는 것을 보고 놀랐다.

"어떻게 돼서 다시 왔는가?"

이준이 이같이 물으니까 화봉춘이 울음 섞인 목소리로 사정을 고한다.

"공도란 놈이 국왕을 시살하고 왕위를 빼앗았답니다. 그리고 살두타란 놈이 황모도에 있는 혁봉이 삼형제와 5천 명의 묘병을 끌어들여 수비하고 있기 때문에 성내에 들어가지 못하게 됐습니다. 그래서 백부님께 의논드려 군사를 이끌고 가서 원수를 갚기 위해 도로 왔습니다."

이 말을 듣더니 악화가 말한다.

"공도란 놈이 딴 맘을 먹고 있는 놈인 줄 내가 짐작은 했었지만, 그놈이 기어코 변란을 일으킬 줄은 과연 몰랐군. 일이 매우 급하니, 대장군은 속히 출동하시기 바랍니다."

상청이 곁에서 의견을 말한다.

"저것들 묘병이 5천 명이나 되고, 살두타가 요술을 잘하는데, 우리는 군사가 3천 명도 못 되고… 금오도를 수비할 병력을 여기서 또 빼놔야 하니… 만일에 일이 뜻대로 안 되면 결국 어떻게 하죠?"

그러니까 이준은 자신 있게 말한다.

"국왕께서 우리를 진심으로 성의껏 대해주셨으니 우리가 원수를 갚아야지! 더구나 화공자가 부마가 되어 우리와는 한집안 같은데… 이를테면 부모의 원수나 마찬가지 아닌가? 지금 우리가 병력이 부족하다 어쩌다 그걸 말할 처지가 아니야!"

이렇게 말하고서 이준은 즉시 상청과 예운 두 사람에게 금오도 수비를 부탁하는 동시에, 자기는 악화·비보·동위·동맹·화봉춘과 함께 모두 1천 명의 군사를 전선(戰船) 30척에 태워가지고 백기를 꽂은 후에 섬라성을 향해서 떠났다.

그랬는데, 섬라성까지 아직 절반 길도 못 갔을 때 갑자기 중군의 배에 꽂힌 수자기(帥字旗)가 거센 바람에 우지끈 부러지는 게 아닌가. 군사들의 눈이 휘둥그레지며 모두 놀랐다.

"수자기가 부러지는 것을 보니, 이게 좋지 않은 징조야! 장병들은 마땅히 조심해야겠소."

이준이 그걸 보고 이렇게 말하니까 악화가 말한다.

"글쎄, 저 묘병들이란 본래 사나운 족속들인 데다가 살두타가 요술이 비상하고, 또 용맹하다니까 우리가 경솔하게 덤볐다가는 큰일 납니다. 그러니까 전선 열 척씩 삼대로 병력을 나눠 형님은 중군이 되시고, 비보와 화봉춘은 전대가 되고, 동위·동맹은 후대가 되어 나가되, 적의 허실을 살펴가면서 앞뒤를 긴밀히 연락해 나가야겠습니다."

"그렇게 합시다."

이같이 전략을 세운 후 섬라성에 가까이 이르자, 두 척의 순초선이 한 배에 30명씩의 묘병을 태워 쏜살같이 다가오므로 화봉춘이 이를 보고서 철태궁(鐵胎弓)에 낭아전(狼牙箭)을 메겨 한 대 쏘니까, 화살이 병정 놈의 가슴팍에 들어맞더니 그놈은 물속으로 풍덩 떨어진다. 이렇게 되자 그 배는 그만 뱃머리를 돌려 달아나는 고로 이쪽에서는 삼대가 일제히 그 뒤를 좇아가 보니까, 해변에 집결한 전선 백여 척이 수채를 단단히 꾸리고 있는 게 아닌가.

"더 가까이 가지 말고, 이쪽 산 밑에 배를 정박시켜라!"

이준이 이렇게 영을 내리니 악화가 말한다.

"저 수채를 좀 보십시오. 얼마나 격식대로 짜임새 있게 됐습니까! 게다가 묘병들이 사나운 놈들이니, 힘으로 싸울 생각 말고 꾀로 쳐부숴야겠습니다. 북을 울리고 기를 흔들고 해서 저놈의 괴수 살두타와 혁봉이를 나오도록 꾀어내어, 한번 시험을 해봐야 합니다. 얼마나 센가, 약한가를 시험해봅시다."

이준은 즉시 영을 내려, 호포를 쏘면서 기를 흔들며 고함을 지르게 했다.

이때 공도는 금오도로부터 군사가 쳐들어왔다는 보고를 듣고 살두타를 청해 의논했다.

"이준이와 화봉춘이가 왔다 하니, 이걸 어떻게 막으면 좋소이까?"

"걱정하실 것 없습니다. 혁가 삼형제가 해변에 나가 있으니, 저놈들이 자진해서 죽으려고 온 거나 다름없죠. 그러잖아도 내가 금오도로 저놈들을 토벌하러 가려던 참인데, 제 발로 왔으니, 이번에 아주 뿌리를 뽑아버리렵니다. 이준이와 화봉춘이를 없애버려야 대왕의 보위가 안전합니다. 내가 수채로 가서 묘계를 일러주고 오렵니다."

살두타는 공도와 작별하고 수채로 나와서 혁봉에게 꾀를 일러줬다.

혁봉은 그가 일러준 대로 수채의 진을 단단히 지킬 뿐, 다시는 배 한 척도 바깥에 내보내지 않는다.

한편, 섬라성 밑에까지 와서 혁봉의 수채가 엄숙하게 진을 차리고 있으면서 사람의 그림자라곤 하나도 안 보이는 고로, 이 꼴을 바라보고 있던 이준은 마음이 조급해졌다.

"저놈들이 꼼짝도 않고 있으니 기다리고 있을 수 있나? 이제 그만 들이칩시다!"

이준이 서둘러대는 것을 악화가 말린다.

"참으십시오. 묘병이란 조급한 것들이어서 반드시 싸우러 나올 줄 알았는데 꼼짝 않는 것을 보니, 이건 반드시 저놈들의 계책이죠. 조급하게 서두르지 마십시오."

금오도를 지켜라

악화가 이렇게 말리니까 이번엔 화봉춘이 우긴다.

"국왕께서 살해당하시고, 도읍을 몽땅 빼앗기고, 궁중이 어떻게 됐는지 알지 못하는 판에, 언제까지 기다리고만 있어요? 원수는 언제 갚아요? 제가 혼자서라도 들이쳐보렵니다. 수채를 깨뜨리면 천행이고, 만일 안 되면 저 한 몸만이라도 국가에 목숨을 바쳐버리겠습니다."

화봉춘의 비장한 결심을 듣고 악화가 천천히 또 말했다.

"내 말을 들어요. 일이란 먼저 할 것이 있고, 나중 할 것이 있고… 싸움이란 전략을 먼저 정해놓은 다음에 시작하는 것이니까… 지피지기(知彼知己)해야만 비로소 만전(萬全)한 법이오. 만일 차질이 생기면 우리는 오도 가도 못 하고 망해버린단 말이야! 부마가 만일 그렇게 되면, 홀로 되신 장모님과 사랑하는 아내가 누구한테 몸을 의탁한단 말이오? 그러니 앞뒤 일을 생각하고, 후회 없도록 행동해야 하오!"

화봉춘은 이 말을 듣고 머리를 숙였다.

이렇게 5, 6일 동안을 그대로 지냈는데, 6일째 되는 날 악화는 무슨 생각을 했는지 깜짝 놀란 듯이 발을 동동 구르면서,

"아뿔싸! 우리가 저놈의 꾀에 속았구나!"

하고 탄식한다.

"저놈들의 무슨 꾀란 말이오?"

이준도 눈이 둥그레져 물으니 악화가 대답한다.

"저놈들의 병력이 우리보다 몇 배 더 많은 데도 불구하고 우리를 무서워하는 체하고 나와서 싸우지 않는 까닭은, 우리를 여기다 붙들어매 놓고 따로 우리 모르게 금오도를 뺏으려고 치러 간 것이 틀림없습니다. 우리가 본거지를 잃고서야 못 배기지요! 어서 돌아갑시다!"

"과연 그렇군! 얼른 가서 막아야지!"

이준도 그제야 깨닫고서, 군사를 금오도로 돌이켜 물길로 백 리가량 오니까 그곳이 명주 협구(明珠峽口)라는 곳인데, 이곳은 섬라국의 수구(水口)로서 망망한 대양으로 두 줄기 산맥이 뻗어나오다가 불과 일 리(里) 간격을 두고 두 개의 뫼뿌리가 서로 마주보고 있는 곳이다. 그리고 그 중간에 수목이라곤 하나도 없는 야트막한 산이 있고, 산꼭대기 왼편에는 용왕묘가 하나 있고, 오른편에는 칠층석탑이 하나 있고, 만내(灣內)의 수세(水勢)는 급한 편이다.

그런데 이때 이준의 삼대의 배가 이곳 입구에 다다르자, 30척가량의 배에 묘병(苗兵)들이 타고 있다가, 뱃머리에 묘장(苗將) 하나가 서서 호령을 하는데 보니까, 이자가 혁곤이다.

"이놈들아, 너희는 우리 국사(國師)님의 꾀에 빠졌다! 너희들의 금오도는 벌써 떨어졌는데 지금 어디로 가겠단 말이냐? 속히 항복해라! 그러면 살려주마!"

이준은 노해서는 대꾸도 하지 않고 창을 꼬나들고 뱃머리로 달려가 찌르려 했다. 그러자 혁곤도 커다란 도끼를 들고서 마주 싸운다.

화봉춘이 이 모양을 보고 창을 들고 쫓아나가 응원하려 할 때 저쪽 뱃간에서 살두타가 나와 무어라고 입속으로 중얼중얼 주문을 외니, 갑자기 하늘에 안개 같은 연기가 가득 덮이면서 수천 마리의 귀병(鬼兵)이 벌떼같이 쏟아져 내려오는 게 아닌가. 비보와 동위·동맹이 각각 연장을 들고서 귀병을 막으려 하자, 이때 키가 열 자가 넘고 대가리엔 뿔이 돋치고 온몸이 새빨간 귀왕(鬼王)이 호피로 만든 치마를 두르고 두 손에 커다란 횃불을 들고서 내려오더니, 30척이나 되는 그들의 배에 돌아가면서 불을 질러버리는 게 아닌가. 그러니까 금시에 이 배 저 배가 불에 타느라 시커먼 연기가 뭉게뭉게 오르는 까닭에 눈을 뜰 수가 없다.

이준은 그만 얼이 빠져버렸다.

"하늘이 우릴 망치는구나!"

그가 이같이 탄식하며 넋을 잃고 있을 때 하늘에서 천둥 치는 소리가 요란하게 나더니, 천만다행으로 소나기가 함지박으로 퍼붓듯 쏟아지는 게 아닌가. 그러자 함대의 화재는 꺼지고, 귀왕과 귀병 떼는 온데간데없이 사라져버린다.

이준과 비보 등은 그제야 정신을 차려 그곳 명주협구에서 빠져나왔으나, 불에 타버린 배가 20여 척이나 되고, 물에 빠져 죽은 군사가 4백여 명이나 되는 큰 손실을 당했다.

밤을 새워 금오도에 돌아와 보니 과연 묘병의 전선이 빽빽이 들어섰고, 혁봉이란 놈이 상청·예운을 상대해서 맹렬히 싸우는 중인 고로, 이준·비보 등은 언덕으로 뛰어내려가서 상청·예운을 응원했다. 그러니까 혁봉이라는 놈은 도저히 못 당하겠는지 달아난다. 그럴 때 화봉춘이 활을 한 대 쏘니까 화살이 그놈의 어깨에 가서 꽂히고, 그놈은 칼을 내던지고 내빼버린다. 이때 동위·동맹·악화는 군사를 이끌고 육지로 내려와 해안에 설비한 진영으로 갔다.

이준도 상청과 예운을 데리고 진영으로 들어와 그제야 입을 열었다.

"하마터면 우리가 서로 못 만날 뻔했소! 명주 협구에서 살두타란 놈의 귀병 때문에 화재를 당해 하마터면 전멸되는 것을, 천만다행으로 비가 쏟아졌기 때문에 살아났지 뭐요! 그런데 적병이 여기 온 게 언제요?"

"이틀 전에 왔죠. 우리 둘이 아무래도 이곳이 위태하겠기에 여기다가 진영을 설치하고 나와 있으려니까 적이 쳐들어왔어요. 그래 오늘까지 꼭 이틀째 싸우는 중이었습니다."

상청의 대답을 듣고서 이준이 말을 계속했다.

"악화 형이 먼저 깨닫고서 우리가 적의 꾀에 빠졌다고 가르쳐주지 아니했더라면 이때까지 나는 섬라성 아래 있었을 테고, 금오도는 놈들한테 빼앗겼기 쉬웠을 거요! 그런데 살두타란 놈의 요술을 어떡하면 좋은가? 전일, 송공명 형님이 고당주를 들이쳤을 때 고렴이란 놈의 요술 때문에 두 번이나 참패를 당하고, 결국 공손승 선생이 오신 다음에야 적을 무찔러버렸는데… 지금 어떻게 공손승 선생을 모셔올 도리가 있어야지?"

그러자 악화가 의견을 말한다.

"그다지 염려할 건 없습니다. 요술이란 게 한때 효력을 발휘하는 것이지, 항상 사용한다면 영험이 없는 법입니다. '사불범정(邪不犯正)'입네다. 우리가 섬라국 국왕의 원수를 갚고, 간당(奸黨)을 퇴치하려 하는 터인데, 하늘이 어째서 우리를 돕지 않겠습니까? 저 명주 협구에서 화재를 당했을 때 비가 쏟아진 것을 보십쇼. 하늘의 뜻입니다. 그러니까 우리가 주의(主意)를 정하고, 협력해서 싸우면 반드시 이깁니다. 초조하게 생각하지 마십쇼. 들으니까 요술이란 개피[狗血]와 기타 더러운 물건엔 당장 효력이 사라져버린다니까, 그런 것을 준비해놓고서 저놈들이 또 오거든 그것으로 대항하십시다."

"그럭해봅시다."

이준은 찬성하고서 곧 군사들로 하여금 개피와 사람의 오줌과 마늘즙을 모아다가 통에 담아두게 했다. 살두타가 오기만 하면 이따위 더러운 물건으로 요술을 깨뜨려버릴 작정이다.

한편, 살두타는 이미 혁조로 하여금 섬라성의 수채를 지키게 하고,

혁곤으로 하여금 명주 협구를 지키게 하고 있다가 요술을 부려 귀왕(鬼王)을 시켜 이준과 그의 군사를 태워 죽이고, 한편으론 혁봉을 시켜 금오도를 점령케 하려고 작정하고 있었는데, 뜻밖에도 하늘에서 비가 쏟아진 때문에 성공하지 못했는지라, 이준의 뒤를 추격해서 쫓아와 혁조·혁곤과 함께 금오도를 포위했다.

그러고서 살두타는 이준의 군사가 육지로 올라간 뒤 나오지 아니하는 것을 보고 간특한 꾀를 냈다.

"이 금오도로 말하면 입구가 좁은 데다가 안으로 들어가서도 포구를 세 개나 거쳐가야만 성 밑에까지 들어갈 수 있는 곳이란 말이야. 그러니까 이준이란 놈이 배를 타고서 나오도록 약을 올려, 그놈이 나온 다음에 입구를 빼앗아야 한다."

그는 이같이 말하고서 장병들로 하여금 추태를 보이게 했다. 그랬더니 장수들은 술을 마시는 놈에 춤을 추는 놈에 별별 추태를 보이고, 어떤 놈들은 가까운 마을로 가서 유부녀를 업어다 놓고서 백주에 배 위에서 난행을 하기도 하고… 여러 놈들의 난행을 당한 끝에 여자가 죽어 자빠지면 그 몸뚱이를 번쩍 집어서 물속에 풍덩 내던지기도 한다.

금오도의 망루에서 이런 꼴을 내려다보던 이준은 노했다.

"저런 무례하고 악독한 것들이 어디 있느냐! 무고한 백성들한테 화를 끼치다니, 당장 나가서 저놈들을 없애야겠다!"

그가 분해서 이렇게 호통을 치니까 악화가 말한다.

"이게 저놈들이 우리를 나오라고 꾀는 수단입니다. 나가지 마십쇼!"

"아니오! 대장부는 이 세상에 나올 때 벌써 운명을 타고난 것인데, 저런 걸 그대로 놔두고 어떻게 참겠소!"

이준이 기어코 출동할 기세를 보이는 고로 악화는 방침을 말한다.

"이왕 못 참고서 나가려거든 밤이 될 때까지 기다려 출동하십쇼. 주색에 곯아 필시 단잠을 잘 테니까, 그때 동위·동맹·상청·예운 네 사람이 전선을 네 척씩 나눠, 군사 5백 명을 갈대밭 가운데에 복병시킨 다음에, 대장군일랑 화부마하고 함께 저놈들의 수채를 들이치는데, 만일 요술을 쓰거들랑 준비해뒀던 더러운 물통으로 쓸어버립시다. 아마 이래야 성공할 겝니다."

"그럼 그럭합시다."

이같이 의논을 정한 뒤에 3경 때쯤 되어서 동위는 먼저 나가 복병을 해놓고, 이준과 화봉춘은 큰 배 열 척에 1천 명의 군사를 싣고서 쏜살같이 바다 밖으로 나갔다.

이때 살두타는 간밤에 행락하느라고 한 잠도 못 이루었건만, 항구 안에서 군사가 공격해나오는 소리를 듣고서도 당황하지 않고 태연하게 앉아서 요술을 일으켰다. 그랬더니 달빛과 별빛이 가득하던 하늘이 갑자기 새카매지고는 묘병들의 배가 금시에 한 척도 안 보이는 까닭에 이준과 화봉춘은 더러운 물통을 끼얹을래야 어느 쪽에 대고 끼얹어야 할지 알 수 없게 되었다.

이때 동위와 동맹은 어둠 속에서 이들의 고함 소리만 듣고서 이들을 묘병으로 오인하고 습격하자, 이준도 또한 그들을 묘병으로 오인하고 서로 공격했다.

이럴 때 거센 바람이 일기 시작한 고로 이준은 키를 돌려잡고서 항구 안으로 돌아갔는데, 이보다 앞서 혁조·혁곤 두 놈이 먼저 항구에 들어와 채책에 불을 질렀기 때문에 비보와 악화는 성 밑으로 퇴각했다.

이준과 화봉춘이 이때 상륙했었는데, 혁조와 혁곤이 쫓아와서 일대 혼전이 벌어지자, 살두타는 요술을 써가지고 호랑이와 이리떼의 수병을 시켜 공격해오는 게 아닌가. 이준은 당황하여 더러운 물통을 던져봤지만 물통을 갖고 나온 것은 몇 개가 없고, 모두 뱃간에서 내려오지 못하고 있는 군사들이 가지고 있기 때문에 어쩔 도리가 없었다. 하는 수 없이 이준과 화봉춘은 성 밑으로 퇴각했다. 군사는 절반이나 줄어들었고, 항구의 입구는 묘병한테 점령당했고, 동위·동맹·상청·예운 등 네 사람은 어디로 갔는지 알지 못하게 되었으니 기막힐 노릇이다. 이준은 눈물을 흘리면서 악화를 보고 사과하며 묻는다.

"내가 아우님의 말을 안 듣다가 이렇게 패했구려. 군사는 줄어들었고 장수는 모자라니 장차 어찌하면 좋소?"

"실망하지 마십시오. 승패는 본래 싸우는 마당에서 흔히 있는 일입니다. 용기를 꺾지 말고 성안에 들어가 죽을힘을 써서 끝까지 성을 지켜야 합니다. 그러면서 또 한편으로 타개책을 강구해봐야지요."

이준이 실망낙담하는 것을 악화가 이렇게 위로하며 격려하자, 이준은 곧 용기를 회복해 성으로 들어가 화봉춘·비보·악화와 함께 남은 군사를 독려하여 성루에 통나무토막·돌멩이·회병(灰甁)·쇠부스러기 따위를 운반해놓고 성을 사수하기 시작했다.

이럴 때 성 밑에까지 들어온 살두타·혁봉·혁곤은 성 위로 기어올라오려고 해보았으나 성벽이 깎은 듯이 반듯하게 서 있기 때문에 도저히 올라갈 수가 없어서 요술을 일으켜 불덩어리로 성 위를 휩쓸어보기도 하고, 시커먼 연기로 뒤덮어보기도 하고, 밤중에 귀신들을 시켜 울부짖기도 해보았으나, 그럴 때마다 성루 위에서 구혈(狗血), 분뇨 따위 더러운 물통을 쏟아붓는 바람에 요술로 나타난 귀신이나 짐승은 금시에 없어져버리고 아무 효력이 없다. 이에 악화는 자신을 얻었다.

"요술이란 게 본래 이런 거고 조금도 두려울 게 없습니다. 그런데 오직 한 가지 걱정이 있군요, 이 뒤의 산에 조금 평탄한 곳이 있는데, 저놈들이 그리로 해서 올라올까 그게 걱정입니다. 내가 일개 소대를 데리고 그리로 가볼 테니까 화봉춘 조카는 백운봉(白雲峰) 위에 올라가서 사방을 좀 내다보고 행방을 알 수 없는 동위·동맹·상청·예운 등 형제들의 종적을 찾아보게나그려."

악화가 이준과 화봉춘을 보고 부탁하는 말이었다. 그런데 원래 이 금오도에는 전면(前面)에 성벽과 성문이 있을 뿐이고, 주위 삼면은 모두 고산준령인 데다가 아름드리 고목들이 빽빽이 들어섰기 때문에 도저히 사람이 올라갈 수 없는 곳이다.

그리고 섬 한쪽에 백운봉이 높이 솟아 있는데 일기가 좋은 날 그 꼭대기에 올라서면 사방으로 3백 리는 내다보이고, 섬라성은 코앞에 있는 것같이 내려다보이는 터이다. 그리고 백운봉 뒷산에 골탕이 진 곳이 있어서 그리로 기어올라갈 수 있다.

그런데 악화가 1개 소대의 병정을 데리고 뒷산에 와서 대포 한 대를 걸어놓고 돌멩이를 주워다가 벽을 쌓고 있노라니까 산 밑에서 사람들의 말소리가 은은하게 들리는 고로, 그는 병정들을 수풀 속에 숨게 한 후, 대포의 화승(火繩)을 꼬나쥐고 나무 뒤에 숨어 내려다보았다. 그랬더니 아니나 다를까, 묘병 3, 4백 명이 기다란 칼을 허리에 차고 엉금엉금 기어서 산마루 위로 올라오고 있다.

악화는 그 모양을 보고 화승에 불을 댕겼다. 그랬더니 미구에 하늘이 무너지는 듯 굉장한 소리와 함께 묘병들은 깨강정같이 가루가 돼서 죽어버렸다. 그런데도 산 밑에 살아남은 묘병들이 있는 고로 돌멩이를 마구 퍼부었다. 이러는 통에 목숨을 부지하며 달아난 묘병은 불과 2, 3명밖에 없었다.

악화는 1개 소대의 병장들한테 그곳을 엄중히 지키라 하고서 돌아와 이준을 보고 말했다.

“하마터면 후회막급할 뻔했어요! 한 시각만 늦었더라도 적이 뒷산에 올라왔을 뻔했는데, 대포 한 방으로 3, 4백 명을 죽여버리고… 그리고 데리고 갔던 아이들을 보고 그곳을 엄중히 수비하라 했으니까, 이제는 걱정이 없을 겝니다.”

이 말을 듣고 이준은 감탄했다.

“과연 우리 아우님은 선견지명이 있어요. 미리미리 잘 알아맞혀서

실패하는 일이 없구려!"

그럴 때 백운봉에 갔던 화봉춘이 돌아와서 보고한다.

"백운봉에 올라가서 사방을 보았으나 해상엔 아무 형적이 없습니다."

"아무래도 형제들 네 사람이 모두 불행하게 된 거야!"

이준이 화봉춘의 말을 듣고 이같이 탄식하니까 악화는 고개를 좌우로 흔든다.

"그럴 리 없습니다! 요전 날 밤에 싸우다가 패하여, 아마 청수오로 갔겠지요."

그러나 그들은 그 이상 아무도 더 말을 못 한다.

그런데 그 전날 밤에 동위·동맹 등 네 명의 장수는 살두타의 요술 때문에 맥을 못 쓰고 패전한 후 항구 안으로 들어가지 못하고 항구 밖에서 밤을 새웠었는데, 날이 밝은 다음에 보니까 그들의 배는 두 척이나 없어졌고 병정은 백 명이나 줄어들었다.

"저거 봐! 해안을 저렇게 묘병들이 점령하고 있으니, 어떻게 돌아간다지? 다들 어떻게 됐을까?"

먼저 예운이 이렇게 물으니까, 동맹이 말한다.

"항구를 적에게 뺏겼으니까, 이준 형님은 필연코 석성 안에 들어가 사수하겠지!"

그러자 상청이 말한다.

"자, 이제는 우리가 의탁할 곳이 없구려! 청수오로 갑시다. 거기 가면 적성 형한테 3백 명은 있으니까, 그 군사를 데리고 와서 한번 싸워볼 수 있잖아?"

그러나 동위는 그 말에 반대하고 다른 의견을 내놓는다.

"어림도 없어요! 그까짓 장수나 묘병은 무섭지 않지만, 살두타의 요술은 이거 천병만마가 있다 해도 못 당한단 말이야. 내가 지금 생각하니까, 혁봉과 혁곤이 살두타를 따라서 여길 왔으니까, 섬라성 안에는 혁조 한 사람만 있고 텅 비었을 거란 말이오. 우리가 지금 거길 가서 들이치면 이곳은 저절로 무사하게 될 거 같은데… 어떻게들 생각하는가?"

"그거 참 묘계로군!"

세 사람은 동위의 말에 찬성하고서 즉시 돛을 달고 노를 저어 떠났다.

이튿날 섬라성 밑에 도착해보니 십여 척의 배에 묘병 2백 명이 지키고 있을 뿐, 혁조는 배 위에 없는 것 같다.

동위 등 네 명은 배를 묘병의 배에 갖다붙이고서 일제히 저편으로 뛰어올라가 묘병들을 이리 치고 저리 치고 하여 마구 베어던졌다. 그럴 때 약 30명의 묘병이 해안으로 도망하는 고로 동위 등은 고함을 지르면서 그 뒤를 쫓았는데, 성문 앞에 이르자 혁조가 묘병 1개 소대를 거느리고 뛰어나온다.

그래서 네 사람은 혁조를 상대로 10여 합을 싸웠는데, 아무래도 못당하겠는지 혁조가 말머리를 돌이켜 달아나므로 상청이 쫓아가면서 창으로 그놈의 왼쪽 어깨를 냅다 찔렀다.

그러자 혁조가 말 아래로 떨어질 뻔하는 것을 묘병들이 구호하여 성안으로 내빼버리는 게 아닌가. 동위는 군사를 휘몰아 성문을 공격하기 시작했다.

이때 공도는 이준의 군사가 오고, 혁조가 패해서 돌아온 것을 보고는 대단히 당황했다.

"국사(國師)가 금오도로 간 뒤 소식이 없고, 도리어 지금 저놈들이 이리로 쳐들어왔으니, 이게 어찌된 까닭인고?"

그가 이렇게 물으니, 혁조가 대답한다.

"지금 쳐들어온 놈이 이준·화봉춘 두 놈이 아니고, 다른 놈들 네 놈이올시다. 그런데 지금 성내에 병정은 2백 명밖에 없으니 아무래도 백성들 중에서 장정들로 하여금 성 위에 올라가 수비하도록 영을 내리셔야겠습니다. 저는 금오도로 곧 사람을 보내 국사를 데리고 돌아와 성지(城地)를 보호하도록 연락하겠습니다."

공도는 혁조의 말대로 영을 내려 장정들로 하여금 성을 지키게 하고, 혁조는 묘병을 데리고 순찰을 하게 했다. 그랬는데 도성의 백성들은 모두 원한이 뼛속에 박혀 있는 사람들이라 속으론 당장에 반항하고 싶지만, 혁조의 호령과 묘병들이 무서워 하는 수 없이 성 위로 올라가는 것이었다.

그런데 동위·동맹 등도 군사라곤 4백 명도 못 되고 성은 주위가 넓어서 사대문을 포위하기에 부족해서 성을 들이치기가 매우 힘들었다. 그래서 속으로 걱정하고 있던 참이었는데 백성들이 성 위로 올라가는 광경이 보이는 고로, 이것을 보고서 상청이 말한다.

"백성들이 성 위로 올라오는 것을 보니 아무래도 성내에 군사가 없는 모양이다. 성내에서 누가 내응만 해준다면 꼭 성공하겠다. 오늘밤에 내가 성 위엘 기어올라 봐야겠다."

상청의 말에 모두 찬성한다. 그래서 상청은 그날 밤 성 밑을 한 바퀴 돌아보다가 서북쪽 한 귀퉁이 조그만 성루에 기어올라가 돌멩이 틈으로 가만히 엿보니까 그곳을 지키는 백성들 가운데 화봉춘 부마의 공관 앞에 살고 있는 사람의 얼굴이 보이는데, 자세히 보니 이자가 화합아(和合兒)라는 건달패다. 상청은 이자가 자기 얼굴을 알아볼 것이라고 짐작하고 불빛이 환한 곳으로 얼굴을 내밀었다. 그랬더니 화합아의 시선이 그의 얼굴을 보고 놀란다. 상청은 눈으로 암호를 했다. 그러자 화합아도 그 뜻을 알아챈 눈치다.

상청은 얼른 내려와서 동위한테로 갔다.

"일이 잘되느라고 서북쪽 성루 위에 몰래 올라가 보니까, 거기 있는 백성들 가운데 화합아라고… 부마부(駙馬府) 앞에 살고 있는 녀석이 있더군요. 그래 그자한테 암호를 주고 왔죠. 이제 내가 옷을 바꿔입고 올라가 봐서, 만일 우리가 행동할 만하다면 횃불을 들 테니까, 그땐 형들이 마구 들이쳐 들어오십쇼. 흥망이 여기에 달렸습니다."

동위·동맹·예운 세 사람은 이 말을 듣고 기뻐했다.

"그거 반가운 소식이군. 아무쪼록 조심해서 하시오!"

상청은 부리나케 군복을 벗어놓고 평복으로 갈아입은 후 단도를 품속에 감춰 나섰다. 세 사람도 그 뒤를 따라 서북쪽으로 와서 보니까 성루 위에는 등불이 환하게 밝은데, 이때 화합아가 백성들 앞에 서서 선동 연설을 하는 소리가 들린다.

"여러분! 공도는 무도한 역적 놈이고 살두타와 묘병은 백성을 해치는 독사 같은 원수가 아닙니까? 지금 성 밖에 와 있는 군사는 상청 장군입니다. 난 벌써 상청 장군한테 약속했습니다. 이리로 올라와서 안에 들어가 간신 놈들을 죽이고, 백성들의 원수를 갚아달라고 했단 말예요! 여러분, 이런 말을 누설하지 맙시오. 혁조가 순찰 올 터이니 내색도 내지 말아야 합니다. 알아들으셨죠?"

그가 이렇게 지껄이니까 백성들은 누구나 원한을 품은 사람들인지라 모두 머리를 끄덕이어 승낙해 보인다.

이때 상청이 성 밑에서 기침 소리를 크게 냈다. 그러자 화합아는 얼른 알아차리고 밧줄을 성 아래로 던져준다.

상청은 그 밧줄로 자기 허리를 동여매고, 두 손으로 밧줄을 잡아당겼다. 그러니까 성 위에서 화합아와 백성들이 밧줄을 끌어올린다. 이렇게 해서 상청은 쉽사리 성루에 올라와 밧줄을 몸에서 끌러놨는데, 공교롭게도 이때 혁조와 공도가 이곳으로 순찰을 왔다.

상청은 당황했지만, 시치미를 뚝 떼고 백성들 틈에 천연스럽게 끼어섰다.

혁조는 거기 서 있는 백성들을 한번 살펴보고 나서 성 밑을 내려다보더니 공도를 보고,

"저 아래 성 밑에 사람의 그림자가 보이는데, 혹시나 간첩이 아닌가 의심스럽습니다. 저는 여기 좀 있으면서 동정을 보겠으니, 국왕께서 각 문을 순찰하십시오."

이렇게 말한다. 그러고서 혁조는 공도를 보내고 나서 그곳을 떠나지 않는 까닭에 상청은 꼼짝도 못 하고 날이 밝을 때까지 그곳에서 움직이지 못했다.

날이 밝은 다음에 다른 사람들과 교대되어 성루에서 내려와 그는 화합아를 보고 말했다.

"자네의 충심이 갸륵하이! 일이 성공한 뒤엔 중상을 내리겠네. 그런데 혁조란 놈이 버티고 있는 까닭에 창졸간에 내가 어쩔 도리가 없는데! 내가 의복을 바꿔입었고, 아직 날이 채 밝지 아니해서 사람들이 잘 몰라볼 테니까, 내가 궁중에 들어가서 국모님을 뵙고 난 뒤에 다시 방침을 세울 테니 그런 줄 알게."

상청은 이렇게 말하고서 화합아와 작별한 후 바로 대궐로 향했다.

그가 대궐 앞에 이르자 궁문을 지키던 태감이 그를 보고 깜짝 놀란다.

"상장군님! 어떻게 성내에 들어오셨습니까?"

"응, 잘 있었나? 내가 국모님을 뵈오려고 왔으니 얼른 문을 열게!"

태감이 문을 열어주므로 상청은 궁정으로 들어가서 국모 앞에 나아가 절했다.

국모가 묻는다.

"공도가 상감을 시해하고 역적이 되었으니 천인(天人)이 공분할 일이오! 내가 이대장군(李大將軍)과 화부마가 와서 원수를 갚아주기만 고대하다가 그만 패전했다는 말을 듣고 자진(自盡)하려 했지만… 공주가 붙들고 권하기에 아직 살아가지고 소식을 기다리는 중이오. 상장군! 그런데 언제 성내에 들어오셨소? 그리고 금오도의 승부는 어찌되었소?"

상청이 아뢰었다.

"소장이 부마를 모시고 금오도에 가서 하수(賀壽)를 하고 돌아오다가 국왕께오서 시해당하셨다는 기별을 들었사오나, 부하에 군사가 없으므로 다시 금오도로 가서 이대장군과 함께 군사를 이끌고 왔었습니다만, 살두타란 놈의 꾀에 빠져 명주협에서 귀화(鬼火)에 전선이 전멸당할 뻔했었습니다. 그러나 다행히 하늘에서 비를 내려주셔서 목숨을 구해 금오도로 돌아갔었습니다만, 또 저놈의 요술 때문에 싸움에 지고서 지금 포위당한 채 그대로 있사온데, 요사이 어찌 되었는지 실정을 모르옵니다. 소장은 예운·동위·동맹과 함께 그날 밤에 패전하고서, 아무래도 섬라국이 공허할 것 같기에 군사를 이끌고 이곳으로 왔습니다만, 병력이 부족해서 성을 빼앗기는 어려울 모양인데, 마침 부마부 앞에 사는 백성 가운데 화합아라는 인물을 만나 그 사람이 충심으로 동정해서 밧줄을 내려준 덕분에 밧줄을 타고 성루 위에 올라왔다가 혁조·공도가 순찰 나온 바람에 꼼짝 못 하고 간밤을 성루 위에서 새운 후 지금 국모님께 나와 뵈옵게 되었사옵니다."

국모가 그 말을 듣더니 눈물을 떨어뜨린다.

"살두타가 이렇게 강하고… 이대장군이 저렇게 패전을 거듭하니… 원수를 갚을 날이 언제가 될지!"

상청은 국모가 목이 메어 말을 계속하지 못하는 것을 보고 다시 아뢴다.

"과히 상심치 마십시오. 소장이 이미 입성했사오니 구신들한테 내감을 시켜 영지(令旨)를 전하도록 하시기 바랍니다. 즉, 화합아로 하여금 의민(義民)들을 규합해 내응하게 하라 하십시오. 그렇게 하면 이 성은 불일내로 함락될 것입니다. 그리하여 성을 빼앗기만 하면, 살두타가 이곳으로 달려올 것이옵고, 그 뒤를 쫓아서 이대장군과 화부마가 추격해 올 것이니까, 그렇게 되면 내외협공해서 국가의 원수를 갚게 될 것입니다. 그러하온데, 소장이 이제 밖으로 나갔다가는 일이 탄로될 우려가 있사오니 잠시 궁중에 숨어 있으면서 계교를 꾸미게 해주시기 바랍니다."

국모는 그리 하라고 허락한 후, 내감을 불러 구신들에게 화합아를 시켜 민간인 의병을 규합하도록 지시를 내렸다.

그런데 이때가 바로 이응과 난정옥 등의 해추선(海鰍船)이 청수오에 도착해 원소칠이 성주탕을 사러 육지에 올라가 보겠다는 것을 이응이 못 가게 말리던 때였는데, 그때 청수오를 수비하고 있던 적성은 뜻밖에 큰 배가 백여 척이나 해안에 들어온 것을 보고 놀랐다.

그도 그럴 것이, 섬라국 왕이 역적의 손에 죽었다는 것을 알고 있고, 또 금오도의 이준으로부터는 살두타의 요술 때문에 성안에 갇혀 있으니 구해달라는 기별을 받고서도, 적성은 자기 수하에 군사가 3백 명밖에 안 되므로 중과부적이라, 묘병과 싸우러 갈 용기가 나지 아니해서 망설이고 있던 때였던 까닭이다.

'저 배들이 금오도를 격파하고 내친걸음에 이곳까지 점령하러 온 배들이 아닌가? 그렇다면 왜 상륙을 안 하고 항구 밖에 정박시키고 있을까?'

적성은 이상히 생각하고서 북녘으로 가까이 나아가 바라보니까 배 안에 있는 사람들이 모두 의관이 정돈되어 있고, 인물들이 잘생긴 것이 절대로 묘병들이 아니다.

그는 안심하고서 작은 배 한 척에 병정 네 명을 태워 해추선까지 노를 저어 나갔는데, 마침 이응의 배의 옆구리에 닿았다.

이때 연청이 갑판 위에서 내려다보니, 그의 복색이 송조 장관의 복색인 고로 그도 안심했다.

"우리를 수상히 보고 나오신 모양이외다마는, 우리는 대송(大宋)의 관병입니다. 지금 금오도로 이대장군을 심방하러 가는 길입니다."

연청이 먼저 이렇게 말하니까, 적성이 묻는다.

"장군이 이대장군과 서로 아시는 사이입니까? 무슨 일로 가십니까?"

연청이 대답했다.

"우리가 모두 다 함께 일을 같이하던 형제들입니다. 해외에 그가 나와 있다는 말을 듣고서 그분을 도와주려고 찾아온 길입니다."

"저 이대장군님으로 말하면 혼강룡 이준이라 하시는 분인데, 그러고 보면 여러분은 그전에 양산박에 계시던 호걸들 아니십니까?"

"그렇습니다, 존함이 누구신지요?"

이 말을 듣더니 적성은 너무도 기뻐서 해추선 위로 뛰어올라가 무릎을 꿇고 말한다.

"아마 하늘이 지시해서 호걸들이 여길 오셨나 봅니다. 우리를 구해 주십시오!"

이응과 연청은 황망히 그를 붙들어 일으키며 물어본다.

"왜 무슨 일이 있습니까?"

"예! 저는 이준 형님하고 태호에서부터 결의형제하고 지내던 적성이라는 사람입니다. 이준 형님이 이곳으로 먼저 오셔서 사룡이란 놈을 죽여버리시고, 나중에 금오도를 점령하신 뒤에, 화지채님의 자제 되는 화봉춘이 섬라국 왕 마새진 전하의 부마가 되셨기 때문에 금오도에서는 아주 호강스럽게 지내셨답니다. 그런데 뜻밖에도 섬라국의 간신 공도란 놈이 국왕을 시해하고서 왕위를 빼앗았답니다. 그리고 공도란 놈이 초빙해온 살두타라는 중놈이 요술을 잘하는 데다가 혁봉이란 놈의 삼형제가 5천 명의 묘병을 거느리고 있으면서 공도를 도와주는 까닭에 이준 형님이 그동안 저놈들한테 세 번이나 싸우다가 참패당하시고, 지금은 금오도에서 저놈들한테 포위당해 위태한 지경에 있습니다. 여러분께서는 전일의 의리를 생각하셔서라도 빨리 금오도를 구해주셔야겠습니다."

이 같은 사정 이야기를 듣고 이응은 곧 승낙한다.

"그렇다면 우리가 당연히 구해드려야 하고말고! 내가 먼저 몇 사람하고 출동할 테니까, 다른 분들은 가족들을 여기에 내려두고 보호하고 있도록 하시오. 나중에 승전한 뒤에 다시 와서 가족들과 만나기로 합시다."

"그렇게 결단을 내려주시니 참으로 감사합니다."

적성은 감사했다. 그러고서 그는 즉시 이응 일행을 금오도로 인도하기 위해 앞장서서 배에 돛을 달았다.

이때 이응을 따라서 난정옥·왕진·관승·호연작·공손승·연청·호성·호연옥·서성·능진 등 여러 장수가 같이 떠났다.

그런데 살두타는 금오도의 석성을 점령하려고 별별 요술을 다 부려보았으나 떨어지지 아니하는 까닭에 초조해하고 있었는데, 이때 뜻밖에 혁조로부터 지금 상청이란 놈이 군사를 이끌고 와서 섬라성을 들이치는데 일이 매우 급하게 됐으니 속히 구해달라는 기별이 왔다.

혁붕은 이 같은 기별을 듣고서 살두타에게 의견을 말했다.

"섬라국의 근본을 잃고서야 일이 되겠습니까? 속히 군사를 거두어 돌아가서 섬라성이 안전하도록 적을 섬멸시킨 후, 다시 이곳을 공략하는 게 어떻겠습니까?"

그러나 살두타는 고개를 젓는다.

"금오도가 오늘내일 중에 곧 함락될 운명에 있는데, 이걸 그냥 내버리고 간대서야 말이 되나? 다음날 다시 와서 공격하려면 지금보다 몇 배나 힘이 든단 말이야. 지금 섬라성을 공격하러 간 적병이 얼마 안 되고 도성은 견고하니까, 별로 염려는 없어! 그러니까 이곳 금오도를 완전히 점령해버린다면, 섬라성을 공격하러 간 적병은 자연 전멸될 거란 말이야!"

살두타가 이렇게 주장하는 고로, 혁붕은 그 말에 좇아서 묘병들로 하여금 구름사다리와 비루(飛樓)를 성벽에 걸치고서 원숭이처럼 기어올라가게 했다. 그러자 성루 위에서는 이준·비보·화봉춘이 칼을 뽑아들고 성 위로 올라오는 놈마다 베어던지건만, 하나둘이 아니라 원체 수없이 많은 사다리를 여기저기 걸쳐놓고서 개미떼 모양 묘병들이 기어오르는 까닭에, 칼에 맞아 떨어지는 놈은 떨어져도 성 위로 올라오는 놈이 더 많다.

그럴 뿐 아니라 이놈들 묘병들은 조금도 겁내는 기색이 없다.

이준은 이루 당해낼 수가 없어서 저절로 한숨이 나왔다.

"안 되겠는 걸! 내가 이러다가 저놈들한테 욕을 당하느니 차라리 죽어버려야지!"

그가 이렇게 탄식하는 것을 보고 악화가 옆에서 힘 있게 한마디 한다.

"용기를 내시오! 성내에 들어가서 항전(抗戰)을 할 일이지 어째서 이러시는 거요!"

이럴 때 화봉춘은 혁봉과 살두타가 성 밑에서 개미떼같이 사다리를 타고 올라오는 묘병들을 지휘하는 것을 보고, 화살을 메겨 한 대 쏘아 살두타의 무릎을 맞혔다. 그 순간 살두타가 거꾸러지자 혁봉이 그를 구해 피신하는데, 사다리를 타고 올라오던 묘병들은 이때 사다리 중간에서 놀라 뒤를 돌아다보는 고로, 비보는 철장대를 가지고 사다리를 하나씩 하나씩 힘껏 떠다밀어 넘어뜨리니까, 사다리가 모두 넘어지면서 묘병들은 땅바닥에 나가떨어진다. 이럴 때 성 위에서는 돌멩이와 회병(灰瓶) 따위가 마구 쏟아지는 고로, 묘병들은 감히 올라가지 못한다.

이때 살두타는 비록 화살에 맞기는 했으나 치명상은 아닌 까닭에 뱃간에서 치료를 받는 중이었는데, 뜻밖에도 별안간 하늘이 무너지는 듯한 대포 소리가 연달아 백여 발 울리더니, 조금 있다 묘병이 뱃간에 들어와서 급한 목소리로 보고를 올린다.

"이거 아주 재미없습니다! 지금 항구 밖에서 4, 50척의 큰 배가 이쪽으로 쳐들어옵니다!"

이 소리를 듣고 살두타는 다리가 아픈 것을 무릅쓰고 일어나서 혁봉과 혁곤을 불러 묘병들을 즉시 퇴각시키라고 지시했다.

이때, 이준은 성루에서 묘병들이 부리나케 퇴각하는 모양과 항구 밖에서 연속해 터지는 대포 소리를 듣고, 대관절 이게 어찌된 일인가 의혹이 생겼다.

"자아, 이러고 있을 게 아니라, 우리 모두 나가봅시다!"

악화가 곁에 섰다가 이렇게 말하자 그들은 모두 성 아래로 내려와 문을 열고 해안으로 뛰어나갔다. 나와서 보니 묘병들은 벌써 배를 타고 바다의 동쪽으로 내빼는데, 서쪽 해상에는 큰 배가 4, 50척이나 해안으로 들어오고 있다. 자세히 보니 뱃머리에 섰는 사람이 공손승이요, 더 가까이 오는데 보니까 그 뒤에 서 있는 사람이 이응과 호연작이다. 이준과 악화는 너무도 반갑고 기뻐서 두 손을 높이 쳐들고 외쳤다.

"이응 형님! 우릴 구해주시오!"

반란 평정

이때 공손승의 뒤에 섰던 이응이 앞으로 나서면서 올라오라고 손짓을 하는 고로, 이준과 악화·비보·화봉춘은 즉시 배를 하나 잡아타고 급히 나가서 해추선 위로 올라가 인사를 하면서 말했다.

"이거 정말 여러분이 여길 오실 줄은 꿈에도 생각을 못했군요! 하여간 저 묘병들을 빨리 무찔러주신 다음에… 천천히 이야길 하죠."

이응은 곧 영을 내려 해추선을 모두 일렬로 늘어서게 한 후, 북을 치고 기를 흔들면서 맞은편에 보이는 묘병들의 배를 향해 싸움을 돋우었다.

퇴각하던 살두타도 형세가 이렇게 된 이상 어쩔 수 없이 배들을 정돈시킨 다음에 혁봉을 왼편에, 혁곤을 오른편에 있게 하고, 북을 치면서 고함을 지르게 했다.

그럴 때 해추선에서 능진은 자모포(子母砲)를 걸어놓고 한 방을 탕 쏘았다. 그와 동시에 저쪽의 배는 두 척이 한꺼번에 부서지면서 묘병들은 물속에 빠져 죽어버린다.

이때 살두타는 입속으로 주문을 외웠다. 그러니까 별안간 한 떼의 귀병(鬼兵)이 호랑이를 타고서 공중으로부터 쏟아져 내려오는데, 이것을 본 공손승은 송문고정검(松紋古定劍)을 뽑아들고 한쪽을 가리키며,

"빨리!"

하고 호령했다. 그러니까 공중으로부터 두 사람의 천장(天將)이 강마저(降魔杵)를 들고 내려오더니 귀병들을 모조리 때려 치워버리는데, 이때 이응과 왕진은 군사를 휘동하여 추격하고, 난정옥은 창을 꼬나쥐고, 관승은 청룡도를 휘두르며 혁곤의 배로 뛰어오르고, 호연작은 쌍편을 들고, 호성은 삼첨양인도를 들고서 혁붕의 배로 뛰어올라갔다. 혁붕·혁곤은 각각 죽을힘을 다해서 항전한다. 그럴 때 연청은 군사들로 하여금 일제히 화전을 쏘게 했다. 그러니까 혁붕의 배에서는 금시에 검은 연기가 하늘로 치솟는다.

이렇게 되고 보니 도망갈래야 도망갈 곳이 없게 된 묘병들은 모두 바닷물로 뛰어드는 게 아닌가. 살두타는 자기의 요술도 깨져버리고, 배들도 불에 타버리게 되자, 간신히 한옆으로 빠져서 달아나버린다. 그리고 혁붕과 혁곤도 살길을 찾아서 내빼려고 하는 것을 난정옥이 창으로 혁곤의 어깨를 콱 찌르자, 혁곤이 번개같이 몸을 피하는데, 관승이 소리를 크게 지르면서 청룡도로 후려갈겨 혁곤의 몸뚱어리를 두 동강으로 내버린다.

혁붕은 저의 동생이 이같이 죽는 것을 보고 급히 영을 내려 닻을 감고는 내빼버렸다. 이렇게 한바탕 싸움에 묘병의 절반 이상은 죽었고, 대가리를 그을린 채 목숨을 부지하여 내뺀 놈은 불과 4, 5백 명이다.

이준 등은 싸움에 크게 이긴 뒤에 군사를 거두어 육지로 돌아갔다. 그는 부중에 들어온 후, 이응 등 오래간만에 찾아와 이렇게 자기들을 구해준 동지들 앞에 무릎을 꿇고 절을 했다. 악화·비보·화봉춘도 그와 함께 절했다. 그런 다음에 이응 등을 상좌로 모시고 각각 자리에 좌정한 후, 이준은 이응 일행 중에서 왕진·난정옥·호성 세 사람을 알지 못하겠으므로 물어봤다.

그랬더니 이응이 설명해준다. 그제야 이준은 알고서 다시 일어나 허리를 굽히며 말했다.

"장군님 세 분의 존함은 오래전부터 듣고 있었습니다만, 오늘 이렇게 만나뵈니 참으로 다행입니다!"

화봉춘도 일어나서 처음 뵙는 여러 어른한테 절하고 인사를 드리니까 이응은 칭찬을 한다.

"화지채가 참 훌륭한 자제를 두고 갔단 말이오!"

이렇게 되어 방 안에 화기가 가득 찼는데, 더욱이나 어렸을 때 양산박에서 정답게 같이 자라난 호연옥과 서성과 화봉춘은 서로 몰라볼 만큼 장성하여 이렇게 만난 것이 기뻐서 어쩔 줄을 몰라 했다.

이준은 곧 연석을 베풀었다. 그러고서 동지들을 자리로 안내하니까 그들은 서로 윗자리를 사양하다가 결국 왕진·공손승·난정옥·관승·호연작 이렇게 네 사람이 상좌에 앉고, 그 외에 다른 사람들은 차례대로 좌정했는데, 이준과 화봉춘과 악화는 그들 앞에 나가서 커다란 잔에 술을 석 잔씩 부어 권해올렸다. 그들은 술을 마시면서 이야기꽃을 피웠는데 먼저 이준이 그동안 지내온 내력을 이야기했다.

"방납을 토벌하고 난 뒤 돌아오던 길에 제가 몸에 풍증이 있다고 거짓말하고서 송공명 형님과 작별한 후, 동위 형제하고 태호에서 결의형제한 비보하고 네 사람이 소하만에서 그럭저럭 태평하게 잘 지냈었답니다. 그러다가 여태수한테 걸려들어 상주 감옥에 갇혔었는데, 다행히 악화 형과 화공자가 구해줘서 무사했습니다. 그랬는데 꿈에 송공명이 저를 양산박으로 청해다놓고서, 자기가 못 다하고 간 후반사업을 저더러 마쳐달라고 부탁하면서 시(詩)를 주더군요…. 꿈을 깨고 나서 생각해보니, 제가 원래 수군 두령이었으니까 필시 바다로 나가 보라는 꿈인 줄 생각하고 그 이야기를 했더니, 모두들 바다 밖으로 나가자고 하기에 동관의 배를 두 척 빼앗아 청수오로 와서 머무르다가 금오도의 사룡이 탐음포악(貪淫暴惡)한 놈이기에 이놈을 죽이고서 금오도를 차지했습니다. 그랬는데 섬라국 승상 공도와 대장 탄규가 치러 왔기에, 내가 탄규란 놈을 죽여버린 후, 도리어 섬라국을 들이쳤지요. 그랬더니 국왕 마새진이 본래 한(漢)나라 복파장군 마원의 후예로, 위인이 너그럽고 덕이 있는 사람이어서, 사신을 보내고 화평하기를 구하는 동시에 화봉춘을 옥지 공주의 부마로 청했답니다.

그 후로는 평화롭게 아무 일 없었는데, 금년 단오 날이 제가 40세 되는 생일이어서 화부마가 저한테 축하하러 왔었는데, 그 사이에 공도란 놈이 마치 송조(宋朝)의 채경이나 마찬가지로 간교한 인물이어서 이놈이 국왕을 죽이고 요승 살두타와 함께 역적질을 하기에 내가 화부마와 함께 이놈들을 치러 갔다가 요승의 요술 때문에 참패를 거듭 당하고 간신히 도망하여 성내에 돌아왔었지만 포위를 당해 위태한 판국이었는데, 이렇게 여러분이 오셔서 살아났습니다. 그런데 동위·동맹·상청·예운 네 사람은 지금 어찌됐는지 생사를 모릅니다!"

이준의 이야기를 듣고서 이응도 말한다.

"나 역시 벼슬하기 싫어서 독룡강으로 돌아가 있었는데, 내 집에 있던 두흥이 손립으로부터 악화에게 전해달라는 편지를 받아 서울로 갔다가 개봉부에 체포돼서 창덕으로 귀양 갔었고, 창덕에서는 배선·양림이 두흥이하고 짜고서 풍표의 자식 놈을 죽였기 때문에 누가 내게까지 떨어져서 마침 나도 제주 감옥에 갇혀 있다가 탈옥하여 풍표란 놈을 죽여버리고는 우리끼리 음마천으로 가서 의병을 일으켰습니다. 별별 기기괴괴한 일이 많았지만 그런 이야기는 그만두고, 동관이 조양사의 계책을 듣고서 금나라와 결탁하여 요나라를 토벌한 후에 금나라한테 공격을 받고서 마침내 서울이 함락되고, 도군 황제가 태자한테 전위(傳位)하셨지만, 두 분이 금나라 군사한테 포로가 되어 끌려가신 다음에 유예란 놈이 제왕이라고 참칭하고 있었는데, 관승 형님이 그자한테 직언으로 간하다가 붙들려 사형을 당하는 판에 연청 형이 묘계를 써서 구해낸 일이 있었습니다."

여기까지 이야기하다가 이응은 손으로 왕진을 가리키면서 말을 계속한다.

"저 왕장군과 호연작·주동 두 형님은 금나라 군사와 싸우다가 패해 우리와 함께 후퇴했었는데, 벌써 그땐 서울이 함락되고, 남경서 강왕이 즉위하고서 연호를 건염(建炎)이라 고치고 왕잠선·황백언 따위를 승상으로 임명하신 까닭에 이것들이 금나라와 화평하자고 주장하는 통에 종유수는 울화병으로 죽고 우리는 의탁할 곳이 없어졌기 때문에 등운산으로 들어갔었죠. 등운산으로 말하면 본래 추윤이가 자리 잡고 있던 곳인데, 원소칠이가 장간판을 죽인 뒤에 손신과 고대수와 함께 우리보다 먼저 이리로 들어와 있었답니다."

그는 여기까지 말하다가 난정옥을 가리키면서,

"이 난장군은 등주 통제였고…."

하고, 또 호성을 가리키면서,

"이 친구도 등운산에 입당한 뒤에 우리가 등운산엘 들어갔었는데, 금나라의 장수 아흑마란 놈이 우리를 토벌하러 온다기에 우리는 안도전 형님으로부터 금오도 이준 형님이 잘 지내신다는 말을 들었는지라, 적의 해추선을 뺏어 타고서 이렇게 여기까지 찾아온 거랍니다."

여기서 이준이 묻는다.

"안도전 형님이 고려국에 갔다 오다가 배가 뒤집혀 표류하는 것을 우리가 구원해드린 일이 있죠. 그런데 안형은 지금 어디 계십니까?"

"우리가 모두 만나게 된 이야기를 하려면 곡절도 많아서 한꺼번에 죄다 이야길 못 합니다. 안도전은 우리 일행의 가족들과 치중(輜重)과 양곡과 병마를 청수오에 정박시키고서 지금 그곳에 일행과 함께 머물러 있는 중이죠."

"아, 그래요? 그러면 여기서 우리가 사람을 보내 청수오에 계신 분들을 얼른 모셔와야겠군요."

이럴 때 화봉춘이 뜰아래로 내려가 땅바닥에 무릎을 꿇더니,

"제가 잠깐 말씀을 올리겠습니다. 지금 묘병들이 비록 패주했습니다마는, 섬라국의 국모님과 저의 어머님께서 어떻게 되셨는지는 전혀 알지 못하고 있으니, 제 마음이 타는 것 같습니다. 아저씨들께서 이 원수를 갚아주셔야만 지하에 계신 아버님의 영혼이 편안하시겠습니다."

이렇게 말하고 나서 그는 흐느껴 운다. 이 모양을 보고 이응과 난정옥이 감탄했다.

"화공자가 저렇게 효성이 갸륵하니, 우리가 이러구 있을 수 없소! 즉각 출동합시다!"

이때 이준이 말린다.

"원로에 오시느라 오늘은 피곤하실 터인데, 술이나 자시고 편히 쉬신 다음에 내일 일찌감치 출동합시다."

"그럼 그렇게 할까요."

이렇게 되어 그들은 좀 더 술을 마시며 유쾌한 시간을 보냈다. 관승과 호연작은 금오도의 산세가 험준하고, 석성이 견고하고, 토지가 좋고, 인물이 고르게 잘생긴 것을 보고 만족을 느꼈다. 이튿날, 이준은 비보에게 금오도를 수비하라 하고, 적성에게는 청수오로 돌아가서 여러 사람의 식구들을 모두 모시고 오라고 지시했다.

그런데 이때 살두타는 혁붕과 함께 패잔병을 데리고 섬라성에 가까이 돌아왔었는데, 항구 밖에서 바라다보니까 동위·동맹의 군사가 섬라성을 맹렬히 공격하고 있는 고로, 살두타는 혁붕을 보고 부탁했다.

"일이 다된 판국에 일조에 망쳤구나! 아무래도 우리 힘만으론 안 되겠으니, 자네가 일본에 가서 차병(借兵)을 해와야겠네. 그리고 일본군이 오거든 청예(靑預)·백석(白石)·조어(釣魚) 삼도의 병력을 합세해 섬라국 인간을 한 놈 안 남기고 죽여버려야지 내 속이 시원하겠네!"

"예, 알았습니다!"

혁봉은 살두타의 지시를 받고서 즉시 일본으로 향했다.

이럴 때 섬라성을 공격하고 있던 동위는 육지로 올라오고 있는 살두타의 군사가 수효도 얼마 안 될 뿐 아니라, 불에 그슬린 그놈들의 꼬락서니가 하찮게 보이는 고로 대뜸 이놈들을 무찔러버릴까 생각했지만, 다시 생각하니 살두타의 요술이 겁이 난다. 그래서 그는 일부러 그놈들한테 길을 피해주었다.

이렇게 되어 살두타는 무사히 성내로 들어갔다.

공도는 자기 집에 들어온 살두타를 보고 원망하는 태도로 물어보았다.

"과인이 오직 국사(國師)만 믿고 있었는데… 이제 패전하고서 돌아오고 동위와 예운은 성을 포위하고 있으니 장차 어찌할 작정이시오?"

이런 말을 듣고서도 살두타는 능글맞게 웃으면서 흰소리를 한다.

"나한테는 귀신이 와서 도와준단 말예요. 그러기 때문에 세상없는 장수가 와서 들이친대도 겁나지 않아요! 다만 나한테 필요한 것은 내 마음을 흡족하게 해주는 일입니다. 그래야만 복을 누리실 겝니다."

"아니, 과인이 국사의 말을 안 들은 것이 뭐가 있소? 과인의 오장육부라도 꺼내놓으라면 꺼내놓을 터인데… 어떻게 해서든지 금오도의 도적 놈들을 없애만 주시오!"

"전일 섬라국 왕 마새진은 이준의 군사한테 포위당했을 때, 화봉춘이를 부마로 삼고서 무사했단 말이오. 그러니까 이번에 당신은 나를 사위로 삼아야 합네다. 만일 그러기 싫다면, 난 구름을 타고서 여기서 떠날 테요! 그런 뒤엔 당신이 어떻게 되든지 간에 내가 알 바 없지 않소?"

공도는 이 말을 듣고 어안이 벙벙해서 한참 동안 말을 못 하다가, 간신히 한마디 했다.

"국사가 적을 퇴각시키고 승전하고 돌아온다면, 그때 부마로 정하지!"

그러나 살두타는 한 수를 더 뜬다.

"불법엔 거짓말이 없습네다. 오늘밤으로 관계를 맺고 옹서(翁婿) 간이 돼야 자연 진심갈력할 거 아뇨?"

공도는 마음에 내키지는 아니하지만, 살두타의 요술이 하도 귀신같이 용한 고로, 어쩌는 수 없이 승낙했다. 그러고서 자기 딸을 불러 살두타와 인연을 맺으라고 일렀다. 살두타는 무릎에 화살을 맞은 생채기가 아직 완치되지 못했건만, 공도의 딸을 이끌고 자기 방으로 가버렸다.

이때, 상청은 궁중에서 내상들로 하여금 구신(舊臣)들과 백성들을 충동하여 의병을 일으키도록 한 후 거사할 준비를 하고 있었는데, 뜻밖에 살두타가 공도한테 와 있다는 말을 듣고 어찌된 일인지 몰라서 궁금했는데, 또 미구에 금오도로부터 이준과 화봉춘이 군사를 이끌고 성 밖에 와 있다는 정보를 들었다. 그래서 그는 용기를 얻어 국모한테 가서 영지(令旨)를 한 장 써주십사 하여, 그날 밤에 화합아로 하여금 성 위에서 아래로 그것을 떨어뜨리게 했다. 오늘밤 3경에 성안에서도 내응할 터이니 어김없이 성 밖에서도 들이치라 하는 글발이었다.

동위의 군사가 이 글발을 주워다가 이준에게 바쳤다. 이때 이미 관승과 호연작의 군사가 성 밑에 주둔한 뒤였다.

이준은 국모의 영지를 읽어보고서 상청이가 성내에 무사히 있음을 알고 안심했다. 그러고서 오늘밤 3경 때 성안에서 불길이 치솟거든 일제히 성 위로 기어올라가라고 군사들에게 명령했다.

과연 밤중이 되자 서북쪽에서 화광이 충천한다. 이때 바로 그쪽 성 밑에 화봉춘·서성·호연옥 등 젊은 장수들이 있다가 군사를 이끌고 앞장서서 개미떼처럼 성벽을 기어올라가 성문을 열어젖혀 대부대의 군사를 이끌어들였다. 그러고서 화봉춘이 길을 안내해 승상부로 먼저 가 주위를 철통같이 에워쌌다.

이렇게 되고 보니 속수무책이라, 공도는 대들보에 목을 매달고서 자결해버리려 했지만, 그때 벌써 칼을 뽑아들고 뛰어들어온 화봉춘에게 꼼짝 못 하고 붙들렸다. 그리하여 그는 가족들과 하인 등 40여 명과 함께 병마사로 끌려가 갇히고야 말았다.

그런데 살두타는 어디로 내뺐는지 보이지 않는다.

동녘 하늘이 훤히 밝아온다.

화봉춘은 승상부로부터 나와 급히 궁중으로 들어갔다.

국모와 화부인·진부인·옥지 공주 등 네 사람이 무사히 있는 것을 보고 화봉춘은 그 앞에 엎드려 엉엉 울었다. 부인네들도 그와 함께 울었다.

이렇게 한동안 울다가 국모가 눈물을 닦더니 말한다.

"다행히 살아서 만나는군! 공도와 살두타를 붙잡았나?"

화봉춘이 눈물을 씻으면서 보고했다.

"공도는 그놈의 집식구 40여 명과 함께 병마사에 잡아 가두었습니다만 살두타란 놈은 아직 못 잡았습니다."

"그렇거든 부마는 어서 밖으로 나가서 일을 처리하오. 살두타를 어떻게 해서든지 잡아야 하오."

"예!"

화봉춘은 대답을 하고 궁 밖으로 나와서 동대문 쪽에 있는 이준을 만나려고 급히 가는 도중에 혁조가 싸우고 있는 것을 보고, 그는 한칼로 혁조의 모가지를 베어버렸다. 그런 다음 그는 혁조의 머리를 장대에 높이 매달게 하고, 군사들로 하여금 사대문을 엄중히 수비하게 하는 동시에 살두타를 찾아내도록 엄명을 내렸다.

이러는 동안에 이준은 여러 장수들과 함께 성내에 들어와 승상부를 점령한 후, 그곳을 원수부(元帥府)로 개칭하고, 궁중으로 다시 화봉춘을 보내어 국모에게 자기 대신 문안을 드리게 하였더니, 국모는 이준 대장군을 궁중으로 청하는 것이었다.

이튿날, 이준은 화봉춘과 함께 궁중으로 들어갔다. 국모 소비(蕭妃)는 전상(殿上)에 발을 늘어뜨리고 서쪽에 나와 앉아 있다가 이준을 동쪽 의자 앞으로 인도하게 한다. 그러고는 발을 가리고서 말한다.

"역신(逆臣)이 난리를 꾸며 국왕이 승하하신 후, 대장군과 각위(各位) 장군께서 크게 힘쓰신 결과 다행히 한을 풀었으매 노신(老身)이 응당 가서 뵈어야 할 일이건만, 이제야 사례를 드리는 것이니 허물치 마십시오."

이준은 공손히 절하면서 말씀을 드린다.

"흉측한 놈이 죄악을 저지른 고로, 하관(下官)이 달려와서 그놈을 토벌하려 했습니다만, 병력이 부족한 데다가 그놈의 요술 때문에 위태한 지경에 빠졌었는데, 다행히 중국으로부터 형제같이 지내던 장군들이 왔기 때문에 이제야 겨우 도적을 토벌했습니다. 이렇게 수복이 늦게 되어서 대단히 죄송한 터이온데, 국모님께서 이같이 융숭한 예로써 하관을 대해주시니 황공하옵니다."

국모는 화봉춘으로 하여금 이준에게 차를 권하게 한 후, 발 속에 앉아서 말을 계속한다.

"역적을 붙잡으셨다 하니 대장군께서는 속히 그놈을 처분하시어 돌아가신 국왕의 영혼을 위로해주십시오. 그리고 살두타는 역당(逆黨) 중에서도 원흉이니까 어떻게든지 기어코 잡아주십시오. 또 상청 장군은 가장 먼저 성내에 들어와서 충성을 다했으니 대장군께서는 특히 중상을 내리시기 바랍니다."

"삼가 분부대로 시행하겠습니다. 나라의 원수를 갚고 난 직후라 정무가 번다하오나, 도시 국가의 대사이오니 국모 전하께서 화부마를 통하여 일일이 분부하시면 만사를 그대로 시행하겠습니다."

"나같이 늙은 여인이 무엇을 알겠소이까. 부마도 나이 아직 어리고 하니, 대장군께서 만사를 좋도록 처리하십시오. 노신(老身)은 후전(後殿)

으로 물러갈 터이니, 대장군은 원수부로 돌아가 국사를 처리하시기 바랍니다."

국모는 이렇게 말하고서 후전으로 들어가버린다.

국모가 후전으로 들어간 뒤에 화봉춘은 이준을 모시고 원수부로 돌아왔다.

이준이 말한다.

"국모님께서는 날더러 모든 일을 알아서 처리하라 하시긴 했지만, 내가 독단해서 처리할 수는 없다. 그러니 악형과 연형을 청해 세 사람이 상의해서 결정하고, 미심한 것이 있는 경우에는 자네가 국모님께 가서 여쭈어보고 난 다음에 다시 고쳐 처리하도록 해야겠다."

화봉춘은 너무도 겸손한 이준의 태도에 놀란 모양이다.

"큰아버지께선 참 너무 겸양하십니다. 만사를 혼자서 결정하신 다음에 저한테 지휘만 내리시면 그만 아닙니까?"

그랬건만 이준은 사람을 시켜 악화와 연청을 청하여 국모의 말씀을 전한 다음에,

"그러니까 두 분 아우님은 나하고 함께 일을 처리할 의논을 해줘야겠소."

이렇게 말하는 것이었다. 그러니까 연청이 먼저 의견을 말한다.

"살두타란 놈이 이번 일의 수범(首犯)인데, 이놈이 도망가고 없어졌으니 이놈을 먼저 잡는 일이 급합니다. 그리고 우리 군사들을 논공행상하는 일방, 각처의 창고를 조사해서 물자가 얼마나 있는가를 파악한 연후에 다른 사무를 의논하시는 것이 좋겠습니다."

"그 말이 옳은 말입니다."

악화도 이에 동의한다. 그래서 이준은 두 사람의 말대로 하기로 한 후, 누구든지 살두타를 보거든 체포하라는 고시문을 써서 각처에 게시하는 한편으로 금오도로 가서 공손승 일행을 모셔오게 했다. 그러고 나

서, 호성·호연옥·예운 등 세 사람으로 하여금 40명의 군사를 데리고 각처 각문으로 돌아다니며 살두타의 행방을 수색하게 했다.

그랬더니 공손승 일행을 모시러 간 지 사흘 만에 금오도와 청수오에 있던 일행이 모두 무사히 도착했다. 이준은 어제까지 공도가 살두타에게 주려고 수리해놓은 큰 집 한 채를 발견했는지라, 그 집에 노이의 미망인과 그의 따님과 여소저와 뇌(雷)노파를 들게 하고, 주동과 연청을 그 집안의 딴 채에 살도록 한 후, 그 밖의 모든 동지들은 우선 원수부에 자기와 함께 거처하면서 집을 구하는 대로 각각 거처하기로 했다.

그러고 나서 이준은 군사의 대오를 다시 편성하여 각각 영 안에 들게 하고, 각처의 창고에 있는 양곡을 검사하고, 마필을 교련장에 내다가 훈련시키게 하고, 동위·동맹으로 하여금 선척(船隻)을 관장케 하여 항구 입구에 수채를 구조하고, 관리들에게 논공행상을 하고, 백성들에게는 의복감을 나누어주고, 화합아를 궁문사(宮門使)로 임명하고, 화재로 인해 소실된 민간인의 주택들은 수리해주도록 명하는 등 모든 일을 조리 있게 척척 진행시켰다. 그러고서 원수부에 크게 연석을 베풀고 모든 동지들을 청했다.

그들이 차례대로 자리에 앉은 다음에 이준은 화봉춘과 함께 일어나 술잔을 쳐들고 말했다.

"상천(上天)이 굽어보시고, 송공명 형님의 영령(英靈)이 보우하신 덕택으로 오늘날 우리 형제들이 이같이 다시 모이게 되었으니, 이것은 정말 희한한 일입니다! 지금 우리는 네 가지의 경사를 맞이했습니다. 섬라국의 찬역(簒逆)과 금오도의 위해(危害)를 당해 다행하게도 섬라국의 국운을 회복하고 원수를 갚았으니 이것이 경사요, 왕로장군·난통제·문참모·호성은 본래는 동지가 아니었지만 이제 우리와 동지가 되었으니, 이것이 또 경사요, 양산박 1백 8인의 과반수가 죽고 남은 사람들도 사방에 흩어졌었건만 이렇게 다시 모이게 되었으니 이 또한 경사요, 화봉춘·호연옥·송안평·서성 등 네 사람의 청년은 각각 선인(先人)만 못지않게 영명하니, 이 또한 경사외다! 여러분, 기쁘게 이 잔을 드십시다."

모든 사람이 일제히 손뼉을 쳤다. 그러고서 이날 그들은 취토록 마시고 헤어졌다.

이튿날 악화가 말한다.

"저 살두타란 놈을 잡지 못했다가는 반드시 후환이 생길 겁니다. 그러니까 어떻게든지 저놈을 찾아내 붙들어야 합니다."

이 말을 듣고 이준도 동감했다.

"나도 그렇게 생각해요. 불가불 오늘은 공손승 선생님과 번서 형이 다른 사람과 함께 수고를 해주셔야겠는데…."

"그럼 나도 함께 나가 보지요."

악화도 이렇게 말하고 나서니까 연청과 서성도 따라나선다. 이렇게 되어 그들은 술병과 찬합을 군사들한테 들려 살두타의 행방을 수색하러 나섰는데, 그날과 그 이튿날까지 성내는 물론이요, 성 밖에 있는 여러 마을을 샅샅이 뒤져보았건만, 살두타의 종적은 묘연한 고로 모두들 심중이 초조했다.

'이놈이 정말 구름을 타고서 내뺐나?'

그들은 이렇게 의심도 해봤다.

사흘째 되는 날 여러 지방을 돌아다니던 끝에 그들이 한 군데 도착하니, 아주 장엄하게 건축한 진해사(鎭海寺)가 있고, 절의 마당에는 7층이나 되는 탑이 솟아 있다.

악화 등 일동은 다리를 쉴 겸 안으로 들어갔더니 주지가 차를 대접하므로 연청은 주지더러 살두타의 행방을 아는지 물어봤다. 그러나 주지는 전혀 그런 사람은 모른다고 대답하는 것이었다. 일행은 밖으로 나와서 7층탑 아래 술병과 찬합을 내려놓고 일곱 명이 둘러앉아서 술을 마시며 놀았다.

그런데 살두타가 어떻게 되었느냐 하면, 그날 밤 살두타는 공도의 공관 안에 있다가 이준의 군사가 공관을 포위했을 때 공도 딸의 손목을 꼭 쥐고서 밖으로 뛰어나왔으나 벌써 완전히 포위된 뒤라, 구름을 타고 하늘로 내빼는 재주는 없고 장안법(障眼法)을 써 사람들의 눈을 가리고 공관 밖으로 빠져나왔었다. 그랬으나 사람들이 지껄이는 소리를 들으니까, 문마다 파수가 엄중하다는 고로 몸을 감출 만한 곳이 없었다. 어디로 갈까 생각하다가 문득 진해사가 으슥한 곳인 데다가 7층탑이 있어서 그 속에 들어가 숨어 있으면 좋겠다 싶었다. 그래서 그는 장안법을 써 성 밖으로 빠져나와 바로 이곳 진해사로 왔었다. 그리고 그는 탑문이 봉쇄되어 있는 줄 그전부터 알았는지라, 2층의 창구멍으로 탑 속에 들어가 바로 맨 꼭대기 7층으로 올라갔었지만 이때가 오밤중이었기 때문에 절 안에 있는 사람들은 코를 골고 자느라고 아무도 알지 못했다. 살두타는 이렇게 탑 속에 숨어서 매일 요술을 써 술과 고기를 갖다 먹으면서 일본으로 군사를 얻어오려고 간 혁붕이가 일본군을 데리고 오는 땐 내외가 호응해서 이준의 군사를 때려잡겠다고 생각하고 있었다. 이날도 이런 생각을 하고 술을 마냥 마시고서 취해 자빠져 잤었다.

그런데 원래 이 절은 국왕의 칙명으로 세운 절이어서 금과 은으로 만든 부처님의 상과 나한의 형상과 촛대 같은 것이 많기 때문에 일체 누구를 막론하고 탑 위에 올라가지 못하도록 문을 봉쇄해두는 터인 고로, 이곳 주지도 들어와 보지 못했었다.

그건 그렇다 치고, 살두타한테 끌려서 지금 이곳까지 와 있는 공도의 딸은 원한이 가슴속에 가득했다.

'우리 아버지가 망령이지! 승상으로 앉아서도 부귀가 남보다 몇 곱절이나 많은 터인데, 저놈의 중대가리 도둑놈과 역적질을 음모하다니! 그래가지고 결국 자기도 망하고, 집안도 망치고… 내가 여기 이러고 있다가는 저놈 때문에 신세를 아주 망치는 거 아닌가? 어떻게든지 여기서

도망해야 할 텐데 어떡하나?'

이런 생각을 하고는 아무리 궁리해보아도 도망갈 계교가 생각나지 않는다. 그래서 이날도 한구석에 앉아서 한숨만 쉬고 있었는데, 뜻밖에 처음으로 사람들이 웃으며 지껄여대는 소리가 탑 아래로부터 들린다.

얼른 일어나서 7층탑 들창으로부터 땅바닥을 내려다보니까, 남자들 6, 7명이 둘러앉아 술을 마시고 있고, 그 곁에 병정들이 10여 명 서 있는데, 의관을 보니 섬라국 사람이다. 아래를 내려다보면서 공도의 딸은 생각했다.

'저 사람들이 분명히 송나라 장병들인데… 가만있자… 저 중놈이 잠들고 있는 동안 저 사람들을 이리로 끌어들여 저놈을 잡아가게 해서 아버님을 못살게 만든 원수를 갚아야겠다. 그런 다음에 내가 죽어도 깨끗하게 죽어야지!'

이렇게 결심을 굳히니 마음은 가벼워지는데, 대관절 어떻게 해야 저 사람들을 올라오게 할 수 있을까? 이런 생각이 떠오를 때 문득 중놈의 계도 두 자루가 한쪽 구석에 있는 것이 눈에 띄었다.

'됐다! 내가 저 칼을 아래로 집어던지면 이것을 보고 저 사람들이 자연 이리로 쫓아올라올 거 아닌가?'

이렇게 생각하고 공소저는 살두타가 혹시 잠이 깨지나 아니할까 겁내면서 속치마를 벗어 그것으로 계도를 싸서 그 보퉁이를 들창 아래로 떨어뜨렸다.

이때, 땅바닥에 앉아서 술을 마시고 있던 악화와 연청 등은 탑 꼭대기에서 무슨 보퉁이 한 개가 떨어지는 것을 보고 병정을 시켜 집어오라 해서 보자기를 끌러보니까, 중놈이 가지고 다니는 계도가 아닌가. 이것을 보고 악화가 말했다.

"이 계도는 필시 살두타란 놈의 물건일 거야. 그놈이 저 탑 꼭대기에 있는 모양인데, 이게 어떻게 저 꼭대기서 아래로 떨어졌나? 아마 하늘이 시키신 모양이다!"

여러 사람이 모두 위를 쳐다보니까 탑 꼭대기 들창에서 여자 하나가 얼굴을 내다보면서 손짓을 하는 게 아닌가.

이 모양을 보고 악화가 말했다.

"자아, 빨리 올라가서 저놈을 잡읍시다. 놓치면 안 돼요! 나하고 번서 형하고 서성이가 올라갈 테니까, 다른 사람들은 다들 여기서 탑을 에워싸고 기다리고 있어!"

그들은 일제히 일어섰다. 병정들이 도끼를 들고 와서 자물쇠를 때려 부수고 탑문을 열자 악화·서성·번서는 네 명의 병정을 데리고 부리나케 위로 올라갔다.

이렇게 일곱 명이 7층 꼭대기에 올라갔을 때, 그제야 살두타는 잠에서 깨어 일어났는데, 서성이 그 즉시 달려들어 그놈의 바른쪽 어깨를 칼로 찔렀다. 그리고 그와 동시에 병정들이 달려들면서 가지고 왔던 더러운 물을 머리서부터 들씌워버린 후 밧줄로 몸뚱어리를 묶어 아래로 끌고 내려왔다. 물론 여자도 함께 끌고 내려왔다. 내려오면서 여자를 보고 '네가 누구냐'고 물으니 공도의 딸이라고 말하는 고로, 그들은 여자도 결박을 지우려 했다. 그러자 여자는 울면서 사정 이야기를 죄다 한다. 여러 사람은 그제야 살두타를 잡게 된 곡절을 알았다.

"사실이 그렇다면 구태여 이 여자를 괴롭힐 거 없겠지. 돌아가서 대장군께 보고한 후 처분하시는 대로 해야겠군."

연청이 이같이 말하자, 모두들 찬성하고 그곳을 떠났다.

원수부로 돌아와 사실을 자세히 보고하니, 이준과 화봉춘은 여간 기꺼워하는 게 아니다.

"그놈 살두타란 놈일랑 도망을 못 가게 철사로 발모가지를 단단히 붙잡아 매놓고… 그러고서 공도란 놈과 같이 수뢰(水牢) 성에 가둬두란 말이야. 그리고 여자는 다른 곳에 감금해두고 간수를 잘하고…."

이준은 이렇게 명한 뒤에 화봉춘과 함께 궁으로 들어가 국모한테 사실을 아뢰고, 그리고 국왕의 장례를 모실 뜻을 말씀올렸다. 국모는 승낙했다. 그리하여 배선은 의제(儀制)를 정하고, 소양은 제문(祭文)을 마련하고, 연청과 악화는 장례식을 총관하기로 하고서 동관재곽(桐棺梓槨)을 만들었다.

그러고 나서 교외에 매장된 국왕의 시체를 파내놓고 보니 생시와 조금도 다름없이 국왕의 얼굴은 생생했다.

악화와 연청은 국왕의 시체를 향물로 깨끗이 씻고, 수의를 새로 입힌 다음 염을 한 뒤, 북문 밖에 임시로 꾸민 상전(喪殿)에 관을 모셨다. 그러고 나서 공손승이 28명의 도사를 거느리고 사흘 밤 사흘 낮 동안 하늘에 기도를 올린 후 만수산 왕릉에 안장하기로 했는데, 화봉춘은 물론이고 섬라국의 문무관원도 전부 상복을 입게 했다.

그러고서 이준은 먼저 제사를 지내게 하는데, 영구를 제단 위에 안치하고 국모와 옥지 공주를 영구 곁에 서게 한 후, 왕진과 이응이 조례를 드리니, 이준은 즉시 그 앞에 법장을 꾸미라고 명령한다. 명령이 떨어지자 양림과 두흥이 군사를 둥그렇게 원 모양으로 배열시킨다. 그리고 채경이 칼을 짚고서 감참관(監斬官)으로 중앙에 나와 섰다.

이때, 상전 전후좌우에는 만여 명의 백성들이 향을 피워 들고 서서 구경한다.

이준은 공도의 딸년도 끌어내다가 다른 것들과 함께 형을 집행하라고 명령한다.

이때, 호연옥이 악화더러 가만히 말하는 것이었다.

"원수님께 아저씨가 말씀을 드려주세요. 공도의 딸은 아직 죽이지 마시라구요. 나중에 제가 자세한 말씀을 드릴게요."

악화는 이 말을 듣고 빙그레 웃었다. 그러고서 이준의 옆으로 가 이 말을 했다.

이준도 빙그레 웃더니 명령한다.

"공도의 딸년은 아직 가만둬라. 먼저 공도와 그놈의 일당을 모조리 베어버려라!"

명령이 떨어지자 도부수가 즉시 공도와 살두타를 끌고 나와 커다란 절구통 위에 올려놓는다. 그러고 나더니 두 놈을 각각 1백 20번씩 칼질을 해서 죽인 뒤에 배를 가르고 염통을 꺼내다가 국왕의 영구 앞에 바친다. 국모와 공주와 화봉춘이 방성통곡하는 가운데 다시 제사가 엄숙히 집행되었다.

이같이 제사를 끝내고서 영구를 모신 난가(鑾駕)가 향화등촉을 앞세우고 출발할 때 섬라국 문무백관과 일반 시민 1만여 명이 그 뒤를 따랐다. 그리하여 영구가 만수산에 도착한 뒤에는 문환장·시진 두 사람의 감독으로 산역을 마치고 국장을 끝냈다.

이튿날 국모 소비(蕭妃)는 이대장군을 만나자고 청하는 동시에, 중국에서 이번에 넘어온 장군들 일행과 함께 와달라고 청했다. 그리고 본국의 문무백관도 모두 집합하라고 분부를 내렸다.

국모는 소복을 입고 앉아서 먼저 본국의 신하들로부터 조배를 받은 다음에 입을 열었다.

"국왕께서 승하하시고 세자가 없으니 국가에 임금이 하루인들 없어서야 되겠소? 누구에게 왕위를 계승시킴이 좋을는지, 경 등은 각각 주견이 있을 터이니, 의견들을 말해보시오!"

그러나 본래부터 섬라국에서 큰 자리에 앉아 있던 고관들은 이번에 공도한테 모두 살해되었고, 현재 남아 있는 사람들은 미관말직에 있던 사람들인지라 감히 자기 주견을 말할 만한 사람이 없었다. 그래서 그들은 서로 얼굴을 쳐다보다가 모두들 아뢰었다.

"신 등 우매하와 별로 의견이 없사옵니다. 모든 것을 국모님께서 재가하시옵소서."

국모는 이 같은 말을 들은 후 그들을 바깥으로 나가 있으라 분부를 내렸다. 그러고서 신하들이 물러간 다음에 국모는 내시로 하여금 국새(國璽)를 가져다가 용안(龍案) 위에 놓게 하고, 전상(殿上) 중앙에 발을 치고서 그 서쪽에 앉은 후에, 이준 등 일행을 전상에 올라오도록 하라고 분부하는 것이었다.

국모의 분부를 전해듣고 이준은 동지들과 상의했다.

"우리들의 수효가 하나둘이 아닌데, 모두가 전상에 올라가는 것이 어렵잖은가? 우리들 중에서 세 사람만 나와 함께 들어가 보는 게 어떨까?"

이 말에 모두들 찬성이다.

"그러는 게 좋겠습니다. 우리는 본래 할 말이 없는 터인데, 뭣하러 모두들 들어가겠습니까?"

이렇게 되어 마침내 연청·악화·왕진 세 사람이 대표로 뽑혀 이준과 함께 전상에 올라가기로 하고, 다른 사람들은 오문(午門) 밖에서 기다리기로 했다.

그리하여 네 사람이 안으로 들어가자 국모는 화봉춘으로 하여금 그들을 영접시키면서 인사의 말씀을 전한다.

"국모님께서 상복을 입고 계시기 때문에 예를 결하는 터이니, 그런 줄 알라고 말씀하십니다. 이쪽으로 앉으시기 바랍니다."

화봉춘이 이렇게 말하고서 동쪽에 있는 네 개의 교의에 그들을 인도하니, 그들은 또 화봉춘을 통해서 사죄의 말씀을 올리고 난 다음에 차례대로 좌석에 앉았다.

그때 국모가 말한다.

"마씨(馬氏)의 조상 때부터 전해오던 기업(基業)이 끊어졌습니다. 세자가 있었건만 불행히 일찍 가버린 까닭입니다. 지금 역적을 토벌해버린 터이니 국주(國主)의 자리를 비워둔 채 그냥 가만있을 수 없지 않습니까? 그러하오니 여러분께서는 서로 의논하신 다음, 누구 한 분을 천거하시어 법통을 이어 왕위에 앉도록 마련해주십시오. 오직 마씨의 뒤가 끊어지지 않고 제사나 받들게 되었으면 천만다행하겠습니다."

이에 이준이 대답을 아뢰었다.

"나라는 마씨의 나라인데, 마씨는 이미 대가 끊어졌습니다. 그러나 화봉춘으로 말씀하면, 반자(半子)의 의(誼)는 있는 터이오니 조종(祖宗)의 대를 잇는대서 조금도 불합리하지는 않다고 생각됩니다. 다시 더 의논할 것도 없지 않습니까?"

그러나 화봉춘이 울음 섞인 음성으로 말하는 것이었다.

"제가 말씀을 드리겠습니다. 저는 어려서 아버님이 돌아가신 뒤, 어머님과 단둘이서 외롭게 자라오다가 악화 아저씨가 아니 계셨다면 우리 모자가 어떻게 어디서 죽었을지도 모를 뻔한 신세였습니다. 그렇게 된 후엔 또 대장군께서 해외로 저를 데리고 나와주시고, 이곳에 와서 오늘날 부귀를 누리게 된 것이 모두 대장군의 은혜입니다. 이제부터 저는 국모님과 또 저의 어머님을 모시고서 공주와 함께 3년 상을 받들어 반자(半子)된 도리를 해야 하잖습니까? 그러니 대장군께서 마땅히 국왕의 자리를 이어받으셔, 감히 이웃 나라가 우리나라를 넘어다보지 못하도록 하시는 게 제일 좋습니다."

화봉춘의 말이 끝나자 연청 등 세 사람이 찬성한다.

"화부마의 말이 충심에서 나온 말입니다. 그동안 일을 모두 대장군님이 손수 시작해 이루어오지 아니했습니까? 아무도 다른 사람이 시작한 일이 아니지요. 매사는 근본을 잊어서는 아니 되는 법입니다. 대장군은 사양하지 마십시오."

이준은 고개를 좌우로 저었다.

"그게 될 뻔이나 한 말이오? 나는 본시 심양강에서 놀던 일개 어부에 지나지 않소. 송공명 형님을 따라다니다가 나라에서 용서해주신 뒤에는 내 스스로 내가 우직한 것을 알고서, 벼슬을 안 하고 태호에 숨어 살다가, 우연히 해외로 나와 금오도를 차지한 것만 해도 과분한 일이외다. 섬라국의 환란을 제거시킨 것도 여러분 동지들의 힘인데, 어찌 그 공을 외람하게 독점한단 말씀이오! 화부마가 정녕코 겸양한다면, 여러분은 재덕겸전(才德兼全)한 사람을 천거하여 이 나라 백성의 주인이 되게 하시고, 나는 다시 금오도에 가서 살도록 내버려두시오. 정말 그게 내 소원이외다!"

이때, 화봉춘의 모친이 국모와 함께 발 뒤에 있다가 이준의 말을 듣더니 한마디 한다.

"저의 집 바깥양반이 돌아가신 뒤로 제가 아들 하나를 데리고 의탁할 곳 없이 지내오다가 아주버님들의 보호를 받아 오늘날까지 행복하게 지내왔습니다만, 자식이 아직 나이가 어린 터이니 어찌 중임을 감당하겠습니까? 국모께서 그리하자고 분부하신다더라도 제가 못합니다고 간하겠습니다. 그러하오니, 대장군께서는 이 나라의 장래를 위해서 승낙하시기를 바랍니다."

이 말에 영리한 연청은 얼른 못을 박았다.

"이준 형님이 애초에 이곳엘 우리를 끌고 왔습니다. 인망이 그에게 쏠렸는데야 누가 감히 넘어다보겠습니까?"

이렇게 말하고 나서 그는 한층 더 높은 목소리로 크게 말하는 것이었다.

"무릇 사람이 한 숟갈의 밥을 먹고, 한 모금의 물을 마시는 것도 전생에 이미 정해진 대로 되는 것이거든 하물며 일국의 주인 되는 일에 있어서야 말할 나위도 없습니다. 이대장군으로 말하면 때가 오기 전에 먼저 때를 알았으니 다른 사람은 도저히 그와 비교가 안 되는데, 더구나 송공명이 꿈에 나타나 자기가 못 다하고 간 사업의 후반을 부탁했었으니, 오늘에 와서 그 말이 부합되는 말입니다. 화봉춘 모자의 말씀이 대단히 현명한 말씀이니 대장군은 너무 사양하지 마시고 승낙하십시오."

이때 국모가 결정지어 말한다.

"연장군의 말이 유리한 말씀이니 그대로 정하고 택일을 해서 왕위에 오르시기 바랍니다. 다만 우리 모녀를 안돈시키는 일만 의논해서 결정지어주시면 족하겠습니다."

연청이 얼른 말했다.

"국모님께서는 아무 염려를 마십시오. 이대장군이 왕위에 오르시더라도 국모님께 만사를 의논드린 후 뜻을 받들어 시행할 터이고, 또 저희들도 모두 충성을 다해서 일할 터이니 믿어주시옵소서."

이준은 이때 실로 난처한 표정으로 한마디 한다.

"국모님의 부탁 말씀도 있고, 또 여러분들의 뜻도 압니다마는, 이 이준이가 그렇게 망자존대(妄自尊大)할 사람은 아닙니다. 그러니 병마(兵馬)·양향(糧餉)·서무(庶務) 같은 것은 여러 형제가 각기 주관하고서 국모님이 수렴청정하시도록 하는 게 어떻겠습니까?"

연청이 또 얼른 대답했다.

"그렇게 될 수가 없죠. 한 집에는 주인이 있고, 한 나라에는 왕이 있어서 한 사람이 다스려야 국가도 통치되는 것이고, 가정도 화평해지는 까닭입니다. 지난날 양산박은 왕륜이 창립했었지만, 그 인간이 편협하고 시기심이 많았기 때문에 임충이가 없애버리고서 조천왕을 주인으로 받들었지 않았습니까? 그때 송공명이 약속은 받았으면서도 나서지 아니했다가 조천왕이 작고한 뒤에 송공명이 주인의 자리를 계승한 뒤로 누구 한 사람 군령을 어긴 사람이 있었습니까? 한 개의 산채에서도 기강과 법도를 문란히 할 수 없거늘, 하물며 섬라국은 일개 국가가 아닙니까? 내치(內治)·외교 국방·행형(行刑)·문명(文明)·예악(禮樂)의 천만 가지 일을 어찌 수렴청정으로 하겠습니까? 지금 섬라국의 혈통은 이미 끊어졌습니다. 그러나 대장군은 섬라국의 장상(將相)으로 있었고, 또 화부마 쪽으로 본다면 친척이나 다름없고 하니까 대대로 국은을 받은 사람이나 일반 아닙니까? 천하는 한 사람의 천하가 아닙니다. 요(堯)·순(舜)은 아들에게 위를 전하지 않고 현인(賢人)에게 전했습니다. 대장군은 다시 생각하십시오."

"옳소. 그 말이 천리(天理), 인심에 합하는 말이오!"

왕진도 이때 이렇게 찬성하는 고로, 이준은 하는 수 없이 말했다.

"그러면 어쩌는 도리가 없습니다. 국모님과 공주와 부마는 궁중에 계시고, 저는 원수부에 가서 일을 보겠습니다."

그러고서 이준·연청·악화·왕진 등 네 사람은 물러나왔다.

왜병의 침략

이준과 함께 원수부로 돌아와 연청과 왕진이 지금 국모를 뵙고 나온 경과를 이야기하니까 여러 사람은 일제히,

"그거 지공무사(至公無私)한 천명이외다! 인심이 죄다 그러한데, 더 뭐 의논할 필요도 없습니다."

이같이 말한다.

"너무도 그러지들 마시오. 공연히 나를 왕위에 앉히려들 하지만, 난 정말 자격이 부족해요. 그전같이 정동대장군으로 앉아서 국사를 관장하는 셈치고 해볼 테니까 여러분 형제들은 각각 직분대로 일을 맡아 그전같이 서로 도와가며 성실하게 일을 합시다."

이준은 이렇게 말했다.

연청 등은 곧 의식 절차를 준비하는 일방, 길일을 택하도록 흠천감(欽天監)에 부탁하고, 또 구관들한테 사람을 보내어 유시(諭示)를 전달시켰다. 마침내 길일이 왔다. 모든 준비가 끝났는지라, 이준은 형제들과 함께 5경 때 대궐로 들어가서 금란전 뜰 위에 올라섰다. 좌우에는 우림군이 삼엄하게 정렬했고 전상(殿上)에는 등촉이 휘황한데, 국모 소비가 화봉춘으로 하여금 이준을 영접해 올리도도록 한다. 이준은 머리에 금복두(金幞頭)를 쓰고, 몸엔 홍망포(紅蟒袍)를 입고 전상에 올라갔다. 관승과

그 밖의 여러 사람은 모두 송조(宋朝)의 관대(冠帶)를 차리고서 맞은편 전각 밖에 있는 월대(月臺) 위에 등대하고 섰다. 국모가 이때 국새와 부절(符節)을 내시로 하여금 이준에게 갖다바치게 하니까, 이준은 그것을 받아 용안 위에 올려놓는다. 그러자 또한 내시가 부축해서 이준은 하늘과 땅에 절을 하고 난 다음에 서쪽을 향해 반듯이 섰다.

그럴 때 왕진과 기타 여러 사람이 차례차례 전상에 올라와 사배(四拜)를 하니 이준도 그들에게 사배로써 답례한다. 이같이 여러 사람이 인사를 드리고 물러간 다음에 화봉춘·송안평·호연옥·서성이 올라와서 북향하여 사배하니까, 이준은 그들한테 반례(半禮)로써 답례한 후 용상에 정좌한다. 그런 다음에 홍로관(鴻臚官)이 신하들 전원으로 하여금 서열에 따라서 반(班)을 짓게 하고, 전일 섬라국의 신하들도 반(班)에 따라서 정렬케 한 다음에 북향하여 사배를 올리게 하니 이준은 가만히 앉아서 절을 받는다. 그러고서 좌우에 화봉춘·송안평·호연옥·서성 등 네 명의 조카가 시립한 가운데 요전 날 회의에서 결정했던 칙명을 내렸다.

모든 사람이 숨을 죽이고 정숙하게 칙명을 듣는데, 그 칙명은 다음과 같다.

소선풍 시진은 이부시랑(吏部侍郞)으로 섬라국 승상이 되고, 입운룡 공손승은 국사(國師), 박천조 이응은 호부시랑(戶部侍郞)에, 성수서생 소양은 예부시랑(禮部侍郞)에, 낭자 연청은 병부시랑(兵部侍郞)에 국가 기밀을 관장하고, 철규자 악화는 형부시랑(刑部侍郞)에 참지정사(參知政事)를 겸하고, 신산자 장경은 공부시랑(工部侍郞)에, 왕진과 난정옥은 좌우 추밀사로 국방을 전담하고, 신기군사 주무를 군사(軍師)에, 혼세마왕 번서는 구사병교진인(驅邪秉教眞人)에, 대도 관승은 종군도독에, 병울지 손립은 좌군도독, 쌍편 호연작은 우군도독에, 미염공 주동은 전군도독에, 진삼산 황신은 후군도독에, 호성은 도지병마사에, 활염라 원소칠은 수병도총관에, 철면공목 배선은 감찰어사에, 신행태보 대종은 통정사(通

政使)에 관풍행인사(觀風行人司)를 겸하고, 독각룡 추윤은 경성관찰사에, 소차란 목춘은 둔전사(屯田使)에, 귀검아 두흥은 염철사(鹽鐵使)에, 금표자 양림은 오성병마사(五城兵馬使)에, 문환장은 국자감제주(國子監祭酒)에 총리학교(總理學校)를 겸하고, 화봉춘은 부마도위(駙馬都尉)에, 송안평은 한림학사(翰林學士)에, 호연옥과 서성은 좌우친군지휘사에, 철선자 송청은 광록시경(光祿寺卿)에, 굉천뢰 능진은 화약국총관(火藥局總管)에, 신의 안도전은 태의원 원사(太醫院 院使)에, 옥비장 김대견은 상새(尙璽)에 인신부절(印信符節)을 관리하고, 출동교 동위와 번강신 동맹은 수군좌우정총관(水軍左右正總管)에, 적수룡 비보와 태호교 상청은 방어사(防禦使)로서 금오도를 지키고, 권모호 예운과 수검웅 적성은 진알사(鎭遏使)로서 청수오에 주둔하고, 소울지 손신은 상림원경(上林苑卿)으로 제독관역사(提督館驛事)를 겸하고, 모대충 고대수는 일품무의부인(一品武毅夫人)으로 육궁(六宮)을 방호하며 제조상림원사(提調上林苑事)를 겸하고, 자염백 황보단은 태복시경(太僕寺卿)에, 일지화 채경은 금의위사(錦衣衛使)에,

이상과 같이 임명한다.

이때 칙명을 받들고서, 이같이 낭독이 끝난 후 쇠로 만든 관인(官印)을 나누어주고, 그전 날의 구신들한테는 모두 1계급씩 승진시키고, 백성들한테는 1년치 양식을 급여하기로 반포하고, 죄수들한테는 대사령을 내렸다. 의식이 끝난 뒤에 신하들과 우림군이 먼저 나가고, 그다음에 국왕이 의장대가 선도하는 가운데, 이준이 용련(龍輦)에 앉아서 나오는데, 여러 형제들은 그 뒤를 따라서 나왔다.

그들은 원수부로 돌아와 크게 잔치를 열고 취토록 마시면서 즐겁게 놀았다.

이튿날 연청은 시진과 상의해 이준에게 아뢴 후, 대종을 24도(島)로 파견하여 유지(諭旨)를 전하도록 했다.

그런데 한편, 금오도에서 패전하고 돌아오다가 살두타의 명령으로 일본으로 구원병을 청하러 갔던 혁붕은 풍랑이 너무도 심해서 여러 날을 더 지체한 후 간신히 일본 땅에 닿았다. 일본이라는 나라는 바다 속에 띄엄띄엄 떨어져 있는 섬나라로서 길이가 수천 리요, 관할하는 지방이 십이 주인데, 땅 속에서 금과 은이 많이 나오고, 해산물도 많으나, 그 나라 국민들이 글과 그림 같은 것을 좋아하면서도 성질은 간사하고 잔인해서 왜국이라고 불리는 터였다.

그리고 왜왕 지려(鷙戾)는 12주 지방에 10만 명의 군사를 두고 있으면서 항상 가까운 고려국 연안에 침범 약탈하는 일을 장려하는 일방, 섬라국에 욕심을 품고 있는 터였지만, 군사를 일으켜 침범할 구실이 없었을 뿐이었다. 그런 형편이었는데 마침 혁붕이 구원병을 청하러 왔다 하니까 왜왕은 혁붕을 불러들이게 했다. 혁붕이 왜왕의 궁전에 들어가 보니 왜왕이 비단 요 위에 앉아 있는데, 키는 다섯 자가량 되어 보이고, 얼굴이 절세미인으로 생긴 왜녀 네 명이 좌우에 시립했고, 뜰아래에는 백 명의 왜병정이 기다란 칼을 허리춤에 꽂고서 두 줄로 늘어섰다.

혁붕이 공손히 배무의 예를 올리니 왜왕이 묻는 것이었다.

"네가 어디 사는 사람이며, 군사를 빌리러 온 까닭이 무엇인고?"

혁붕은 이에 아뢰었다.

"소인은 본시 점성(占城) 사람으로 5천 명 군사를 거느리고 황모도(黃芽島)에 있었사온데, 섬라국 왕 마새진이 죽은 뒤 승상 공도가 왕위에 오르자, 송나라의 정동대원수 이준이가 군사를 데리고 와서 나라를 뺏은 고로 국사 살두타의 명령으로 귀국에 구원을 청하러 온 것입니다. 소인의 아우 혁조·혁곤도 송병 때문에 죽었습니다. 군사를 빌려주시면, 이준을 토벌한 뒤에 귀국의 번신(藩臣)이 되겠고, 해마다 정성껏 진공(進貢)하겠습니다."

이 같은 혁붕의 말을 듣더니 왜왕은 더 물어보지 않고 선선하게 승낙하는 것이었다.

"아국이 어찌 중국인들의 강도 행위를 가만히 보고만 있으랴! 사세가 그러할진대, 관백(關白)으로 하여금 1만 명의 군사를 거느리고 나가서 이준을 토벌하도록 하겠다."

왜왕이 말하는 관백이라는 말은 일본 나라 대장군의 벼슬 이름으로서, 국가 만사를 자기 의사대로 좌지우지하는 권력을 가진 관직이었다.

그런데 그때의 관백은 키가 8척이나 되고 힘이 센 사람이었는데, 그는 왕의 명령을 받고서 살마(薩摩)·대우(大隅) 두 고을에 있는 군사 1만 명과 전선 3백 척을 거느리고 떠나게 된 고로, 혁붕은 왜국 왕한테 감사를 드리고서 즉시 섬라국으로 먼저 돌아와 소식을 알아봤더니, 벌써 공도·살두타·혁조가 모두 죽었고, 이준이 새로 국왕이 되었다는 고로, 그는 청예도의 도장(島長) 되는 철라한(鐵羅漢)한테로 가서 의논해보기로 했다. 철라한은 원래 공도와 밀접한 일당이었던 것이다.

그런데 이때는 벌써 대종이 청예도에 와서 이준이 왕위에 오른 다음에 발표한 유시문을 전달하고 떠난 뒤였다. 성질이 표독하고 거만한 철라한이 평소에 마새진 국왕을 업신여기면서 공도와 결탁해 기회만 엿보던 터였는데, 뜻밖에 대종으로부터 이준 왕의 유시를 받고서는 속으로 대단히 흥분했었지만, 겉으로는 순종하는 듯이 태도를 보이고서 대종이 돌아간 뒤엔 치를 떨었다.

'우리 섬라국이 바다 밖에 따로 떨어져 있는 나라인데, 마새진이 죽은 다음에 공도가 왕위를 계승했으면 그만인 것을 어찌해서 중국인이 와가지고 빼앗는 거야? 이런 분통 터질 일이 또 있나! 백석도의 도공(屠空)이와 조어도의 여루천이를 불러 의논을 해봐야겠다.'

그는 이렇게 생각하고서 두 군데에 사람을 보냈다.

도공과 여루천이 그 이튿날 찾아온 고로 그는 말했다.

"우리 섬라국 24도 중에서 오직 우리들 4개 도(島)가 가장 강한데, 정동대원수라는 이준이가 와가지고 사룡이를 죽이고 금오도를 뺏었단 말이오. 이때 당연히 사룡의 원수를 갚아야만 했을 텐데, 무능하기 짝이 없는 마새진이 도리어 화봉춘이를 부마로 정하고서 이준이와 화평하지 않았는가 말이야! 공도 승상이 살두타 국사를 청해다가 마새진이를 죽여버리고, 우리 세 사람과 함께 도를 병합한 후 영구한 대책을 세울 작정이었는데, 이준이란 놈 때문에 다 틀어졌구려! 그놈이 제가 섬라국 왕이 되어 유시문을 보내고 날더러 조공하라니 내가 어떻게 그놈 앞에 머리를 굽히겠소? 그래 생각다 못해 두 분을 청한 것인데… 이러질 말고 우리가 군사를 일으켜 섬라국을 쳐버리는 게 어떻겠소?"

그러니까 도공과 여루천이 즉시 찬성한다.

"형의 말이 옳소! 우리 두 사람도 정말 괘씸하게 생각하는 터이지만, 병력이 약해서 결단을 못 내리고 있던 중이외다. 그러니까 형이 기병만 한다면 우리 둘도 단연코 일어나겠소!"

철라한은 승낙을 얻고서 대단히 만족했다. 그래서 술을 내다가 한 잔씩 마시는 중인데 이때,

"황모도의 혁붕이가 찾아왔습니다."

하는 보고가 들어온 고로, 철라한은 반가이 맞아들였다.

혁붕이 들어와서 철라한에게 인사를 하고 나서 말한다.

"내 동생을 모두 이준이 죽였습니다. 이번에 내가 일본엘 가서 구원병을 청해 원수를 갚기로 해서 벌써 관백이 1만 명의 군사를 거느리고 떠났으니까 불일간 도착할 겁니다. 형장들은 공도 승상과 가까이 지내던 사이인데, 이번에 원수를 갚을 생각은 없으십니까?"

이 말을 듣고 철라한이 말한다.

"그렇잖아도 지금 청예·백석 두 섬의 도장(島長)과 함께 원수를 갚기 위해서 군사를 일으킬 의논을 하던 중이외다. 다만 우리들의 병력이 적어 그것을 걱정하던 중이었는데, 형장과 함께 일을 일으킨다면 일본 군

사가 있어서 아주 안성맞춤으로 잘되었소!"

혁붕은 또 말한다.

"그런데 한 가지 미리 말씀해둘 조건이 있습니다. 일본 군사가 와서 이준이를 멸망시켜버리면, 섬라국은 자연 일본 나라와 합병하게 되는 것이고… 그리고 저 금오도는 제가 가서 차지하고 있을랍니다."

"본래 공도 승상이 생전에 우리 세 사람과 약속하기를 24개도를 분배해서 갖기로 했었으니까, 어차피 우리 네 사람이 균등하게 나눠가지면 그만입니다."

"됐습니다! 그럼 형장들은 3개 도에서 빨리 준비를 하십시오. 일본병이 오거든 즉시 출동해야 합니다."

"염려 마시오."

철라한과 혁붕은 의논을 정한 후 도공과 여루천과 함께 피를 마시고 맹세를 굳게 했다.

한편, 섬라국 왕 이준은 이때 신하들과 함께 국사를 의논하고 있었는데, 마침 24개 도에 출장 나갔던 대종이 돌아왔다.

"청예·백석·조어의 세 곳 도장(島長)들이 복종하지 않는 눈치입니다. 아무래도 군사를 일으켜 그놈들을 토벌해야 할까 봅니다."

대종의 보고를 듣고 주무가 의견을 말한다.

"그 세 곳이 본국의 영토인데, 만일 저것들이 다른 섬의 도장들까지 선동해 일어난다면, 우리가 지금 신흥하는 판에 안정을 못 할 거 아닙니까? 문턱에 있는 도둑놈을 그냥 놔두고 있을 수 없으니, 빨리 토벌해야겠습니다."

"옳은 말이오!"

이준도 그 말에 찬동하여 군사 동원령을 내리려 했는데, 이때 수군도독 동위가 들어와 놀라운 소식을 보고하는 게 아닌가.

"혁붕이가 일본국에 가서 구원병을 청한 까닭에 왜왕이 1만 명의 군사와 전선 3백 척을 관백에게 내주었기 때문에 그것들이 벌써 청예도에 도착해 이리로 쳐들어온답니다. 그리고 혁붕이가 청예·백석·조어 3도를 선동해 왜병과 함께 쳐들어오고 있으니, 국왕께서는 속히 준비를 하셔야겠습니다."

이준은 듣고서 대경실색했다.

"아니, 그게 정말이오? 우리 군사가 5천 명도 못 되는 터인데… 저것들을 어떻게 막아내겠소?"

그러나 주무는 당황하는 기색 없이 태연하게 말한다.

"장수란 모사(謀事)를 잘해야죠. 용맹하기만 해서는 장수가 아니고, 군사는 정예한 것을 귀하다 하지, 수효가 많다고 제일이 아닙니다. 그러니 먼저 항구 밖에 수채를 설비하여 저놈들을 육지에 올라오지 못하도록 방어하는 동시에 사방에 군사를 매복시켜놓고서 적을 깨뜨리면 됩니다."

"그럴진대 군사(軍師)가 속히 그같이 지시를 하시오."

이준이 그같이 말하므로 주무는 곧 관승·호연작·난정옥·이응을 대장으로 하고, 번서·양림·손신·목춘을 부장으로 하고서, 전선 백 척에 군사 2천 명을 거느리고 나가 수채를 결성케 하는 동시에, 원소칠·동위·동맹·주동·황신·손립·호성·추윤 등은 각각 군사를 한 떼씩 거느리고 사방에 매복하도록 하고, 자기는 이준과 공손승·연청·호연옥·서성·능진 등과 함께 중군이 되어 성(城) 가까운 곳에 진을 치고, 왕진과 화봉춘은 안에서 성을 지키고, 금오도와 청수오에는 각각 사람을 보내어 그곳 군민들로 하여금 엄중히 수비하도록 지시를 내렸다.

이같이 지시를 내린 뒤에 주무가 성 밖에 나와 진지를 구축하는 군사를 돌아보다가 바다 바깥을 내다보니까 앞바다에 오리떼 모양으로 새까맣게 떼 지어 오고 있는 것이 모두 청예·백석·조어 3도의 반란군인 모양이고, 일본 군사의 배들은 훨씬 먼 곳에 집결해 있으면서 이것들과 함께 쳐들어오지 않는가. 이 광경을 보고 주무가 말했다.

"저 왜놈들이란 워낙 간사하고 영악한 것들인데, 게다가 수효가 많으니, 절대로 나가 치지는 말고, 수채를 든든히 지키기만 하도록 명령하십시오."

관승은 주무의 말대로 영을 내렸다. 그러고서 4, 5일 동안을 지키고만 있었다.

그랬는데 닷새째 되는 날 밤중에 배의 키를 잡고 있는 사공이 별안간,

"배 안에 물이 들어온다!"

하고 소리를 치는 게 아닌가.

아니나 다를까, 배마다 밑창에 구멍이 뚫렸는지 물이 콸콸 들어와 미구에 가라앉게 됐다. 관승은 급히 군사들로 하여금 육지로 올라가 진을 치도록 명령했다.

"그거 참 이상한 일이다. 배들이 모두 새로 견고하게 만든 배인데 어째서 물이 들어왔을까?"

그는 육지에 올라와 물속에 가라앉는 배들을 보면서 이상히 생각했다.

그런데 이것은 일본 관백의 계책이었으니, 1만 명 왜병 가운데엔 잠수부가 5백 명이나 있어서, 이것들은 낮이고 밤이고 줄곧 물속에서 살아도 아무 일 없는 족속들인데, 관백은 이것들을 시켜 뱃바닥에 구멍을 뚫어 섬라국의 수채를 아주 소용없는 것으로 만든 것이다. 그리고 이 같은 재주는 양산박 수군 두령들의 장기였었건만 도리어 이번엔 일본 관백에게 당하고야 말았다.

이튿날 놀라운 보고가 올라왔다. 관백과 혁붕이 왜병을 이끌고 북쪽 해안으로 올라와 성을 포위했다는 것이다. 원래 섬라국은 사면이 모두 바다이기는 하나 남쪽의 해안보다 북쪽의 해안은 길이가 길어서 방비하기가 어려웠는데, 일본의 관백은 잠수부를 시켜 배에 구멍을 뚫어 섬라국의 배를 침몰시킨 후, 철라한·도공·여루천 세 사람으로 하

여금 3도의 군사를 데리고 지키도록 하고, 자기는 혁봉과 함께 성을 포위했던 것이다. 이준은 이같이 보고를 받고서,

"안 되겠다! 성내가 공허하니까 들어가서 지켜야겠다!"

하고는, 관승 등 여덟 명의 장수들로 하여금 수채로부터 공격해올 적을 육지에서 방어하도록 한 후 자기는 주무 등과 성내로 들어가 각각 요소를 분담한 후, 돌멩이와 나무토막을 쌓아놓고서 왜병이 성 밑에 오기만 하면 그것으로 내려쳤다.

그러나 왜병들은 소가죽으로 천막을 치고서 성 밑으로부터 굴을 파기 시작했다. 그리고 구름사다리와 비루를 이용하여 성 위로 기어올라오는데, 한두 군데가 아니고 사방에서 개미떼처럼 기어올라오는 까닭에 이루 당해낼 수가 없다. 이준은 몹시 당황했다.

"우리가 겨우 나라를 새로 세운 지 며칠이 안 지났는데, 3도가 반란하고 왜병은 수효가 많고, 배들은 아직 가라앉지 않은 것들도 모두 구멍이 뚫어져 있어 못쓰게 됐으니 언제 수리할 새가 있나? 바다 밖으로 피신도 못 하고 여기서 죽는다면, 이런 원통할 데가 있소!"

그가 이같이 탄식하니 호연옥이 아뢴다.

"왜병이 쳐들어왔는데도 한 번도 안 싸워봤으니, 우리가 이길지 질지 누가 압니까? 한번 싸워보시기 바랍니다. 관백 놈만 죽여버리면 그 나머지는 문제도 안 됩니다!"

이준은 호연옥의 이 말을 듣고 드디어 결심을 하고서, 왕진·화봉춘·서성·호연옥과 더불어 1천 명의 군사를 거느려 조야옥사자마를 타고서 북문으로 휘몰아쳐 나갔다.

북문 밖의 넓은 벌판에 진을 치고 있던 왜국의 관백은 이때 성문으로부터 섬라국 군사들이 쏟아져 나오는 것을 보고 부하 사병들에게 전투준비령을 내리는 동시에, 혁봉을 불러 이 기회에 5백 명의 병력으로 동문을 치고 들어가라고 명령했다. 혁봉은 명령을 받고 나갔다.

그럴 때 이준이 장수들과 함께 나타났다.

관백은 상투 머리를 하고, 손엔 철골타를 들고, 흰 코끼리를 타고서 뛰어나와 이준과 맞붙었다.

이때 호연옥이 쌍편을 쥐고 달려들어 싸움을 도왔는데, 3합도 못 싸워 왜병들이 일본도를 휘두르며 덤벼드는 바람에 당해낼 수가 없어서 이준은 말을 돌이켜 내빼버렸다. 부하 사병들도 겁을 집어먹고 서로 떠다밀면서 도망했다. 그리하여 그들이 성 밑에까지 내빼왔을 때 연락병이 달려오더니,

"혁붕이가 벌써 동문을 깨뜨리고 말았습니다."

하고 보고한다.

이준은 급히 성내로 들어갔다.

그런데 이때 혁붕이 동문에 비루를 갖다 세우고 올라가 봤더니 이곳을 지키고 있던 호연옥과 서성이 이준과 함께 성 밖에 나가고 없으므로 그는 부하 사병 수백 명을 성 위로 올라오게 했다.

이때 연청과 채경이 서문에 있다가 혁붕이가 동문을 점령했다는 급보를 듣고서 쫓아와 보니, 과연 2백 명가량의 왜병이 개미떼처럼 올라와 있는 게 아닌가.

채경이 급히 칼을 뽑아들고 들이치니, 혁붕도 창을 꼬나쥐고서 마주 싸운다. 채경은 도저히 당해낼 수가 없었다.

이때 연청이 화살을 한 대 쏘아 혁붕의 어깨를 맞히기는 맞혔으나 대단치 않은 상처였기 때문에 혁붕은 화살을 한 손으로 뽑아던지면서 채경을 창으로 찌른다.

채경이 이같이 위급하게 되었을 때, 마침 화봉춘·호연옥·서성 등 세 명의 장수가 들어오다가 이것을 보고, 화봉춘이 번개처럼 날쌔게 혁붕의 모가지를 창으로 찔러 거꾸러뜨렸다. 그리고 그와 동시에 호연옥과 서성은 왜병들의 모가지를 이리 치고, 저리 치고… 능진이 또 달려와서

대포를 한 방 탕 쏘니까, 성 밖에 세워놨던 비루가 부서지면서 왜병들이 올라오다가 모두 거꾸러진다. 이때 채경은 혁봉의 모가지를 베어 장대에 높이 매달았다.

이럴 때 이준이 성 위로 올라왔다. 그는 성 위에 자빠져 있는 왜병들의 시체를 모조리 성 밖에 내던지게 하고, 군사를 증원시켜 성문을 지키게 한 후 아래로 내려갔다.

원수부로 돌아온 이준은 회의를 열어 동지들의 의견을 들었다.

"하마터면 만사가 다 그릇될 뻔했소! 그런데 혁봉이는 죽어버렸지만, 관백을 쫓아내진 못했으니, 이 일을 어찌하면 좋소?"

이렇게 물으니 주무가 의견을 말한다.

"우리 배가 모두 밑바닥에 구멍이 뚫렸다지만, 구멍이 안 뚫린 것도 있고, 또 약간 수리하면 쓸 수 있는 게 모두 30척은 될 겁니다. 그러니 관승 등 여덟 분의 장수는 청예·백석·조어 3개 도의 도장(島長)이 지키고 있는 수영(水營)을 깨뜨리고, 관백 놈이 돌아갈 길을 끊은 연후에 관백을 격파시킵시다."

이준은 곧 그 말에 좇아 영을 내렸다.

관승과 동위가 해안으로 나와서 배들을 검사해보니까, 과연 밑바닥에 구멍이 안 뚫어진 배가 20척은 된다. 그러고서 동위에게 능진을 청해오라고 부탁했다. 바다 위에서 싸움을 하는 데는 화기가 제일이라고 생각한 때문이다.

미구에 능진이 화기를 가지고 동위와 함께 왔으므로 그들은 2경쯤 되었을 때 그곳 해안을 떠났다.

한편, 이때 수채를 지키고 있던 철라한과 도공·여루천 등 세 명은 저희들끼리 득의양양해서 좋아하고 있었다.

"이준이가 아주 참패했단 말야! 혁봉이가 벌써 동문을 깨뜨렸으니까, 섬라국이 몽땅 우리 수중으로 미구에 들어올 거야. 그런데 우리 세 사람이 아무런 공을 세우지 못했으니 이래서는 안 되지. 오늘밤은 푹 쉬고, 내일엘랑 우리가 남문을 들이쳐야겠는걸!"

철라한이가 이런 말을 하니까 도공과 여루천도 대찬성이다.

"암, 그래야지!"

"그러니까 오늘밤엘랑 실컷 마시고 푹 쉬고서 내일 우리 힘껏 싸웁시다그려."

이리하여 그들 세 명은 술을 갖다가 사병들한테도 나누어주고, 부어라 마셔라 해가며 쉴 새 없이 퍼마셔 비뚤어지게 취한 뒤에 잠이 들었는데, 밤중에 별안간 대포 소리가 연방 들리더니, 각 선(船)에서 일시에 화재가 일어난다.

철라한·도공·여루천 세 명은 잠이 깨어 큰 배에서 튀어나와 조그만 배를 하나씩 집어타고 내빼버렸다.

이때 관승과 그 밖의 여러 장수들은 3개 도의 병졸을 거지반 모두 다 죽여버리고, 배도 3백 척이나 되는 것을 절반 이상 불살랐다. 그리고 사면에 매복해 있던 군사들은 대포 소리를 듣고 쏟아져 나와 합세해 완전 승리를 거둔 뒤 성내로 돌아갔다.

관승이 이준에게 보고했다.

"수채에 있던 적을 전멸시켰으나 철라한과 도공, 여루천 세 놈만은 그만 놓치고 말았습니다. 이제는 왜놈 관백과 왜병만 남은 셈입니다."

"수고하셨소이다!"

이준은 대단히 기꺼워했다.

한편, 관백은 혁붕이 죽고, 또 왜병들이 성을 타고 넘어가려다가 수없이 많이 죽었기 때문에 기운이 꺾이었는데, 간밤에 또 청예·백석·조어 3도의 도병(島兵)이 전멸된 까닭에 기운이 아주 뚝 떨어졌다. 그래서 관백은 진영을 견고히 수비만 하고 있었다.

이럴 때 성내에서는 주무와 공손승이 이준과 함께 앉아서 의논하고 있었다.

“관백이 사나운 놈이고, 왜병의 수효는 많은데, 저것들이 성 밖에 저렇게 오래 머물러 있으면 어쩌지요? 큰일입니다! 그런데 내가 듣자니까, 왜병들은 추위를 몹시 탄다는군요. 얼음이나 눈을 보기만 해도 침 맞은 지네처럼 기운을 못 쓴다는데… 그렇지만 여기서는 눈이나 얼음을 구해올 수도 없으니 답답하군요.”

주무가 이런 말을 하니까 공손승이 말한다.

“내가 기도를 올려 하늘서 눈을 내리게 해서, 저것들을 모두 얼어죽게 만들어볼까요? 너무 잔인한 짓을 하는 것이 죄가 될까 싶어 꺼림칙하지만….”

이 말을 듣고 이준이 말한다.

“왜병을 얼어죽게 한대도 그건 이번에 공연히 참견한 왜병이 제 스스로 멸망을 자처한 것이니 죄 될 것 없습니다. 만일 저것들한테 우리가 패한다고 가정해보시오. 우리는 영영 본국에 돌아갈 길이 없어지고, 섬라국 수백만의 백성들은 화를 당할 것이니, 기막힌 일이 아닙니까? 선생은 주저치 마시고 법술을 일으켜주십시오.”

공손승은 승낙하고 마침내 큰 마당에 오방(五方)으로 꾸민 축단을 모으고, 28인으로 하여금 깃발을 들고서 이십팔수 모양으로 사방에 서 있게 하고, 또 12인을 뽑아 육정육갑(六丁六甲)의 신(神)인 것같이 가운데에 세운 후, 동자(童子) 하나는 향로를 들고, 또 동자 하나는 칼을 들고서 있게 했다. 그러고 나서 공손승은 머리를 풀어 산발하고 칼을 짚고 섰다가 하늘을 향하여 절을 한 후에 부적을 불사르고 주문을 외웠다.

이렇게 하기를 하루에 세 번씩 사흘 동안 했는데 사흘째 되는 날, 하늘이 어두워지고 북풍이 불고 낙엽이 휘날리면서 눈이 쏟아지기 시작하더니, 하룻밤 하루 낮 동안에 다섯 자 이상이나 쌓였다. 섬라국 백성들은 생전 처음 눈을 보고 모두 해괴하게 생각한다.

그리고 왜병들은 본래 추위를 모르고 겨울옷도 없이 지내던 무리들이라, 갑자기 몰아닥친 냉기 때문에 하룻밤 사이에 수없이 많은 병정이 눈 속에 얼어죽고 말았다.

이 모양을 당하고서 관백은 생각했다.

'아마 하늘이 노하신 모양이다. 나더러 여기 있지 말라는 뜻인가 보다! 하루 이틀 더 지체하다간 모두 얼어죽는 거 아닌가? 속히 돌아가자!'

관백은 드디어 군사를 거두어 퇴군하기로 했다. 그리하여 눈 위를 한 발자국 떼어놓고는 한 번씩 미끄러져가며 간신히 남문 밖에 나와 보니까, 본국에서 끌고 왔던 3백 척의 배가 거지반 불에 타 없어져버리고 겨우 수십 척이 바다 위에 떠 있다. 이것만이라도 남아 있는 것이 다행이다 싶어서 관백은 잠수부를 시켜 배들을 모두 언덕으로 끌어오라 하였는데, 그 잠수부들은 워낙 며칠 동안 물속으로부터 나오지 않고 있었기 때문에 얇은 얼음이 얼어붙어 있는 줄 모르고 나오다가 칼날 같은 얼음장에 살이 베어졌다. 그리고 물속에서 얼어죽은 놈도 부지기수였다.

하여간 잠수부들이 배를 끌어가지고 왔기 때문에 관백과 왜병들은 배를 타고 그곳을 떠나기는 했는데, 이때 공손승은 미리 이럴 줄 알고 또 하늘에 제사를 올려 찬바람을 빌었기 때문에 왜병들의 배가 해안에서 떠나자마자 집채 같은 파도가 일어나면서 바닷물이 요동하는 까닭에 그들은 해안에서 멀리 나가지 못한 채 꼼짝을 못 했다. 그리고 이렇게 3주야가 지난 뒤에 겨우 바람이 자더니 금시에 바닷물이 꽁꽁 얼어붙는 게 아닌가. 이렇게 되어 관백과 왜병들은 수정고드름처럼 얼어죽고 말았다.

그러더니 그 이튿날엔 날씨가 전과 같이 따뜻해지고, 따라서 얼음도 모두 녹아버린다.

이준은 동위·동맹·번서·양림 등 네 사람으로 하여금 왜병의 소식을 알아오라 했다.

네 사람이 해안에 와서 보니까, 관백과 왜병이 모두 배 속에 즐비하게 죽어 자빠졌고, 썩 좋은 일본 칼 수천 개가 그냥 있다. 그리고 관백이 쓰는 투구 같은 모자가 하나 있는데, 이것은 보석을 총총히 박은 값진 물건이었다.

동위 등 네 사람은 배 안의 시체들을 모조리 바다 속에 집어던져버리고 모자와 칼을 가지고 돌아왔다. 그리고 관백이 타고 있던 흰 코끼리는 얼어죽지 않고 살아 있으므로 이것도 끌고 와서 임금한테 바치고 자세히 보고했다.

이준은 보고를 듣고 크게 만족했다.

"모두가 공손 선생의 큰 공훈이외다. 우리가 이제야 겨우 잠을 편안히 자게 되었습니다. 요전 날 내가 왜병과 싸우다가 패했을 땐 그저 만사가 다 허물어지는 것 같고, 다시는 회복할 길이 없을 것만 같더니, 정말 하늘이 보우해주시고 여러분 형제들이 도와주어서 이렇게 안정하게 되었소이다. 자아, 경사를 당했으니 축하연을 엽시다."

이준의 말이 끝나자 주무가 한마디 한다.

"지금 비록 외적은 물리쳤지만 내환은 아직 뿌리를 뽑지 못했습니다. 다시 말해서 청예도·백석도·조어도의 세 곳 모반자를 하루 속히 제거하지 아니했다가는 24도(島)가 필연코 저놈들을 본받을 것입니다. 그러니 속히 여기서 군사를 보내어 그놈들을 일찍이 토벌해야만 합니다."

이 말을 듣고서 이준이 부드러운 음성으로 말한다.

"여보시오, 군사(軍師)! 지금까지 사병들이 성을 지키느라고 얼마나 고생했겠소. 그리고 문무 각 관(官)이 모두 정신을 못 차리고 불안정한 터인데, 어찌하겠소? 며칠 더 지난 뒤에 군사를 일으킵시다."

이렇게 되어 그들은 우선 수일간은 잔치를 베풀고 민심을 안정시키기로 작정했다.

3도를 평정하다

수일 후 이준은 난정옥·호성·동위 등 세 사람으로 하여금 군사 1천 명과 전선 20척을 가지고 청예도로, 관승·양림·동맹 등 세 사람은 군사 1천 명과 전선 20척을 가지고 백석도로, 주동·황신·목춘 등 세 사람은 군사 1천 명과 전선 20척을 가지고 조어도로 각각 가서 세 곳을 평정하라고 명령을 내렸다.

그런데 이때 철라한은 섬라성 수채를 지키고 있다가 관승의 화공에 패해 청예도에 돌아와 있었는데, 미구에 혁붕이 전사하고, 관백과 왜병이 모두 얼어죽었다는 정보를 듣고서는 속이 대단히 불안했다.

'이번에 내가 주동해서 섬라성을 들이쳤던 것인데, 누가 이렇게 패전할 줄 알았나! 아무래도 이준이가 우리를 치러 올 거야. 그런데 부하에 있던 강병(强兵)은 모두 죽고, 노약(老弱)만 살아남아 그것도 불과 수백 명밖에 없으니, 어떻게 대적하나? 또다시 일본으로 가서 구원병을 청해 볼까? 그러나 왜왕은 필시 안 들어주겠지…. 모든 걸 내버리고 달아나 버릴까? 그렇지만 아주 이곳을 버린다면 아깝지 않은가! 어디 잠깐 피신할 곳이라도 있으면 좋겠는데… 항복해버릴까? 그러나 저놈들이 나를 그대로 놔둘 것 같지도 않으니 어쩌면 좋은가….'

철라한은 이렇게 생각하다가 또 한 가지 꾀를 생각했다.

'가만있자! 백성들 중에서 장정들만 뽑아 얼굴에 자자(刺子)를 해가지고 병정으로 쓴다면 1천 명은 되렷다… 이놈들을 앞장세워 대적해 볼밖에, 달리 도리가 없구나!'

마침내 그는 이렇게 주의를 정했다.

그런데 청예도로 말하면 주위에 험준한 산악이 없이 토지가 광활하고 기름진 땅이기 때문에 곡식은 잘되는 곳이지만, 섬을 다스리는 철라한이가 힘이 무척 셀 뿐 아니라, 사람 죽이기를 파리 한 마리 죽이는 것같이 아는 까닭으로 백성들은 언제나 불안하게 살고 있는 터였다.

그리고 이 섬 한가운데 있는 철라산에서는 쇠가 나는데, 그 쇠로 칼을 만들면 쇠가 어찌나 좋은지 한번 그 칼을 가져본 사람은 절대로 그 칼을 내놓지 않는 것이었다. 도장(島長)이 저의 이름을 '철라한(鐵羅漢)'이라고 부르는 것도 이런 까닭이다. 그리고 이 철라산 아래엔 석담(石潭)이 있는데, 그 물이 무척 맑긴 하나 쇠독이 있어서 한 모금만 마시면 배가 아파서 못 견디다가 그 이튿날이면 창자가 꿰져가지고 죽어버리는 것이었다.

이렇기 때문에 철라한은 제가 시행하는 법도를 어기는 자가 있으면 다른 형벌을 가하지 않고 이 석담의 물을 한 사발 먹여버리는 것인데, 그렇게 하면 그 사람은 하루도 못 가서 죽어버리는 까닭으로 청예도 백성들은 이것이 무서워서 아무도 법을 어기지 못했다.

이런데 지금 난정옥·호성·동위가 청예도를 토벌하기 위해 이곳에 왔다. 가서 보니까 주위에 성곽이 없고 기름진 농토가 질펀한데, 백성들은 지금 추수를 하느라고 바쁘다.

난정옥은 민간인의 물건은 비록 풀 한 포기, 나무 한 가지일지라도 건드리지 말라고 엄명을 내린 뒤 군사를 이끌고 철라산 밑에까지 갔다.

산 밑에 와서 보니까 철라한이 산꼭대기에 진을 치고 있고, 주위에다 목책을 둘러놓고 있다.

난정옥은 해가 이미 넘어갔고 미구에 어두워질 것이니까, 산 밑에다 진영을 설치하고 하룻밤을 지낸 후, 내일 산 위로 진격하기로 작정했다. 그래서 사병들은 솥을 걸어놓고 밥을 짓는데, 석담의 물이 맑고 깨끗해 보이는지라 그 물로 밥을 지었다. 그러나 이 밥을 먹은 사병들은 모두 배가 아파서 쩔쩔맨다. 다행히 이때 난정옥·호성·동위는 둘러앉아 술을 마시느라고 밥을 안 먹었기 때문에 중독되지 아니했다.

"밥을 먹고 나서 배가 아픈 수가 있긴 하지만, 한두 사람이 아니고 모두가 일제히 아프다는 건 이상한 일이다! 무엇에 중독된 게 아니고서야 그럴 리가 있나? 아무래도 석담의 물이 좋지 않은 모양이다."

난정옥은 이렇게 말하고 급히 그 섬 사람을 붙들어다 심문해보니 과연 석담의 물은 한 그릇만 먹으면 창자가 꿰져 죽는다는 것이다. 그는 이 소리를 듣고 당황해 즉시 동위로 하여금 안도전한테 가서 해독하는 법을 알아오라고 명령했다. 동위는 배를 타고 쏜살같이 떠났다. 배가 아프다고 뒹굴며 고민하는 사병들의 모양은 차마 볼 수 없었다.

이렇게 그날 밤을 경과하고 이튿날 날이 밝자, 북소리 피리 소리가 요란하게 들리면서 철라한의 군사가 모두 기다란 칼을 휘두르면서 뛰어오는 게 아닌가.

배를 움켜쥐고 쩔쩔매는 군사들이 어떻게 싸운단 말인가.

난정옥은 급히 퇴각하라고 명령을 내리고 자기는 호성과 함께 후방에서 적을 막으며 싸웠다. 이때 동작이 느린 사병들은 적의 칼에 맞아 전사했는데, 그 수가 백여 명이나 되었다. 난정옥은 철라한이 자기한테 가까이 왔을 때 일부러 패하는 체하고 달아나니까 철라한이 바싹 쫓아오므로 급히 손을 돌리어 창으로 철라한의 한쪽 무릎을 찔렀다. 그때 철라한이 땅바닥에 거꾸러지는 것을 사병들이 구해가지고 돌아간다.

이럴 때 난정옥과 호성이 해안에 매어놓은 배로 돌아와 보니 군사들은 거의 모두가 죽어가는 시늉이었다. 이것을 보고 그의 마음은 초조했다. 그랬는데 오정 때가 지나서 동위가 5백 명의 싱싱한 군사를 거느리고 쏜살같이 돌아와서 말한다.

"안도전이 말하는데요, 감초탕이면 깨끗이 해독이 된다는군요! 감초를 장만해가지고 왔으니, 빨리 물에 타서 먹읍시다."

이렇게 말하고서 그는 데리고 온 군사들로 하여금 깨끗한 물을 떠다가 감초 가루를 풀어 배를 앓는 사병들한테 먹였다. 그랬더니 감초탕을 먹은 사병들이 모두 금시에 새카만 물을 토해버리는 게 아닌가. 그러고서 그들은 모두 아픈 것이 나았다. 그러나 기운들이 없어서 배 안에 드러누워 안정을 했다.

이튿날 난정옥과 호성은 새로 파견된 군사를 이끌고 싸우러 나갔으나 철라한이 오늘은 산꼭대기에 있지 않고 평지에 진을 치고 있다가 뛰어나오면서 욕설을 퍼붓는다.

난정옥은 크게 노해 창을 꼬나쥐고 말을 몰아 쫓아들어갔는데, 이때 쾅 하는 큰소리와 함께 땅바닥에 파놓은 함정으로 난정옥의 몸이 빠지고 말았다. 그리고 함정 속 좌우 양편에서는 갈고리로 그를 잡아당기는 게 아닌가.

난정옥은 급히 요도를 뽑아 그 칼로 갈고리를 끊어버리고는 몸을 솟구쳐 함정 바깥으로 뛰어나왔다. 이때 호성과 동위는 그의 뒤를 따라서 오고 있었지만 그가 함정에 빠질 때 재빨리 말을 세웠기 때문에 빠지지 아니했다.

이때 철라한이 달려드는 것을 난정옥이 가로막고 10여 합을 싸우니까 호성과 동위도 달려들어 철라한을 친다. 이렇게 되니 어저께 한쪽 다리를 부상당한 철라한은 도저히 당해낼 수가 없어서 내빼버린다. 그때 난정옥이 그 뒤를 바싹 쫓아가니 철라한은 산모퉁이에 있는 동굴 속으로 숨어버리고, 따라가던 토병들은 미처 동굴에 못 들어가고 바깥에 있는 것을 난정옥이 마구 찔러 죽이자 이놈들이 모두 달아나버리는데,

그 중에서 한 놈을 붙들어 모가지를 베려고 하니 이놈이 큰소리로 애걸하는 게 아닌가.

"제발 살려줍쇼! 소인은 병정이 아니라 무죄한 백성입니다."

"이놈아! 네가 백성이라면 농사나 짓고 가만있을 것이지, 어째서 역적 놈을 따라다녔느냐?"

난정옥이 이같이 호령하니까, 그 병정 녀석이 대답한다.

"철라한이가 우리들을 억지로 잡아다가 이마빡에 자자(刺字)를 새겨 병정으로 삼았답니다!"

"오오 그랬구나! 그렇다면 이마빡에 자자가 있는 놈은 죽이지 않도록 하겠다. 그런데 이 동굴이 얼마나 깊으냐? 한참 들어가니? 동굴 속엔 무엇이 있느냐?"

"이 동굴 이름은 오룡동(烏龍洞)인데요, 들어가는 구멍은 좁아서 겨우 한 사람이 간신히 들어가지만 안에 들어가면 굉장히 넓어서 2, 3백 명은 거처할 수가 있답니다. 그래 주야로 불을 켜놓고 있죠. 그리고 이 동굴이 원래 큰 바윗돌 한 개로 된 동굴이랍니다. 철라한이가 금은보화를 여기에 감춰두고, 또 건량(乾糧)도 많이 준비해뒀기 땜에, 철문만 닫아놓고 이 속에 틀어박혀버리면, 천만 군대가 온대도 끄떡없죠. 그놈의 가족들은 모두 이 속에서 사는 걸요."

"흠! 그래? 그런데 동굴 뒤로 빠져나가는 길은 없느냐?"

"빠져나갈 구멍은 없죠!"

"그럼 잘됐다!"

난정옥은 즉시 숯과 장작을 갖다가 철문 위에다 놓고 불을 피우게 했다. 그랬더니 반나절쯤 지나니 철문이 녹아 저절로 열린다. 그러나 동굴 속으로 들어갈 수는 도저히 없다. 그래서 난정옥은 잡목과 창솔가지 같은 것을 산더미같이 쌓아놓고서 불을 질러 그 연기와 화기가 동굴 속으로 들어가게 했다. 이렇게 1주야를 하고서, 이만하면 철라한이 동굴 속에서 뻗어버렸을 거라 생각하고, 파수 보는 병정만 세워놓고서 마을로 내려갔다.

그는 이곳 백성들을 안심시키고, 석담의 물을 먹이는 악법을 철폐하고, 사흘이 지난 후에 동굴 속에서 새카만 숯덩어리같이 타 죽은 철라한의 시체를 끌어내다 모가지를 베어 궤짝에 담은 후 몰수한 금은 10만 냥과 함께 동위가 가지고 먼저 돌아가서 국왕한테 보고하게 했다.

그랬더니 이준은 난정옥에게 청예도를 지키는 책임을 맡기는 것이었다.

한편, 주동과 황신·목춘 등 세 사람은 조어도에 도착해보니까 전면에 조그만 산이 두 개가 있고, 산 밑에 석교(石橋)가 있고, 석교 위에 망루가 있다.

이때 여루천은 토병들을 망루 위에서 지키게 하고, 석교 밑에는 철책을 세워놓고 얼씬도 못 하게 하는 동시에, 만일 가까이 가기만 하면 망루 위에서 죽노(竹弩)로 공격을 하는데, 화살이 한꺼번에 여러 개 날아오는 바람에 한 번 쏘는 데 이쪽에서는 10여 명이 부상을 당하고 만다.

주동은 마음이 초조해졌다.

그가 뱃머리를 돌려 동쪽으로 3리(里)쯤 더 가서 보니까 육지로 올라가는 길이 있으므로, 황신·목춘과 함께 언덕 위로 올라갔다. 올라가 보니 높다란 석벽 밑에 넓은 바위가 있고 근처에는 기화요초가 무성한데, 석벽에 새겨진 글자가 희미하게나마 '임공자조어처(任公子釣魚處)'라고 보인다.

"으응, 이런 고적이 있으니 '조어도'라는 이름이 생겼구나."

주동이 혼잣말하고서 마을을 내려다보니, 인가가 모두 반듯반듯하고 백성들의 생활이 윤택한 것 같다.

언덕을 돌아서 마을로 내려가는 길을 찾아보니까 온통 가시덤불과 칡덩굴이 얽히고설키어 길을 찾을 수가 없다.

"이거 아주 금성철벽(金城鐵壁) 같군! 주형일랑 전면으로 가시고, 나하고 황형은 저 산 뒤로 해서 넘어갈 테니까, 그렇게 합시다."

목춘이 말하는 대로 주동은 배에서 3백 명의 군사를 내려오게 하여 황신과 목춘에게 맡겼다. 그리하여 그들은 칡덩굴 가시덤불을 베어던지고 헤치면서 밤중에 뒷산을 넘어 마을로 내려갔다.

본래 여루천은 무지한 놈팡이여서 섬의 전면만 방어할 줄 알았지, 후면을 방어할 생각을 못 했을 뿐 아니라, 워낙 수효가 얼마 없기 때문에 앞뒤로 나누어 배치할 병정도 없었다. 그런데 황신과 목춘이 뒷산을 넘어서 마을로 내려와 민가 10여 채에 불을 질렀다.

이때 망루에서 화광이 충천하는 것을 바라본 여루천은 급히 망루에서 내려와 화재가 난 곳으로 향해 달려가다가 길거리에 숨어 있던 황신의 칼에 맞아 모가지가 떨어졌다. 그렇게 되니까 여루천을 모시고 오던 병정 놈들이 땅바닥에 모두 엎드려 항복을 한다. 황신은 그 모양을 보고 부하들한테 이놈들을 한 놈도 죽이지 말라고 명령했다.

이때 민가에서 화재가 일어나는 동시에, 망루에는 지키는 놈이 한 놈도 없는 것 같으므로 주동은 군사를 이끌고 상륙했다. 그러고서 여루천의 집을 찾아들어가 그 집안 식구들을 모조리 잡아 죽였다. 이로써 일은 다 끝났다.

그런데 조어도는 청예도만큼 산물이 풍부한 곳이 아니었다. 그러나 그런대로 백성들의 풍속이 질박하고, 집집마다 굶주리지는 아니하는 현상이었는데, 평소에 여루천이 백성들한테 야박하게 굴고 또 너무도 천대했기 때문에 백성들은 속으로 그를 미워하던 터라, 여루천이가 없어진 것을 도리어 기뻐하는 것이었다.

주동은 목춘으로 하여금 금은보화와 함께 여루천의 모가지를 가지고 돌아가 국왕한테 보고하도록 하는 동시에, 고시문을 거리거리에 붙이고서 백성들을 무마했다. 그랬더니 백성들은 이에 감격해 기다란 상자 하나를 가지고 와서, 두 분 장군님께 선사한다고 바치는 것이었다.

주동과 황신이 그 상자를 받아 뚜껑을 열고 보니 이것은 별다른 물건이 아니라, 길이가 열 자나 되는 기다란 뱀이다. 주동과 황신은 놀랐다.

"이렇게 큰 뱀이 있나? 무엇에 쓰는 거냐?"

주동이 이렇게 물으니 그것을 가지고 온 백성이 아뢴다.

"이 뱀의 이름이 파시(巴豕)랍니다. 고기 맛이 좋습니다. 그리고 이놈을 먹으면 오래 사십니다. 그런뎁쇼, 이놈의 뱃속에 오리알만한 쓸개가 있는뎁쇼, 이것이 천 냥짜리죠! 풍질(風疾)에 먹기만 하면, 대번에 씻은 듯이 풍질이 없어진답니다. 그리고 병이 없는 사람이라도 보약으로 먹습니다. 그런데 이놈을 잡기는 여간 힘들지 않아요. 이놈이 지나다니는 길목에는 술항아리를 놓고서 열흘 동안 이놈한테 술을 먹게 한 다음에 잡아야 독(毒)이 없어지니까요. 그리고 이놈의 쓸개는 더운 곳에 두면 못쓰게 되기 때문에 오지그릇 속에 넣어둬야 합니다. 그전에 마새진 국왕께서 이것을 구해 보내라 하셨지만, 여루천이가 공도 승상한테만 한 병(甁)을 바쳤답니다. 그리고 여루천이가 해마다 이놈을 잡아오라고 어떻게 볶아대던지, 백성들은 늘 볶여댔죠! 아마 장군님들이 복이 많으신가 봅니다. 이번엔 우연히 힘도 안 들이고 이놈이 잡혔으니까요."

이같이 장황하게 지껄이는 백성의 말을 듣고 난 다음에 주동이 주인을 불러 뱀의 배를 쪼개고 보니 과연 오리알만한 쓸개가 있다. 그는 이것을 오지그릇에 옮겨 담고 고기를 썰어서 구워오게 했더니, 그 맛이 곰의 발바닥 맛과 흡사하다.

주동과 황신은 고기 맛을 본 다음에 그 고기와 쓸개를 이준에게로 사람을 시켜 보냈다. 그랬더니 안도전이 이것을 보고 칭찬하는 것이었다.

"그래, 이 뱀의 쓸개가 정말 황금과 동값이란 말이야. 오래 앓던 고질도 당장 떨어뜨리니까! 전일 고려 왕의 병환도 내가 이걸로 치료했답니다."

이준은 이 말을 듣고 그 고기를 여러 형제들에게 나누어주는 동시에, 주동과 황신에게는 조어도를 지키고 있으라는 명령을 보냈다.

한편, 백석도로 말하면 바다와 육지를 연결하는 큰 동굴이 하나 있을 뿐, 사방이 깎아세운 듯한 흰 돌멩이로 둘러싸인 석도(石島)였다. 그리고 섬의 중앙에는 면적이 백 리나 되는 평지가 있고, 토질이 비옥해서 곡식이 잘되는데, 그 중에서도 찹쌀은 어떻게나 잘되는지 쌀알 한 개가 오동열매만큼씩 했다. 또, 이 섬에 있는 금사천(金沙泉) 물을 가지고 술을 담그면 술맛이 향기롭고 진해서 한번 취하면 사흘 동안은 술 먹은 효과가 없어지지 아니하건만, 절대로 사람의 몸에 해를 끼치지는 않는 까닭에 이 술의 이름을 '향설춘(香雪春)'이라고 했다. 그리고 이 섬에는 또 한 가지 특산품이 있는데, 그것은 죽림 속에 사는 자고(鷓鴣)같이 생긴 새로서 봄에 살이 쪘을 때 잡아서 쌀가루를 씌워 기름에 튀기면 그 맛이 아주 훌륭한 것이다. 이 새의 이름이 죽구(竹鳩)라는 것인데, '향설춘'이라는 술과 함께 나라 임금한테 진상하는 새였다.

그런데 이 섬을 다스리는 도공이란 인간은 철라한이나 여루천보다도 몇 곱절 욕심 많고 잔인하고 음탕한 인간이기 때문에 백성들은 너나 할 것 없이 모두가 원수같이 생각하는 터였다.

이 같은 도공이 지금 군사들이 쳐들어온다는 소식을 듣고서 바다로 통하는 동굴의 철문을 닫아버렸다. 섬에는 3년 먹을 양식이 넉넉했다.

관승·양림·동맹이 군사를 거느리고 와서 보니까 철문이 닫혀 있고, 섬의 주위는 깎아세운 듯한 석벽이라 손이나 발을 붙일 곳이 한 군데도 없다. 섬의 주위를 배로 한 바퀴 돌아보았으나 출입구는 오직 철문이 닫혀 있는 동굴뿐인 고로 그들은 모두 낙담했다.

"이거 참, 탈났군! 난정옥이 오룡동의 철문을 숯불로 녹여버렸다더니, 이제 우리가 이놈의 철문을 녹여버리려면 숯이 몇 만 섬이나 필요할까?"

양림이 먼저 이런 말을 하니까 동맹은 기가 막힌다는 듯이,

"바닷물 위에 서 있는 철문을 무슨 불로 녹인다는 겁니까? 배 위에 불을 피워 철문에 갖다댄답니까? 배가 먼저 타버리게요!"

하고 허허 웃는다.

"하는 수 없군! 도로 돌아가서 다시 의논해 와야겠소."

양림이 또 이렇게 말하니까, 관승은 고개를 젓는다.

"안 될 말! 청예도와 조어도는 벌써 평정됐는데, 우리들만 여기 와서 이곳을 평정하지 못하고 가면 무슨 면목으로 이대장군을 보겠소?"

이 말에는 양림과 동맹이 대꾸할 말이 없었다.

그들이 이같이 걱정하고 있을 때 멀리서 조그만 배 한 척이 떠오고 있다. 부하 병정들이 갈고리로 그 배를 끌어당기는 것을 보니, 배 위에 사람이라곤 두 사람밖에 안 보이는데, 뱃머리에 앉아 있는 사람의 얼굴을 보아하니 나이 50은 되었고 또 서양사람 같지도 않은 고로 관승이 그를 바라보고 소리를 질렀다.

"네가 뭐하는 사람이냐? 우리를 정탐하러 온 거냐?"

그러니까 그 사람이 말한다.

"소인은 양주 사람입니다. 간첩이 아닙니다. 이름은 방명(方明)입니다."

"여기까지 왜 왔다는 거야?"

"소인이 십 년 전에 이곳에 무역하러 왔다가 배가 파선돼서 모두 죽고, 나 혼자 살아서는 이 근처 황사주(黃沙洲)라는 지방에서 약초를 캐서 팔아가며 그걸로 연명하고 지냅니다. 그때 여덟 살 먹은 딸년을 데리고 왔었는데, 에미는 죽어버렸고… 그럭저럭 지금은 열여섯 살 났는데, 얼굴이 약간 예쁘장해서 한 달 전에 도공이란 놈이 뺏어갔죠. 그런데 도공이의 본 계집이 질투가 심해서 많은 여자들을 함정에 빠뜨려 죽였다는 소문을 듣고, 소인은 지금 딸년의 생사를 몰라서 알아보려고 나왔을

뿐입니다."

"그렇다면 내가 물어보겠는데, 도공이란 놈의 무예가 어느 정도냐? 그리고 이곳에 있는 토병 수효는 얼마나 되며, 양식은 얼마나 지탱할 만큼 가지고 있는지 아느냐?"

관승이 이렇게 물으니까 방명이 자신 있게 말한다.

"그자의 무예는 대단치 않습니다. 그리고 토병은 불과 4, 5백 명 있는데, 곡식은 충분히 저장하고 있으니까 아마 10년을 버티어도 끄떡없을 겝니다. 전일 국왕 마새진이 '향설춘'을 진상하지 않는다고 토벌군을 보냈을 때도 동굴의 철문을 닫아버리고 그냥 앉아서 버티었답니다. 급한 일만 생기면 모가지를 움츠리고 숨어버리는 까닭으로 이놈의 별명을 '거북이'라고 부른답니다."

"그놈이 일본국의 군사를 끌어들여다가 반란을 일으켰기 때문에 국왕께서 날더러 이놈을 토벌하라 하셔서 내가 여기까지 왔는데… 도무지 쳐들어갈 방법이 없구나! 무슨 계교가 없겠느냐? 그래야지 네 딸도 구해내지 않겠니?"

방명이는 잠깐 동안 무엇을 생각하는 듯하더니,

"장군께서 부하 두 사람만 들여보내서 내정을 알아본 다음에 일을 하시죠."

이렇게 말한다.

"아니, 철문이 굳게 닫혔는데 어떻게 들여보내나?"

"그건 어렵지 않습니다. 장군께서 배들을 모두 딴 곳으로 이동시키시면 됩니다. 저 동굴에 조그만 구멍이 하나 있는데, 그 구멍에 천리경(千里鏡)을 대고서 지키는 것들이 바깥을 죄다 보고 있으니까요. 바깥에 있던 군사가 물러간 것을 보기만 하면, 동굴 문은 자연 열립니다."

이 말을 듣고서 관승은 기뻤다.

"고맙네! 그럼 내가 조금 후퇴할 터이니까, 이 두 사람과 함께 안으로 들어가 보게. 나중에 일이 끝난 뒤엔 자네한테 벼슬을 주겠네."

관승은 양림과 동맹 두 사람으로 하여금 방명을 따라서 들어가 보도록 하고, 자기는 배를 모두 이끌고 멀찌감치 다른 곳으로 피했다. 그랬더니 반나절도 못 지나서 동굴 속의 철문이 열린다.

양림과 동맹은 방명과 함께 배 안에 앉아 있다가 동굴 안으로 들어갔다. 그곳을 지키고 있던 토병은 방명이 도공이 소실의 아버님인 줄을 아는 터이라 그대로 그들을 안으로 들여보낸다.

안으로 들어가니까 바로 큰 냇물과 연결되어 있다. 배는 그 냇물을 거슬러 올라갔다. 냇물은 밑바닥이 들여다보일 만큼 물이 맑고 양쪽 언덕에는 대나무가 울창한데 깨끗한 집이 드문드문 서 있는 것이 마치 도원경(桃源境)을 연상케 한다.

5리쯤 올라가니까 도공의 별장이 보이는데, 높다랗게 지은 집이다. 그리고 문간에 4, 5명의 토병이 지키고 있다.

방명이가 문간에 가서 병정들한테 말을 붙이려 하니까, 병정이 손을 저으면서,

"못 들어가오!"

이렇게 소리를 지른다.

방명이 또 무어라고 다시 말을 하려 할 때, 도공이가 숨이 턱에 닿게 뛰어나오는데, 그 뒤에서 험상궂게 생긴 계집 하나가 손에 칼을 들고 쫓아오며 소리소리 지르는 게 아닌가. 양림과 동맹이 한쪽 구석에 숨어서 그 모양을 보니까, 계집의 머리털은 노랗고, 게다가 곱슬머리고, 눈은 크고, 목소리는 사자의 울음소리 같다.

"이놈의 늙어빠진 거북이야! 어디서 여우새끼 같은 어린 계집을 데려다놓고 나를 몰라본단 말이냐? 이 연놈들아, 내 손에 죽어봐라!"

계집이 이렇게 고함을 지르면서 쫓아오는데, 도공은 뒤도 안 돌아보면서 그냥 내빼버린다. 계집은 숨이 가빠서 더 쫓아가지 못한다. 그러자

그 뒤를 따라오고 있던 시녀 같은 계집들이 가까이 오더니 그 계집을 모시고서 돌아가버린다.

양림과 동맹은 그 꼴을 보고 웃었다.

"별꼴 다 보겠군! 도공이란 놈의 계집이 아주 여걸인데!"

두 사람이 서로 바라보며 웃을 때, 한옆에 섰던 방명이가 다시 말을 붙이니까, 문지기 병정이 그제야 일러준다.

"주인어른이 당신 따님만 총애하시니까 저런 소동이 가끔 일어나죠. 지금 주인어른은 저 위의 별당에 계십니다."

"별당이 여기서 먼가?"

"아니오. 일 리(里)도 안 갑니다. 제가 안내하죠."

이래서 방명·양림·동맹은 병정을 따라서 한참 갔는데, 조그만 문루를 하나 들어가니까 그 안에 도공이가 붉은 방석을 깔고 앉아 있다.

방명이 그 앞에 가서 예를 하니까 도공은 일어나지도 않고 앉아서 예를 받고도 장인더러 거기 앉으라고 말하더니,

"이 사람들 둘은 누구요?"

하고 묻는다.

"일가 되는 사람이오."

방명이 이렇게 대답하니까, 도공은 두 사람보고도 거기 앉으라고 말하더니, 장인을 보고 말한다.

"당신 딸은 여기서 부귀를 누리고 잘 있는데 뭣하러 찾아온 거요? 다만 늙은 마누라가 강짜가 심해서 지랄 같지만, 죽여버릴 수도 없고… 그냥 놔두는 터인데, 당신 딸은 아주 쾌활하니까 염려 마오."

이렇게 말하고서 도공은 작은마누라를 불러낸다. 그러자 옆방에서 젊은 여자가 나오더니 저의 아버님을 보고 인사를 하고, 그리고 양림과 동맹을 보고는 누구인지 알 수가 없지만, 그냥 덮어놓고 인사를 하는 것이었다. 양림과 동맹은 일어나서 자기들도 허리를 굽혔다. 젊은 여자

는 방명의 곁에 가서 앉았다.

그럴 때 시녀가 삶은 돼지발 두 개하고, 삶은 오리 한 마리와 고기만두 한 쟁반과 향설주를 내다놓는다.

도공은 음식을 보더니 손님한테 권하지도 않고 오리 고기를 칼로 썰어 큰 잔에 술을 따라 마신다. 양림과 동맹도 술을 조금 따라 마셨다.

도공은 혼자서 한참 먹고 마시고 하더니 취해가지고 옆방에 가서 쓰러져버린다.

이렇게 도공이가 그 방에서 없어지니까 방명의 딸이 울상을 하면서 저의 아버지한테 호소한다.

"저는 아무래도 목숨을 보전할 수 없을 것 같아요! 늙은 마누라가 그저 날마다 저를 죽이려고 벼르니까요. 오늘 아버님을 뵈었으니까 이제는 죽어도 한은 없습니다!"

방명은 이 말을 듣고 딸의 귀에 입을 대고 가만히 말했다.

"걱정 마라! 저 두 분 장군님이 섬라국 왕께서 보내신 어른이란 말이야. 오늘밤으로 저놈을 없애버릴 텐데 뭘 그러니!"

아비의 말을 듣고 딸은 금시에 생기가 나서 말한다.

"저게 지금 취했으니까 내일 점심때나 돼야 술이 깰 겁니다. 지금 저 침방엔 시녀가 두세 명밖에 없으니까, 지금 하수(下手)하셔도 상관없어요. 저는 또 가서 얼른 잠이 들도록 다독거려놓죠."

젊은 여자는 옆방으로 건너가면서 시녀에게 술을 더 갖다드리라고 이른다.

시녀가 술을 갖다놓고 건너간 다음에 동맹은 입술을 빨면서 한마디 한다.

"그거 참, 술맛은 과연 좋은데, 취할 수는 없고… 취했다간 일이 잘못될 것 같고!"

양림도 술잔을 보기만 하면서 한마디 한다.

"도공이란 놈의 위인은 우직한 놈이구먼. 조금도 우릴 의심하지 않으니!"

"저의 장인이 데리고 들어온 사람이니까 일간 줄 알고… 그러니까 맘을 탁 놨지. 조금 있다 하수합시다. 마누라쟁이가 모르는 사이에 일을 해치워야지, 알았다간 또 무슨 방해가 일어날지 모르니까!"

동맹은 이런 말을 하고 일어나서 문루 아래를 한번 내려다본다. 아무도 오는 것 같지 않다. 그들은 한 잔씩 마셨다.

밤이 3경쯤 되었을 때 방명은 동맹과 양림을 데리고 침방으로 들어갔다. 그의 딸이 등불 아래 혼자 앉아 있는데, 도공이는 눈을 뜬 채 코를 드르렁드르렁 골면서 자고 있다. 양림과 동맹은 단도를 빼 한 손으로 이불을 젖히고 그놈의 모가지를 싹 도려버렸다. 그런 다음에 동맹은 한쪽 벽에 기대앉아서 졸고 있는 두 사람의 시녀한테 손을 대려 하니까, 방명의 딸이 손을 내젓는다.

"안 돼요! 그 애들은 나를 도와주는 애들예요."

양림은 도공이의 모가지를 들고 나오면서 방명의 딸을 보고 침방 문을 잠가놓으라고 부탁했다. 그러고서 날이 밝자 방명을 보고 다시 부탁한다.

"당신은 따님하고 함께 여기 계시오. 어디 가서 소문내면 안 돼요! 내가 나가서 관승 장군하고 같이 다시 들어와 그놈의 마누라도 죽여버릴 테니까!"

양림은 배를 타고 동굴까지 와서 병정더러 철문을 열라고 하니까 문지기 병정은 철문을 열어준다.

"내가 나갔다가 금시에 또 들어올 거니까, 철문을 닫지 말고 그냥 놔둬라!"

그는 이렇게 이르고서 바다로 나갔다.

이때 관승은 양림이 도공이란 놈의 수급을 가지고 온 것을 보고, 그리고 대강 이야기를 듣고서 몹시 기뻤다. 그래서 그는 즉시 양림이 타고 온 배를 앞세우고서 전선을 모두 이끌고 동굴 입구로 갔다. 앞에서 인도하는 배가 먼저 철문을 통과하자 계속해서 꼬리를 물고 배들이 들어가니까 철문지기 병정은 어쩔 도리가 없어서 가만히 보고만 있는 게 아닌가.

그들은 바로 도공이 거처하는 집 앞에까지 올라가서 주위를 에워쌌다. 그러자 늙은 마누라가 머리를 산발한 채 칼을 휘두르며 뛰어나오는 것을 관승이 청룡도로 내리치니까 거꾸러진다. 그때 군사가 달려들어 모가지를 베어버렸다. 이렇게 되니까 토병들이 모두 항복하는 고로, 관승은 고시문을 써서 거리에 붙이고 백성들을 안심시킨 후 도공 내외의 시체를 매장시켰다. 그러고 나서 관승은 방명에게 사례했다.

"당신 덕분으로 이곳을 평정시켰으니 감사하오. 국왕께 말씀해서 처분을 받은 다음에 당신한테 상을 내리겠소."

"천만의 말씀이죠! 장군이 도민(島民)을 위해서 나쁜 놈을 없앴고, 나는 내 딸을 구해냈을 뿐인데, 내가 무슨 공이 있나요!"

방명은 이렇게 사양했다.

관승이 창고를 조사시키니까 금은과 미곡이 가득 찼고, 또 '향설춘'이 한 곡간 가득하고, 죽구(竹鳩)도 많이 있다.

관승은 양림·동맹·방명과 함께 술을 몇 잔씩 마신 다음에 군사들에게는 상을 나누어주고, 그리고 방명의 공적을 자세히 적어서 보고문을 작성한 후 '향설춘'과 '죽구'와 도공이의 수급을 군사로 하여금 섬라성으로 가지고 가서 보고를 하게 했더니, 그 후 사흘 뒤에 관승·양림 두 사람은 방명을 데리고 백석도를 지키고 있으라는 공문이 왔다.

동맹은 그들과 작별하고 섬라성으로 돌아왔다.

"이번에 수고 많았네. '향설춘'을 자네가 얼마나 많이 먹었나? 이번에 보내온 것을 열 병은 궁중으로 보냈고 나머지는 모두 형제들끼리 먹어버렸네."

이준이 동맹을 보고 이런 말을 먼저 하니까, 곁에서 원소칠이 한마디 한다.

"난 생전에 꼭 두 번 맛 좋은 술을 먹어봤죠. 전에 양산박에 있을 때 진태위가 가지고 온 열 병이나 되는 어주를 몰래 먹어본 것하고, 이번에 '향설춘'하고 두 번뿐인데… 향설춘이 제일이야!"

그 말을 듣고 이준은 빙그레 웃으면서 말한다.

"하여간 공도가 시역(弑逆)을 저지른 후 반년 동안이나 우리가 전쟁하느라 모두 고생들 했소. 관백과 혁붕을 죽이고 이제 삼도를 평정했으니, 근심이 없어졌구려. 이 해도 다 갔으니 유쾌하게 과세(過歲)들이나 잘하오."

중원을 구원하라

이때 연청이 이준의 그 말을 듣더니 정색하고서 말한다.

"편안할 때엔 항상 위태로웠을 때를 잊어버리지 말라는 것이 교훈입니다. 한 나라이거나, 한 집안이거나 안일만 좋아하다가는 망하는 법입니다. 도군 황제가 채경에게 국사를 맡기시고 당신이 친히 정무를 안 보시다가 결국 서울이 함락되고, 당신 부자분이 북쪽으로 납치되신 거라든지, 마새진이 우유부단해서 전권을 공도가 가지고 놀더니 결국 시역(弑逆)의 화를 당한 거라든지, 모두 교훈을 지키지 아니한 때문입니다. 대장군께서는 지금 국가의 기초를 닦는 중이신데, 3도(島)는 평정되었다손 치더라도 24도가 모두 달게 복종하는 건 아닙니다. 그러니 각 섬을 하나하나씩 둘러보시고 덕을 나타냄으로써 감히 망령된 마음을 일으키지 못하도록 무마하는 것이 지금 필요한 일입니다. 한 번 수고를 더하는 것과 영원히 편안할 것과… 어느 쪽을 택하시렵니까?"

이 말을 듣고 이준은 즉시 깨달았다.

"아우님 말이 옳소! 대단히 옳은 말이오."

그는 즉시 8방 12신장과 24수의 기치를 선명하게 제조하도록 명령을 내리는 동시에, 시진·연청·주무·악화·호연작·이응·화봉춘·호연옥·서성·능진 등 열 사람과 군사 3천 명과 전선 50척에 길일을 택해 출동하도록 명령을 내렸다.

택일한 날, 세 개의 대포와 열두 개의 북이 울리는 가운데 이준 일행은 먼저 떠나서 청예도에 도착하니까, 난정옥과 호성이 나와서 영접해 들인다. 이준은 두 사람을 위로하고 철라한의 수급을 동쪽에 있는 다섯 개 섬에 돌려 보이게 했더니, 다섯 섬에서는 각각 특산물을 가지고 와서 항복을 드리는 것이었다. 이준이 그들에게 화홍단(花紅緞)을 선물로 주었더니 그들은 모두 기뻐하면서 돌아갔다. 난정옥은 이준을 여러 형제들과 함께 철라산 오룡동으로 모시고 가서 하루를 즐겁게 놀았다.

이튿날엔 그곳을 떠나서 조어도로 갔다. 주동과 황신이 나와서 영접했다. 이준이 여루천의 수급을 서쪽에 있는 다섯 개의 섬에 돌리어 보였더니 역시 모두들 찾아와서 항복하는 고로, 그들에게도 이준은 중상을 주어 돌려보냈다. 주동은 또 이준에게 파시담(巴豕膽)을 진상하고서 안도전으로 하여금 잘 쓰도록 하는 것이었다. 여기서도 이준은 조어대에서 하루를 놀고 떠났다.

뱃길을 북쪽으로 돌려 백석도에 이르자, 관승과 양림이 나와서 영접한다. 이준은 섬에 들어가 보고서,

"과연 기묘하게 생긴 섬이로군. 만일 방명이 없었던들 이 섬은 평정하지 못했을 뻔했구려!"

이렇게 탄복하고서 다시 방명에게 상품을 내렸다. 관승은 연회를 베풀고 '향설춘'을 올렸다. 모든 사람이 취해서는 잘 놀았다. 그리고 북쪽에 있는 다섯 개 섬에서도 모두 이리로 와서 항복을 드렸다.

백석도를 떠나서 금오도에 오니까 비보와 상청이 나와서 영접한다.

이준은 두 사람을 보고 말했다.

"이 섬이 우리가 창업을 일으킨 터전이란 말이오. 산천이 수려하고 성곽이 견고해서 족히 섬라국의 병풍도 되고 방패도 될 거요. 그런데 두 분 아우님의 힘으로는 조금 부족할 거니까, 내가 돌아가 왕진과 원

소칠에게 말해서 두 사람을 이리로 오게 할 터이니, 두 사람과 함께 이 곳을 지키시오. 왕진은 노장이라 누구보다도 군사(軍事)를 잘 알고 있는 우리의 선배요, 원소칠은 수전에 익은 사람이니까, 이렇게 네 사람이 여기 있으면 내가 남쪽에 대해서는 근심이 없겠소!"

비보는 이준을 모시고 성루에 올라가서 잔치를 열었다. 그리고 남쪽에 있는 다섯 개 섬에서도 이곳에 찾아와 항복하는 것을 이준은 상을 주고서 돌려보냈다.

비보와 상청이 이같이 잔치를 벌여 이준 일행을 모시고 둘러앉아 술을 마시고 있으려니까, 어디로부터 왔는지 한 사람의 도사가 표연히 나타나는데, 언제부터 알던지 화봉춘이가 도사의 얼굴을 한번 바라보더니 자리에서 벌떡 일어나 절을 하는 것이었다. 그러자 도사는 허허 웃으면서 묻는다.

"부마가 나 같은 사람을 알아보우?"

이준은 그 도사의 선풍도골(仙風道骨)을 보고 상좌로 청했다. 그러자 도사는 조금도 사양하지 않고 올라와 앉더니 서슴지 않고 술을 열 잔이나 계속해서 마시는 게 아닌가.

이준이 이상하게 보고 이 사람의 내력을 물으니 화봉춘이가 이야기한다.

"마국주(馬國主)께서 단하산에 소풍하러 가셨을 때 저 선생께서 국주의 기색을 보시고 대단히 좋지 못하다고 보셨던지, 미구에 기화(奇禍)를 당하지 말고 출가(出家)하시라고 이르신 일이 있습니다. 사구(四句)의 게어(偈語)를 일러주셨는데, 벌써 경험하고서 지나간 일이지만, 지금까지 그 뜻을 풀지 못하고 있습니다."

화봉춘의 말이 끝나기가 무섭게 도사가 말한다.

"그 뜻이 무에 어려워! '강수위재(降水爲災)'의 강수란 말은 홍수(洪水)란 말과 마찬가지야. '장년불영(長年不永)'의 장년이란 말은 '수(壽)'라는 말과 마찬가지 아닌가? 홍수의 '홍(洪)'자에서 석 점(氵)을 떼어다가 '수'자 곁에 붙여놓고서 두 글자를 읽으면 '공도(共濤)'가 안 되나? 그자로 말미암아서 화를 당한다는 뜻이었지. 나중의 두 구는 '타일중래(他日重來) 유유황총(唯有荒塚)'이었는데 그런 건 해설할 건덕지도 없잖나!"

"만일 그때 마국주께서 선생을 따라 출가하셨다면 화를 면하셨을까요?"

화봉춘이 또 이같이 물으니까 도사가 대답한다.

"선가(仙家)에서는 전화위복을 주장하니 자연 면했겠지. 그러나 노병빈고(老病貧苦)의 중죄를 짊어지고 허망한 인생살이에 연연해하는 것이 인생인데, 어찌 일국의 왕위를 헌신짝같이 버리고 출가를 했겠소? 괜스레 내가 그때 잔소리만 했을 뿐이지."

"그런데 공도는 그냥 가만있어도 부귀를 누리고 있었는데, 무슨 까닭으로 역적질을 하다가 스스로 멸망을 자초했나요?"

"명예와 이익을 탐하는 사람이란 해로운 일이 있을 건 생각하려고도 안 하니까, 족히 무슨 일이든지 하고말고! 평범한 사람은 마음을 깨끗이 닦기만 하면 비록 강도질을 해오던 사람이라도 좋은 곳으로 가는데, 마음이 간교하고 음험한 인간은 왕후장상이 되려고 망상을 하고는 천리에 어긋나는 일을 저지르다가 필연코 주륙을 당하는 거란 말이야… 저 공도나 중국의 채경·고구 같은 인간이 이런 종류인데… 이런 것들이야말로 유취만년(遺臭萬年)하는 것들이지."

이 말을 듣고 이준은 속으로,

'이 도사가 아마 날더러 들어보라고 일부러 빗대놓고서 이러는가 보다….'

이렇게 생각하고는 자연스럽게 물어봤다.

"나 같은 사람도 선생님의 제자가 되어 출가를 한다면 되겠습니까?"

도사는 이준의 얼굴을 한번 바라다보더니 말한다.

"노형한테 지워진 그 무거운 짐을 다 어떻게 하고 출가하겠소? '등(登)'이 오거든 그때나 짐을 벗을까…."

"'등'이란 뭡니까?"

"나중에 자연 알지…."

"선생이 지금 어디로 가시는 길인지 모릅니다만, 다른 데로 가시지 말고 공손 선생하고 함께 수련하고 계시면 어떠십니까?"

"공손일청은 내 스승님의 조카외다. 그 사람이 일전에 눈과 바람을 일으켜 사람들을 너무 참혹하게 죽였기 때문에 승천하는 일이 훨씬 늦어졌는걸요."

이같이 말하고 나서 도사는 맞은편 바람벽이 하얗게 새로 도배된 것을 바라보더니 붓과 벼루를 달라고 한다.

화봉춘이 얼른 일어나서 붓과 벼루를 갖다주니까, 도사는 도포의 소맷자락을 걷어올리더니 붓에 먹을 잔뜩 찍어가지고 바람벽 위에 글자를 스물여덟 개나 써놓는 고로, 여러 사람이 모두 일어서서 보니까 다음과 같이 적혀 있다.

> 모려탄변일정횡(牡蠣灘邊一艇橫)
>
> 석양서하대조생(夕陽西下待潮生)
>
> 여군불부등임약(與君不負登臨約)
>
> 직향금오배상행(直向金鰲背上行)

이렇게 네 구절을 적은 다음에 끄트머리에는 '서신옹제(徐神翁題)'라고 조그맣게 써놓았는데, 아무도 그 뜻을 알 수가 없다.

도사는 여러 사람을 한번 둘러보더니,

"굉장히 귀한 어른이 내일 나타나실 거니까, 그때 자연 알게 될 거요."

이렇게 말하고 나서 다시 화봉춘을 보고 묻는다.

"향설춘을 몇 잔 먹었으면 좋겠는데… 있나?"

"향설춘은 본래 백석도에서만 만들어내는 술이어서 가지고 오지 못했습니다. 백석도가 워낙 여기서 5백 리나 되는 터이니, 지금 어찌합니까?"

화봉춘이 이렇게 대답하니까 도사가,

"술통을 이리 가져오게. 내가 얻어옴세."

하고는, 심부름하는 사람이 빈 술통을 가져다놓으니 도사는 옷소매로 술통 위를 한 번 덮었다가 열어놓고 술을 한 잔 떠서 올리는데, 맛을 보니 과연 향설춘이라, 모두들 이상하게 생각했다. 도사는 또,

"술맛이 이렇게 좋은데 실과가 없어서 안 되겠군!"

하고 큰 쟁반을 하나 가져오라 하더니 쟁반을 갖다주자, 풍정역(楓亭驛)의 특산물로 유명한 붉은 여지(荔枝) 과실을 소매 속으로부터 한 쟁반 하나 가득 꺼내놓는데, 모두 싱싱한 것들이다. 그러고 나서 도사는 또 소매 속으로부터 낙양 땅에 만발한 모란꽃 한 송이를 꺼내놓는데, 이것도 금시에 따온 것처럼 아주 싱싱하다.

도사는 그 꽃을 상 위에 꽂아놓고 한번 껄껄 웃는다.

"가난한 이 사람이 여러분께 선사할 것이 없기에 이런 것을 드리는 터이니 웃고 받아주시오."

이렇게 말하고 나서 도사는 여지 한 개를 껍질을 벗겨 먼저 이준에게 갖다바친다. 이준이 받아서 입속에 넣으니 맛이 달고 향긋한 것이 금시에 입 안에서 녹아버리는 것 같다.

도사는 또 한 개를 까 연청에게 주면서 말한다.

"타모강에서 당신이 도군 황제께 갖다드린 청자(靑子)와 이것과 비교해서 맛이 어느 쪽이 좋을까? 청자보다는 아마 이것이 더 좋을걸!"

그는 이렇게 말하고 나서 잔을 집어들더니, 자작으로 향설춘 술을 석

잔이나 마신 후, 공중으로 손을 뻗어 손짓을 한다. 그러자 공중으로부터 백학 한 마리가 푸르르 날아오더니 마당에 내려앉으면서 맑은 목소리로 두 마디나 울음을 우는 게 아닌가. 그럴 때 도사는 마당으로 내려가 학의 등어리에 걸터앉더니,

"지금부터 저는 나부산(羅浮山)으로 매화 구경을 가는 길입니다만, 여러분을 모시고 가지 못해 미안합니다."

하고 하늘 높이 날아가고 만다. 이때 여러 사람은 일제히 중얼거렸다.

"참말 신선이 왔다 가시는구나! 공손 선생이 한번 만나보았다면 좋았을 걸 기회를 그만 놓쳤구나!"

그들은 아쉬워했다. 그러면서도 그들은 밤이 늦도록 즐겁게 놀았다.

이튿날, 일행이 본국 섬라국으로 돌아가려고 떠날 준비를 하는데, 탐색선이 급히 들어와 보고를 올린다.

"송조의 황제가 지금 모려탄(牡蠣灘)에서 금국(金國)의 대장 아흑마한테 갇혀 심히 위급하다 하십니다."

이 같은 보고를 들은 시진과 연청은 이구동성으로 말한다.

"우리들의 마음이 오직 충과 의로 뭉쳐졌건만, 중원이 함락되고 두 분 황제가 몽진하시게 될 때도 그저 병권 하나가 없는 까닭으로 어쩌는 도리가 없어서 가만히 보고 있었죠! 그런데 지금 강왕께서 국가를 중흥하시려다가 또 저 모양을 당하신다니, 이걸 그냥 앉아서 구경만 하고 구해드리지 않는단 말입니까? 지금 우리의 장병이 비록 수효는 적어서 중과부족이겠지만, 금병은 기사(騎射)는 잘해도, 수전은 잘하지 못합니다.

그러니 나가서 금병을 무찔러버리고 강왕을 무사히 돌아가시게 해드리면, 이것은 천재(千載)에 기공(奇功)이요, 이름을 청사(青史)에 남길 일이니, 어찌 가만히 앉아 있겠습니까!"

두 사람의 주장을 듣고 이준도 분연히 말한다.

"내가 불과 일개 미천한 사람으로서 오늘날 이 같은 사업을 이룬 것은 오직 여러분 형제들이 도와준 덕분인데, 만일 지금 송조의 군부(君父)의 난을 구해드리지 않고 좌시한다면 이것은 짐승이나 마찬가지란 말예요! 이 몸이 죽어서 진흙이 될지라도 나는 감수할 테니까, 여러분! 나하고 함께 나가서 금병과 싸웁시다. 그래서 대의를 이 땅 위에 세웁시다!"

그러자 주무가 한마디 한다.

"먼저 작전 계획을 짭시다. 군대를 삼대로 나눠 밤이 깊은 다음에 조용히 나갑시다. 그래야 적이 우리 편의 병력이 얼마나 되는지를 알지 못하게 될 것이고, 그래야만 우리가 승리를 거둘 수 있습니다. 오늘이 기수표치일(箕水豹值日)이니 느지막하게 대풍(大風)이 일 겝니다. 그러니 빈 배에 열 척가량 시초(紫草)를 가득 싣고, 유황·초산을 뿌려 저놈들이 무방비 상태로 있을 때 화공(火攻)을 하십시다. 그렇게만 하면 완전 승리할 겁니다."

이렇게 말하고 있을 때 마침 왕진과 원소칠이 들어왔다.

이준은 대단히 만족해하고서 즉시 호연작·호연옥·서성으로 일대를 편성하고, 왕진·이응·원소칠로 일대를 편성하고, 자기는 시진·주무·연청·비보·화봉춘·능진 등과 함께 중군이 되어 밤이 깊어진 다음 금오도를 떠났다.

그런데 이때 송나라 고종 황제 강왕(康王)은 임안(臨安)에서 즉위한 뒤 황잠선·왕백언·탕사퇴 등 무능한 사람들을 재상으로 썼기 때문에 이강·장소·부량 같은 충량한 신하들은 물러가고, 변경이 함락되고 양회 지방마저 잃어버리고야 말았었는데, 그럴 때 금병의 총사령관 되는 올출이 승승장구 침입하여 독송관을 격파하고, 임안을 함락시키는 바람에 고종 황제는 명주(明州)로 달아났다가 해안으로 내려왔었다.

이때 아흑마는 용병 1만 명을 거느리고 모려탄까지 추격해와 대뜸 고종 황제 일행을 전멸시켜버리려고 했지만, 워낙 배는 큰 배인 데다가 여울물이 얕아서 언덕 아래까지 배를 끌어다붙일 도리가 없기 때문에 저희들끼리 꾀를 의논하고 있었다.

그리고 이때 고종 황제를 모시고 오던 장병들은 대부분 전사해버렸고, 우림군 수백 명과 문무내감(文武內監) 십여 명이 겨우 황제를 모시고 있을 뿐이었는데, 황제는 끼니를 굶기도 몇 끼니 굶었고, 사태는 지극히 위태로운 지경이었다.

그런데 이날 밤 3경쯤 되었을 때, 이준은 3대 병력을 거느리고, 화선(火船)을 앞세우고서, 금영으로 쳐들어가면서 각 선에 일제히 불을 질렀다. 그다음에 능진이 대포를 연방 터뜨리고, 호연작 등 장수들이 고함을 치면서 쳐들어가니까, 이때 아흑마는 이 구원병이 어디서 오는 구원병이고, 또 병력이 얼마나 있는지, 캄캄칠야에 알 길이 없는 데다가 불이 활활 타오르는 배가 떼 지어 달려드는 바람에 어떻게 항거해볼 도리가 없어서, 간신히 1개 소대 병력의 호위로 그곳을 빠져나와 바다 바깥으로 내뺐다. 그리고 그 밖의 금병들은 칼에 맞아 죽고, 불에 타서 죽고, 물에 빠져 죽는 등… 이루 그 수효를 알 수 없었다.

아흑마는 패잔병을 거느리고서 명주로 돌아가지 못하고 등주·내주를 향해서 달아났다.

그럴 때 호연옥과 서성은 그 뒤를 추격하여 금병의 배 한 척과 장교 두 놈과 사병 30명을 생포해가지고 돌아와 죽여버렸다.

이때 고종 황제는 해상에서 화광이 충천하고, 대포 소리가 요란하고, 군사들의 고함 소리가 또한 대단한 고로, 이제는 운명이 다했다 싶어 눈물이 저절로 쏟아졌다.

"아마도 금병이 이제는 육지로 올라오는가 보다! 내가 적병한테 붙들려 욕을 당하느니보다, 차라리 자살해버려야겠다!"

황제가 이렇게 탄식할 때 시신(侍臣) 하나가 위로의 말씀을 드렸다.

"저 고함 소리를 들으니 아마 구원병인가 봅니다. 폐하께선 너무 근심 마시고, 참고 기다려보십시오."

그럭저럭 날이 밝을 때 이준 등 일동이 육지로 올라와서 우림군을 보고,

"우리는 폐하를 모시러 온 구원병이다. 금병을 죄다 무찔러버렸으니, 들어가서 폐하께 그렇게 여쭈어라!"

이같이 말하는 게 아닌가.

우림군이 달려들어가 이같이 보고를 올리자, 고종 황제는 너무도 기뻐서 즉시 이준 등을 불러들였다.

이준은 황제 앞에 가서 아뢴다.

"신 등이 몸에 갑옷을 입은 까닭으로 예를 드리지 못합니다. 속히 달려와 보호해드리지 못한 죄를 용서하시옵소서!"

고종 황제가 그 말을 듣고 그들의 얼굴을 바라보니, 모두 용모가 당당하고 위풍이 늠름하다.

"경들이 누구이며, 대관절 어떻게 짐의 대난을 구했소?"

황제가 이같이 묻자 이준이 아뢴다.

"신 이준 등은 양산박 송강의 부하로서 도군태상(道君太上) 황제폐하로부터 세 번이나 초안을 받자온 후, 요국을 정복하고 방납을 섬멸시키고 조정으로부터 관직을 받았사온데, 채경·고구·동관 등이 저희들을 시기하와 성지(聖旨)를 가장하고서 독주로써 송강을 죽이고 노준의를 죽이고, 또 저희들까지 해치려는 까닭에 해외로 도망하여 섬라국으로 갔었습니다. 그랬사온데, 섬라국 왕 마새진이 간신 공도의 손에 승하하신 뒤에 국내에 주인이 없게 되자 군민이 옹립하는 바람에 신이 권도로 국사를 맡아보고 있는 중이온데, 이번에 폐하께서 아흑마에게 포위를 당해 곤경에 빠지셨다는 소식을 들었삽기로, 신 등 일신의 위험을 무릅쓰고 달려와서 구호해드린 것이옵니다."

고종 황제는 이 말을 듣고 칭찬한다.

"송강을 위시해서 경들이 충의심을 품고, 조정을 위해 공을 세운 사실은 짐이 들어서 안 지가 오래이오. 간신들이 경들을 모함했었지만 이제는 간당들도 없어졌소. 그리고 오늘은 또 짐을 이같이 구해주었으니, 그 공은 가히 죽백(竹帛)에 기록되어 백세에 전해질 줄 아오. 짐이 환조(還朝)하면 경들의 관작을 올리고, 포상 대상에서 빠졌던 사람들한테도 후히 포상을 내리겠소."

이준은 황제한테 감사를 드리고 또 아뢰었다.

"신이 듣자옵건대, 수랏상을 받으시지 못한 적이 있었다 하오니, 죄송합니다. 잠시 신이 주찰하고 있는 곳으로 행차하시었다가, 병마를 정돈하신 뒤에 환조하시면 어떠하올지… 황송하오나 그리하옵시기를 바라옵니다."

고종 황제는 잠시 생각하더니 그리하라고 승낙하고서 일어난다. 문무내감들도 황제를 따라나와서 배를 탔다.

조금 지나서 금오도에 도착하자, 이준 등은 황제를 십육인 교(橋)에 모시고 공청으로 들어가서 송조(宋朝)의 조복(朝服)으로 갈아입은 후 배무의 예를 드리고 나서, 수랏상을 올리고, 또 문무내감들한테도 음식을 대접하고 우림군한테도 술과 밥을 주었다.

황제는 음식을 든 다음에 웃으면서,

"짐이 완전히 하루 동안을 절량(絶糧)했었는데, 지금 포식을 했소! 경의 덕이오!"

이렇게 말하고는 맞은편 바람벽에 쓰여 있는 시를 읽어보더니 깜짝 놀라면서 묻는다.

"이 시는 누가 언제 써놓은 시인가? 그리고 이 섬의 이름은 무언가?"

"이 섬은 금오도입니다. 그리고 저 시는 어저께 자칭 서신옹(徐神翁)이라는 도사가 홀연히 나타나 저렇게 써놓고 갔사옵니다. 그러나 저 시의 뜻이 무엇인지 도무지 알 수가 없기에 물어봤더니, 그 도사가 하는 말이 '내일 귀인(貴人)이 여기 오실 터이니까, 그렇게 되면 자연 알게 된다'고 대답하더군요."

황제는 그 말을 듣고 무릎을 치면서 고개를 끄덕인다.

"일이란 모두 전정(前定)이 있어 그대로 되는 모양이구나! 짐이 전에 있을 때 도사 한 분을 만났더니, 그 도사가 저 사구 시(四句詩)를 불러주면서 '이다음 날 자연히 경험하게 될 거라'고 말하더군. 이런 일이 있은 지가 벌써 여러 해 전이었는데 오늘 여기 와 필경 그 말대로 경험을 하고야 말았으니… 인생이란 도시 정한 대로 되어가는 모양이 아닌가? 그래, 그 도사가 바로 '서신옹'이었구먼!"

그러고 나서 황제는 다시 이준을 바라보면서 묻는다.

"그래 그 서신옹이 지금 어디 있다고 합디까? 짐이 다시 한 번 찾아보고 앞길을 물어보고 싶은데?"

이준은 그 도사가 가져온 향설춘 술과 모란꽃과 여지 과실을 가져다가 황제 앞에 놓고서 아뢴다.

"그 도사가 나중에 학을 한 마리 불러 타고서 하늘로 날아가버렸습니다."

"그 신선이 어찌 하루만 더 있지 않고 가버렸나! 내가 내 앞길을 이제 어디 가서 물어본단 말인고!"

황제가 안타까운 듯 이렇게 혼잣말하고 한숨을 쉬는 고로, 이준이 아뢰었다.

"폐하께서 이번에 대난을 무사히 경과하셨으니까, 이제는 만수무강하실 겁니다. 오늘이 섣달 스무여드레이오니, 잠시 저희 섬라국까지 행차합시어 그곳에서 과세나 하옵신 뒤에, 신정(新正)에 환조하옵시기 바라옵니다."

그 말을 듣고 황제는 고개를 끄덕인다.

"군려(軍旅)가 총총해서 그간 해가 바뀌는 줄도 몰랐구려! 경의 말대로 과세나 하고서 돌아가겠소."

이준은 곧 화봉춘과 악화에게 먼저 돌아가서 환영 준비를 하도록 시켰다.

고종 황제는 큰 배를 타고서 금오도를 떠나 섬라성으로 오면서 바다 위의 맑은 기운과 멀리 보이는 해안의 경치를 구경하고 대단히 만족했다.

배가 항구 안에 도착하자 악화가 의장병을 데리고 나와서 맞이해 올린 후, 좌우 길거리에서는 주민들이 등촉을 밝히고 풍악을 울린다.

이준과 기타 여러 사람은 황제를 모신 수레의 뒤를 따라 보행으로 금란전까지 걸어 들어갔다.

고종 황제가 전상에 오르자, 모든 관원들이 나와서 배례를 드린다. 배례가 끝난 후 황제가 편전으로 들어가자, 이준과 공손승과 연청 세 사람만이 황제 곁으로 가서 모시고 섰으니까 황제는 그들의 성명을 물어보고 나서 공손승을 보고 말한다.

"어저께 서신옹이 왔었다 하는데 선생이 만나보셨나요? 선생이 그 분의 내력을 짐작하시는지요?"

이에 공손승이 사실대로 아뢰었다.

"신이 이번에 금오도엘 가지 않았기 때문에 만나보지 못했습니다만, 그분이야말로 봉래산선(蓬萊散仙)이옵니다. 신의 스승님 나진인과 친히 교제하시며 내왕하시던 분으로서 신에게는 사숙(師叔) 뻘이라 할 어른이시옵니다."

황제는 약간 굳은 표정을 지으면서,

"세상이 싫어져서 짐도 세상을 버리고 신선 되는 도(道)나 닦아보고 싶은데… 어떻게 생각하오?"

이같이 묻는다.

공손승은 두 손을 모으고 정중히 아뢰었다.

"천자님은 서민과 같지 않사옵니다. 조국의 강토와 영해(領海)를 다스리어 백성들로 하여금 생업에 안락하게 종사하도록 보살피시는 일이 하늘로부터 받으신 정과(正果)이온데, 하필 신선의 고적(枯寂)을 본받으시겠습니까? 태상 도군 황제께옵서 신선을 숭앙하시다가 임영소(林靈素)를 숭배하시고는 군소 간신들에게 정사를 일임하신 까닭에 국가는 붕괴되고야 말았습니다. 임영소란 본래 법술을 조금 아는 사람으로, 부귀를 탐하고 허망한 말을 조작하여 태상 황제를 기만하면서 불법행위를 자행한 사람이옵니다. 그랬기 때문에 하늘이 이 땅에 화를 내리신 것이옵니다. 오직 서신옹 같은 분은 세상 밖에 빠져나가 있으니까, 그런 분은 진짜 신선이라 하겠습니다."

이 말에 고종 황제는 고개를 끄덕이며 시인한다.

이때 연청이 꿇어앉아 아뢰었다.

"일찍이 선화 이년(宣和二年) 상원(上元)날 밤에 신이 서울에 가서 행수(行首) 이사사의 집에서 태상 도군 황제 폐하를 뵈온 일이 있었사옵니다. 그때, 친히 어필로써 신의 죽을죄를 용서하신다고 써주시었습니다. 그리고 연전에 북쪽 오랑캐들이 쳐들어왔을 때는 신이 타모강에 있는 금영으로 찾아가 뵈옵고서, 황감 열 개와 청자 백 개를 진상한 일이 있었사온데, 그때 폐하께선 부채 한 자루에 시구를 써서 신에게 하사하신 일이 있사옵니다. 지금 가져다드리겠사오니 보시옵소서."

연청은 이같이 말하고 일어나서 그 부채를 갖다드린다.

황제는 부채를 받아 그 위에 적힌 시를 몇 번 읊어보더니만, 눈물을 흘리면서 말한다.

"짐은 금병들한테 쫓기어 감히 어가를 따르지 못했었는데, 경이 이렇게도 충과 의를 다했으니, 가히 국난을 당해야 충신이 나타난다는 말이 옳도다! 상황(上皇)의 손길이 묻은 물건이니, 경이 잘 간직하오."

연청은 머리를 숙이고서 또 아뢴다.

"신이 어리석은 소견의 말씀을 여쭙겠사오니 들어주시옵소서. 두 분 황제 폐하께서 몽진합시고, 중원 땅이 함락된 일은… 천고(千古)에 없던 창변(創變)이옵니다. 지금 폐하께서 대통을 계승하신 고로 해내(海內)의 부로(父老)들은 모두 조국의 중흥을 목마르게 원하고 기다리옵니다. 폐하께옵서는 속히 백성들의 원수를 갚고, 소인들의 화평론을 듣지 마시옵소서. 화평하자는 의논은 금국인 앞에 우리 스스로가 어리석은 놈이라 함을 증명하는 일이옵니다. 이번에 다행히 천지와 조종(祖宗)의 영혼의 가호로 화를 면하시고 환조하옵시는 터이오니, 돌아가신 후엔 화평을 주장하는 신하를 물리치시고 충량한 선비를 등용하시기 바라옵니다. 그렇게 하셔야 두 분 황제 폐하도 환국하시게 되오리라 생각하옵니다."

그 말을 듣고 황제는 연청을 칭찬한다.

"경은 충의가 과인(過人)하고 식견이 탁월하니 짐이 명심하겠소. 이번에 환조하는 대로 즉시 장준(張浚)과 조정(趙鼎)을 재상에 봉하려오!"

"황감하옵니다!"

연청은 사례를 드리고서 일어났다.

이날 저녁, 황제는 수랏상을 물리친 다음에 편히 쉬었다.

날이 밝으니 새해 정월 초하룻날이다.

아침 일찍이 신년 하례식 조의(朝儀)를 거행하기 위해 이준은 문무관원들을 데리고 들어와 불을 피워놓고 향을 사르게 한 후, 우림군 의장대를 도열시킨 다음에, 종을 울리고 북을 두드리니 고종 황제는 북쪽에 납치되어간 두 분 황제를 생각하면서 북쪽을 향하여 배례를 드린 후 전상으로 올라가 그전 날 섬라국 왕 마새진이 사용하던 백상아상(白象牙床)에 좌정했다. 그러자 이준은 문무관원들과 함께 배무의 예를 하고, 새해를 축복하는 말씀을 드리고, 그 뒤를 이어서 섬라국의 문무신하들과 민간 대표 자격으로 부로 몇 명이 나와서 하례를 드리는 것이었다. 그런 뒤에 승하한 마새진 국왕의 원비(元妃) 소씨가 봉관(鳳冠)을 쓰고 배자를 입고서 궁녀들의 시위를 받으며 나와 허리를 굽히어 배하(拜賀)의 예를 드리니, 고종 황제는 소비로 하여금 몸을 반듯이 가지시라고 전갈을 내린다.

이같이 해서 하례식이 끝난 다음에 각 궁(宮)이 모두 돌아간 후, 이준은 금란전에 축하연을 베풀어 산해진미와 진기한 보물을 진열해놓고 황제를 연석으로 모시고 나와 금배(金盃)를 올리고 재배를 하고서 만수무강을 불렀다. 그러자 황제는 그에게 교의에 좌정하는 것을 권하는 고로, 이준·공손승·시진·연청 등 네 사람만 자리에 앉았다.

그럴 때 아까부터 뜰아래서는 풍악 소리가 울리고 궁녀들의 춤이 아름다웠다.

고종 황제는 대단히 기뻐하면서 입을 열었다.

"짐이 임안에 도읍을 정했지만 규모가 아직 초창기라 조하사연(朝賀賜宴)이 간신히 그 대의만 있을 뿐인데, 뜻밖에 오늘 이곳에 와 이 같은 성전(盛典)을 보게 되니… 가히 중외일가(中外一家)요, 군신동경(君臣同慶)이오!"

이준 등 네 사람이 차례로 무릎을 꿇어 향설춘을 올리니 황제는 그 술잔을 받아 마신 후에 칭찬했다.

"이 술맛이 대단히 좋소! 짐의 흉중이 상쾌해지는 것 같소!"

이에 대해서 이준이 아뢰었다.

"이 술의 이름을 '향설춘'이라 하옵는데 백석도에서 만들어내는 것이옵니다. 아무리 많이 먹어도 그다지 취하지 않고, 취한대도 몸이 상하지 않는 술이옵니다. 폐하께서 환조하실 때 진상하겠습니다."

고종 황제는 그 말에 대답하지 아니하나 만족해하는 기색이었다.

이같이 해서 신년 연회는 하오에 가서야 산회되었는데 그때 황제는 말하는 것이었다.

"경들의 지극한 향의를 생각해서 며칠 더 체류하고 싶기도 하지만 신민(臣民)들이 기다릴 일을 생각하면 그럴 수도 없구려! 짐이 내일은 떠나야겠소."

이에 이준이 아뢰었다.

"신이 이미 선척을 준비시켜놓았습니다. 초사흗날이 황도출행길일(黃道出行吉日)이오니, 이날 떠나시옵소서."

황제는 수긍하고서 편전으로 들어갔다. 그 뒤에 이준과 공손승은 늦게까지 이야기하다가 헤어졌다.

이튿날 아침에 호연옥과 서성이 일전에 모려탄 전투에서 사로잡은 금나라의 장관 포로 두 명을 끌어내놓게 한 후, 이준이 감찰어사 배선으로 하여금 그자들을 심문시켰더니, 두 놈 중의 한 놈은 조양사이고, 한 놈은 왕조은으로서, 두 놈이 다 금나라에 귀순해 이번에 아흑마가 고종 황제를 추격해오는 데 길을 인도해온 안내인이었다.

배선이 조서를 꾸며 고종 황제에게 제출하자, 황제는 그 조서를 읽어 보고서 크게 노했다. 황제는 즉시 붓을 들어 결정문을 적었다.

'조양사는 변경을 지키지 못하여 두 분 황제님을 몽진케 하였고, 왕조은은 짐을 추격케 하였으니 두 놈이 큰 역적이라, 우선 곤장 80대를 때린 후 수도로 돌아가 능지처참하렸다!'

배선은 고종 황제의 이 같은 성지를 받고 화봉춘으로 하여금 이 소식을 부마부에 알리게 했다.

화봉춘의 모친은 왕조은이 잡혀와서 곤장을 맞게 되었다는 소식을 듣고 진부인과 함께 후당으로 와서 구경한다. 이때 악화와 번서도 구경했다.

배선이 군졸들로 하여금 두 놈을 끌어내어 뜰아래 엎어놓게 하니, 악화가 왕조은을 보고 대뜸 호령했다.

"왕선위야! 네가 윤문화와 화공자를 알아보겠느냐? 네 이놈! 백설같이 깨끗하게 수절하고 있는 과부댁을 잡아다가 동루에 무슨 까닭으로 감금했었더냐? 말해봐라!"

왕조은이 고개를 들고 악화를 한번 바라보더니, 얼굴이 벌게지면서 변명을 한다.

"제가 잘못했습니다. 그저 모든 것을 곽경이 시키는 대로 했을 뿐이오니, 윤상공께서 제발 용서해주십쇼!"

악화는 또 호령했다.

"이놈아! 난 양산박 철규자 악화로서, 지금은 섬라국 참지정사지, 윤상공이 아니다!"

그러자 이번엔 또 번서가 호령한다.

"네가 이놈 곽경이란 놈과 똑같은 놈이다! 동관이란 놈한테 붙어가지고 곽경이란 놈과 함께 나를 잡으려고 하지 아니했니? 또, 공손 선생을 잡으려고 군사를 나한테 보내지 않았니? 그렇지만 그때 그 사람이 공손 선생이 아니고, 혼세마왕 번서 나였다! 공손 선생은 지금 황제 폐하를 모시고 말씀하는 중이다. 곽경이란 놈은 금나라에 귀순해 운성현 지사로 있다가 나한테 붙들려와서 환도촌에서 뒈졌다! 그런데 너도 금나라에 귀순했단 말이지? 이놈! 죽어봐라!"

"잘못했습니다! 지난 일은 모두 잘못했습니다. 악대인께서 제발 저에게 은혜를 베푸시기만 바랍니다."

이 말을 듣고서 악화가 준절히 꾸짖었다.

"네놈의 부자(父子)가 대대로 국은을 입고서도 나라에 충성을 다하지 않고 도리어 금나라에 귀순해 황제 폐하의 뒤를 추격해오는 데 길을 인도하였고, 또 두 분 폐하를 몽진케 하였으니 그 죄는 이루 말할 수 없다! 주식을 줄 터이니 조금씩 먹어라. 그러고 나서 형벌을 받아라! 사정(私情)을 먼저 쓴 다음에 축법으로 다스리는 것이다!"

악화는 이같이 말하고서 두 놈한테 음식을 조금씩 먹인 뒤에 군졸들로 하여금 두 놈을 형틀에 매고서 볼기를 까붙이고는 곤장으로 냅다 때리게 했다. 공중으로 높이 치켜들었다가 철썩 철썩… 곤장이 80번이나 떨어지니 두 놈의 볼기짝 살가죽은 찢어져서 살이 터져나온다. 두 놈은 기절을 했다가 겨우 살아났다.

배선은 이때 두 놈을 끌어내다 가두라고 호령을 내렸다. 이때 악화는 통쾌한 듯이,

"오늘에야 겨우 만류장서의 묵은셈을 닦았구나!"

하고 껄껄 웃었다.

화부인과 진부인도 통쾌해하면서 후당으로부터 물러갔다. 그리고 배선은 복명을 하기 위해 고종 황제한테로 갔다.

이튿날 초사흗날, 이준은 큰 해추선을 깨끗이 꾸미고, 시진·연청·악화·소양의 문신(文臣) 네 명과 호연작·이응·손립·서성의 무장 네 명으로 하여금 호위하도록 한 후, 연석을 베풀고서 이준이 꿇어앉아 황제에게 진상품의 목록을 올렸다.

황제가 목록을 받아보니, 야광주(夜光珠) 네 개, 묘아안(猫兒眼) 열 개, 통천서대(通天犀帶) 한 개, 우전옥대(于闐玉帶) 한 개, 산호수(珊湖樹) 두 개(높이가 3척), 마노반(瑪瑙盤) 한 개(넓이가 2척), 가남향궤(加南香几) 한 개, 서양금단(西洋錦段) 열 필, 파시담(巴豕膽) 한 장, 용향제(龍香劑) 열 갑, 죽구납(竹鳩臘) 열 병, 향설춘(香雪春) 백 병, 이상과 같다.

왕위에 오른 이준

고종 황제는 이상과 같은 진상품 목록을 보고 나서 이준에게 말한다.

"이렇게 진기한 물건들을 바치다니 이건 너무 많소. 그리고 경은 과연 섬라국의 주인 될 인물인 고로, 짐이 돌아가서 칙사대신을 보내겠으니 경은 왕위에 오르시오. 그리고 문무제신(文武諸臣)은 경의 뜻대로 봉할 것이지만, 한 가지 부탁이 있소. 저 일본국 왜왕(倭王)이 탐욕이 심하여서 항상 절(浙)·민(閩)·회(淮)·양(揚) 지방을 침범하는 터이니, 경이 고려국 왕 이우(李俁)와 함께 힘을 합해서 그놈들을 막아주시오."

이에 대해서 이준이 아뢰었다.

"지난번에 3도(島)가 작난을 일으켰을 때 혁붕이가 일본국에 가서 차병(借兵)을 하여 왜왕 대장 관백에게 1만 명의 군사를 주어 섬라성을 공격해왔었습니다만, 공손승이 기도를 드리어 풍설(風雪)을 일으켜 관백 이하 왜병을 죄다 얼어죽게 만들었습니다. 한 놈도 살아서 돌아간 놈이 없었습니다. 그래서 왜왕이 겁을 집어먹었기 때문에 그 후론 감히 침범하지 못합니다만, 유시를 받자왔사오니 앞으로 신이 고려국 왕 이우와 회의를 해서 단단히 방어하겠습니다."

고종 황제는 만족한 뜻을 표시하고서 어가의 출발을 명했다. 이준과 문무신하들은 그 뒤를 따라 걸어서 해변까지 나와 땅에 엎드리고 삼가

재배를 올렸다.

"경들의 국내가 무사태평하기 바라오. 한번 짐을 찾아와 보고서 돌아가기 바라오."

"신이 폐하의 위엄과 덕망을 의지하고서 이곳을 지키겠사옵고, 해마자 조공을 바치겠사오며, 3년 꼴로 조정에 나아가 문안드리겠사옵니다. 아무쪼록 만수무강하시와 사해신민의 소망을 든든하게 하시옵소서!"

고종 황제는 이준의 이 말을 듣고서 배 안으로 들어갔다. 시진 등 여덟 명이 그 뒤를 따라 배 위에 오르자, 호포 소리가 은은히 울리는 가운데 배들은 항구를 떠났다. 이때 하늘에서는 빗방울이 뿌리기 시작했건만, 이준 등은 해안으로부터 점점 멀리 떠나가는 용선(龍船)이 보이지 아니할 때까지 전송한 뒤에야 말을 타고서 돌아갔다.

한편, 이같이 섬라국에서 떠난 고종 황제의 용선은 십여 일 동안을 무사히 항해하여 명주 해안에 도착했다. 태감(太監)이 먼저 들어가 통지를 한 고로 명주의 관원들은 임안으로 급히 기별을 보내는 동시에, 모든 관원들이 해안으로 나와서 영접했다.

그리고 얼마 지나지 아니해서 조정에 있는 문무관원들이 명주로 달려와 황제를 옥련(玉輦)에 모시고서 전당강을 지나 임안부에 도착해 황극전(皇極殿)에 들어가서는 모든 신하들이 배무의 예를 드리고, 치하의 말씀을 올렸다.

황제는 조서를 내리어 그 해 건염(建炎) 4년을 소흥 원년(紹興 元年)으로 개칭케 하고, 옥에 갇힌 죄수를 전부 석방케 하고, 만조백관에게 상과 승직을 내리게 했다. 이때 섬라국에서 황제를 호위해온 시진 등 여덟 명은 병선을 모두 명주에 놓아두고 하인 등 20명만 데리고서 임안부까지 왔었다. 임안부는 지금의 항주(杭州)다.

이튿날 고종 황제는 시진 등 일행을 불러들인 후 광록시에서 연회를 베풀도록 하고, 이부(吏部)에 분부하여 논공봉직(論功封職)하라는 처분을 내렸다. 시진 등은 은혜에 사례하고 나와서 칙명이 내리기까지 며칠을 기다려야겠으므로 서호(西湖) 가에 있는 소경사(昭慶寺)에 가서 편히 쉬기로 작정했다.

그리하여 그들은 소경사로 들어갔는데, 시진은 사방을 둘러보더니 탄식하듯 한마디 말하는 것이었다.

"전일에 우리가 방납을 토벌하러 왔을 때 이곳에 한 달 이상이나 머물렀건만 워낙 틈이 없었기 때문에 꿈속같이 지나가지 않았나? 임안부에는 경치 좋은 곳이 참 많다는데 한 번도 놀아보지 못했단 말이야! 칙명을 기다리는 동안 며칠 한가할 터이니 우리 모두 각처 유람이나 합시다."

이때 소경사의 중은 그들이 말하는 것을 보고서 이 사람들이 섬라국 사신인데도 어찌해서 중국인들과 조금도 다름이 없을까, 이상히 생각하고서 그 까닭을 묻는 것이었다. 그러나 시진은 무어라 설명할 수 없어서 그냥 웃기만 하고 대답을 아니 했다. 그러고서 그들은 목욕을 한 다음에 옷을 갈아입고 말을 타고서 유람길을 떠나는데, 하인 20명만 데리고 나섰다.

먼저 천축사로 가서 관음대사(觀音大師)에게 예를 하고, 백운방(白雲房) 주지에게 사례금을 희사했다. 그러고서 천축사 중의 안내를 받아 영은사(靈隱寺)로 내려와 구경을 한 뒤에 냉천정(冷泉亭)으로 올라갔다.

냉천정의 경치는 기막히게 좋았다.

"야아, 이 경치야말로 비범하구나! 백낙천(白樂天)이 '냉천정부(冷天亭賦)'에서 '천하의 절경은 항주요, 항주의 절경은 영은이라' 했더니, 과연 그렇구나!"

연청이 사방을 둘러보면서 감탄하는 것이었다.

그들은 다시 영은사 뒤로 돌아가 도광암(韜光庵)에 올라갔다. 암자 입구에는 '관루창해일(觀樓滄海日), 문대절강호(門對浙江湖)'라는 주련이 붙

어 있다. 그들은 거기서 동남쪽을 바라다보면서,

"여기서 섬라국까지는 1만 리도 넘을 거다!"

라고 하며, 새삼 이렇게 먼 곳까지 온 자신들의 행적에 놀라기도 했다. 날이 저물었는지라 그들은 승방에 들어가서 쉬었다. 가지고 온 돈을 주니까 어디를 가든지 중들은 그들을 관대한다.

이튿날 그들은 오산(吳山) 꼭대기에 올라가서 앞뒤의 전망을 바라보았다. 멀리 만송령(萬松嶺)을 바라보면서 그 아래 펼쳐 있는 시가를 굽어보니, 산천은 수려하고 성내는 번화하게 보인다.

이것을 보고 소양이 손가락으로 가리키면서 한마디 한다

"전당강의 바깥은 망망한 대해이니, 이 앞에 배를 늘여 세워놓으면 성문이나 다름없으렷다. 그래서 임안부를 도읍으로 정했구나!"

그러자 악화가 말한다.

"나는 도리어 적당치 않다고 생각하는데… 저 서호에 봇도랑을 내 물을 뽑아들이면, 성중이 바다로 화할 우려가 있잖나?"

이 말을 듣고 이응이 대꾸한다.

"형은 원려(遠慮)가 너무 심하오! 서호의 물을 봇도랑으로 흐르게 하려면 십 년을 두고 공사를 해야 할지 알 수 없는데, 그런 걸 다 걱정하시오?"

그러자 시진이 북쪽으로 머리를 돌리고 길게 한숨을 쉰다.

"흥! 금수강산이 겨우 동남방의 한쪽 벽만 남았구나! 우리 고향이 어느 쪽에 있고, 조상님들의 산소가 어느 쪽에 있는고! 지금 와서 보면 대송조가(大宋趙家)의 종실(宗室)이나, 우리 집 시가(柴家)의 자손이나 다를 게 없으니… 기막힌 일이로군!"

연청이 이 말을 듣고 시진을 위로한다.

"동남방의 반쪽이나마 없어졌던들 우리 민족이 어쩔 뻔했습니까? 너무 상심 마십쇼!"

그들은 서로 이같이 흉중에 있는 회포를 털어놓고 이야기하다가 정자사(淨慈寺)를 내려와서 그날 밤을 쉬었다.

이튿날 아침에 호연작이 여러 사람을 보고 말을 꺼냈다.

"그런데 말이오. 무도두가 육화탑으로 출가를 했었는데 생사를 모르니 궁금하지 않소? 한번 찾아가서 소식을 알아보고, 그리고 노지심의 골탑(骨塔)에 가서 배례도 드립시다그려."

이에 여러 사람이 대찬성하는 고로, 그들은 정자사에서 나와 강변으로 내려가 주지가 안내하는 대로 선당(禪堂) 뒤로 돌아갔더니, 이때 무송은 윗저고리를 훌렁 뒤집고서 데리고 있는 동자를 시켜 등어리를 긁어달라 하고 앉았다가, 여러 사람이 오는 것을 보고 '아앗!' 소리를 치고 일어나더니 뛰어와서 읍을 하고 말한다.

"형제들! 이거 웬일이시우? 꿈에도 생각 못 했었는데!"

시진이 무송의 손을 붙들고서 그동안 지내온 내력을 대강 이야기한 다음에,

"그래 지금 우리들은 폐하를 모시고 와서 칙명을 기다리는 중이기에 잠깐 형장을 찾아보러 온 거요."

이렇게 말하니 무송은 기뻐서 어쩔 줄을 모른다.

"참 고맙소! 난 폐인이 돼버렸는데 형들은 그동안 그런 큰 사업을 했으니 정말 기쁘고 반갑고 우러러뵈는구려!"

시진은 무송의 손을 놓고서 하인한테 들려가지고 온 5백 냥 은자를 무송에게 보이고 주지한테 전했다. 그러니 무송은 여러 사람을 둘러보면서,

"나는 정말 의식(衣食)에 걱정을 않고 지내는데, 돈은 해서 무엇하오? 이왕 여러분의 뜻이 그러시다면 그 돈으로 육화탑을 수리하고 여러분 형제들의 복을 빌기나 하려오."

이같이 말하는 게 아닌가.

이때 이응이 다정하게 말했다.

"저 돈은 형장이 받아두시오. 내일 소경사에 가서 다시 5백 냥을 또 보내드릴 터이니, 탑을 수리하는 것은 그 돈으로 하시구려."

육화탑의 주지는 이 말을 듣더니 너무도 좋아서 입을 다물지 못한다.

이때 손립이 무송을 보고 묻는다.

"형장은 평소에 비린 것을 온통 안 자시오?"

"아무것도 먹고 싶은 욕심이 없고, 입만 그저 놀릴 뿐이지요. 더구나 술을 구할 수 없으니… 언제든지 순 소(素)로 끼니를 지낸답니다. 어쩌다가 내 방에 들어가 봐서 술이 있을 때면 조금 먹는 때도 있긴 있죠. 그런데 지금은 내 방에 술이 있으니, 들어가십시다."

무송은 이렇게 말하고 손립·이응·시진 등 여러 사람을 자기 처소로 안내하고서, 심부름하는 아이를 불러,

"저기 술이 두 병 있지 않니? 그걸 따끈하게 데워오고, 그리고 전일 왕부윤이 보내주신 건어(乾魚)하고 육포를 가져오너라. 나는 괜찮지만 이분들은 소만으로는 못 자신다."

하니, 이 소리에 모두들 웃었다.

조금 있다 아이가 술과 안주를 가져오니까 무송은 그들에게 술을 권하는데, 소양이 술잔을 받으면서,

"지나간 날 경양강에서 호랑이를 주먹으로 때려잡은 형장이 아니시오! 지금은 그때의 그 용기를 어디다 내버리셨소?"

이렇게 물으니 무송은,

"되지 못한 것이 일시 조잡하게 행동했었지… 만일 지금 호랑이를 만난다면 내가 피해버릴 거야."

하기에, 여러 사람은 웃었다.

무송은 묻는다.

"그래, 이준 형이 섬라국 왕이 되었다지? 심양강상의 소금장수 신세

는 완전히 면했구먼! 송공명이 일생 동안 이루지 못한 사업을 이준 형이 이루었으니, 참 훌륭하오!"

이때 호연작이 한마디 한다.

"우리하고 함께 형장도 섬라국으로 갑시다. 늘그막에 형제들이 한군데 모여 있으면 좀 좋소? 맑고 깨끗한 곳에 공손승과 함께 조용히 거처한다면 하나는 도사요, 하나는 중이요… 향불이 꺼질 새 없어 얼마나 좋겠소!"

여러 사람은 또 웃었다.

그러자 무송이 말한다.

"난 여기 있어야죠. 노지심의 보탑(寶塔)과 임충의 분묘가 모두 여기 있으니, 나도 그 사람들과 같이 있어야 할 거 아뇨? 또 내가 있는 탑원(塔院)도 돌봐야 하고…."

이 말을 듣고서 호연작이,

"우리 가서 탑을 소제나 해야겠군."

하고 하인을 시켜 은자 열 냥을 주지한테 보내니, 주지가 와서,

"저어, 노지심 대사의 골탑을 소제하란 말씀입죠?"

하고 묻는 고로 호연작이,

"바로 그렇소!"

하니, 주지는 합장하고서 물러갔다.

"그런데 전에 우리 함께 지내던 형제들이 지금 섬라국에 몇 명이나 모여 있는 거요?"

무송이 또 이렇게 물으니 연청이 대답한다.

"생존해 있는 32명이 죄다 모였는데, 그 밖에 이준 형과 태호에서 결의형제하고 지내던 사람 네 명과 또 우리 형제들의 자질(子姪) 네 명, 그리고 왕진·난정옥·문환장·호성 등 모두 44명이 있죠."

"딴 사람 네 명은 어떻게 돼서 들어온 건가요?"

무송이 이렇게 물으므로 연청은 왕진 등 네 사람의 내력을 자세히 이야기했다. 그러니까 무송은,

"모두 우연한 일이 아니외다! 그리고 형제들의 자질 네 명은 누구누구죠?"

하고 묻는다.

호연작이 손으로 서성을 가리키면서 말한다.

"저 사람이 금창수 서녕의 자제 서성입니다. 그리고 여기 오지는 아니했지만 송공명의 함씨 송안평이 있고, 화지채의 영식 화봉춘이 있는데, 이 사람이 지금 섬라국의 부마이고, 그리고 또 내 아들 호연옥이 있지요."

무송은 감개무량한 듯 고개를 끄덕이며 서성을 보고 말한다.

"과연 격세지감이 나는군. 자네들이 이제는 모두 섬라국의 대관(大官)들 아닌가!"

"대관은 무슨 대관! 여벌 존재에 불과하죠!"

"그래도 양산박의 강도보다야 훌륭하잖니!"

이렇게 말하자, 모두들 박장대소했다.

이튿날, 육화탑의 주지와 12명의 승려가 노지심의 골탑과 임충의 산소에 제사를 드릴 때, 시진 등 일행 여덟 사람은 묘문 앞 소나무 밑에 둘러앉아서 지나간 이야기를 하다가, 중모현에서 고구 등 간신들을 잡아 죽이던 때의 광경을 이야기하니 무송은 통쾌해하면서 칭찬한다.

"시원하게 잘 죽였소. 임교두의 영혼도 상쾌하겠는걸! 참 잘했쇠다!"

그럴 때 주지와 승려들이 제사를 마치고 묘문으로 나오므로 일행은 탑원으로 돌아와 무송과 작별하고 바깥으로 나와서 용금문(湧金門)으로 갔다. 낭리백도 장순을 칙명으로 금화장군(金華將軍)에 봉하고서 사당을 세워놓은 곳이 이곳이므로, 그들은 사당에 들어가서 참배하고 위패 앞에 술을 부어놓고서 모두들 탄식했다.

"심양강의 호걸이요, 양산박의 수군 두령이었는데, 이제는 없구나! 산 사람은 섬라국 왕도 되고! 인생이란 이렇게 모두 미리 정해졌었던가!"

그들은 소경사로 돌아왔다. 육화탑의 주지는 그들과 함께 따라와서 5백 냥 은자를 받아가지고 기뻐하면서 돌아갔다.

벌써 저녁때라, 그들은 저녁 밥상을 받고서 호연작·이응·손립은 술을 마시는데 연청은 시진과 악화를 꾹 찔러 바깥으로 나오면서,

"우릴랑 호숫가로 산보나 합시다."

하고 절문을 나와 다리를 건너 방죽 위로 걸어갔다. 달빛이 대낮같이 밝아서 호수의 밤경치는 그림보다도 더 아름답다. 그리고 워낙 이 지방 풍속이 사(巳)·오(午)·미(未) 삼시(三時)밖에는 호수에서 뱃놀이를 잘들 하지 않는 데다가 지금이 청명절 전의 쌀쌀한 초저녁 때인지라, 호숫가에는 사람의 그림자도 보이지 아니하고 지극히 고요하다.

시진과 연청이 서로 손을 쥐고서 잠깐 동안 달음박질을 하다가 보니 땅바닥에 자리를 깔고서 남자 세 사람과 미인 하나가 차 도구를 놓고 앉아 있고, 곁에서 아이는 화롯불에 부채질을 하고 있는데, 미인은 '명월이 언제나 뜨는고, 술잔을 들고서 하늘에 물어보세' 하는 소동파의 노래를 수조가(水調歌) 투로 낭랑히 부른다. 달빛에 가만히 보니 소복단장한 귀골로 생긴 미인이다.

연청이 미인의 노랫소리를 듣더니 그쪽으로 조금 더 가까이 가서 한번 살펴보고는 급히 시진에게로 달려와서 말한다.

"어서 돌아가십시다!"

시진은 의외였다.

"아니 이 사람! 이렇게 달 밝은 밤에 미인의 노래를 안 듣고서 그냥 가? 한 곡조 더 들어보자구!"

연청은 나직한 음성으로 가만히 말한다.

"저 부인이 유명한 이사사(李師師)거든요! 모른 체하고 그냥 가는 게 좋아요."

"아, 그래? 난 자세히 못 보았는데… 그런데 어째서 이런 곳에 와 있을까?"

"꿩은 콩밭 가로 잘 나는 거라 아니 합디까!"

"그럴 법한데… 이왕이면 북쪽 땅으로 날아가지 않고!"

악화가 곁에 섰다가 이같이 한마디 했다.

세 사람이 소경사로 돌아오니 마침 방에서는 호연작과 손립이 내기를 하다가 손립이 술을 안 마신대서 호연작이 손립의 귀를 붙들고 억지로 술을 먹이느라 떠들썩하는 판이었다.

방으로 들어가서 시진이 이야기했다.

"참말로 연형은 박정한 사람이야! 글쎄, 서울 이사사가 이교(二橋) 방축 위에 앉아서 노래를 한참 부르는 판인데, 연형은 이사사를 놀라게 해주어서는 안 된다고… 우리를 끌고 돌아왔구먼!"

시진의 이야기를 듣고 소양이 말한다.

"나는 서울에 오래 있었지만 이사사의 이름만 들어봤지, 만나본 일이 없는데… 내일 우리 한번 찾아가 보면 좋겠네."

그러자 연청이 말한다.

"아무리 출신이 미천하기로 태상황제의 총애를 받던 몸으로 자기 집 문전(門前)을 깨끗하게 지키지 못하고, 이런 곳에 와서 손님한테 노래를 팔고 있으니… 그런 사람을 찾아가서는 뭐하는 거죠?"

시진이 말한다.

"그거야 말해 무얼 해! 대대로 나라에서 은혜를 입어오던 명문거족들도 한번 세상이 바뀌면 의리고 은덕이고 죄다 까먹어버리는데… 항차 연화천부(煙火賤婦)한테서 지조를 구하다니, 그건 당찮은 말이지! 그러지 말고 찾아가 봅시다."

"글쎄요. 이사사가 섭순검(葉巡檢)을 보고 놀라지 않을까요?"

연청의 말에 모두들 웃었다. 그러고서 그들은 술을 마시며 유쾌히 놀다가 밤이 깊은 뒤에 잠자리에 들어갔다.

이튿날, 절문 앞에 한가히 나와 섰노라니까 어떤 사람이 꽃광주리에 살구꽃을 잔뜩 담아가지고 지나가다가 연청을 보더니 반색을 하면서 말을 붙인다.

"나으리께서 여기 계십니까? 오래간만에 뵈니 참 반갑습니다. 그런데 이사사가 나으리를 잊지 않고 있는데 한번 찾아가 보시지 않으시렵니까? 요 앞에 갈령(葛嶺)에 살고 있는데요."

이 사람이 누구냐 하면 서울에 살고 있던 왕소한(王小閒)이라는 사람으로서 기생집을 전문으로 내왕하는 조방꾼인데, 이번에 이사사를 따라서 임안으로 피난 나온 사람이다.

이때 연청이 무어라 대답도 하기 전에 시진과 소양이 돈 열 냥을 그 사람한테 선뜻 주면서 부탁하는 게 아닌가.

"자네가 가서 배 한 척을 예약하고 주석을 준비시켜놓은 다음에 사낭(師娘) 아씨한테 가서 배 타고 유하면서 이야기나 하자더라고, 그렇게 전갈해주기 바라네."

왕소한은 돈을 받아넣고 승낙하고서 갔다.

조금 지난 뒤에 시진은 명주 한 필, 서잠(犀簪) 한 개, 향합(香盒) 한 개, 양단 한 필을 이사사의 집에 선물로 보냈다. 그때 호연작은 비위가 틀렸던지,

"나하구 손형하구는 안 가겠네!"

하고 마땅치 않아 한다.

"왜 안 간다는 거요? 그 아씨가 당신들 같은 우락부락한 친구를 더 좋아한다는데!"

악화가 호연작을 보고 이렇게 말해도 그는 대꾸도 않는다.

얼마 후에 왕소한이 그들을 청하러 온 고로, 연청은 여러 사람과 함께 그를 따라나섰다.

갈령에 이르러 보니, 뒤는 산이고 앞은 호수라, 경치 좋기가 이만저만이 아니다.

왕소한이 대나무로 엮은 삽짝 문을 밀어붙이고 안으로 들어가며 일행을 안내하는데, 보니까 뜰에는 좋은 화분이 즐비하게 놓여 있고, 객실에는 배나무로 만든 탁자와 교의가 놓였고, 벽에는 휘종 황제가 손수 흰 매를 그린 그림 한 폭이 걸려 있고, 탁자 위 화병에는 해당화꽃 한 송이가 꽂혀 있는데, 처마 끝에 매달린 조롱 속의 앵무새가,

"손님 오셨소. 차 내와요."

이같이 말하는 게 아닌가.

그러자 병풍 뒤로부터 그윽한 향기가 풍기더니 이사사가 나오는데 비단옷을 안 입고 흰 모시 장삼을 입고서 궁중의 내인 맵시로 장속을 한 것이 나이는 30여 세 들어 보이나 아직도 아리따운 애교가 풍부하다. 이사사는 일행을 한 사람씩 일일이 웃는 눈으로 보아가면서 목례를 하더니 교의에 앉은 후 연청을 보고,

"오라버니는 여러 해 동안 만나볼 수 없더니만, 오늘은 무슨 바람이 불었기에 찾아오셨지요?"

이렇게 말하고 나서 시진을 바라보고는 깜짝 놀라면서,

"섭(葉)!"

이같이 외마디 소리를 하는 게 아닌가. 악화는 우스운 것을 참지 못하고 있다가 말했다.

"여보! 이 어른이 시대관인이시란 말예요. 그 당시 가짜로 섭순검 노릇을 하셨지만!"

"아이, 그런 걸 저는 섭관인으로만 알았죠. 용서하세요!"

이사사도 웃으면서 이같이 대답한다.

이때 시진은 아까 하인을 시켜 먼저 보내두었던 예물을 가져오게 하여 그것을 이사사에게 직접 진정하니까, 이사사는 그 물건들을 보고 나서,

"여러분께서 저를 이렇게 생각해주신 것만도 저한테는 영광인데 어찌 감히 물건까지 받겠어요. 그렇지만 또 안 받고서 돌려드린다면 그건 더 한층 불공스러운 실례가 되겠지요?"

이렇게 말하더니 심부름 드는 할멈을 불러 물건을 모두 거둬가게 한다.

그러고 나서 이사사는 용정우전차(龍井雨前茶)를 내다가 찻잔 위를 명주 헝겊으로 덮고 차 가루를 그 위에 놓고서 뜨거운 물을 들이부어 한 잔씩 만든 다음에 손님들한테 차례로 한 잔씩 차를 드리다가 서성의 차례에 이르러서는, 청년의 얼굴이 뛰어나게 잘생긴 까닭에 이사사의 시선이 저절로 그 얼굴 위에 한참 머물렀다. 이때까지 여자의 손에서 직접 자기 손으로 넘어오는 물건이라고는 받아본 적이 없는 서성은 겸연쩍게 찻잔을 받다가 차를 무릎 위에 쏟아뜨리고선 얼굴이 홍당무처럼 빨개졌다.

이 모양을 보고 악화가,

"여보게, 자넨 아씨를 보고 너무 수줍어하지 말게. 다시 한 잔 달래서 먹게!"

이렇게 놀리니 이사사는,

"썩 좋은 말씀!"

하고 받아넘기는 고로 모두들 깔깔 웃었다.

그럴 때 왕소한이 들어와서,

"배를 서냉교(西冷橋) 아래에 매어놨습니다. 손님들, 내려오십쇼."

하고 알린다.

그 말을 듣고 이사사가 자기 방으로 건너가더니 옷을 갈아입고 거울

앞에 잠깐 앉았다가, 조그만 보따리 한 개를 할멈한테 들려가지고 나오는 고로, 모두들 그와 함께 바깥으로 나왔는데, 연청은 고개를 숙이고 입을 다문 채 아무 말 없이 일행의 맨 뒤에서 따라간다. 이사사는 그같이 걷고 있는 연청의 곁으로 다가오면서,

"오라버니! 어쩌면 그렇게 여러 해 동안 소식을 뚝 끊었습니까? 그전날 그렇게 무슨 일에든지 열렬해 보이던 오라버니가 이제는 아주 열이 삭은 것 같군요. 그렇게 만나기도 어려우니, 이번에 여기 오신 길에 내게서 며칠 푹 쉬었다가 가세요. 어머님도 돌아가셨기 때문에 이제는 모든 것을 내가 주장해서 꾸려나갑니다. 가로거치는 일이란 조금도 없으니, 안심하시고!"

이렇게 다정하게 말한다. 그러나 연청은 무표정하게 대답한다.

"나랏일로 온 몸이 돼서… 아마 내일 떠나게 될 모양입니다."

어느덧 호숫가에 이르렀는지라, 그들은 배 위로 올라가 좌정했다.

왕소한이 술을 내오는데 음식 그릇이 모두 교묘하게 생긴 진귀한 물건들이다.

이사사는 여러 사람 앞으로 돌아가면서 따뜻한 술을 차례로 부어올리는 것이었는데, 연청에게 술을 권할 때마다 그는 몇 번이나 '오라버니'라는 말을 자주 하는지 몰랐다.

술이 몇 순배가 돌아간 후 어느덧 해가 서산에 지고 달이 동천에 밝았을 때 배를 호심정(湖心亭)에 갖다붙이니, 온 세상이 아무 소리 없이 고요하고, 하늘은 씻은 듯이 구름 한 점 안 보인다.

이때, 이사사는 할멈더러 보자기에 싸가지고 온 옥퉁소를 꺼내달래 그 옥퉁소를 연청에게 주면서 말한다.

"오라버니가 퉁소를 불어주세요. 제가 한 곡을 불러볼 테니. 여러분께서는 잘못된 곳을 가르쳐주세요."

연청이 옥퉁소를 받아 음률을 맞춰보았으나 너무도 오랫동안 만져

보지 않았기 때문에 소리가 조화되지 않는 고로, 악화가 퉁소를 받아 소리를 고르게 잡아주었다.

그러자 이사사는 유기경(柳耆卿)의 '양류외효풍잔월(揚柳外曉風殘月)'을 한 곡조 부르니, 그 소리가 맑고 아름다워 물속에서 고기들도 흥겨웁게 꼬리를 치는 듯했다.

노랫소리가 끝나 모두들 칭찬하니 이사사는 또,

"저는요, 송공명 선생의 '만강홍(滿江紅)'을 지금도 기억해요."

이런 말을 한다. 그럴 때 시진이 말했다.

"어제 저녁에 당신이 저 방죽 위에서 '수조가(水調歌)'를 부르지 않았소? 그게 참 썩 좋더군요!"

그러니까 이사사는 겸손하게 말한다.

"부끄럽습니다. 어제는 명색도 없는 손님이 오셔서 속된 노래를 불러, 혹시 들으신 분의 귀를 더럽히지나 않았는지 알 수 없군요."

"천만에! 당신 오라버니 연청이 그 노래를 듣고서 당신이 놀라지 않도록 우리가 없어져야 한다고 우리를 끌고 갔기 때문에 오늘 이렇게 찾아온 거랍니다."

"아, 그래요? 죄송합니다!"

그들은 이같이 이야기해가면서 달이 서산에 걸리도록 일어날 줄 몰랐다.

그런데 어느덧 새벽 종소리가 들리는 게 아닌가. 그제야 배를 언덕으로 대고서 그들은 이사사를 갈령에까지 바래다주는데, 이사사는 연청을 보고 자기 집에 다시 한 번 찾아와달라고 몇 번이나 말하는지 알 수 없었다.

일행이 이사사와 작별하고서 소경사로 돌아오니까, 호연작이 그들을 둘러보면서,

"연청 형은 오늘 하루 종일 꿀 먹은 벙어리처럼 멍하니 앉았다 왔겠

구려!"

하고 놀린다. 그럴 때 서성이 또 한마디 했다.

"그런데 그 마님이 차를 어떻게나 많이 따라주는지, 내 무릎에 차를 엎질러놓고, 자꾸만 연청 아저씨만 바라보면서 '오라버니'라고만 했었잖아요."

이 말을 듣고 모두들 깔깔 웃었다.

이튿날, 고종 황제로부터 숙태위를 칙사로 섬라국에 보낸다는 칙명이 내렸다.

시진 등 일행은 숙태위를 찾아가 떠날 날짜를 정하고, 그길로 육화탑원에 가서 무송을 찾아보고 가사(袈裟)를 지어 입으라고 화완포(火浣布) 한 필과, 가남진주(伽楠珍珠)로 만든 염주를 기념으로 주고서 눈물을 뿌리며 작별했다.

그러고서 다시 성중에 들어가 향선(香扇)·나사(羅紗)·완구(玩具) 등속을 구입하는 동시에, 연청은 섬라국의 음악이 수준 이하라 못 듣겠다고 주장하면서 천금(千金)을 들여 음악에 종사하는 청소년들을 규합시켰다.

이 같은 모든 준비를 마친 뒤에 일행은 조정에 나아가 사례를 드리고서 숙태위와 함께 강을 건너 명주로 가 거기서 배를 타고 귀국길에 올랐다.

일행은 명주를 떠난 지 보름 만에 금오도에 도착해서 먼저 쾌속선으로 사람을 시켜 이준에게 소식을 알렸다.

이준은 곧 왕진·원소칠·비보·상청·예운·적성으로 하여금 칙사를 영접하게 하여 성중으로 모셔들이게 했다.

숙태위 칙사가 금란전에 들어서자, 이준은 문무(文武) 합하여 44명과 함께 뜰 위에 꿇어 엎드렸다. 숙태위는 황제의 조서를 읽었다.

시운이 비색하여 영웅이 그리울 때, 적은 사나워 당할 길이 없었는지라, 짐이 바닷가에 파천하였었는데, 그대 이준 등은 일신의 위험을 돌보지 않고 충성을 다하여 짐을 구했으니, 그 공이 실로 막중하도다. 그대 이준은 그곳 해방(海邦)에 임금이 되어 나라를 다스리라. 그리하여 동남방을 방어하는 병풍이 되어 길이길이 영화를 보전하기 바라노라.

소흥 원년(昭興元年) 3월 일

숙태위가 조서를 읽은 다음 칙명으로 내린 문무 요인들의 명단을 낭독하니 다음과 같다.

정동대원수 이준을 섬라국 왕에 봉하고 그 자손으로서 세습케 하며, 황금 5백 냥과 백금 3천 냥·금인(金印) 한 개·옥대 한 개·비단 여덟 벌·어주 30병 하사,

공손승은 대국사(大國師),

시진은 태자태보(太子太保) 겸 예부상서(禮部尙書) 겸 섬라국 승상,

연청은 태자소사(太子少師) 겸 문성후(文成侯)에 봉하고 '충정제미(忠貞濟美)'의 문인(文印) 한 개와 선학의(仙鶴衣) 한 벌 하사,

악화는 참정지사(參政知事) 겸 태상시정경(太常寺正卿),

배선은 이부상서 (吏部尙書) 겸 도찰원좌도어사(都察院左都御史),

주무는 군사중랑장(軍師中郎將) 겸 대리시정경(大理寺正卿),

소양은 비서학사(秘書學士) 겸 중서사인(中書舍人),

문환장은 국자감제주(國子監祭酒),

김대견은 상보시정경(尙寶寺正卿),

황보단은 태복시정경(太僕寺正卿),

송청은 광록시정경(光祿寺正卿),

대종은 통정사사(通政司史),

송안평은 한림원학사(翰林院學士),

번서는 복마호국진인(伏魔護國眞人),

왕진·관승·호연작·이응·난정옥은 오호대장군과 열후(列侯)에 봉하고, 특히 이응은 호부상사를 겸하고, 난정옥은 병부상서를 겸하고, 주동·원소칠·황신·호성·손립은 병마정총관(兵馬正總管)에 무열장군(武列將軍)과 백작(伯爵)에 봉하고,

화봉춘은 섬라국 부마에 표기장군을 겸하고,

호연옥은 용양장군,

서성은 호익장군,

비보·상청·예운·적성·동위·동맹은 수군정총관(水軍正總管)에 무위장군(武衛將軍),

장경은 탁지염철사(度支鹽鐵使),

목춘은 공부시랑(工部侍郎),

양림은 염방사(廉訪使),

추윤은 유수사(留守司),

손신은 선위사(宣尉使),

두흥은 역전도(驛傳道) 겸 병마도통제(兵馬都統制)에 무의장군(武毅將軍),

채경은 형부시랑(刑部侍郎) 겸 금의위지휘사(錦衣衛指揮使),

능진은 화약국 정총관(火藥局正總管),

고대수는 육궁방어(六宮防禦)에 일품부인(一品夫人),

섬라국 왕 고(故) 마새진 원비 소씨는 왕태비(王太紀)에 봉하고 주관(珠冠) 한 개와 하피(霞帔) 한 벌 진정하고,

섬라국 부마도위 화봉춘 모친 조씨(趙氏)는 선덕태부인(宣德太夫人)에 봉하고,

양산박의 정장(正將) 고(故) 진명의 처 화씨(花氏)는 정절부인(貞節

夫人)에 봉하고,

양산박 의사 고(故) 초주안무사(楚州安撫使) 송강, 전 여주안무사(廬州安撫使) 노준의에게는 광록대부충국공(光祿大夫忠國公)을 추증(追贈)하고,

양산박의 정장(正將) 고(故) 오용 이하 여러 사람은 열후(列候)에 봉하고,

양산박의 부장(副將) 고(故) 위정국(魏定國) 이하 여러 사람은 백작(伯爵)에 봉하고, 사당을 세우고서 춘추로 제사를 드림.

이상과 같은 칙명을 받고서 이준 이하 모든 동지가 숙태위 칙사에게 사례한 후 그를 연회석으로 모시고 나와서 이준이 치하의 말씀을 올린다.

"전일 우리가 양산박에 있을 때도 태위님 덕분으로 조정에 초안되어 국가에 공을 세우게 되더니, 이번에도 또 태위님이 이같이 멀리 오셔서 은혜를 베푸시니, 참으로 감사합니다."

그러니까 숙태위도 감개무량한 표정으로 말한다.

"여러분들이 충과 의를 세우고 줄곧 하늘을 대신해 도(道)를 행해왔으니, 과연 여러분들은 인중호걸(人中豪傑)들이십니다! 아깝게도 송공명 선생은 허다한 공적을 쌓고서도 참혹한 해를 입은 까닭으로 상감께서 애석해하시고 이번에 추증하신 겁니다. 그리고 여러분께서 송공명의 뜻을 이어가실 줄로 압니다. 왕위에 오르신 후 여러분 현관(顯官)들과 함께 방명(芳名)을 천추(千秋)에 전해주십시오!"

숙태위의 말이 끝나자, 안도전·소양·김대견·문환장 네 사람이 그 앞에 와서 공손히 예를 하고,

"전일 저희가 위급했을 때 태위님께서 구원해주신 덕분에 오늘이 있습니다. 이 은혜를 어떻게 보답해야 할지 알 수 없습니다!"

이같이 감사를 드린다.

"누구든지 사람이 뜻밖에 재앙을 입게 됐을 때 그것을 보고 구원하는 것은 인정이 아니겠소. 그때 노형들을 괴롭히던 사람들은 모두 비참한 최후를 마치지 않았소이까!"

숙태위가 지금 이렇게 말하는 것은 한참 당년에 세도를 부리던 채경·고구 등의 간신들을 지목해서 하는 말이었다.

이때 이준이 숙태위를 주연석으로 모신다. 상 위에는 금과은화(金菓銀花)며 산진해미가 없는 것이 없다.

이준이 숙태위와 마주앉고 42명이 모두 자리에 앉아서 술을 드는데, 악사들은 생황으로써 주악을 하고 궁녀들은 가무로써 흥을 돋우니 숙태위는 십분 만족해한다.

이같이 해서 밤이 깊은 뒤에 산회했다.

이튿날 숙태위가 조정에 복명을 해야겠으니 빨리 돌아가야겠다고 하자, 이준이 그를 보고 청하는 것이었다.

"전일 폐하께서 저에게 말씀하시기를, 일본이 흉폭해서 해변 지방을 자주 침범하는 터이니 그대가 고려 왕과 함께 방법을 강구하여 이를 방어하라 합시었는데, 제가 지금 고려국에 사신을 보내 약정(約定)을 짓도록 마련하겠으니, 그동안만 태위님은 여기서 기다렸다가 그 결과를 아신 뒤에 돌아가시어 복명하심이 좋겠습니다."

숙태위는 그 말에 좇아서 출발할 것을 연기했다. 그리고 이준은 전일 고려국 왕의 병을 치료한 일이 있는 안도전으로 하여금 대종과 함께 국서를 가지고 고려국에 가서 약정을 맺고서 오도록 했다.

이렇게 되어서 안도전과 대종은 왕복 20여 일 만에 고려국에 다녀와 보고한다.

"고려국 왕이 모든 것을 약정하셨습니다. 그리고 저 고려국 왕의 성씨가 이씨(李氏)라고 하시면서, 같은 종씨이시니까 결의형제하고 지내시겠답니다. 아마 가까운 시일 내에 이곳에 찾아오실 모양이십니다."

이준은 보고를 듣고 대단히 기뻤다.

안도전이 또 말한다.

"고려국 왕이 전일 제가 병환을 치료해드렸대서 퍽 고맙게 생각하시고, 저한테 예물을 많이 주시더군요."

"그러기에 '적선지가 필유여경(積善之家 必有餘慶)'이라고 하잖아요. 좋은 일을 해두면 나중에 내게 좋거든!"

이준이 이렇게 말하니까 숙태위는,

"그러나 전일 안신의(安神醫)가 고려국에서 돌아오다가 배가 파선되어 죽을 고비를 안 겪었다면 오늘날 이렇게 허다한 사건이 생겼을라구!"

이런 말을 하고서 그들은 웃었다.

이튿날 숙태위가 출발하는데 이준은 소양으로 하여금 사표를 조정에 올리도록 숙태위에게 전하고, 또 진귀한 물건을 예물로 바치도록 한 후, 해변에 나가서 숙태위를 전송했다. 이때, 양림과 목춘이 숙태위를 호송하여 명주까지 갔다 오더니,

"명주에서 소문을 들으니 이번에 맹태후(孟太后)의 분부로 서울의 대상국사(大相國寺)와 꼭 같은 절을 임안에 건축하고서 무송 형님을 국사(國師)로 모시기로 했답니다. 노지심 일파의 법맥(法脈)이 이제 착실하게 흥왕할 모양입니다."

이 같은 보고를 하는 게 아닌가. 이준 이하 동지들이 모두 기뻐했다.

미결양인

숙태위가 이같이 중국으로 돌아간 다음날, 이준은 원수부에 문무 각관을 소집해놓고서 자리에 나아가 입을 열었다.

"이 사람이 본시 일개 무부(武夫)로서 오로지 여러분 형제들의 도움으로 드디어 일국의 권세를 장악하고 조정을 세우게 된 것은 실로 분수에 넘치는 복이라 생각합니다. 이 사람은 본래 재주 없고 덕이 부족한 사람이어서 백성들을 실망시킬는지도 모르겠습니다만, 여러분은 이 사람을 도와주시고, 잘못이 없도록 여러분의 맡은 바 책임을 다해주십시오."

"감사합니다."

여러 사람은 치하를 했다.

이준은 즉시 시진·연청·악화 세 사람을 가까이 청해서 우선 당면한 행사를 의논해서 결정하니,

I. 송조(宋朝)의 정삭(正朔)을 따르고, 모든 문서에 소흥연호(昭興年號)를 사용할 것.

I. 천지에 제고(祭告)할 것.

I. 국경 산천에 망제(望祭)를 올릴 것.

I. 문무관원 중 결원 시 섬라국 구신(舊臣)들로써 보충 채용할 것.

I. 천지·일월·산천·사직 등의 제단을 축조하고, 때를 가리어 시제(時祭)를 올릴 것.

I. 조묘(祖廟)를 건축하고, 때에 제사를 드릴 것.

I. 우림군 3백 명을 선발하여 호연옥·서성으로 하여금 통솔케 할 것.

I. 호연작·이응으로 하여금 경영(京營)의 병마를 통솔케 하여 연무장을 교외에 만들고서 교련케 할 것.

I. 동위·동맹으로 하여금 수군을 통솔케 하여 성 밖에 수채를 만들고 수전(水戰)을 조련케 할 것.

I. 금오·청예·조어·백석 4도(島)는 현재 나가 있는 사람이 관장하고 24도(島)를 각각 책임지고 수비케 할 것.

I. 청수오도 현재 나가 있는 예운·적성이 수비케 할 것.

I. 성벽을 축조하고, 병기를 만들고, 전선을 제조해둘 것.

I. 배선·악화로 하여금 율령을 정하게 하여 모든 관원과 백성이 한가지로 그 율법을 준수케 할 것.

I. 선성문묘(宣聖文廟)를 건립하고, 학교를 개설하여 춘추로 두 번 제사를 드리고, 문제주(聞祭酒)를 정관(正官)으로, 송안평을 부관(副官)으로 임명하여 전국의 수재들을 가르치게 할 것.

I. 고려·유구(琉球)·안남(安南)·점성(占城) 등 제국에 사신을 보내어 국교를 두터이 할 것.

I. 경루(京樓) 3층을 북문 밖에 신축하여 해마다 정월 초하룻날 북쪽을 향하여 조배(朝拜)를 올리기도 하려니와 멀리 해상을 초계하는 망루(望樓)로 할 것.

I. 황화역관(皇華驛館)을 신설하여 중국과 기타 인접 국가의 사신을 영접하며, 문서를 번역하고 통역하도록 할 것.

I. 조회(朝會)·관혼상제·의관제도를 송조(宋朝)대로 시행하고 섬라

국의 풍속을 고칠 것.

이상과 같이 결정한 뒤에 이준은 이 내용을 유시(諭示)로서 반포하여 관민으로 하여금 시행하도록 했다.

이렇게 되어 모든 사람이 각각 책임 맡은 사무를 집행하느라 부산하게 돌아가지만, 공손승만은 그동안 장구한 시일 노심초사해온 관계로 심신이 피로해서 도저히 이 같은 환경에 있기가 싫어졌다. 그래서 그는 서문 밖의 단하산 지방이 경치도 좋고 조용하고 아늑한 곳이니 그곳으로 나아가 한가히 여생을 지내고 싶었다.

그런데 이 단하산은 봉우리마다 형상이 아름답게 잘생기고, 또 고목이 울창하며 산 위에서 맑은 샘물이 솟아 산의 주위 1백여 리를 휘감고 흐르는데, 물속에는 고기가 많고, 숲속에는 노루와 사슴이 많으나 뱀과 호랑이는 없는 산이다. 그리고 산 중턱엔 암자가 하나 있었으나 폐허가 된 지 오래고 그곳에 희고 윤택한 빛이 나는 석봉(石峯)이 있고, 땅 위에는 오색지초(五色芝草)가 무성해서 바로 선경 같은 곳이었다.

공손승은 이곳으로 가고 싶어서 국왕 이준을 보고 말했다.

"일찍이 우리가 오국을 정벌하고 돌아왔을 때 빈도(貧道)가 송공명께 인사를 드리고서 이선산에 돌아가 모친을 봉양하며, 나진인 스승님을 모시고 수양을 쌓으면서, 속세와 완전히 인연을 끊었었는데, 뜻밖의 사정으로 또다시 음마천에 들어갔던 까닭으로 오늘날 조정으로부터 분수에 넘치는 사호가봉(賜號加封)을 받았습니다만, 광음(光陰)은 덧없이 흘러가고, 도(道)는 아직도 이루지 못한 고로 이제부터 단하산 속으로 들어가 조용히 수양을 하고자 합니다. 국왕은 허락해주십시오."

"국사(國師)가 살두타를 격멸하고 관백을 섬멸시킨 까닭으로 오늘날의 영화가 있게 된 것이요, 모두 국사의 도력으로 이루어진 것입니다. 이미 마음이 그러하실진댄, 그 암자가 섰던 폐허 위에 도원을 하나 지으시고 그곳에서 수양하십시오. 그리고 국내에 큰일이 생기는 때엔 산중으로 찾아가 뵙고서 말씀을 듣겠습니다."

이준이 이렇게 승낙하므로 공손승은 기뻐했다. 주무와 번서는 이때 공손승을 선생님으로 모시겠다 하면서 따라가기를 원했다.

이렇게 되어 이준은 번서로 하여금 일류 가는 목수와 인부 백여 명을 데리고서 공사에 착수케 하여 불과 수개월 만에 일대 궁원(宮院)을 단하산 속에 건축하였으니, 대전(大殿) 위에다가는 삼청성상(三淸聖像)을 조각하여 모시고, 양쪽 낭하에는 삼십육 천장(天將)을 모시고, 영관(靈官)은 산문(山門)을 지키고, 북극성제(北極聖帝)는 후전(後殿)을 진수(鎭守)하도록 되어 있다. 그리고 또 삼층보각(三層寶閣)까지 지어놓고, 소양이 옛날 미원장(米元章)의 필법을 본떠 크게 '단하궁(丹霞宮)'이라 쓴 편액을 걸고, 삼층보각에는 '해천각(海天閣)'이라는 편액을 붙였다. 그리고 삼층보각 좌편에 정충사(旌忠祠)를 짓고서 송공명·노준의 등 천강(天罡)·지살(地煞) 74위의 신상을 모시고, 오른편에다가는 보덕사(報德祠)를 짓고서 작고한 섬라국 왕 마새진의 신상을 모신 후 사당을 지키는 관원으로 하여금 조석으로 공양케 했다. 이런 것은 모두 나중의 이야기다.

죄수들의 대사령이 내린 뒤에 배선과 채경이 국왕 이준에게 와서 아뢴다.

"공도의 딸년을 여태까지 가둬두고 왔었는데, 대사령이 내렸으니 이를 어찌하면 좋을는지요?"

이준은 이 말을 듣고 즉시 호연옥을 불러 말했다.

"공도의 여식을 죽이려 하다가 그때 현질(賢姪)이 청하기 때문에 살려뒀던 터이니, 오늘날 이렇게 된 바에야 마땅히 자네가 거두어주어야 하지 않겠는가? 측실(側室)로 데려가게나그려."

호연옥이 이 말을 듣고 자기의 본뜻을 아뢴다.

"아니올습니다. 제가 그 여자를 가지려고 한 것이 아니오라, 전일 이

가도구(二家道口)에서 제가 독주를 먹고 죽게 되었을 때 그때 운가는 저를 살려준 공이 있습니다. 공도의 여식으로 말하면 저의 아비가 역적이지만 아비와 일당이 되지 않고 우리들을 끌어들여 살두타를 잡아가도록 했습니다. 죄인이 자수를 해도 죄를 사면하는 법이온데, 항차 살두타를 잡게 해줬으니 공은 있을망정 죄는 없지 않습니까? 그렇게 생각한 까닭으로 죽이시지 맙소사고 청했던 것이옵고, 살려주시면 그 여자를 운가에게 제가 공을 갚기 위해서 시집보내려고 혼자서 그렇게 생각했던 것이랍니다. 제가 잘못 생각했었는지 어쩐지 모르겠사오니, 처분을 내리시옵소서."

이준은 그 말에 탄복했다.

"유리한 말이야. 잘 생각했네. 이미 자네가 그렇게 생각했다니까, 운가한테 공도의 딸을 주게나그려."

호연옥은 사례를 하고 물러갔다.

그런데 이때 연청은 이 일을 알고서 문득 한 가지 중대한 사건을 생각했다. 그는 급히 국왕 앞으로 왔다.

"국가 창건의 대업을 이룩하고 세목까지 대강 마련되었습니다만, 한 가지 중대한 사건을 결정짓지 못하고 빠뜨렸습니다."

"무슨 중대한 사건을 빠뜨렸단 말인가? 가르쳐주게나그려."

이준이 깜짝 놀라는 표정으로 이같이 말하자, 연청은 의견을 말한다.

"경전에 이르기를 '음양이 조화되어 비가 내리는 것이요, 부부가 조화되어 가도(家道)를 이루나니라.' 하였습니다. 남자는 밖에 있고 여자는 안에 있어서 음과 양의 도(道)가 한쪽에 치우치지 않고 부부 사이가 조화되어야 하는 법인 고로, 천지만물이 각각 배우(配偶)가 있고, 곤충한테도 자웅(雌雄)이 있는 것입니다. 그런 까닭으로 이제 섬라국이 당당한 대국으로서 모든 것이 구비되었건만, 오직 원비(元妃)가 안 계시니 이것이 중대한 사건입니다. 세 가지 불효 중에서 무후(無後)한 것이 가장 큰 불효라 하지 않습니까. 그러니 국왕께서는 문무관료 중 덕과 용모가 훌륭한 여식을 가진 사람은 말하라 하시어 그 중에서 원비를 선택하여 국가의 세계(世系)를 잇도록 영을 내리시기 바랍니다. 실로 이것이 중대한 사건입니다."

이준은 이 말을 듣고 웃었다.

"아우님은 별 소리를 다 하는구려! 말이야 유리한 말이지만 내가 본래 재덕(才德)이 부족한 사람으로 언제 처음부터 이렇게 될 생각이 손톱만큼이나 있었겠소? 일이 돌아가다 보니까 이렇게 된 것뿐인데 잠시 이 자리에 앉아 있다가 얼마쯤 때를 경과한 뒤엔 나는 공손 선생을 따라서 공부나 하고, 우리 형제들 중에서 인망이 있는 사람을 뽑아 그 사람한테 국정을 맡도록 계승시키려 하오. 요순 같은 성인도 자기 아들한테 천하를 물려주지 않고 어진 사람에게 물려주었거든, 항차 중원 천하와는 비교도 안 되는 이 조그만 섬라국을 가지고서 내가 자손에게 전한다 어쩐다, 이런 생각은 전혀 당찮은 소리니, 아예 그만두시오."

그러나 연청은 이준에게 자기 의견을 더 설명한다.

"대위(大位)를 탐하지 아니하고, 현명하고 유능한 사람한테 보위(寶位)를 전한다는 것은 상고(上古) 때 대성인의 시절에나 있을 수 있는 일입니다. 지금 세상인심은 옛날과는 판이해서 만일 그같이 하다가는 도리어 싸움의 불씨만 터뜨리는 것이 됩니다. 그럴 뿐 아니라, 부부의 도리를 오륜(五倫)의 우두머리에 두지 아니했습니까? 서양엔 여자만의 나라가 있어서 남자가 없기 때문에 우물을 들여다보고서 잉태한다더니… 만일 우리 섬라국에서 여자가 소용없다면, 국호까지 아주 홀아비 나라 '환국(鰥國)'이라고 바꿔버리시지요!"

이 말에 이준은 웃음이 터져가지고 허허허 웃었다. 그럴 때 시진과 배선이 들어와 국왕이 너털웃음을 웃는 것을 보고 무슨 일이 있었느냐고 묻는 고로, 연청은 지금 자기가 국왕에게 원비를 맞아들여야 한다고

권하는 중이라고 털어놓고 말했다. 그랬더니 배선도 이 말을 듣고서,

"정말 그야말로 국가대사로구려. 여기서 길게 말씀할 거 없이, 나가서 우리끼리 의논합시다."

하고 연청을 데리고 밖으로 나오는 것이었다.

세 사람은 승상부로 나와 각 관(官)들이 모인 뒤에 시진이 먼저 입을 열었다.

"연청이 지금 국왕께 원비를 선택하시라고 권했더니, 국왕이 듣지 않으시더라는구려. 그래 여러분을 청한 것인데, 어떻게 국왕의 원비를 선택할 방법이 없겠소이까?"

이 말에 안도전이 대답한다.

"세상에 우연이란 게 없고, 수(數)에는 전정(前定)이 있는가 봅니다. 내가 전일 고려국에 갔다 돌아오던 길에 배가 파선되어 국왕의 구조로 살아나 금오도에 머무르고 있을 때, 그때 국왕의 맥을 본 일이 있는데, 태소맥(太素脈)이더군요. 태소맥이란 극히 드물어서 이런 사람이 제왕이 된다는 것입니다. 그 후 본국에서 피신해 다니다가 문제주 문환장의 장원에 몸을 숨기고 있을 때, 문제주의 영애 문소저가 병이 났기 때문에 그 맥을 본 일이 있는데, 그 맥이 역시 태소맥이었답니다. 그런데 여자가 태소맥이 되고 보면 더군다나 존귀한 부인이 되는 법이랍니다. 그리고 문소저의 외모도 수려하고 덕성이 풍부하여 일국의 국모로서 적합하다고 나는 생각하는데, 문제주의 뜻은 어떠신가요?"

문환장이 이에 대답한다.

"나는 본시 궁촌에서 일개 훈장으로 있던 인물인데, 이번에 국왕의 은혜로 뜻밖에 청직(淸職)을 받았기 때문에 어떻게 하면 그 은혜에 보답할 수 있을까 생각 중이었는데, 그런 말씀을 하시니 내가 어찌 감히 사양하겠습니까? 그저 나 같은 놈은 보잘것없는 집안의 인간이 돼놔서 국왕께 적당치 않으리라고 걱정할 뿐입니다. 그런데 여러 해 전에 내 딸

이 병들어 앓고 있을 때, 꿈에 옥녀가 나타나서 말하기를 '이 애가 이다음에 크게 귀하게 될 팔자이니 아예 허술한 곳으로 출가시키지 말고 때가 오기를 기다리라'고 말하던 일이 있었는데… 지금 안선생이 그런 말씀을 하시는 걸 들으니, 아마 팔자가 이미 정해졌었나 봅니다."

이 말에 일동은 모두 기뻐했다.

의논이 이렇게 간단히 결정되자, 시진·연청·배선·안도전·악화 등 일동은 즉시 국왕 앞으로 나와서 아뢰었다.

"제주 문환장 따님의 자용덕성(姿容德性)이 훌륭하여 족히 국모로 모심직한데, 또 문제주는 그의 따님을 국왕께 드리기를 원하는 터이오니, 속히 납채성혼(納采成婚)하시기를 바라옵니다."

그러나 이준은 이 말에 반대한다.

"그게 될 말이오? 나는 나이가 40이 넘었고, 문소저는 바야흐로 묘령에 있으니 마땅히 영특한 젊은이의 배필이 돼야 할 거요. 더구나 문제주는 형님이시고, 나는 아우 된 사람으로서, 그렇게 윤리에 거슬리는 일을 할 수 있나!"

이 말을 듣고 시진이 의견을 말한다.

"혼인이란 물론 억지로 권해서 되는 일은 아닙니다. 그러나 옛날부터 왕후의 배필은 꼭 나이를 가지고 따지지 아니했습니다! 그리고 지금 국왕께서는 한참 기운이 강건하신 연령이고, 문소저도 올해 24세가 되었으니, 연령의 차이는 그렇게 크지 않습니다. 그리고 문제주로 말하자면 원래 양산박에서 결의형제했던 그런 형제가 아닌 터이니, 조금도 윤리에 거슬리는 구석이 없습니다. 그러니 우리들의 말씀을 들어주십시오."

이준은 더 무어라 반대할 명목이 없어 마지못해 그들의 권고를 듣기로 했다. 이렇게 되자 연소사(燕少師, 연청), 악참정(樂參政, 악화)은 혼사를 총재하고, 소비서(蕭秘書, 소양)는 문서를 맡고, 이호부(李戶部, 이응)는 폐백을 맡고, 목공부(穆工部, 목춘)는 궁궐을 수리하는 일을 맡고, 안태의(安

太醫, 안도전)는 국혼행사를 집행하는 데 출동되는 의장대를 맡아서 준비하는 동시에 속히 길일을 택하여 거행하자고 말하는 고로, 그들은 이 말에 찬성하고서 물러나와 각기 자기 맡은 일에 착수했다. 이렇게 되어 마침내 택일된 날, 궁중의 모든 신하와 24도의 장수들이 참집한 가운데, 문제주가 따님을 친히 데리고 들어오는데, 승상 이하 모든 막료 형제들이 그 뒤를 배종하여 들어온다. 이때 국왕은 문소저의 용모가 아름답고 또한 부덕이 풍부해 보이므로 은근히 기뻐했다. 그러고서 그는 곧 연석을 베풀고 형제들과 환담을 나누었는데, 이날 문무관원들과 군사들에게는 별도로 상을 내렸다. 그리고 이날부터 문제주는 국왕의 장인이 된 고로 칭호를 '국장(國丈)'이라고 했다.

그런데 이같이 국가의 경사를 치른 뒤 어느 날 호연작이 문국장(聞國丈)을 찾아와서 말한다.

"이번에 영애가 국모가 되어 매우 경사스럽습니다. 그런데 저의 딸이 이제는 장성한 고로 출가를 시켜야겠는데, 사윗감으로 내가 서성이를 택했습니다. 작고한 서녕의 아들일 뿐 아니라, 위인이 유망한 청년이기 때문에 그러는 터이니, 국장이 좀 수고해주십시오."

"좋은 말씀이외다. 장군이 고구(故舊)를 생각하는 마음이나, 인물을 택하는 눈이나, 실로 탄복할 만합니다. 나야 물론 찬성합니다."

문환장이 이같이 승낙하니, 호연작이 또 말한다.

"그런데 또 한 가지 청을 드릴 일이 있습니다. 자식놈이 아직 미혼인데, 전일 자식놈이 양산박에서 '백족충'이란 놈한테서 살려낸 여소저가 지금 궁중에 있지 않습니까?. 여소저가 바로 전일 나와 함께 동료로 있던 여원길의 딸이니, 더구나 내가 거두어주고 싶어 그러는 터입니다."

"그 역시 좋은 말씀입니다. 그때 여소저가 만일 영식(令息)이 아니었다면 그 흉악한 놈한테 봉욕을 당했을 것인데, 이제 자부로 삼으시겠다니, 과연 훌륭한 생각이십니다. 다만 지금 여소저가 궁중에 있으니까 이를 국모님께 아뢰어 허락을 얻은 뒤에라야 결정지을 수밖에 없습니다그려."

문환장이 이같이 말하므로 호연작은 작별하고서 돌아갔다. 그가 돌아간 뒤 문환장은 서성을 불러 말했다.

"기쁜 소식이 하나 생겼다. 무슨 소식인지 알겠니?"

서성은 제가 아버님으로 모시는 선생님의 말을 듣고 영문을 몰랐다.

"제가 무슨 기쁜 소식인지 모르겠는데요."

문환장은 이때 얼굴에 웃음빛을 가득 띠고서 말한다.

"호연 장군 따님이 현숙(賢淑)한데… 너를 사위로 삼고 싶으시다고, 지금 통지가 왔단 말이다."

이 말을 듣고 서성은 공손히 말한다.

"아버님께서 저를 교육해주셔서 오늘날 제가 이만큼 되었고, 또 호연 장군께서 따님을 주시겠다는데 제가 감히 무어라 말씀을 드리겠습니까. 처분대로 하겠습니다."

"호연 장군 댁의 예의범절이 엄격하니 너는 그런 줄 알고서 신랑이 되어야겠다. 그리고 호연 장군이 또 부탁하는 일이 한 가지 있는데, 날더러 국모님한테 가서 여소저를 며느리로 주십사고 청해달라는구나. 내가 그 당시 양산박에서 일어났던 사정을 잘 모르니, 네가 나하고 같이 가자."

"그렇게 하시죠, 그때 호연옥 형님이 양산박에서 '백족충'이란 놈한테 저 여소저를 구해내면서 아주 연연(戀戀)해하더니… 아마 천생연분이던가 보지요? 제가 모시고 같이 가지요."

이래서 두 사람은 후궁으로 소비(蕭妃)를 찾아갔다.

소비는 차를 대접하면서 무슨 일로 왔는가고 묻는 고로, 이에 문환장이 내력을 말한다.

"다름 아니라, 호연작의 딸을 서성의 배필로 주겠다 하면서, 그의 아들 호연옥이 아직 미혼인데, 전일 양산박에서 여소저를 구해준 일이 있기 때문에 여소저를 잘 안다고… 꼭 여소저를 며느리로 데려오고 싶다고 합니다. 그런데 여소저가 지금 궁중에 있으니, 신더러 이 같은 말씀을 드려달라고 합니다. 그래서 그 말씀을 여쭈려고 왔습니다."

이 말을 듣고 소비가 말한다.

"여소저가 양반의 집 규수이고, 부덕과 자색이 겸비하니, 호연옥의 배필로 조금도 부족할 게 없겠지요. 다만 부모가 안 계시고, 내가 수양딸로 정해 데리고 있는 터이니, 내일 내가 몸을 단장시켜 친히 시집으로 보내주리라."

"황송합니다. 국모님께서 친히 행차하신다면 호연옥 부자는 실로 감격해 마지않을 것입니다."

문환장은 머리를 굽혀 사례를 하고 후궁으로부터 물러나와 그길로 호연작의 집으로 찾아가 손을 잡고 흔들면서 떠든다.

"여보! 일이 다 잘됐으니 기뻐하시오! 국모가 여소저를 친딸같이 생각해 단장을 시켜 친히 데리고 와서 성혼시키겠다니 얼마나 좋소!"

호연작은 이 말을 듣고 입이 딱 벌어져 술을 내놓고 문환장과 마시는데 서성은 호연옥에게 농담을 한다.

"이제 형님이 화부마와 동서간이 됐구려!"

호연옥도 좋아서 싱글벙글한다.

이튿날, 호연작이 소양을 찾아가 아들과 딸의 혼사를 이야기하고 예서(禮書)를 부탁하니 소양은 무엇을 한참 생각하더니 그를 보고 말한다.

"사내자식이 장성하면 장가들고, 딸년이 크면 시집가는 게 당연하지. 그러니까 형님 댁은 한꺼번에 겹쳤소이다. 그런데 나도 딸이 하나 있는데 글도 좀 알고 글씨도 곧잘 쓰는 터인데… 내가 보니까 송안평이가 사람 된 것이 제법 선비다워 보인단 말이오. 그래 내가 사위로 삼고 싶은데 형님이 좀 나를 위해서 수고해주시지 않으시겠소?"

"그거 어렵지 않은 일이지! 영애와 송청의 자제를 배합하면 정말 어

울리는 한 쌍이 될 거요. 내가 주선하리다."

호연작은 쾌히 자기가 중매 설 것을 승낙했다.

그런데 이때 송청은 호연작이 자기 딸을 서성에게 출가시키기로 했다는 소식을 알고서 아들 송안평의 혼사가 걱정되었다. 그래서 그는 아들을 불러 의향을 물어보는 중이었다.

"너도 이제 나이가 장가들 나이는 지났으니까 색시를 골라야겠는데, 이렇게 해외로 나와서 사니까 어디 예법을 아는 집이 있어야지 통혼(通婚)을 하지 않겠니? 혹시 네 맘에 생각나는 혼처가 있거든 말해봐라!"

"제가 무슨 나이가 많습니까? 아직 나이도 많지 않고… 또 책을 보면 책 속에 옥 같은 여자들이 많이 있는데 뭘 걱정하십니까. 조금도 걱정 마십시오."

송안평이 이같이 자기 아버지에게 대답을 여쭙고 있을 때, 마침 호연작이 찾아왔으므로 부자는 문까지 나가서 그를 영접해 들였다. 호연작은 자리에 앉자마자 입을 연다.

"내가 지금 찾아오기는 소비서(蕭秘書)의 영애와 댁의 자제 간에 중매를 들려고 찾아온 겁니다. 소비서의 영애로 말하면 글도 알고, 예(禮)에 통달할 뿐 아니라, 의용(儀容)이 요조숙녀이니 조금도 부족한 점이 없을 겁니다. 생각이 어떠신가요?"

송청은 이때 비로소 소양에게 딸이 있음을 깨닫고서 마음이 기뻤다.

"아, 그렇잖아도 지금 자식을 데리고서 예의범절이 있는 집의 규수를 머릿속으로 찾아보는 중이었는데, 좋은 말씀을 들려주셨습니다. 소비서 댁이라면 과연 합당한 댁이죠. 형님이 이같이 일부러 왕림해주셔서 더구나 감사합니다. 소비서한테 제 말을 잘 전해주시기 바랍니다."

호연작은 바로 돌아가서 소양을 보고 지금 송청 부자가 쾌히 승낙하더라는 이야기를 하는데, 마침 후궁의 소비로부터 내감(內監)이 나와,

"지금 이국주(李國主)·시승상(柴丞相)·배이부(裵吏部)·대통정(戴通政)·

연소사(燕少師), 그리고 두 분 어른과 함께 상의하실 일이 있으시다고 들어오시랍니다. 다른 어른들은 모두 지금 조문(朝門)에 계십니다."

이렇게 알린다.

호연작과 소양이 즉시 말을 타고서 궁문에 이르러 보니 과연 모두들 와 있으므로 일동은 함께 후궁으로 들어가, 먼저 이준이 소비와 예를 하고 그런 다음에 다른 사람들이 예를 하고서 차례대로 자리에 앉으니, 국모가 얼굴에 웃음을 보이면서 입을 열었다.

"연소사는 대단히 총명한 분이니 미리 짐작하시겠지…. 내가 오늘 여러분을 이렇게 청한 것이 무슨 일로 인해서 청했는지 알아맞혀 보시오?"

연청은 이에 공손히 아뢰었다.

"높으신 뜻을 감히 알 수 있습니까. 가르쳐주시기 바라옵니다."

연청이 이같이 말하니 소비가 여전히 웃는 낯으로 그를 바라보면서 말한다.

"지금까지 여러 집 혼사가 모두 맺어졌는데 오직 노소저(盧小姐) 혼자만 궁중에 남아 있단 말이오. 이 일은 마땅히 연소사가 걱정해야 할 일인데… 그렇지 않소?"

"그 일은 국모님과 또 소저의 자당님께서 주장하실 일이 아니오니까. 공경자제(公卿子弟) 중에서 선택하시면 될 것 아닙니까?"

"그런데 노소저의 모녀는 공경자제를 원하지 않는단 말이오. 애초에 노이원외가 당신을 사위로 삼겠다고 생전에 그런 말을 했더라오. 그리고 전일 노소저 모녀가 금영에 갇혀 있을 때 당신이 극력 주선해줬기 때문에 오늘날 이렇게 살고 있는 거라면서 그 은혜를 갚아야 한다고 항상 말합니다. 대통정이 대명부에 있을 때 중매를 들기로 했다면서, 일을 맡았거든 끝을 맺어야 할 것이 아니겠소?"

소비는 이같이 말하고 대종의 얼굴을 바라다본다.

"네! 제가 대명부에 있을 때 노소저의 모친께서 연청을 사위로 정하시겠다고 하시기에 제가 중간에서 말을 하기는 했습니다만, 그때 연청이 '지금 이런 난리통에 무슨 경황에 혼인을 한단 말이오! 후일 세상이 평안해지거든 합시다.' 이렇게 말했습니다. 이제 국모께서 말씀을 하셨으니 자연 본인도 생각이 있을 것입니다."

대종이 소비에게 이렇게 대답하자, 연청이 얼른 말한다.

"제가 노씨 댁의 은혜를 입은 사람인데, 미망인께서 난리통에 적군한테 끌려가 고생하는 것을 어떻게 그냥 보고 있겠습니까. 그래 다소 주선해드린 것뿐인데요. 그러니 제가 은혜를 베푼 것도 아무것도 아닙니다. 오직 제가 해야 할 의무만 했을 뿐입니다."

이 말에 소비가 대답한다.

"은혜를 받은 주인한테 의무를 했을 뿐이라면 소저의 성도 노씨이니 의무를 다해야 할 거 아니오? 오늘까지 결정을 못 짓고 내려온 것이 오히려 늦었단 말예요. 그러니까 나도 의무로 알고서 하는 말이니… 지금 국주와 공경들 앞에서 결말을 지읍시다. 소저한테는 비록 친어머님이 계시지만, 또 나를 어머니로 정하고서 내게 있는 터이니, 내가 주장해서 소저를 연소사한테 출가시키겠소!"

소비의 이 말씀에 연청이 또 무어라고 의견을 말하려 들자, 곁에서 이준이 그를 가로막고 말한다.

"아우님은 아무 말 말고 가만있소! 아우님이 충의(忠義)가 양전(兩全)한 사람으로서 지금 국모님의 말씀을 들었으면 그대로 할 일이지, 무슨 잔말이오? 전일 나한테 왕비를 맞아들이라고 권고할 때는 제법 정당한 말을 하더니… 지금 자기가 해야 할 일은 남의 권고를 듣지 않으니, 이거야말로 '남을 꾸짖을 때는 총명해도 제 잘못을 아는 데는 지극히 어둡다는 것'이 아니겠소?"

이준의 이 말에 연청은 무어라 할 말이 없어졌다. 그는 잠시 고개를 숙이고 있다가,

"처분대로 하겠습니다."

이같이 말했다. 그러자 소비가 기뻐하면서 말한다.

"그러면 연소사·호연옥·송안평·서성 일동이 금란전상(金鑾殿上)에서 결혼을 행하도록 국주가 유사에게 준비를 시키시오."

이같이 말한 뒤에 소비는 또 화부마를 보고,

"자네는 동서를 한꺼번에 맞게 돼서 기쁘겠네."

하고 웃음을 머금는다.

이준 이하 모두들 소비에게 예를 하고서 물러나왔다. 그러고서 연청은 지금까지 원수부에 있었지만 이날로 근처의 큰 집을 하나 치우고서 살림살이에 필요한 가구를 준비하고는 혼인날만 기다렸다.

며칠 후 경삿날이 왔다. 금란전 대청 위에는 비단을 깔았고, 사방에는 수놓은 장막과 주렴을 드리웠는데, 문환장·호연작·대종의 뒤를 따라서 연청·송안평·호연옥·서성 네 사람이 대홍포(大紅袍)에 오사모(烏紗帽)를 쓰고 붉은 옷을 입힌 말을 타고 들어오더니 대청 위에 올라선다. 그럴 때 생황의 주악 소리가 나면서 국모 소비와 노이의 미망인과 공주가 나오고, 국모가 남쪽을 향해 자리에 좌정하니 일동은 예를 한다.

그러자 한 떼의 궁녀가 선녀같이 아름다워 보이는 봉관하피(鳳冠霞被)의 신부 네 분을 모시고 나와 먼저 하늘과 땅에 절을 시킨 다음에 신랑을 향해서 절을 시키니 신랑들도 각기 자기 신부와 맞절을 했다.

이같이 부부가 서로 맞절을 한 뒤에 함께 국모 소비에게 절을 하니까 국모는 반절로써 답례한다. 그런 뒤에 궁녀가 과합(菓盒)과 금잔(金盞)을 갖고 와서 신랑과 신부에게 각각 술을 석 잔씩 맛보게 하는데, 이때 궁중 우림군의 악대는 우렁차게 음악을 울리는 것이었다.

식이 이같이 끝난 후 신부 네 분은 교자를 타고, 신랑 네 사람은 말을 타고서 각각 자기 공관으로 돌아가는데, 국모는 여소저와 호소저를 보내주기 위해서 나오고, 노이의 미망인은 노소저의 후행으로 나오고, 화부마는 소소저의 후행으로 따라갔다.

이튿날 연청이 송안평·호연옥·서성과 함께 각기 부인을 동반해 조정에 들어가서 국왕한테 사례를 드리니, 국왕 이준은 부인들을 보고 안으로 들어가 문비(聞妃)와 만나보라 하여 부인들을 안으로 들여보내놓고, 연청 등 네 사람과 함께 이야기를 하기 시작한다. 이때 안에서 네 사람 신부들의 인사를 받은 문비는 너무도 기쁘고 반가워서 즉시 잔칫상을 벌였다.

문비 문환장의 따님은 소양의 따님 소소저와는 참으로 오래간만에 만나보게 된 것이 기뻐서 더구나 이야기가 많았다. 연청 등 네 사람은 이날 이렇게 안팎에서 하루를 즐겁게 이야기하다가 돌아갔다.

다음날 국모 소비는 이준·시진·연청·배선·문환장을 또 청해 말하는 것이었다.

"전일 국가에 변고가 발생했을 때 이국주와 제관(諸官)들이 힘을 합쳐서 원수를 갚아주었기 때문에 나는 유한이 없소이다. 그리고 지금 이국주가 섬라국의 조정을 세워놓고 국왕이 되셨으니 우리나라 백성들은 모두 이국주의 영(令)에 복종해야 합니다. 그런데 궁중에 거처하셔야 할 국주가 원수부에 거처하고, 늙은 내가 도리어 궁중에 거처하니, 이 어찌 말이 됩니까? 그래서 노신(老身)은 오늘 대궐 밖으로 나가 공주와 함께 거처하겠으니, 이국주가 대궐로 들어오십시오. 이래야만 국가의 체통이 되겠어요."

이때 이준은 사양하려고 했는데, 여러 사람이 일제히 '과연 국모님은 여자 가운데 요(堯)·순(舜)이십니다. 만사를 이토록 이치에 합당하도록 처결하시니 분부대로 거행하겠습니다.' 이렇게 아뢰는 고로, 이준도 그냥 사례만 올리고서 물러나왔다. 이렇게 되어 국모 소비는 그날로 부마부로 나오고, 이준은 택일하여 궁궐로 들어가니, 이로써 국왕의 권위와 체통이 완전하게 되었다. 모든 것이 실로 미결양인(美結良姻)이었다.

태평연월

국왕 이준이 대궐로 들어간 뒤 연일 태평무사했는데, 하루는 연청이 들어와서,

"아직 한 가지 일을 그대로 둔 채 처리하지 못했으니 분부를 내리시어 곧 시행토록 하십시오."

이같이 말하므로 이준은,

"그게 무슨 일이란 말이오?"

하고 물었다.

"다름 아니라, 우리 형제들이 소년 시절에 모두들 협기가 팽창해 오로지 창봉궁시(鎗棒弓矢)만 배우고, 여색은 마음에도 안 두고, 벼슬아치들한테 핍박만 당하다가 양산박에 들어간 후에는 북쪽 남쪽으로 토벌하러 다니느라고 한가한 날이 없었다가 이제 와서야 국왕의 홍복으로 한 나라의 조정에서 모두들 부귀를 같이 누리는 터이지만, 우리들 중에서 시진·관승·이응·주동·비보·소양·김대견·송청·손립·손신·채경·호연작 등을 제하고서는 다른 사람들은 모두 홀아비들입니다. 남녀 간의 욕심이야 사람마다 있지 않습니까? 얼마나 이 사람들이 외롭고 쓸쓸하고 또 가련합니까! 노후에 시봉할 사람도 없고, 죽은 뒤에 대를 이을 후손도 없으니 말입니다! 내 맘을 미루어 남의 맘을 짐작한다면 가히

알 것이니, 명문의 숙녀를 골라서 각각 배우자를 정하도록 영지(令旨)를 내리시어 여러 형제들의 마음을 위로해주는 것이 국가의 근본을 탄탄하게 만드는 길이라 생각합니다."

연청이 이같이 말하니 듣고 있던 시진과 배선도 그 말에 찬성한다.

"연소사의 말이 옛날 어진 학자님의 말씀과 부합되는 말씀입니다."

그러자 국왕 이준도 말한다.

"아우님의 의논이 과연 지당한 의견이오! 속히 그렇게 했으면 좋겠지만, 그러나 무슨 방법으로 허다한 부인들을 골라낼 수 있겠소?"

"도리가 있습니다! 우리가 여기서 국가를 창건하고 그전 날 신하로 있던 사람들을 모두 원직에 임명하긴 했습니다만 아직 그들과 우리가 정신이 융합되지 못했으니까, 이 사람들 중에서 유망한 사람들의 집을 골라서 신부를 택하여 피차에 한집을 이루게 할 수 있습니다. 이렇게 되고 보면 피차에 간격이 없어지고 자손이 대대로 충성을 다할 것이니, 이야말로 일거삼득입니다. 그리고 군사 중에 아내가 없는 사람들은 모두 섬라국 민가에 장가들게 해야 합니다. 이렇게 하면 군민 간에 화기가 생기고, 주객의 간격 없이 한 덩어리가 될 것이니까 도망갈 놈도 안 생길 겁니다. 소위 인륜은 부부로써 시초가 되는 것이요, 왕화(王化)는 규문(閨門)으로부터 일어난다는 것이 이 때문입니다. 주(周)나라 8백 년의 기초가 '내무원녀 외무광부(內無怨女 外無曠夫)' 여덟 글자에 있지 않습니까? 지금 당면해서 급한 일이 이것입니다."

연청의 설화를 듣고서 국왕은 감탄한다.

"현제(賢弟)의 말이 과연 좋은 말이오! 이왕 말을 냈으니, 현제가 인정과 사리를 잘 아는 터이니 네 분이 의논해서 독신으로 있는 형제들의 신붓감을 선택해보시구려."

그러나 연청은 국왕과 의견이 달랐다.

"그런 자질구레한 일을 하필 승상과 이부(吏部)나 참정(參政)이 간여

하겠습니까? 고대수 한 분이 맡아보면 족할 겁니다."

"왜 하필 고대수 부인한테 부탁한단 말이오?"

국왕은 연청의 뜻을 알지 못하고 이같이 묻는 것이었다.

연청이 대답한다.

"우리들은 다 대신(大臣)들 아닙니까. 색시를 간택하는 데 어떻게 직접 나서겠습니까? 그리고 또 색시의 외양은 괜찮더라도 속에 무슨 병이 있는지는 우리가 모를 것이니 고대수가 간택하는 것이 가장 적임입니다. 색시를 고르는 일은 아무래도 부인네들이 해야 합니다."

"그게 참 유리한 말씀이오. 그럼 그렇게들 일을 서둘러 진행시키시오그려."

연청과 악화는 즉시 국왕의 효유문(曉諭文)을 발표하고, 국내 행세하는 집으로 중국인을 사위로 삼을 사람들은 신고를 하게 하는 동시에, 고대수로 하여금 그 중에서 수십 가(家)를 선택하게 하여 명부를 작성해 대신들이 모여서 배우자들을 각각 정해주었다. 그리고 국왕은 한 집에 각각 금 3백 냥과 채단 20필과 비녀와 귀걸이와 의복까지 만들어서 주게 했다. 이때 공손승·주무·대종·번서 등 네 사람은 국왕의 효유문을 보고 먼저 대궐로 들어와서,

"빈도(貧道)들은 진세(塵世)를 버리고 청정한 곳에 들어가 진리를 얻고자 수양하는 터이오라 아내가 필요치 않습니다. 바라옵건대 빈도들의 마음을 양찰해주시옵소서."

이같이 자기들의 심정을 아뢰었다.

국왕도 그들의 심정을 충분히 아는지라 굳이 결혼하라고 권하지 아니했다. 그리하여 네 사람만 제외하고서는 문무공신들이 모두 결혼을 하고 보니, 섬라국에는 신랑과 신부가 국민의 반수를 차지하게 되었다.

그런데 한편, 청수오에 있는 적성에게는 통역관의 영애가 배필로 뽑히었기 때문에 청수오를 비워놓고서 적성으로 하여금 장가들러 오라고

부를 수도 없고 해서 신부를 청수오로 보냈고, 백석도에 있는 관승에게는 가족들이 있으니 빼놓고, 양림과 상청은 독신이니 섬라성으로 돌아와서 결혼을 하라고 기별했었는데, 이때 상청은 기뻐하면서 결혼을 하러 떠났으나, 양림은 걱정하는 빛으로 가만히 있는 고로 관승이 물어봤다.

"이번에 국왕의 처분은 인정도리상 대단히 아름다운 처사인데 아우님은 왜 고민하고 계시오?"

그러니까 양림이 말하는 것이었다.

"전일 백석도를 공략할 때 만일 방명이란 사람이 없었다면 우리가 성공하지 못했을 겁니다. 그런데 그 방명의 딸이 비록 도공이란 놈한테 몸을 더럽히기는 했지만, 본래 얌전하고 곱게 생긴 여자더군요. 그래 방명이는 몇 번이나 자기 딸을 내게 주겠으니 데리고 살라고 그러는 것을 내가 차일피일 미루어왔었는데, 지금 와서 내가 다른 색시한테 장가를 들고 보면 방명이가 얼마나 섭섭해하겠습니까? 그렇다고 해서 지금 국왕의 고마운 뜻을 저버릴 수도 없고… 참 일이 난처하게 됐습니다!"

"그렇다면 그거야 어렵지 않소! 내가 국왕께 그 혼인을 사퇴한다는 글을 올리면 그만이오."

관승은 이렇게 말하고서 방명을 불렀다.

"당신은 백석도를 격파시킨 공이 있기에 위에 말씀해서 중용하도록 했지만, 따님일랑 양장군한테 시집보내시오. 그래가지고 우리가 함께 이곳을 지키고 있읍시다."

방명은 대단히 기뻐했다.

"감사합니다. 벌써부터 저는 그럴 생각이 있어서 몇 번이나 말씀을 했었지만 양장군이 고사했습죠. 지금 장군께서 그같이 말씀하시니 그럼 곧 여식을 양장군께 보내겠습니다."

이렇게 되어 양림의 결혼문제는 해결되고 국왕한테는 보고만 올렸다. 백석도에서 이같이 관승이 양림과 방명의 여식을 결혼시키고 있을 때, 섬라성에서는 화봉춘이 국왕을 찾아가 말하는 것이었다.

"저는 악화 아저씨한테서 은혜를 많이 입고서도 이때까지 아무 보답을 못 했는데 아저씨는 아주머니가 돌아가신 뒤로 오늘까지 속현을 않고 계시니까, 이번 기회에 악화 아저씨한테 아주머니 한 분을 골라드렸으면 좋겠다고 생각했습니다. 그런데 공주하고 가까이 지내던 궁녀가 하나 있는데요, 조주(潮州) 태생으로 이름이 오채선(嗚采仙)인데, 얼굴도 어여쁘고 맘씨도 훌륭하고, 공주하고는 형제같이 지내고, 나이는 지금 스무 살이 넘었으니까 악화 아저씨한테 후취로 들어가도 좋을 것 같습니다. 그리고 또 그때 사룡을 토벌하고서 구해낸 여자가 둘이 있는데 둘 다 광동 태생이랍니다. 이 두 여자를 악화 아저씨의 첩으로 보내드렸으면 좋겠어서, 그래서 그 말씀을 아뢰려고 왔습니다."

이 말을 듣고서 국왕은 고개를 끄덕였다.

"잘 생각했다! 악참정은 곤릉에서 내가 옥에 갇혀 있을 때 나를 구해냈고, 그 후 금오도를 평정하고, 섬라국과 인연을 맺게 한 큰 공훈이 있는 분이란 말이야. 이때까지 내가 보통으로 대우한 것이 말하자면 부족하지! 지금 현질(賢姪)의 말을 듣고 보니 과연 훌륭한 생각이거든. 연소사하고 의논해서 그렇게 일을 꾸며봐라."

국왕이 이렇게 찬성하므로 화봉춘은 곧 연청을 찾아가서 이 뜻을 이야기했다. 연청도 대찬성이다.

"그거 참 좋은 일이야. 그럼 내가 먼저 악화한테 가서 이야기를 하고 있을 테니까, 부마가 색시들을 손립의 부중으로 데리고 오구려."

연청은 화봉춘에게 이렇게 이르고서 손립의 공관으로 악화를 찾아가 두 사람과 함께 차를 마시면서 한담하다가,

"글쎄 이번에 양림 형이 방명의 딸을 택할 줄 누가 알았겠소. 방명이란 알고 보니 양주에서 마부 노릇하던 사람이라는구려. 더구나 도공한테 더럽힌 찌꺼지를 마누라로 데려오다니!"

이런 말을 하고서 혀를 쯧쯧 찼다.

그럴 때 악화는,

"그야 뭐 정이 가니까 부부가 되는 거지! 색시 아비의 출신이 어떻고 과거가 어떻고… 그런 거는 아무래도 상관없는 거야."

이렇게 대꾸한다.

그러자 연청은 한 손으로 이마빼기를 썩썩 비비면서,

"국왕이 날더러 임안까지 빨리 다녀오라는데… 또 한동안 못 만나겠소."

이런 말을 한다.

"왜 무슨 일로?"

악화가 묻는데 연청이 천연덕스럽게 대답한다.

"국왕께서 참정의 대공(大功)을 이때까지 보답해올리지 못해 마음이 대단히 불안하다고 하시면서, 날더러 임안엘 가서 참정의 부인으로 금옥 같은 소저와 또 샛별 같은 소실을 두 사람만 구해오라시는구려."

이 말을 듣고서 악화는 눈이 동그레져 놀란다.

"당치도 않은 소리! 내가 지금 침식에 불편한 것이 없는 것만도 과분한데, 연소사가 뭣하러 수고를 한단 말이오! 국왕과는 내가 형제 같은 사이인데 무슨 딴 손님 대접하듯 그런 말을 했을까? 내가 가서 국왕한테 그러지 마시라고 사양해버리고 말 터이니까, 제발 임안에 가지 마시오."

이때 손립도 악화와 같은 뜻으로 한마디 한다.

"글쎄 그런 일은 군국(軍國)의 대사(大事)도 아닌데 어째서 만 리 길을 항해한다는 걸까!"

악화·손립 두 사람이 펄쩍 뛰다시피 이같이 반대하니까 연청은 빙글빙글 웃으면서,

"참정이 그렇게까지 말하신다면 내가 임안부까지 안 가고, 여기 앉아서 훌륭한 부인 한 분하고, 또 어여쁜 소실 두 분을 보내드리리다."

이렇게 말한다.

"아니, 소사가 또 누구를 한바탕 웃기려고 이러는구려? 앉아 있으면서 어떻게 부인을 보내준다는 거요?"

악화가 이렇게 말하고 있을 때, 화부마가 대문 안으로 들어오는데 그 뒤엔 큰 가마가 한 채, 작은 가마가 두 채, 그리고 궁녀 네 사람이 따라 들어오고, 또 그 뒤에서는 악인(樂人)들이 풍악을 잡히면서 들어온다. 손립과 악화는 이 모양을 보고 눈이 둥그레졌다.

이때 화봉춘이 악화를 보고 말한다.

"제가 이때까지 아저씨께 은혜를 보답하지 못했습니다. 그런데 공주와 가까이 지내던 궁녀에 오채선이라고, 조주 태생의 여자가 덕용구비(德容具備)하고, 또 광동 태생의 두 여자가 재색겸비하대서 국왕께서 연소사한테 부탁하셔 아저씨한테 그 뜻을 전하라 하시고, 지금 절더러 모셔다드리라 하셔서 왔습니다."

이 말을 듣고 손립이 말한다.

"지금 막 연소사가 임안엘 가게 됐다고 하기에 그럴 필요 없다고 말하던 중이었는데, 부마가 이렇게 수고를 했으니 악참정은 고맙게 받아들여야 하겠소."

이때 연청은 웃으면서,

"내가 아까, 앉아서 부인을 보내드리겠다 하잖았어요? 자, 부인! 가마에서 나오십시오!"

하고 가마문을 열어놓는다. 그때 가마 속으로부터 오채선이 나오는데 과연 절세미인이다. 또 작은 가마에서도 여자 두 사람이 나왔다. 손립은 자기 부인으로 하여금 세 사람의 부인을 맞아들이게 한 후 연청과 화봉춘과 함께 술을 마시며 이야기했다.

그러고서 두 사람이 돌아간 뒤에 손립은 신방에 화촉을 밝히고 악화로 하여금 새부인을 맞게 했다.

이튿날 손립과 악화가 국왕한테 들어가서 사례를 할 때, 연청·배선·시진 등이 모두 전상(殿上)에 있는데 국왕은,

"내가 아직도 상을 못 준 사람이 몇 사람 있소."

이렇게 말하더니 곧 영지를 내려 웅승·허의·당우아·길부·화합아·운가·화신·방명 등을 모두 부르게 했다. 그랬는데 방명이는 백석도에 있으니까 즉시 오지 못하고, 웅승 등은 모두 즉시 대궐로 들어와서 뜰 아래 엎드려 이마를 조아린다. 국왕이 그들을 보고 말한다.

"웅승은 용각채를 격파시킨 공이 있고, 허의는 비산문의 항복을 받게 한 공이 있고, 길부와 당우아는 시승상(柴丞相)을 구해낸 공이 있고, 운가는 환도촌에서 세 사람의 내 조카들을 구해낸 공이 있고, 화합아는 공도를 격파시킬 때 내응했고, 방명은 백석도를 점령케 한 공적이 크고, 화신은 삼대를 두고서 주인 댁에 충성을 다했으니 모두가 칭찬할 일이다. 이제 각인에게 통제직의 벼슬을 내리노라."

이렇게 되어 그들은 모두 벼슬을 했을 뿐 아니라 운가는 이미 공도의 딸과 부부가 된 까닭에 제외하고 화신은 너무 늙었기 때문에 자신이 사양했지만, 그 밖의 여섯 명한테는 전일 간택해두었던 집의 규수들을 각각 배필로 정해주어 결혼까지 했다. 그리고 운가는 호연옥의 부하로 채용되고, 당우아와 길부는 승상부에서 일을 보고, 화신은 부마부에 근무하고, 방명은 백석도에 그냥 있고, 웅승은 성문을 간수하고, 허의는 배를 타고서 해안을 순시하는 직무를 맡은 후 각각 국왕의 은혜에 감사를 드리고서 돌아갔다.

이준이 섬라국 왕이 된 후에 이같이 자질구레한 공을 세운 사람들까지도 은혜를 받은 까닭에 국왕을 칭송하는 소리는 날로 널리 퍼졌다. 그리고 또 단하궁이 준공되어서 공손승 등 세 사람은 그곳에 들어가서 수양하고 있고, 조경루 삼층 건물도 완성되고, 황화역관도 완비되어 섬라국의 문물(文物)은 점차로 명성을 떨치기 시작했다.

이럴 때 어느 날 홀연히,

"고려국 왕께서 내방하십니다. 벌써 청예도 근처까지 오셨습니다."

이 같은 보고가 올라왔다.

국왕 이준은 즉시 동위·동맹으로 하여금 멀리 바다 밖에 나가서 영접하라 하고, 다시 손신·채경·송청·두흥으로 하여금 해안에 나가 있다가 문안을 드리고 영접하게 했다.

하루가 지나간 뒤, 지금 고려국 왕의 배가 항구에 들어온다고 탐사관이 보고하는 고로, 이준은 난가(鑾駕)를 가지고 승상 시진과 소사 연청, 참정 악화, 이부(吏部) 배선 등을 데리고서 나아가 고려국 왕을 황화역관으로 맞아들였다.

그런데 고려국 왕 이우는 대신 두 사람과 내감 네 사람, 우림과 우림군 5백 명을 거느리고 왔는데, 섬라국 왕과 인사를 나누더니,

"바다의 한 귀퉁이에 있는 작은 나라가 오랫동안 사모해왔습니다. 종형(宗兄)께서 큰 나라를 다스리고 계시니 특별한 안광(眼光)이 있을 줄 아오니 모쪼록 인도해주십시오."

이같이 말하는 것이었다.

이준도 이어 대답했다.

"변변치 못한 조그만 나라에 있으면서 그간 누차 귀국에 가서 궐내의 뜰아래에서 우러러뵈옵고자 했었지만, 지금 도리어 먼저 찾아주심을 받사오니 분수에 넘치는 영광입니다."

두 나라의 국왕은 이 같은 말을 주고받은 뒤에 연을 타고서 나란히 갔다.

금란전에 올라가 피차에 예를 하고 나서 좌정하기 전에 시진 등 일동이 절하고 인사를 드리므로 고려국 왕도 답례를 하고서 말한다.

"여러분은 모두 이윤·여상(呂尙) 같으신 인물이라, 대명(大名)을 우레같이 들은 지 오래되다. 종형께서 여러분 같은 훌륭한 보필을 얻었으니

까 자연히 사해(四海)에 광채를 떨치는 것이외다. 이에 비해서 모(某)의 작은 나라에는 인재가 없어 심히 부끄럽고 또한 걱정이외다."

그러자 섬라국 왕이 말한다.

"겸사의 말씀이십니다. 상국(上國)으로 말씀하면 기자(箕子)가 기초를 닦으신 후 문명예악(文明禮樂)이 발달하고, 한당(漢黨) 이래로 훌륭한 인물이 많이 배출되어 보필하지 아니했습니까. 소제(小弟)는 지금 겨우 몇몇 맹우들과 함께 사업을 시작했을 뿐이라, 감히 귀국과는 비교도 안 되는 처지입니다."

이같이 두 나라의 임금이 이야기하는 동안 궁중 광록시에서 연회를 배설했다.

생황의 연주를 들으면서 술을 마시다가 고려 왕이 말한다.

"소방(小邦)의 국호는 처음엔 조선이었고, 지금 대송(大宋)의 동방에 있는 소국입니다만, 예의를 자못 숭상하는 터입니다. 그런데 왜왕이 저의 강한 힘만 믿고 항상 침범해옵니다. 지난번에 귀국 사신으로부터 국서를 받고 공동으로 왜국을 방어하기로 약정했습니다만, 소제는 이미 연로하고 또 자주 앓는 까닭에 자식에게 전위(傳位)했습니다. 그러나 자식이 우약(愚弱)해서 국사를 잘 요리하지 못할 것이므로 종형과 제가 결의형제를 해가지고 앞으로 특별히 가까이 지내기를 바랍니다."

"잘 알았습니다. 전일에 이곳 3도(島)가 난을 일으켰을 때 왜놈의 관백이 1만 명의 군사를 이끌고 왔다가 한 놈도 살아서 돌아가지 못했지요. 우리 두 나라가 서로 연결한다면, 왜놈이 동쪽을 칠 때엔 제가 서쪽에서 구해드리고, 왜놈이 서쪽을 칠 때엔 형께서 동쪽으로부터 저를 구해주실 터이라, 자연히 왜놈들이 우리를 침범하지 못할 것입니다. 진실로 이는 소제가 원하는 바입니다."

섬라국 왕 이준이 이같이 대답하므로 고려국 왕은 기뻐했다. 그러고서 두 나라의 임금은 술을 나누며 이야기하다가 피차에 즐거운 빛으로 헤어졌다.

이튿날, 고려국 왕 이우와 섬라국 왕 이준은 향불을 피우고서 하늘과 땅에 절을 드리고 난 다음에 또한 피차에 절을 하고서 의형제를 맺으니, 고려국 왕이 나이가 위라 형님이 되고, 섬라국 왕은 동생이 되고서 두 사람은 함께 하늘에 맹세하는 글을 읽었다.

'이우와 이준은 동성이요, 서로 인접한 국가인 고로, 형제를 맺고서 하늘을 공경하고 백성을 편안케 하며, 외방의 침범을 막고 내란을 없이 하며, 결의형제한 뒤로 기쁨과 슬픔을 서로 나누고 도울 것이오니, 만일 어김이 있을 때엔 하늘이 벌하소서.'

이같이 맹세가 끝나자, 고려국 왕을 모시고 온 대신 두 사람과 섬라국 대신들도 서로 절을 나누었다.

그런 뒤에 고려국 왕이 말한다.

"전일 도군 황제께서 어의(御醫) 안도전을 저에게 보내주셔서 그때 참으로 재생지덕(再生之德)을 입고서도 아직 보답을 못 해드렸습니다. 요전번에 안도전을 사신으로 보내셨을 땐 총총해서 그만뒀지만, 지금 또 한 번 진맥을 청하고 싶은데 그분이 혹시 이곳에 있기나 한지요?"

"안태의(安太醫)는 우리가 양산박에 있을 때 결의형제한 분이지요. 형장의 병환을 치료해드리고서 돌아오다가 풍랑을 만나 파선되어 표류하는 것을, 제가 구해서 서울로 보내줬더니, 노사월이란 놈한테 옭혀 채경이 손에 죽게 된 것을 숙태위가 구해주어서 등운산으로 피신해 살아났지요. 전번에 숙태위의 이야기를 들으니 노사월이란 놈은 금조(金朝)에 귀순해 병을 오진(誤診)한 죄로 간리불한테 사형을 당했다더군요. 안도전은 지금 이곳에 태의원 정경(正卿)으로 잘 있습니다."

이준은 이렇게 말하고서 안도전을 곧 대궐로 들어오라고 불렀다.

안도전이 들어와서 고려국 왕한테 절하고 뵙자, 고려국 왕은 그에게 치사를 하고 계속해서 말한다.

"선생의 신술(神術)로 인해 다시 살아나기는 했습니다만, 아직도 몸이 약해서 걱정입니다. 좀 더 좋은 방문을 주십시오."

안도전은 이때 정신을 모아, 고려국 왕의 태소맥을 짚어보고 난 다음에 아뢴다.

"전하의 정신은 비록 쇠약한 듯하오나 맥은 대단히 맑고 좋습니다. 겸해서 신선이 되실 기운도 있습니다. 곧 방문을 하나 적어올리겠습니다."

"과인이 이미 세자한테 전위하고서 모든 일을 처결하지 않소. 그러고서 조용히 마음을 닦고 진리를 구하고자 하는 길인데, 들으니 여기 공손 선생이라는 분이 계시다는데, 한번 만나뵈올 수 없을까요?"

고려국 왕이 이같이 묻자, 섬라국 왕 이준이 대답한다.

"공손 선생이 지금 단하궁에서 수도하고 있는 중입니다. 제가 모시고 가겠으니 동행하시지요."

이 말을 듣고 고려국 왕은 대단히 기뻐하면서 일어났다. 섬라국 왕과 고려국 왕이 말을 타고 나란히 앞서 가는데 시진과 안도전은 그 뒤를 따랐다.

단하산에 도착해 산천 경치가 지극히 좋은 것을 보자, 고려국 왕은 칭찬을 아끼지 않는다.

"이곳은 과연 선경(仙境)입니다그려! 저의 나라는 여기다 비하면 물이 탁하고 산이 험하지요."

이럴 때 공손승·주무·번서가 급히 나와서 두 분 임금님을 모시고 들어가 먼저 삼청(三淸)의 초상을 향해 절하고 난 다음에 공손승 등이 고려국 왕한테 절을 하려 하자 고려국 왕은,

"어찌 이러십니까? 내가 선생 문하에 몸을 던질 사람인데요!"

이렇게 말하더니 그들과 피차에 마주서서 예를 하는 것이었다.

이같이 인사를 마치고 나서 공손승 등은 두 분 임금님을 추도헌(秋濤軒)으로 모시고 가서 차를 드린 후 각처의 경치를 구경시킨 다음에 해천

각(海天閣)에 올라가 멀리 내다보이는 바다와 산의 풍경을 바라보면서 소주(素酒)를 대접해 올렸다.

이때 섬라국 왕이 공손승을 보고 말한다.

"선생과 의논할 일이 있습니다. 나천대초(羅天大醮)를 한 자리 축조하고 신명(神明)께 보답하는 뜻에서 송공명 등 진망장사(陣亡將士)를 추천하고자 하는데, 어느 때 단을 쌓는 것이 좋을까요?"

공손승은 곧 주무로 하여금 길일을 택하게 하니 내일모레글피가 좋다 한다.

그 말을 듣고서 이준이 고려국 왕을 바라보며,

"어떻습니까, 며칠 지체하시더라도 보시고 가시지 않으시렵니까?"

이같이 권한다.

고려국 왕은 기쁘게 승낙했다.

이준은 곧 주무로 하여금 의식을 총관하도록 부탁하고, 책임 맡을 관원으로 하여금 삼청전(三淸殿) 앞에 단을 쌓도록 분부를 내렸다.

사흘 후, 공손승은 단 위에 고운 비단을 깔고서 향을 피우고 부적을 사른 후 소리를 내어 경을 외기를 하루에 세 차례씩 하는데, 섬라국 왕과 문무제신도 목욕재계하고서 조석으로 예배를 드린다. 이같이 하기를 이레 동안 했는데, 제7일 의식이 끝나는 날에는 소비·문비·공주·화태부인도 일제히 나와서 참배했다.

이때 섬라국 왕 이준은 성안의 백성들도 멀찌감치 떨어진 곳에 와서 보고 싶거든 자유로이 관망하도록 허가하라는 분부를 내렸다.

얼마 후 3경쯤 되니까 둥그런 달이 솟고, 하늘에는 구름이 한 점도 없고 바람도 한 점 안 부는데, 갑자기 서북쪽 창공이 짜개지는 듯한 굉장한 소리가 나더니 천 송이 만 송이의 비단 같은 구름이 찬란한 빛을 내고 반공중에서는 신선의 음악 소리가 들리며 이상한 향기가 코에 스며든다.

두 분 임금님을 비롯해서 그곳에 있던 모든 사람들이 놀랐다.

그럴 때 비단구름이 걷히면서 기다란 주홍빛 깃발이 나부끼더니, 옥녀 금동(金董)이 송공명 등 60여 명을 모시고 섰는데, 그 뒤에 서 있는 분은 전일의 섬라국 왕이던 마새진이 분명하다. 이때 이 같은 광경을 목격한 군중들도 일제히 꿇어 엎드려 절하는 것이었다.

잠시 후 구름 속에 나타났던 신령들이 서서히 자취를 감추자 모든 사람들이 이 놀라운 도법에 감탄했다.

고려국 왕은 이튿날 섬라국 왕과 함께 대궐로 돌아온 후 작별 인사를 했다.

"이 사람을 버리지 않고 종씨로 의를 맺어주셔서 영광이외다. 내가 나라에 돌아가 내 자식이 정사에 다소 익숙해지는 것을 본 다음에 명년 봄쯤 이곳으로 와서, 다시 단하궁을 찾아가 공손 선생한테로 홀가분히 출가하렵니다."

이준은 고려국 왕의 말을 듣고서 그를 더 만류할 수 없다고 생각했던지 즉시 송별연회를 베푼 다음, 동위·동맹으로 하여금 영해의 경계선까지 고려국 왕을 전송케 했다. 그러고서 그 후 태평무사했다.

어느덧 겨울이 다 가고 새해 정월 보름이 가까웠다. 국왕 이준은 금오·청예·조어·백석 4도(島)와 청수오에 있는 장령들을 모두 불러서 국내의 문무대가(文武大家)들과 함께 성대하게 원소절을 경하키로 했다. 그리하여 금란전 앞에 한 개, 조경루 앞에 한 개, 궁중에 한 개, 이렇게 세 개의 인조산을 쌓고서 사방에 꽃등을 휘황하게 밝히고, 그 산 밑에 술집을 내게 하고, 호부(戶部)에서는 술과 안주를 무진장 대주게 하는데, 이같이 놀기를 13일 밤부터 15일 밤까지 사흘 동안 계속하게 했다.

이렇게 되어 조정의 관원이거나 군인이거나 누구든지 맘대로 그 술집에 들어가서 실컷 먹고 마시고서 셈은 치르지 아니해도 좋았다. 그리고 공경(公卿) 댁의 가족들은 모두 궁중에 들어가서 문비와 함께 전일의 국모 소비를 모시고서 관등(觀燈)을 하는데, 거행하는 일은 전부 고대수가 감독한다. 그리고 사방에서는 노랫소리·음악 소리·연화(煙火)·화포(花砲)가 밤새도록 쉬지 아니한다.

보름날 밤, 국왕 이준은 조경루에 연회를 베풀고 문무 각관을 불렀는데 공손승이 제일 늦게 도착했다.

그때 이준이 자리에 나가 앉으니 기타 모든 사람이 직위의 석차대로 차례차례 의자에 앉는다. 이때 이준은 술잔을 높이 들고서 입을 열었다.

"하늘이 보우하사 오늘날 우리 형제가 동심보조(同心補助)하여 이렇게 큰 사업을 이루었소이다. 전일 상주에서 관등놀이 구경을 하다가 여태수한테 잡혀 갇혔을 때 악화 형이 나를 구해준 덕분에 오늘날 해외에 나와서 지존(至尊)의 칭호를 듣게 된 일을 생각하면 감개무량합니다. 그런 까닭에 원소절이 불가불 경하할 만한데, 앞으로 1년에 한 차례씩 우리 형제들이 이같이 모여서 서정(叙情)을 하면 좋을 줄 압니다."

그러고서 국왕 이준은 신하 되는 형제들과 함께 술잔을 기울였다. 흥겹고 평화스러운 음악 소리를 들으면서 그들은 서로 술을 권하며 마시며 즐겁게 이야기하는데, 모두들 술이 거나하게 취했을 때 국왕 이준은 또 입을 열었다.

"여러분! 내가 본시 조잡한 사내입니다만, 중양절(重陽節)에 상국(賞菊)할 줄도 알고, 송공명의 '만강홍(滿江紅)'을 지금도 외우고 있을 만큼 문묵(文墨)을 좋아합니다. '만강홍'을 외워볼까요? '중양가절 기쁘구나, 새 술도 맛 들었네. 푸른 물 붉은 산에 머리는 백발이나 꽃 한 가지 못 꽂으랴. 우리 형제 변치 않고 보국안민 일념인데, 간사풍진 가리어서 일월이 무광코나. 천왕이 밝히시와 하루속히 초안키를 우리 형제 염원이네.' 자아, 그런데 오늘 우리가 이렇게 모여가지고서 시가 없대서야 말이 아니지… 이 자리의 이 고기와 이 술이 그전 날 양산박의 광경과 꼭 같지 않소? 여러분들이 돌아가면서 시 한 수씩을 차례로 부르시오. 못

하는 사람한테는 벌주를 석 잔씩 주기로 합시다. 그럼 내가 먼저 벌주를 듭니다!"

이렇게 말하더니 이준은 내감을 시켜 술을 따르게 하여 벌주 석 잔을 큰 사발로 들이마시고서 문방사보(文房四寶)를 탁자 위에 내다놓게 한다. 그러자 먼저 승상 시진이가 화전지를 펴놓고서 시 한 수를 적는다.

우리의 기상 보름달 같은데
한마음 한뜻으로 이 밤을 즐기니
중천에 걸린 저 달은 천추에 빛나누나.

이준과 기타 여러 사람이 보고서 모두들 칭찬이다.

"과연 일국 재상의 그릇이 아니면 이렇게 기상이 클 수 없지요. 훌륭한데!"

이렇게 칭찬을 하고 나서 다음엔 문환장이 붓을 들고 적어놓는다.

동풍에 눈이 녹고 저 달이 밝은데
세상은 평화롭고 노래도 한가롭다.
어즈버 이 백성들을 선량하게 기르세.

이같이 문환장이 써놓고서 붓을 놓으니, 시진이 먼저 읽어보고서 칭찬한다.

"과연 국장(國丈) 어른다운 생각이야. 인재를 양성하자는 말씀입니다그려."

그러자 소양이 술 한 잔을 쭉 들이마시더니 한 수를 적어놓는다.

노래도 태고부터 역사도 태고부터

술도 그러하고 명월도 그러하매

이 밤에 우리 군신이 한 잔 같이 드누나.

그가 이렇게 적어놓으니, 문환장이 곁에 섰다가 칭찬한다.

"호걸이로군! '임금과 신하가 한 잔 같이 든다'는 그 말이 정말 명랑하고 좋아!"

이때 연청이 붓을 들더니 화전지 위에 한 수를 적는다.

지난날 서울서도 이 밤을 이같이

님과 나는 밤을 새웠네

그러나 님은 가시고 저 달만 밝고나.

옆에서 이것을 보고 있던 악화가 한마디 한다.

"연소사의 님이 가긴 어딜 가? 노소저가 건재하지 않은가!"

악화가 연청에게 이같이 농담을 하고 나니, 이번엔 장경이가 탁자 앞으로 나와서 잠깐 생각하더니 붓을 들어 한 수를 적어놓는다.

바다에 바람 자고 물결이 잔잔하니

동정추월(洞庭秋月) 생각난다

달 아래 꽃불 휘황하니 취토록 마시고저.

곁에서 연청이 이것을 보고 한마디 한다.

"흥, '동정추월'이라니, 소상팔경(瀟湘八景)의 하나로구먼. 누가 담주 사람 아니랄까 봐서!"

연청이 이런 말을 할 때, 송안평이 앞으로 쑥 나오더니 얼른 붓을 집어든다.

새봄이 오는구나 만물이 생기난다
선경이 어드메뇨 새나라 여기로다
백성이 바라는 대로만 힘써 일해볼거나.

배선이 송안평 곁에서 이것을 보고 있더니 한마디 한다.

"송학사(宋學士)의 이 노래는 아주 한림원 학사의 말이로구먼. 좋아!"

이럴 때 화봉춘이 붓을 들더니 생각하는 빛도 없이 그저 쓱쓱 적어놓는다.

보름달 밝은 밤에 바람도 향기롭다
새나라 넓은 들에 말을 채쳐 달리노니
벗님네 어서들 오소 봉황루로 갈거나.

이때 화봉춘이 이같이 쓰고 있는 것을 보고 있던 여러 사람이 모두 입을 모아 칭찬한다.

"부마의 그 노래는 아주 절창인데! 자고로 부마가 임금님 앞에서 시를 지은 것이란 극히 드문데… 이건 절창이야!"

모두들 이렇게 칭찬할 때, 연청이 시진을 보고 한마디 한다.

"시승상! 대감이 전일 방납이의 부마로 있을 땐 시를 한 번이나 지어 보셨소?"

연청의 이 말에 모두들 박장대소했다.

이같이 한바탕 웃고 난 다음에 그들이 모두 자리로 돌아와 합석하자 공손승이 입을 열었다.

"빈도(貧道)는 시를 읊을 줄은 모르고 창(唱)이나 하나 하지요."

그는 이렇게 말하고서 어고간판(魚鼓簡板)을 두드리며 '서강월(西江月)' 한 곡을 부른다.

티끌 같은 이 세상의 근심걱정 사라지니 부귀공명 부질없다. 주마등이 아닌가. 향기 높은 술 석 잔에 은근히 취하고서 이 몸이 누웠으니 백운가에 한가롭다. 어느 때 거친 파도 넘어 저 비원으로 가리요.

공손승의 창이 끝나자 국왕 이준은 무릎을 치며 고개를 끄덕였다. 이때 원소칠이 술병을 집어다 제 앞에 놓더니,

"아까 국왕께서 명하시기를, 시를 못 써놓는 사람한테는 벌주 석 잔을 주신다고 하잖았나! 난 글자라곤 한 자도 몰라서 못 했으니, 술을 여섯 잔은 먹어야겠네!"

이렇게 지껄하고서 술을 따라 연거푸 마시는 고로, 모두들 이 모양을 보고 박장대소했다.

임금과 신하들은 이같이 웃고 즐기다가 무대 위에서 이원자제(梨園子弟)들이 연출하는 연극을 한동안 구경하고서, 또 술을 마신 후, 날이 샐 무렵에 산회했다. 그러고 난 뒤 그 해 가을에 고려국 왕은 내감 네 명을 데리고 와서 공손승한테로 출가하였고, 그 이듬해 국왕 이준은 아들을 낳았는데, 그 아들의 이름을 일찍이 서신옹(徐神翁)이 예언한 대로 '등(登)'이라 했다.

그러고서 이준은 나이 70이 넘었을 때 '등'에게 양위(讓位)하고서 단하궁으로 들어가 수도하였고, 이등(李登)의 후손이 대대로 섬라국 왕이 되었는데, 송조(宋朝)가 멸망한 뒤로는 중국과도 내왕이 끊어지고 말았던 것이다.

(끝)

강왕
송나라 고종 황제. 즉위한 뒤 무능한 사람들을 재상으로 썼기 때문에 금군에게 쫓기는 신세가 된다.

강충
송강의 심복이었던 사람으로, 운가와 함께 사당에서 양산박 호걸들의 영혼을 지키는 의리의 인물이다.

공도
섬라국 승상으로, 오래전부터 자신이 왕이 될 생각을 품고 반란을 꾀하는 인물이다.

관백
일본 나라 대장군의 벼슬 이름으로, 혁봉의 원군 요청에 응해 섬라국과 싸우러 온다.

대도 관승
대명부의 병마총관으로 지내다 두 임금을 섬길 수 없다고 해서 감옥에 갇힌 것을 연청이 꾀로 구해낸다.

도공·여루천
백석도와 조어도의 도장들로서, 철라한과 함께 역모를 꾀한다.

방명
백석도 근처 황사주에서 약초 캐는 사람으로, 도공이 그의 딸을 뺏어갔다.

백족충
운성현 도두 조능아의 아들로, 양산박에 붙들려 죽은 아비의 원수를 갚고자 하는 불량한 인물이다.

살두타
두 자루의 계도를 잘 쓰고, 살인 방화를 잘하고, 귀신도 부릴 줄 아는 요승으로, 공도와 함께 섬라국에 반란을 일으킨다.

송안평
송청의 아들로, 호연옥·서성과 결의형제하는 사이가 된다.

아흑마
금나라 부대 올출 장군의 부하들 중에서 제일가는 용장이다.

왕진
구문룡 사진의 사부 되는 동경 팔십만 금군교두. 병마지휘사가 되어 황하의 중요한 곳을 방어하는 임무를 맡고 있다.

유예·장신·필풍·독로·오록·왕표
금군과 협력하는 관군 장수들이다.

이등
이준의 아들. 그의 후손이 대대로 섬라국 왕이 된다.

이우
고려국 왕. 훗날 공손승에게로 출가한다.

전의취
뇌횡 모친의 친정 조카로, 이모의 수중에 돈냥이나 있는 줄 알고 꾀를 부리는 인물이다.

증세웅
운성현 단련사로, 예전 송강에게 죽은 증도의 아들이다.

철라한
청예도의 도장(島長). 원래 공도와 밀접한 일당이다.

혁봉·혁조·혁곤
살두타와 의형제 간인 삼형제. 황모도에서 수하에 5천 명의 묘병을 거느리고 있으며 살두타를 돕는다.

화합아
화봉춘 부마의 공관 앞에 살던 건달패로, 섬라국 의병이 된다.